木内昇

雪夢往来

新潮社

目次

雪夢往来

第一章

一

こんな話を聞いた。

越後国頸城郡《くびきごおり》の松之山《まつのやま》という地に、村の民から菱山《ひしやま》と呼ばれる山がある。鋭い三角の形をした高山ゆえそんな名がついたのだが、不思議なことに毎年如月《きさらぎ》になると決まって、夜中に雪崩《なだれ》を起こすという。それは、近隣の村々にも地鳴りとなって響き渡るほどの大きさで、人々は家の中で息を詰めて雪崩が収まるのをじっと待つ。ところがあるとき、物見高い数人の若者が菱山の様子を見に表へ出、奇妙な光景を目にしたという。

白衣を着た白髪の老翁が、供物を手に、雪崩に乗って山を滑り降りていたのだ――。

儀三治《ぎそうじ》は店の戸口《とぐち》に立ち、雪化粧の施された大源太山《だいげんたさん》から巻機山《まきはたやま》、金城山《きんじょうさん》へと続く連なりを眺めつつ、幼い頃に聞かされた綺談《きだん》を思い起こしていた。

越後国は、七つの郡からなっている。頸城は郡の中でもっとも西に位置し、東隣に刈羽《かりわ》郡、そこから海沿いに北へ向かって三島《さんとう》郡、蒲原《かんばら》郡、岩船《いわふね》郡の順に並んでいる。内陸には古志《こし》郡、そしてその南に広がるのが魚沼郡《うおぬま》である。

儀三治の生まれ育った塩沢組塩沢村は、この魚沼郡の中でも南端にあたる上州境にあり、家の前には、中山道の高崎宿へと繋がる三国《みくに》街道が通っている。塩沢組は五十八の村から成るが、塩沢村をはじめとする十五村は三国街道を守るように広がっていた。

不意に、左の肩をつつかれた。驚いて振り向くと、母のトヨが眉間に皺《しわ》を刻んでいる。

「なーしたがだ。聞こえねーがか」

言われて、儀三治は苦く笑う。おおかた、幾度も呼ばれていたのに気付けなかったのだ。

「なじょってもねぇて。今年は雪が早降るかと見当してただけだ」

「だら、いいども」

儀三治は、山の頂《いただき》へと目を戻す。

「ここんどこ、おかしな空だすけなぇ。江戸は長雨じゃと聞くなぇ」

「ああ。ほうぼうで川が溢れてるすけ、作物もうんまくねぇげだねぇ」

曲がった腰を目一杯伸ばして、トヨが声を張った。

儀三治は、生まれつき耳の塩梅《あんばい》がよくない。幼い頃に始終流れ出ていた耳だれこそ治まったが、長じるにつれ内耳に膜でも張ったように聞こえが悪くなった。鈴木家の男児として生を享け、いずれ店を継ぐ身にとって、耳がよく聞こえぬ不便はひとかたならぬ心惑いを生じさせた。父の恒右衛門《つねえもん》から事あるごとに、

「鈴木家は郡代様が見廻られる折、饗応《きょうおう》を仕切る役目も負うとる家だ。にしゃ跡継ぎだすけ、しかと励まんばんね」

そう言い聞かされるたび、仮に郡代や代官の御前に上がることがあったとして、そのお言葉

を聞き損じたらいかな処罰を受けようか、また商談や客とのやりとりで幾度も聞き返すようなことがあっては相手に信を置かれぬのではないか、と煩悶《はんもん》し、父から店を引き継ぐこととなった二十歳の折、思い余って噂に聞いた荒療治に挑んだのだった。

それは、聞こえの悪い耳の穴に斑猫《はんみょう》を詰めると、芋虫のような形をした石が耳から転げ出て嘘のように難聴が治った、との噂であった。しかし石が出るまでの百日ほどは顔が腫れ上がり、七転八倒の苦しみに見舞われたともいう。よほど酷《ひど》い痛みに耐えねばならぬのだろうと思えばためらいも生じたが、この不便を抱えたまま一生を送るのはいかにも煩《わずら》わしかった。ついに意を決し、家の者には秘したまま隣村の薬師《くすし》のもとへ相談に赴くと、斑猫はないが砒霜石《ひそうせき》ならあるという。斑猫よりもずっと強い薬だから、耳を塞いでいる石があれば百日なぞ待たずともすぐに追い出すことが叶うだろうと神妙な面持ちで説かれ、儀三治はこれを買い求めて家に戻るや、その晩まずは右耳に、細かく砕いた砒霜石を詰めてみたのだった。

しばらくはなにも起こらなかった。耳の奥がわずかに熱を持ったのを感じただけだ。

——これでうまく石が出れば御の字だ。

祈る思いで夜具に入ったがなにごともなく夜が明けてしまい、焦れた儀三治は、残りの砒霜石をさらに耳に詰めた。その昼過ぎである。頭から首筋が、ぐわんぐわんと音を立ててうなりはじめたのだ。耳のみならず右半身が、囲炉裏で煮える鉄瓶のごとく熱を持っている。脂汗が背中やこめかみを伝っていく。このままでは命も危ういのではないか、と戦慄が総身を貫いた。

それでも儀三治は、声すらあげずに耐えた。痛みがくることは前もって聞かされていたし、家の者には療治の一切を隠し通す肚《はら》だったからだ。

日が暮れても痛みはやむどころか激しさを増し、目もかすんで、朦朧《もうろう》としてきた。夕餉《ゆうげ》もとらず部屋にこもる息子を案じて、寝所に様子を見に来たトヨが儀三治の顔を見るなり悲鳴をあげ、そこから家中鍋をひっくり返したような大騒ぎとなった。このときには顔の半分が、腐りかけた石榴《ざくろ》のごとき赤黒さで倍ほどにも腫れ上がり、起き上がることはおろか口を開くことさえままならなくなっていたのだ。

そこからの患いは、思い起こすだけでも身の毛がよだつほど凄惨なものだった。頭部を絞り上げられているような耐えがたい痛みに襲われ、こめかみの血道は始終うなりをあげ続けた。途中、幾度も死の淵に立ったが、ふた月余りのちにはどうにかこうにか癒《い》えて、湯治《とうじ》に出掛けられるまでに快癒した。床上《とこあ》げもかない、すっかり弱った足腰を鍛える目当てもあって、家から街道を渡った先にある住吉神社までお参りに行った帰り、右耳がむず痒くなったと思ったら、小石のような塊《かたまり》がぽろっと耳穴からこぼれ出たのである。

――早くも御利益があった。

そう欣喜《きんき》したのも束の間、心なし風通しのよくなった右耳の聞こえは、前にも増して悪くなってしまったのだ。

二十七になった今でも右側から話しかけられると聞き取るのが骨で、左耳だけを頼りに商いをし、村人たちと交わり、店を切り盛りしている。

「飯の支度ができたすけ、ちっと裏で休まっしゃい」

トヨに言われ、儀三治は耳療治の辛い思い出から引きはがされる。

「もうそっけん刻《とき》か」

腹はまだすいていなかったが、男衆に店番を任せて裏へと向かう。

そのとき、山々からの吹き下ろしが開け放したままの戸口を抜けて屋内へザッと駆け込んだ。

トヨの白髪が乱れてざわめき、儀三治はなにか大きなものに思うさま背中を叩かれたような気になって、人知れず丹田《たんでん》に力を込めた。

塩沢村は、魚野川《うおのがわ》と登川《のぼりがわ》の交わる地に栄えた、高崎から下ること二十二番目の古い宿場町である。ために鈴木家の西側には、諸侯が江戸へ赴く折などに宿として使われる本陣があり、田屋町《たやちょう》には十三間四方の堂々たる陣屋も建っている。

村の女たちは冬の間縮《ちぢみ》を織り、男らはそれを商う。多くは、米をはじめとする農作でも生計《たつき》を立てていたが、春には雪解け水が畑に溜まって長くぬかるみ、夏には日照り続きでせっかく育った作物が枯れてしまう。硬くて痩せた土壌も相まって農作にはなまなかでない苦労がいった。

鈴木家はゆえに、父の恒右衛門の代から畑作りには手間を割《さ》かず、縮やその原料となる最上《もがみ》苧《お》、米や大豆の仲買《なかがい》を主にして家業を大きくしてきた。のちに質業にも手を広げ、今ではそちらが主となっている。

「おれが若い時分にはよ、吹雪の日にも商いに出たがぁぞ。足を止めるとがあっと凍《し》みるすけ、歩きながら握り飯を食ったこともある。飯は懐《ふところ》に入れておくがぁぞ。そうせば凍みねえすけな」

蓑《みの》や笠にたんまり雪を載せて夜半に這々《ほうほう》の体《てい》で家に辿り着いた父の姿や、その足指が霜焼けで真っ赤に腫れ上がっている様を、儀三治も鮮明に覚えている。縮仲買人としての父の働きぶりは、熱心なぞという言葉では片付けられぬ鬼気迫るものがあった。なにせ次男に生まれたがゆえ本家から分家となった折に預かった五両の支度金を、十年余りで二百五十両に増やしたのである。

「おれが一代でここまで大きくした鈴木屋を、にしが潰すようなことがあっちゃなんね」

元服《げんぷく》を迎える前から耳が膿《う》むほど聞かされてきた儀三治は、望んでもおらぬ荷を背負わされたようで気が重く、藻が水に揺れるようにあやふやに頷いてそれをやり過ごしていたのだが、十六の頃に二十日ほど堀之内の縮問屋に奉公に出されて棚卸帳《たなおろしちょう》や出入勘定帳の付け方を学ぶうち商売の面白さ奥深さに目覚め、跡を継いだ今では、父の代より家業を隆盛させるにはいかにすればよかろうと飽かずに思案を巡らすまでになった。ここ一、二年は、質業のみならず仲買にも力を入れ、わずかながら売り上げを伸ばしている。

村の鎮守である住吉神社の神助を得るため捧げ物をすることとなった折に、村人たちから句寄せをして献納額に刻んだらどうかと企図《きと》したのも、この塩沢村を若い衆で守《も》り立てんとの意図もあったが、それよりも、なにか村のためになることをして鈴木屋をいっそう強く印象づけんとする思惑が勝っていた。

俳諧は塩沢辺でもだいぶ前から流行《はや》っており、一年の半分近くを雪に封じ込められて暮らさざるを得ない村人たちにささやかな楽しみをもたらしている。鈴木屋でも恒右衛門の代から俳句の講をたびたび開き、儀三治もまた元服の折に、牧水《ぼくすい》なる父の号から一字もらって、「牧之《ぼくし》」と俳号を名乗るようになった。俳句仲間には儀三治を、「牧之さん」と呼ぶ者も少なくない。

寛政八年の霜月に入って間もないこの日も、句寄せの世話役を共に担うこととなった井口茂《いのくちも》兮《けい》と幸吉《こうきち》が家業を仕舞ったのちにやって来て、かれこれ半刻《はんとき》も二階の一角にある儀三治の部屋で選者について意見を出し合っていた。

「六日町《むいかまち》の無事《ぶじ》庵慮呂《あんりょろ》ゆう俳人がいらあな。儀三治の義理の兄さんだすけ頼みやすかろう」

はじめに案を出したのは、幸吉だった。彼の家も古くから縮の仲買商をしており、かつて儀三治が江戸に春縮を売りに行った際、道中を共にした仲である。歳は儀三治よりふたつばかり下で童《わらべ》のように落ち着きのない男であったが、早耳で世事には長《た》けている。

「いや、ここらだけで一から十までやっても詮無《せんな》かろうぜ。江戸でも名が通ってる俳人に、頼んだらいいねっか」

儀三治が言うや、茂兮が首をすくめ、

「そっけの偉い方がわしらの句《しょ》を見てくれるっぺか。見てくれたって、嗤《わら》われるだけじゃなかろっか」

か細い声で反駁《はんばく》した。茂兮は塩沢組大庄屋の跡取りで、儀三治とは竹馬《ちくば》の友である。いつも上物を身につけている村随一の洒落者《しゃれもの》で、この夜も玉虫色の袷《あわせ》に羽二重《はぶたえ》の羽織を重ねていた。髷《まげ》も常に隙なく整えられ、色白で秀麗な目鼻立ちゆえ、儀三治と同じく齢《よわい》二十七で子もなしているのに、未《いま》だその一挙手一投足には村の娘たちの熱い視線が注がれる。

「はちゃ頼むだけ頼んでみよそ。なんしろしてみなくっちゃ、なじょしようもねーすけな」

火鉢の灰を搔きながら、儀三治は答えた。こうして客人のあるときは火を熾《おこ》すが、ひとりのときは滅多に炭を使わない。家業を任されてから倹約の癖が身に染みついていて、冬場でもよほど冷え込まない限りは木綿の単衣《ひとえ》で通し、足袋《たび》もめったに履《は》かなかった。長着はほころびを繕いながら十年以上着続けているし、下帯《したおび》は古くなった木綿を薄柿色に染めたものをしめている。この七年、切り詰められるところはどんなにささいなことでも切り詰めて、食も着物も贅沢はせず蓄財に励んできたのだ。

「だども、にしゃどこの親父様も昔、塩沢の俳人の句を集めて、江戸のなんとかいう宗匠《そうしょう》に送って評をもらったてがだども、ばかげにこき下ろされたと聞いたぜ」

幸吉が、剽《ひょう》げた口調で茶々を入れる。彼は、村の若い衆が集う俳句の会に顔を出しては、ろくに句作もせずに皆と話し込んで句会の邪魔をするのを常としている。

「父様《とと》は、江戸の大島蓼太《おおしまりょうた》先生に出したったなぁ。厳しいことで有名だすけ、なじょしょうもねぃわ」

その大島蓼太の養子である雪中庵大島完来《かんらい》に選者を依頼してはどうか、と儀三治は密かに考えていた。斬新な句作で名を上げた人物だ。ただし伝《つて》があるわけでもないから、江戸者を選者として立てることに尻込みしている茂兮と幸吉にはまだ伝えていない。雪の深くなる前に、まずは一存で依頼状を出してみて感触を確かめてもよいかもしれん、と熱い茶を啜《すす》りながら算段している。

もうひとり、尾張の俳人、円珠庵羅城《えんしゅあんらじょう》にはすでに依頼状を出してあった。羅城は、今年儀三治が西遊の旅に出た折に京の書林で出会った人物で、互いに俳句への思いを交わして気脈を通じたから、造作なく受けてもらえる自信がある。しかしこのことも、ふたりにはまだ打ち明けていない。色よい返事をもらえてから、伝えるつもりであった。

「いずれにしても、江戸とやりとりするのは骨だぜ。村の句寄せで、そこまでするがんは……なぁ」

茂兮は、渋い顔で言う。

「だども、句を出す者《しょ》は張り合いが出る。江戸の先生に見ていただけるすけ。それにこれを機に、江戸との交流も成るっぺ」

儀三治の返事に「なんも江戸と往き来しなくっても」と、茂兮が繰り言をこねはじめたとき、折良く襖《ふすま》向こうから声が掛かって、トヨが顔を覗かせた。手にした盆には味噌を使ったゆべしが載っている。

「まぁまぁ、なんのもてなしもせんで、気が利かんですまんことだなぇ」

トヨが一同を見渡しながら、聞こえよがしな声を張った。隣室で、子と一緒に休んでいる儀三治の嫁、ほのに聞かせる目当てだろう。

昨年、小千谷《おぢや》から嫁いできたほのは、トヨとの折り合いがことのほか悪い。四月《よつき》前に娘のくわが生まれてからも、ふたりの係《かか》り合いはなんら変ずることなく、笑顔も口数も少ない上に気働きも乏しいと、トヨは常々ほのへの不満を漏らしている。確かに妻は寝起きが悪く、厨《くりや》に入るのは誰よりも遅かったし、店で雇っている女衆とも乳母のりよとも打ち解けようとはしないのだった。

もっともほのは、儀三治にとって二番目の嫁で、四年前に嫁《か》してきたみねも、長男の常太郎《つねたろう》を産んだ後、「一から十まで嫁としてなっとらん」というトヨの漠《ばく》とした申し立てによって実《さ》家《と》に返されていたから、嫁姑《よめしゅうとめ》の確執にはこの母の気難しさこそが災いしているのだろうと儀三治も察しないではなかったが、明るく愛嬌があり、器量好しであったみねに比して、ほのはまだ二十歳そこそこであるのに土気色《つちけいろ》に面《おも》やつれして、油っ気のない髪と筋張った首に寄った縮緬皺《ちりめんじわ》がいっそう性質の陰気さを助長しているような女で、儀三治は彼女《かれ》を、みねのときのようにトヨの仕打ちから庇《かば》う気にはなれなかった。

「こりゃ、旨《うんま》げだ。お母上のゆべしは、この甘辛の味噌の塩梅がいいすけ」

幸吉が明るい声を出して、トヨの嫁女への悪口を巧みに断ち切った。若い者に褒められてトヨはたちまち目尻を下げる。

「こりゃあ旨《うんめ》いねー」

茂兮もゆべしを一口食《は》むや、大仰に褒めて場を和ませた。ところが続けて、

「うちでも母様《かっか》が先だってせんべいをいっぺ作りましたなぇ。今年は米がようできたすけ。だども、豊作の翌年は冷夏だとよう言いますで、来年はなじだっぺかね」

と、また辛気《しんき》臭いことを言うのだ。家柄も容姿もこれだけ恵まれていて、よくまぁここまで気が滅入るようなことばかり考えていられるものだと、儀三治は可笑《おか》しくなる。

「夏が寒いと縮が売れんで困るなぇ」

トヨが話を合わせ、

「だーすけね。あれは風を通す涼しい生地だすけ」

と幸吉が、越後の者なら誰でも知っていることを訳知り顔で語って、笑いを誘った。

話がまとまらぬまま会は夜半にお開きとなり、儀三治はひとり、自室に据えた文机《ふづくえ》に向かう。家中《かちゅう》はとうに寝静まっている。燭台の小さな灯りを机脇に置き、誰にも邪魔されず書や絵を描く刻を、彼はなにより愛おしんでいた。不思議なことに、そうしていると本来の己《おのれ》に立ち戻れるようで、気持ちは凪《な》いでいくのに総身の血道が躍るような昂揚を覚えるのである。

このところ毎夜欠かさずしたためているのは、年初より三月《みつき》ほど、お伊勢参りから京をはじめとする西国へと巡った旅の記である。道々帳面に書き留めた覚書や絵を整理し、一編の道中記に仕上げるつもりだった。

幼い頃から書や俳句を習ってきた儀三治だが、絵にはことのほかのめり込んだ。十四の頃、六日町に嫁いだ姉の家にひと月ばかり逗留した折、たまたまかの地を訪れていた狩野梅笑《かのうばいしょう》から手ほどきを受ける機会に恵まれたのだ。絵筆の使い方のみならず、狩野派の修業話やら江戸の

絵師たちの繋がりを手習いの合間に聞くうちにすっかり絵の世界に魅せられ、幾日もろくに寝ず机に齧《かじ》り付いて描き続けた挙げ句、身体を壊して寝込んでしまった。幸い大事には至らず五日ほどで床上げが叶ったのだが、これを聞いた父に、塩沢に戻ってからこってり絞られたのである。

「広くものを識《し》ることは肝要だ。書画を学ぶのも、ええことだ。だども、にしの一番の役目はなんだ」

身体がまだ癒え切ってはおらぬときに閻魔《えんま》のごとき形相《ぎょうそう》で詰め寄られ、儀三治は、今にも抜けていきそうな己の魂の尻尾を必死に摑む思いで、

「鈴木屋を守っていくこった」

と、返した。父は深く頷き、それから、

「守るだけではいげね。にしの代でまっと栄えさせんばなんね。鈴木家が末代まで続くようにな。だすけ、商売第一に考えんばなんねのう」

四十を越えて皺の深くなった顔をぐいと近づけ、黄泉《よみ》から響いてくるような声で念を押したのだった。

爾来《じらい》儀三治は、書画に親しむのは店を仕舞った夜に限るようになった。住吉神社に献納する句寄せのことも、店の仕事に差し障りがないよう気を配っている。時折、商いではなく書をしたためることこそが己の天与なのではないか、と感ずることもあったが、父の背中を見るだに罰当たりな妄念だと恥じ入り、湧いた思いに蓋《ふた》をする。今年、西遊に出させてもらったのも家の繁栄を祈願するためだったが、それでも十二分に伊勢や京の町を堪能できたのだ、己は今のままで十分に恵まれているではないかと必死に思いなす。

――だども、嫁したばかりのほのを置いておれが幾月も旅に出たすけ、ほのはこの家に余計に馴染めんかったのかもしんねぇなぁ。

不意に嫁姑の険悪な間柄が思い出されて、おのずと溜息が出た。が、すぐにかぶりを振り、それは昼間に考えればよいことだ、せっかくの刻をつまらぬ俗事に侵されてはもったいないと、再び道中記に心を預ける。

しばしそうして書きものに没頭した。時折、表の雁木《がんぎ》が雪の重みでギシギシと音を立てた。やがてその音も聞こえなくなるほどに、儀三治は己の内に籠もって自在に筆を走らせはじめる。

どのくらい刻が経ったろう。

目の端にちらちら動くものを感じて、顔を上げた。

街道に面した肘《ひじ》掛《か》け窓の障子がほんのり照らされているのを見付け、首を傾《かし》げる。こんな夜更けに誰か照らす者があるわけでなし、奇妙なことだ。よくよく目を凝らすと、障子越しの灯りが松明《たいまつ》の燃え上がるように揺れている。

すわ、火事か、と慌てて腰を上げ、障子を引き開ける。

「やっ」

思わず声をあげた。一匹の狐《きつね》が、口から青白い火を吐き出しながら、街道筋を物欲しげにうろついていたのである。

尾張の円珠庵羅城から、句寄せの選者を引き受けてもよろしい、と返信が届いたのは翌寛政九年の彼岸であった。供物の牡丹餅と団子を朝から蒸し上げている厨を抜けて、ほのが店まで持ってきたその書状を開き見て、儀三治は驚喜し、早速茂兮のもとへ報せに走ったのだ。

「ほう。ようやったなぁ」

かんじきも履かずに来たせいでべっとり雪が貼り付いた儀三治の足下《あしもと》を案じるふうに見遣りながら、茂兮は大仰なまでに感嘆を表した。

「だども、いつの間に尾張の先生に頼んでたがだ」

「なに、羅城先生は知り合いだすけ。京の書林で出会っていろんなお話をさせていただいた折からの縁のがぞ。受けてくださると見当してたった」

儀三治は小鼻を膨らませついでに、

「それだけじゃねぇ。江戸からの返事もきっと来るとおれは信じとる」

江戸の大島完来に勝手に依頼状を出したことは返事が来るまで秘しておこうと決めていたのに、調子に乗って打ち明けてしまった。

「江戸にも文《ふみ》を出したがか」

茂兮は、馬のように長いまつげを慌ただしく上下させ、「親父様の伝《つて》か」と訊く。

「そっげんどこだ」

儀三治はとっさにごまかし、

「きっとええ俳額ができるて」

と、腑に落ちぬ様子の茂兮に笑みを作ってみせた。

江戸とは絶えず繋がっておらねばならぬ――それが、二十歳を過ぎた頃から儀三治にまとわりついて離れずにいる思量なのだった。縮は江戸にも卸《おろ》すゆえ往き来を絶やさぬよう目配りをしておきたいという商売上の理由もあったが、かつて行商で江戸を訪れた折、人々が越後国についてあまりに無知であったことに落胆してからというもの、己の故郷をあまねく知らしめられぬかと、そんな希求が湧いて鎮まらぬのだ。雪深いこの塩沢を特段誇りに思うわけでもなかったが、始終空《から》っ風が吹いて、少し表を歩くだけで髷から着物の中まで砂まみれになるあの江戸に住む者たちから、「越後……ああ、山越えて裏ッ側にある国だろう」と軽んじられるのもまた癪《しゃく》だった。

儀三治が、江戸に行商に出たのは後にも先にも一度きり、十九になった年のことである。恒右衛門から「江戸で縮売ってこい」と、唐突に命ぜられたのだ。もっとも当時は質業だけで商売が回っていたし、縮を買い取っては江戸や大坂に運ぶ業者も数いたために、なにも鈴木屋の跡取り自ら江戸へ赴くこともなかったのである。おそらく父は、儀三治に江戸で見聞を広めさせんとの腹積もりで、行商にかこつけて送り出そうとしたのだろうが、当の儀三治は江戸に憧れもなかったし、むしろ五日も六日もかけて街道を辿るのも億劫《おっくう》に思っていた。

「今は店に立って仕事を覚えるときだっぺね」

と、それとなく江戸行きから逃げていたところ、

「おれも江戸に出るすけ、一緒に行ごう」

そう、けしかけてきたのは幸吉だった。

「ひとりでは心許《こころもと》ねぇすけ、にしが一緒だら心強い。それに若《わけ》ぇうちにいっぺんは江戸に上っておいたほうがええぜ」

と、さして歳が変わらぬのにもっともらしく言って、彼は儀三治のケツを叩いた。恒右衛門が幸吉の親に頼み込んだのかもしれぬし、もともと彼も江戸へ行商に出る計があったのかもしれぬ。いずれにせよ、周囲から「一度は行っておけ」「江戸を見ておけ」とせっつかれ、しょうことなしに旅に出たというのが実際のところだった。

故郷を発ったのは、雪がすっかり消えた皐月《さつき》であった。三国街道を高崎まで上り、そこから中山道を日光例幣使《れいへいし》街道との分岐となる倉賀野《くらがの》河岸まで辿り、烏川《からすがわ》に繋いである舟を使った。この烏川は利根川に流れ込むため、そのまま舟で江戸まで上った。いい季節で、河岸の緑も美しく映え、幸吉が途中なにかと青楼《せいろう》に寄りたがることを除けば心楽しい道行きだったが、江戸に入って訪ねた呉服屋で縮はさっぱり売れなかった。その夏はとりわけ涼しく、薄手の生地はそっぽを向かれたのである。

江戸まで送り出してもらったのに商いをしくじったでは父に顔向けできないと、儀三治は毎日頭や胃の腑を痛めていたが、幸吉は商いが暇であるのをいいことに、物見遊山に精を出した。吉原《よしわら》に行こう、深川も覗いてみようとしつこくせがまれ、不承不承大門《おおもん》だけは潜《くぐ》ってみたが、格子の内に座す妓《おんな》たちの絢爛《けんらん》な出で立ちに面食らい、人の多さに辟易《へきえき》するばかりで面白くも可笑しくもない。早々に逃げ帰ったきり遊興には目もくれず、縮を売り込むために江戸中の呉服屋を丹念に歩き回るも、そのうち生来の貧乏性が顔を出し、ふた月も江戸に逗留するのだから、せっかくならなにか身につけて故郷に帰ろうと書林を巡りつつ探るうち、沢田東江《とうこう》なる儒学者が柳橋《やなぎばし》で書塾を開いていると聞き及んだ。これは、是非習ってみたい。儀三治は早速塾を訪ねることを決め、幸吉にも「一緒に通わんか」と声を掛けたが、彼は目を白黒させ、

「なして江戸まで来て学問しんきゃんねぇがだ」

と、首のもげるほどかぶりを振ったから、やむなく単身、沢田塾の門を叩いたのだった。

塾生はいずれも、江戸住まいの二本差しであった。ために、ほんの二十日ほど前に越後から出てきたばかりの商人である儀三治は、またたく間に好奇の的となった。字は読めるのかえ、と小馬鹿にする者もあれば、御右筆《ごゆうひつ》に仕官するでなし、なにも商人が東江先生ほどのお方に習

うこともあるまい、と生真面目に諭す者もあった。まわりの煩わしい声をやり過ごしながら、それでも塾に通えたのは、彼らとは長くともひと月程の付き合いだと割り切ったことと、師の東江がもう六十に近い老人で、「人など皮を剝《む》けばみな同じよ」と身分に一切頓着しなかったことに拠《よ》る。塾を手伝っていた東江の子、東里《とうり》もおおらかな性分で、

「よい筆跡《て》にございます」

と、自分より年嵩《としかさ》の儀三治をこまめに称えた。

お蔭で塾生たちが儀三治を田舎者だと揶揄《やゆ》することはなくなったが、代わりに越後の様子を聞かせろとせがまれること再々となり、書に向かう刻を邪魔された。

「越後は雪深いってぇ話だが、どのくれぇ積もるのだえ」

江戸者の早口についていくのは難儀である。耳が悪いことも災いし、幾度も聞き返さねばならなかった。

「そうですな、一番積もる時季には、高さが一丈ほどになりましょうか」

そう伝えると、塾生たちは喉に餅でも詰まったような顔を見合わせ、それから盛大に噴き出したのだ。

「おいおい、からかっちゃいけねぇよ。いっくら俺たちが江戸から出たことがねぇといっても、そんな法螺《ほら》にゃあ引っかからねぇよ」

中には、教場の畳をこっぴどく叩いて笑い転げる者まである。今度は、儀三治が呆気《あっけ》にとられる番だった。大人ふたりが肩車をしても届かぬほど雪が積もり、街道を挟んだ向かいの家に行くにも「胎内《たいない》くぐり」と呼ばれる雪の隧道《ずいどう》を掘らねばならない。それは儀三治が幼い頃から当たり前に見てきた光景なのだ。

「だいたいそんなに積もっちゃあ、雪の解ける間がねぇやな」

「ええ。卯月《うづき》頃まで根雪が残ります。長月に初雪が降るまでが畑仕事の時季ですから、縮を織るための苧麻《からむし》もその間で世話をしておるのです」

場が、水を打ったように静まった。嘘にしちゃ随分念が入っている、と信じかける心と、しかしそんな馬鹿な話があろうはずはない、と突っぱねる意気とで揺れているのが、儀三治にも見て取れた。誰かひとりが、

「ば、馬鹿言っちゃいけねぇ」

と、漂う懐疑を払うように大声を出したのを合図に、塾生たちは詰めていた息を一斉に吐き出し、

「おめぇさん、真面目そうな顔をしてとんだ法螺吹きだね」

と、口々に言って、また高らかな笑い声をあげたのだった。

彼らの反応は、儀三治を落胆させるに十分だった。法螺吹きと言われたからではなく、それほどまでに故郷が江戸者に知られていないことに気落ちしたのだ。こちらは江戸のことを土地柄から流行り物まで知っている。その開きに、どうにも合点《がてん》がいかなかった。

「諸国の話を描いた書に、寺島良安《てらしまりょうあん》の『和漢三才図会《わかんさんさいずえ》』というものがある。そこに越後の話も載っておったはずじゃ。塾生たちは、そうした書を読まずにいるだけだろう。要は不勉強なのだ」

そう言って、さりげなく儀三治を慰めた東江をありがたく思うより先に、それはぜんたいどんな書物なのだろうと気になって、翌日から行商に出向いた先々で書肆《しょし》を覗いてみるのだが、なかなか目当ての本が見付からぬ。『和漢三才図会』は八十年近く前に板行《はんこう》された古い本で、

しかも百五巻からなるものゆえ、書肆ではもう扱ってはいないのだろうと聞かされ、半《なか》ば諦めかけていたところ、運良く日本橋の古書店で四隅がぼろぼろに擦り切れた、かの本に出会えたのだ。

早速開き見た儀三治だったが、あいにくその巻には越後の記述が見当たらず、店主に訊くと「他の巻に記されているのだろう」と素っ気ない。さらには、「仮に該当の巻に当たれたとしても、越後の稿にさほど多くの紙幅《しふく》が割かれているとは思われない」と、彼はぞんざいに補足したのである。

——江戸中歩いてもいずれの書肆でも扱っておらぬとなれば、江戸の者が越後について知る術《すべ》もなかろう。

失意のまま宿に戻って幸吉に経緯《いきさつ》を話すと、彼は眉をひそめて、

「そっけに切《せつ》ながることとか。おれも、江戸にはこうして来たすけ様子がわかるが、蝦夷《えぞ》や薩摩のこたなんも知らん。どの国のことも詳しゅうなれるわけではねぇのは誰も同じがーぞ」

と、なんのこだわりも見せずに返し、それから思いついたように、

「ああ、そんでも、『吉原細見《さいけん》』は間違いねぇものが諸国に出回ってると聞くすけ、有名どころは広く書物が通用するのかもしれんなぁ」

幸吉はそう付け足して、そこから嬉々として吉原の妓の話を語りはじめたのだった。

——そういや耕書堂《こうしょどう》は、『吉原細見』を板行したことであそこまで大きくなったと聞いたなぇ。

日本橋は通油町《とおりあぶらちょう》にある板元《はんもと》、耕書堂を開いた蔦屋重三郎《つたやじゅうざぶろう》の評判は、越後にも聞こえてきていた。著名な戯作者《げさくしゃ》の黄表紙《きびょうし》や読本《よみほん》を多数出している、江戸で一、二を争う大手だという。

——吉原ほどに知れ渡らんでも、せめて越後国が正しく伝わればいいがだどもなぁ。

「あーあ、おれはこのまま江戸に住みてぇなぁ。年がら年中雪で身動きできねぇ故郷《くに》にまた戻るのかと思うと、憂鬱になる」

思案にくれていた儀三治の傍らで、ひとしきり妓の話をし終えた幸吉が、身もだえしながら言った。

ふた月の江戸逗留を終えて越後に戻ったのちも、この釈然としない思いは儀三治の内に燻《くすぶ》り続けた。けれど翌年には恒右衛門から店を引き継ぐこととなり、越後国を広めたい、という思いを行いに移す余裕すらなくなった。日も夜もなく商売を大きくする手立てを考えるのに明け暮れるうち、いつの日か江戸者に故郷を認めさせたいという妙な執念が、図らずも油染みのごとく儀三治の深くにこびりついてしまったようなのだ。

待ち望んでいた書状がようよう届いたのは、寛政九年の卯月に入って間もない頃だ。

江戸の雪中庵大島完来が、句寄せの選者を引き受けてくれるという。一向に音沙汰がないことに痺れを切らし、厚かましかろうかと逡巡した挙げ句、ままよと彼岸後に催促の書状を出したことが功を奏したらしかった。

茂兮と幸吉に知らせると「えれぇことだ」と瞠目《どうもく》し、江戸俳諧の大物が句寄せの選者を引き受けたという話は近隣の村々にまたたく間に広まった。お蔭で、句も順当に寄せられている。あとは集まった句を整理して、皐月になる前に両選者に送ればいい——儀三治にとってはじめてとなる献納額作りのお役目を無事果たせそうだと見通しが立って一息ついた矢先、鈴木家に波乱が起こった。

嫁のほのが、出奔《しゅっぽん》したのである。

雪の解けはじめたのを見計らったかのように、生まれたばかりのくわを連れ、小千谷の実家《さと》へ帰ってしまったのだ。まだ誰も起き出さぬ暗いうちに発ったらしく、儀三治が目を覚ましたときには床はもぬけの殻《から》、嫁入り道具の手鏡や長着一式が行李《こうり》とともに消えていたから家中は騒然となった。

「戯《たわ》けたおなごだっ」

トヨはこめかみに青筋を浮かべ、日頃から折り合いの悪かった嫁への罵倒《ばとう》を繰り出す。

「ここにいねぇ者《しょ》んことを、そうして叱ったたって仕方ねえっぺ」

恒右衛門は呆れながらも妻をなだめ、ほのはともかく、孫のくわが気掛かりだと、早速小千谷に男衆を遣わした。

ほのの陰気な顔をしばらく見ずに済むことはむしろありがたかったが、夫として、また鈴木家の新たな家長として嫁に逃げられるというのはいかにも情けなく、このことが村に伝わったらとんだ恥さらしだと背筋まで冷えてくるにつれ儀三治は、人を陥《おとしい》れるような行いに出たほのに対して疎《うと》ましさを越えた、腹の奥が煮えるような憤りを覚える。

使いに出した男衆は二日ののちに戻ってきたが、ほのは二度と再び鈴木家の敷居をまたぐ気はない、ととりつく島のないありさまだったという。

「はちゃ、おれらが行って一度話をしんきゃな」

父に命ぜられ、儀三治は小千谷へ赴くことになった。句寄せの仕事が佳境であるのに、と歯ぎしりしながらも、父と連れ立って魚野川沿いを北へと向かったのだが、辿り着いたほのの実家で、

「娘が勝手なことを」

と、土間に額をこすりつけんばかりにして詫びる彼女の父親に比して、当の本人は座敷に仁王立ちし、自分が鈴木の家でいかにひどい扱いを受けたかを口角泡《こうかく》を飛ばして訴えたのだった。厨に立っても裏を手伝っても、なにをしてもお義母《かあ》さんの小言が飛んでくる。「にしゃ手が遅い」と嫌みを言うばかりで、仕事の手順を訊いても教えてくれたためしがない。やっと覚えた仕事も、やりはじめるとお義母さんが横取りして、さも自分が初手からやっていたような顔をする。そのくせ先へ先へと気を利かせろと叱るのだが、こっちはちゃんと先を見越して段取りを組んで仕事をしていたのだ――。

「お義母さんはそ、おれをいじめて楽しんどったんだ。鈴木の家に暮らさねばなんね苛立《いらだ》ちを、おれにぶつけて気を紛らわしていたんだ。あのようの姑に仕えとっては身が持たねぇし」

なんてこと言うだ、とほのの父親が怒鳴ったが、

――ほのの言うことも一理ある。

儀三治は胸の内で、他人事《ひとごと》のように頷いていた。みねのときも、トヨは息継ぐ間もないほどに難癖《なんくせ》を付けていた。女の仕事には、夫とはいえ口を出すわけにはいかぬから万事母に任せていたが、細かに神経を張り巡らして家事をこなすトヨのやり方は、ほのからすれば重箱の隅をつつくような意地悪にしか映らなかったのだろう。他家から嫁いできて心細い中、頼みの夫は西遊で幾月も家を空け、帰ってのちも微塵《みじん》も味方してくれぬでは逃げ出したくなるのも詮無いと申し訳なく思いながらも、しかし儀三治は頭を下げてまでほのに戻ってもらう気にはどうあってもなれなかった。

恒右衛門も、自分の妻をなじられる格好になって諦めもついたのだろう。

「はちゃ離縁しかなかろうが。ただ、くわはうちの孫だ。こっちで預かる」

と、素っ気なく告げた。ほのの父親は孫を引き渡すこともすみやかに承知し、一方で、あっさり離縁を言い渡された上に「おまえはいらぬが、子は引き取る」と明言された格好になったほのは、雑言の向け先を失って拍子抜けしたように口を開けていた。

そこからは、子を渡したくないと抗《あらが》うほのを総出で説き伏せ、一刻ののちになんとかくわを引き取ることで決着をつけた。肘這いができるようになったばかりの娘を抱き、塩沢へと帰る道すがら、詫びを入れる儀三治を恒右衛門は微塵も責めなかった。

「ほのを勧めたのはおれだすけ。にしゃなんも悪くはね。あれはどもならん嫁だった。鈴木家は村松藩侯への永代お目見えを許されてるすけな、よほどしっかりした嫁をもらわんといがんなぇ」

たった三年の間にふたりの嫁を離縁した。果たしてこののち、鈴木の家に馴染んでくれるおなごが現れようかと思えば気が重く、儀三治は父の言葉に応えられぬまま歩を進める。もう常太郎という跡取りはいるのだから、いっそ独り身を通してしまえばどうだろう、そうすればつまらぬことに煩わされず発句や書に刻を割けるのではないか――そんな思いが去来したが、儀三治が店を継いだのと同様、トヨが担っている仕事を受け継ぐ者がなければ、鈴木の家が保たれぬことも痛いほどわかっている。

「なんも案ずるこたねぇ。おれがまた娘を見付けてくるすけ」

父の言葉に頷きながら儀三治は、背負った荷の重さにそっと怖気《おぞけ》を震《ふる》った。

その昔、塩沢村から遠からぬ村の農夫の倅《せがれ》が、二里ほど離れた村から嫁をとった。嫁は器量も気立ても良く、舅《しゅうと》にも姑にも親切で、夫にもよく尽くし、男のふた親は実の娘のように彼女をかわいがった。ほどなくして子も生まれ、初孫だから実家《さと》の親にも顔を見せたらどうだ、とふた親ともに勧めて、連日の雪がやんだ穏やかな春先の日、若夫婦は子を抱いて嫁の親里へと向かった。

ところが、はじめは晴天だった空模様が次第に怪しくなり、雪が舞いはじめると、程なくして激しい吹雪となったのだ。夫婦は足を速めるが、目の前は真っ白で方角を失い、迷ううち身体はどんどん雪に埋まっていく。声を限りに助けを呼んでも、うなる風音に掻き消されてしまう。手足は痺れて感覚を失い、暴風になぎ倒されて、夫婦はついに息絶えた。

翌朝、吹雪がおさまり、近くの村の者が表に出ると、不思議なことに雪の中から赤子の泣き声が聞こえる。薄気味悪いと逃げ出す者もあったが、村の猛者《もさ》が先導して声の聞こえるあたりの雪を掻き分けた。すると、手を取り合って倒れている男女の亡骸《なきがら》が現れた。赤子だけが、母の懐で雪に触れることもなく凍えずに生き延びたのだ――。

塩沢村に戻り、トヨに離縁の件を告げ、くわを二階に寝かせてその寝顔を見ている間ずっと、この地に伝わる吹雪の逸話が頭の中を巡っていた。あの日、親里に行かせなければ、と男の老いた両親は悔いて暮らしていくのだろうか。女の家族はどんな気持ちで報せを受け止めたろうか。助かった赤子は、親の顔さえ知らず育っていくのだろうか。

儀三治はくわの隣にそっと寝転び、目を閉じた。ごうごうという吹雪の音が、よく聞こえぬはずの右耳の内で激しく鳴っている。

「えれぇ数だ。三千に届きそうだて」

各村から寄せられた句を数えていた幸吉が、頓狂な声をあげた。

「ようこっけ集まったなぁ。儀三治が江戸の選者に声を掛けたお蔭だて」

ともに句を仕分けていた茂兮が大仰に称える。大島完来が選者を担うと決まってからというもの、それまで句寄せの役目を渋々といった態《てい》で手伝っていた幸吉のやる気に俄然火が付いた。江戸の俳人に認めてもらえたらそれはもう一流だ、と自らも進んで句作をはじめるというわかりやすい手の平返しを儀三治は可笑しく思いつつも、「江戸」という言葉の強さを身を以て感じている。

その晩、二階の自室に籠もって寄せられた句を写す前に、今一度数え直すと、全部で二千九百七吟。ここまでの数は期待していなかっただけに、ひとり文机の前で悦に入った。

――江戸と繋がることで、世への扉は開くのかもしんねぇなぁ。

儀三治は七日かけてすべての句を写し、江戸の完来と尾張の羅城のもとへ丁重な文《ふみ》を添えてそれぞれ送った。両者ともこのたびは速やかに句に目を通してくれ、皐月の終わりには選句の結果が届く。選ばれたおよそ百句を額にしたため住吉神社に納めるまで、発起人の儀三治でさえ意外に思うほど滞りなく運んだのである。

神主は「かほどに立派な額をいただけるとは」と目尻を下げ、村の人々は「さすがに江戸の俳人が選んだだけあって、ええ句ばかりだて」と、句作者よりも選ぶ目を称えた。儀三治は店を訪《おとな》う客から口々に「ええことしたな」と声を掛けられ、茂兮も幸吉もすっかり気をよくしたらしく、

「また献納の額を作ってはなじだっぺか。奉納句を集《つど》ってよ」

「俳句っちゅうのは面白《おもし》いものだなぇ。徳がつくようだて」

と、昂揚した顔で頷き合う。

「そうだな、他の寺社に納めるものを手掛けてもええかもしれんなぇ」

儀三治は朗《ほが》らかにそれを受けながら、これまで微塵も浮かんだことのなかった思惑が身の内でむくむくと膨らんでいくようなのに戸惑っている。

――江戸の者に、越後の話を書いて見せたら面白がってもらえるかや。越後のことも広まるなぁ。

越後の風俗はきっと江戸者には新鮮なものばかりだろう。それに、古くからこの地に伝わる綺談は、きっと彼らの耳目を驚かすだろう。江戸にはないものが、この越後にはあまたあるのだ。あの空っ風の吹く乾いた土地に暮らす者たちが容易に手にできぬものを、自分たちは当たり前に持っているのだ。その事実を、書を通して知らしめることができれば、越後という土地に一目置かせることができるのではないか――。

短い梅雨が明け、蟬が鳴いたと思ったら、もう霜が降りるようになった。葉月の終わりには藁靴《わらぐつ》とかんじきを土間に出し、住吉神社境内にそびえる木々の雪囲いを手伝った。

「今年は雪囲いの人手が多かったなぇ。句寄せのお蔭かもしれんなぁ」

家に戻って夕餉の折にそんな話をすると、恒右衛門が改まった様子で箸を置き、出し抜けに訊いてきたのだ。

「にしの嫁の件だども、岡野町に心当たりがあるすけ、どうだ」

束の間、なんの話かとぼんやり父の顔を見詰めねばならなかったのは、このところ越後国の綺談を書き出すことに夢中で、ほのに逃げられた一件すらもおぼろになっていたせいだろう。

「ふたりもしくじったすけ、焦らんでも。少し間を空けてもおれは……」

それとなく言ってみたが、父は険しい顔でかぶりを振るのだ。

「駄目だ。奥を手伝ってもらわんば。母様にすべて任せては難儀よ」

その母が、嫁のやることなすこと気に喰わぬでは仕様がなかろう、と儀三治は胸の内で嘆息《たんそく》する。

「それにおれも歳だすけ、商いに口出すのをよして、ゆっくりしていがだ。にしが立派に店を守り立てていくためにも、今のうちに身を固めておかんと」

父は気力こそ横溢《おういつ》していたが、ここ数年、身体の衰えはいかんともしがたく、冬には節々がひどく痛むとかで店に立つこともままならない。儀三治は、着実に老いていく父を気遣って、「まだまだ父様には教《おせ》てもらわんばねぇすけ」と励ましたが、恒右衛門は首を横に振って譲らなかった。

「にしにはおれにはない商才がある。にしの好きにこの店を仕切ったほうが、店は大きくなるすけ」

儀三治は自身の商才に心当たりもなかったが、質素を好む性分もあって店でも無駄を省いて利を上げるよう細かに計らっているのを、父は評したのかもしれない。それでも快く返事ができなかったのは、越後の綺談を江戸に紹介する道筋をつけるための働きかけをはじめたいとの欲求が、このところごまかしようのないほど強まっていたせいである。

――江戸の書肆に掛け合ってみてはどうか。

しかし、その書肆へ掛け合う手立てを儀三治は持たない。ただただ当てもなく、幼い頃から聞かされてきた綺談をしたためる日が続いている。

それでも儀三治は、素直に父に応じた。

「わかりました。万事お任せしますすけ」

己のすべきは、鈴木屋を継ぐことなのだ。己の書いたものを書本《かきほん》にして江戸で売ることなぞ、そもそも見果てぬ夢ではないか。江戸ではすでに多くの板本《はんぽん》が手に入るのだし、縁もゆかりもない越後商人の話に耳を傾けてくれる書肆なぞないことも容易に察しが付く。

「先方はええようだすけ、雪が解けたら岡野町に行ごうそう」

もうおおかた話がついているのか、と儀三治は弱く笑った。父の仕事はいつでも早く、また強引なのだ。

「なじょも。どうか」

次は母も気に入る娘が来るとよいが、と祈る気持ちで頭を下げた。


それから半月も待たずに、雪が舞いはじめた。景色が白く塗り込められていく中で、儀三治はなぜか焦燥に駆られるようになった。

やはり江戸の書肆に話だけでもできないか。こんなことに労を割けるのは、再び所帯を持つ前の今しかないのではないか。せめて江戸の知者に渡りをつけ、書いたものを見てもらうことだけでもできぬだろうか。

真っ先に思い浮かんだのは、先だってやりとりしたばかりの雪中庵大島完来だが、次の句寄せも企図される中で矢継ぎ早に頼み事をするのは申し訳なく、しかも俳句についての指南を請うならともかく、己の書いたものを本にしたいから書肆を紹介してくれと頼み込むのは余りに厚かましいように感じられた。といって、江戸で他に交流のある者はおらぬ。

諦めかけたとき、はたとある人物が頭をよぎったのである。

沢田東江。

九年前、江戸に上った折、書を習った師である。その後、親しく交流していたわけではないが、毎年年賀の品を贈ることだけは欠かさずにしてきたから、便宜を図ってくれるかもしれない。書状だけでも出してみようかと筆を執るも、いや付き合いも浅いのにあまりにも図々しかろうと躊躇《ちゅうちょ》する。こうして逡巡する間にも、積もる雪は非情に丈を伸ばしていく。もう半月も経てば飛脚の往来もままならなくなるというところまできて、儀三治はようやく肚を決めた。

二晩掛けて、越後には多くの綺談があること、それを江戸に広めたいということ、書本にして江戸で売れないかと考えていること、そのため書肆を紹介していただけないかということを、順を追ってしたためた。

せめて草稿《そうこう》だけでもご覧いただければ——最後にその一文を書き添える段にも、戯作者でもないのに世間知らずの無礼者だと嗤われそうだと怯《ひる》み、いや、書肆を紹介せよと頼んでいる時点で十分図々しいのだからままよ、と開き直って、そのままを書き付けた。

書状は一晩寝かせ、幾度も読み直してから草稿と共に封に収めて密かに飛脚を頼んだ。家の者にも、むろん茂兮や幸吉にもこのことは伏せた。

飛脚が出てしまうと、不思議と結果を案じる気持ちは消え失せた。やるべきことはやったというすがすがしい心持ちが勝って、家業に身が入るようになった。儀三治は常と変わらず店に立ち、得意先の者らと語らい、丹念に帳簿をつける。雁木の下を行き交う村人たちと愛想良く挨拶を交わす。

「凍《し》みてきたなぇ」

「そうだなぇ。だんだん雪が積もりそうだなぇ」

「今年はなんも災いがないとええなぇ」

時折思い出して、三国街道の先を見澄ます。ただただ雪花《せっか》が無心に舞うばかりで人影は見えない。雪はもう背丈ほどに積もって、この街道の先にあの乾いた江戸の町があろうとは信じられぬほど、硬く景色を閉ざしている。

雁木がキシキシと心許ない音を立てた。金城山から吹き下ろす風が、屋根から降ろしたばかりの雪を意地悪くあたりにまき散らしていく。

二

座敷に寝転ぶと、肘掛け窓に切り取られた空が目に染みた。妙に青い。雲ひとつない空ってなぁ存外風情がねぇなぁ、と山東京伝《さんとうきょうでん》は嘯《うそぶ》く。

「おや。蜻蛉《とんぼ》が飛んでいんす」

窓際に座した玉《たま》の井《い》が、京伝の目線をなぞって朗らかな声をあげた。蜻蛉はあいにく、京伝の位置からは見えない。

「そろそろ見納めかしれねぇな」

つぶやくと、玉の井が首を傾げた。

「なに、蜻蛉さ。だいぶ冷え込んできたろう。今年終《しま》いの蜻蛉かしれねぇよ」

そうじゃなぁ、と柔らかに受けて、玉の井は、畳に放り出した京伝の手の平に、そっと手を重ねた。

最前廓《くるわ》の男衆が運んできた、鮮やかな朱塗《しゅぬ》りの膳には二、三の肴《さかな》、それに湯気の立った湯飲みが並んでいる。京伝は、ひと口酒を含んだだけでも目を回すほどの下戸《げこ》である。だからこうして馴染みの見世《みせ》に登楼《あが》っても、ほうじ茶を所望するのが常なのだ。遣手《やりて》や男衆は、とんだ野暮天《やぼてん》だと陰で嗤っているやもしれぬが、玉の井は微塵も嫌な顔を見せないのがありがたかった。

京伝は寝返りを打ち、玉の井の腰をぐいと引き寄せる。妓《おんな》の膝が崩れて、その身がしなだれかかってくる。

「おめぇさんは、いつも澄んでるねぇ」

言うと、玉の井はつと窓の外に目を遣《や》って、

「この空のように、でありんすか」

と、まだどこかぎこちない廓詞《くるわことば》で返してきた。

「いやぁ、今日の空は、べたっと同じ色で塗られてらぁね。澄んでる、ってのとは違うよ」

「……わちきには、ようわかりんせん」

京伝は口の端から笑みを漏らし、妓の重みを感じながら目を閉じた。

玉の井は、この春に新吉原は玉屋に入廓したばかりだった。長らく廓遊びから遠ざかっていた京伝が、久々に登楼った見世で見初めた新造《しんぞ》で、彼女《かれ》にとっては京伝がはじめての客である。歳は二十歳と薹《とう》が立っているが、ぷっくりと艶やかな唇と常に笑んでいるようにたわんだ目をした器量好しで、なにより苦界《くがい》に落ちた身にはそぐわぬ天真爛漫な朗らかさを備えていた。馴染みとなってまだ半年だが、十七の歳の差を感じぬほど彼女と過ごす刻は心地よく、今では毎日のように玉屋に通い、ここで稿本をしたためることも珍しくなくなった。

ふた親が早くに死に、弟や妹を食べさせるため奉公に出て働き詰めに働いてきた、けれどつ

いに万策尽きて身を売ったのだ、と辛い身の上話を語るときでさえも、彼女の目は緩やかな弧《こ》を描いて、喉に珠《たま》でも入れているようなコロコロとよく転がる声を鳴らすのだった。

「己が命運《さだめ》を恨むこたぁねぇかえ」

一度、それとなく訊いたときも、

「へぇ。わちきはここに落ちるまで、やれるだけのことは致しました。不幸な出来事は避けられぬことでありんす。そこからどうにかして立ち上がろうと、悔いのないほど努めれば、いかな命運でも自ずと受け入れられるものでありんす」

まったく屈託なく答えたのだった。その言葉は、長らく戯作者として筆を執《と》りながら、己の務めに常に釈然としないものを抱えてきた京伝の胸に、深く沁みた。

襖向こうから男衆の、玉の井を呼ぶ声が聞こえた。彼女はそっと京伝から身を剝がし、襖越しに二言三言交わしたのち、窓際に戻って伺いを立てる。

「お客様でありんす。沢田東里様とおっしゃるお方。お通しいたしんしょうか」

京伝は片眉をはね上げ、鼻の奥で唸《うな》った。このところ幾度か、銀座の店を訪ねてきていた人物である。どこの誰だか知れぬから、雇いの男衆に門前払いをさせて会わずにいたのだが、とうとうここを突き止めたらしい。

――何用だか知らねぇが、しつけぇ野郎だ。

追い払おうとも思ったが、また日を変えてやってくるだけだろうと観念し、玉の井の前で無慈悲な指図をするのも野暮だとの見栄もいささか交じって、

「いいよ。ここへ通せ」

と、京伝は身を起こしつつ返事を放る。

肘掛け窓にもたれて待っていると、やがて遠慮がちに襖が開いて男が姿を現した。だいぶ若い。二十歳そこそことといったところだろう。

「どうも、かたじけのうございます。手前、沢田東里と申し、書塾を営んでおります。父の沢田東江に師事いたしまして、このたび塾を継ぐことになりましてございます」

ほう、沢田東江の倅か、と京伝は男を見据える。さして親しくもなかったが、東江の名は広く聞こえている。ことに武家の間では、彼に書を習うのが一種の流行にもなった。確か、去年身罷《みまか》ったのではなかったか。だが京伝はあえて、東江と聞いて訳知り顔で頷くことも、その書塾について改めて訊くこともしなかった。

「こうして突然押しかけまして不躾《ぶしつけ》なことと承知致してはおりますが、ひとつ相談がございまして。当代一の戯作者である貴殿にお願いしてよいものかどうか、さんざん迷うた挙げ句に、思い切って参じましてございます」

襖の側に正座し、手を突いたきり、畳に話しかけんばかりにして歯の浮くような口上《こうじょう》をつらつら並べ立てる東里に、京伝は早くも面倒な心持ちとなり、

「まぁそんな隅っこにへばりついてねぇで、もそっと寄りな」

ぞんざいに手招きした。彼はしきりに恐縮しつつも座敷の中央へとにじり寄る。それを見て、玉の井が音もなく下座に移った。

「実は、こちらに伺う前にまずは自力でなんとかできないものかと思案投《な》げ首《くび》致しまして、いくつか知った板元には訊いてみたのでございます。ところがいずれも、校合《きょうごう》でなければ難しかろうと、そうした判じでございまして。まぁろくに中身に目を通しもせずにそんなことを言うものですから、私もだいぶ腹を立てましたが、いずれにせよ著述は戯作者に任せて、校合に徹

するがよろしい、ということには変わりがないようで、ならばそこらの戯作者もどきに願い出るより、いっそ先生のような一流のお方にお話をしてみようと大それたことを思いついたわけでございます」

遠慮がちな態度とは裏腹に、鉄砲水のごとく語り出した東里を、

「おいおい、ちょいと待て。ぜんたいなんの話だえ」

京伝はひとまず押しとどめる。そうやって遮《さえぎ》りながらも、どうせ無名の徒の板本を出したいという頼みだろうとおおかた察しは付いている。

駆け出しの書き手の草稿を著名な戯作者が手直しして著述とし、これに並べて校合者との肩書きで原作者の名を入れるのは、板元の使う定法《じょうほう》だった。海の物とも山の物ともつかぬ筆者の作であっても、有名どころの著作とすれば、読み手は安心してその書物を手に取れるというわけだ。

おそらくはこの若造が、塾で書を教えるだけでは飽き足らず、本でも書こうというのだろう。いかにも朴直《ぼくちょく》といった佇《たたず》まいに似合わず欲深い野郎だと鼻白《はなじろ》みながら、はて、本を出したいという希求は欲深いことなのだろうかと京伝は自問する。戯作なぞ、心願欲して目指すほどの営為ではない。手慰《てなぐさ》みに携わるくらいで十分なのだ。

「これは、申し訳もございません。先生にようやくお目にかかれて、のぼせ上がってしまいまして。実を申せば、書いたものを板本にしたいというお願いに参りました」

やはりそうか、と京伝は窓の外に目を逃す。最前まで晴れ渡っていた空に、いつしか鱗雲《うろこぐも》がよぎっている。

「いやっ、あの、勘違いなさっては困ります。私が板本を出したいということではございませ

んで。さような浅ましいことは、私はいたしませんのですが」

「……浅ましい」

反復するや、東里は「やっ、これは」と声を裏返し、身を縮めて黙り込んでしまった。京伝はこれみよがしの息を吐く。

「いいよ。続けな。汗水垂らして働くこともなく、作り話をこさえて世にばらまく稼業だ。浅ましいにゃあ違《ちげ》ぇねえさ」

「いえ、そうした意味ではございませんで」

しどろもどろに応える東里の鬢《びん》から、汗の玉がつと転がった。顔は真っ赤に染まっている。そうなるといくらか気の毒になった。

会いたいと訪ねてくる者を逐一《ちくいち》相手にしていれば、それだけで一生が終わってしまうから滅多に門を開かぬが、京伝はけっして人嫌いではない。むしろ、とかく情に脆《もろ》い性分を持て余し、常々他者に呑まれぬよう気を張っているほどなのだ。

「越後国からの依頼なのでございます。十年ほど前になりますか、東江塾にひと月ほど通っておった商人がございます。その者が、なんでも北国の綺談を集めて本にしたいと言って参りまして、書肆を紹介していただけないか、とのことで」

「なんだと。たったひと月塾生だっただけで、しかも十年も昔のことだってのに、おめぇさんに頼んできたかえ。どうも厚かましい野郎だね」

「正しくは父宛てに書状が届いてございます。しかし父は昨年亡くなりまして」

「それすら知らねぇのだろう。そんな奴ぁうっちゃっておきゃあいいだろう」

「はぁ。しかし毎年年賀の品を律儀に届けてくださっていたようで、無下《むげ》にするわけにも。父のことを報せなかったのは手前どもの落ち度でございますから」

此奴《こやつ》も相当に人がいいと見える。袖振りあったほどの薄い縁しかない田舎者に頼まれて、銀座に日参した上にわざわざ吉原まで訪ねてくるなぞ——京伝は同病相憐《どうびょうあいあわ》れむ眼差しを、目の前の若造に向けた。

「で、わっちにどうしろってんだえ」

すると東里は、ケツの後ろに隠していた風呂敷包みを取り出し、それをずいと京伝の膝元に押し出した。

「一度、お目通しいただけませんでしょうか。お忙しいのは重々承知でございますが」

上目遣いで言う。目が細く、やや眇《すがめ》のせいだろう、野良猫が餌をねだるときの顔によく似ている。あいつらは、鰹節の削りかすだの魚の骨なぞを放ってやると一心に食らうが、食い終わった途端こちらのことなぞ知らぬといった白けた顔をしやがるのだ。

——この男も、要は厄介払いをしたいのだろう。

「面白《おもしれ》ぇ読み物なら、わっちから板元に取り次いでもいいが……蔦重《つたじゅう》もおっ死《ち》んじまったしなぁ」

「そうでございますな。まったく大変な方を失ったもので。私ども読み手にとっても残念なことでございます」

耕書堂を営む蔦屋重三郎が逝ったのは、今年五月である。脚気《かっけ》を患ってのことだった。去年あたりから身体が重いとたびたび嘆いていたのだが、五十の声も聞こえてくりゃあちこち利かなくなるさ、と受け流していたことが今更ながら悔やまれる。蔦重と仕事をはじめたのが安永九年のことだから、十七年にも及ぶ付き合いだった。ここ数年は、稿本を渡す板元を耕書堂と仙鶴堂《せんかくどう》に絞っており、いっそう繋がりが深まっていただけに、京伝の気落ちも一通りではなかった。蔦重のやり方に、他所《よそ》の板元からは「書き手の囲い込みだ」と批難の声もあがっていたようだが、十八歳ではじめての黄表紙を書いてからこれまで、さまざまな板元と係り合ってきたものの、あうんの呼吸で仕事が運ぶ相手は決して多くないというのが京伝の実感なのだ。

「しかし耕書堂は、二代目が継いだとか」

抜け目なく東里が食い下がる。

「うむ。代替わりしたおめぇさんの書塾と一緒だな」

京伝は適当に答え、差し出された風呂敷包みをおざなりに解いた。

真っ先に、雪の中に仁王立ちする奇妙な生き物の絵が目に飛び込んできて、京伝を驚かせた。人の倍ほどの大きさで、全身毛むくじゃらである。顔まで毛に覆われて、どこが目だか鼻だかわからない。しかし京伝を一瞬にして惹き付けたのは、その奇天烈《きてれつ》な生き物よりも、絵の巧みさであった。

「これは、どこぞの絵師が代筆したのかえ」

「いえ。当人が描いたものか、と。確か、狩野派の門人について絵を学んだことがある、と父の書塾に通っていた折、語っていたような。うろ覚えでございますが」

ふぅん、と相槌を打ちつつ、京伝は次々と紙をめくっていく。雪の中を大きなせんべい様の草鞋《わらじ》を履いて歩く様、雪が戸口を突き破って家の中になだれ込む様、雪原に大判の布を晒《さら》す様、見たこともない奇虫が舞う様――江戸に生まれ育った京伝にはいずれも、にわかに信じられぬ光景で、どこまでが創作でどこからが現《うつつ》か判じがつかなかった。

夢中になったときの癖で、盛んに眉間を掻いていたのを見咎《みとが》めたのだろう、それまで黙って

控えていた玉の井が畳に広げられた絵を覗き込み、

「これはすべて、お伽《とぎ》の絵でございましょう」

と、東里に訊いた。まったく不思議なのだが、彼女は時折、あたかも京伝の胸の内を見透かして、それを代弁するように言葉を継ぐことがあった。そのたび京伝は、大きなものに救われたような心持ちになる。

「それが、どうやら作り事ではないようでして。すべて越後国で起こったことだと文《ふみ》にはございました」

まぁ、と玉の井が目を丸くした。

「手前どもにはどうにも信じがたいことですが。牧之さんは江戸にいらしたとき、あまりに故郷のことが知られておらぬと感じたのでしょう。越後の綺談と風俗を広く伝えたいと稿を起こしたようでございますね」

「ぼくし、ってなぁ名かえ」

京伝はようやく紙の束から目を上げる。

「ええ。鈴木牧之さんとおっしゃいます。うちにいらしていた時分は、確か儀三治さんと名乗っておられましたが、俳号かなにかでしょうかねぇ」

「戯作者でもねぇのにいっぱしに戯号《ぎごう》をつけるたぁ、なかなかだね。しかし、随筆ってなぁ当今さっぱり売れねぇのだぜ。こいつを欲しがる板元があるかねぇ」

鬢を掻いた京伝を、そこをどうか先生のお力で、と東里が拝み倒す。はてどうしたものか、と流した目が、玉の井の濡羽色《ぬればいろ》の瞳に突き当たった。と、彼女の目が、常のように弓形にたわんだのだ。

――仕方ねぇな。

京伝は、ぐるりと首を回したのち、紙束を取り上げて東里に言った。

「承知の助だ。まずは預かってみるさ」

二日ぶりに大門を出て銀座へ戻り、京屋伝蔵店《きょうやでんぞうみせ》の前を懐手《ふところで》にしてそそくさと過ぎる。今日も客で賑わっているのを横目で確かめ、誰にも見付からぬよう脇の路地へと潜り込み、店裏手に構えた住まいの戸口を後ろ手に閉めて人心地ついた。

少し前までは店の二階に書斎を構えていたが、それを聞きつけた者が、弟子にしてくれ、稿を見てくれ、と客に紛れてひっきりなしにやって来るものだから商いの邪魔になって厄介だと、もとは医者が住んでいたこの家蔵を買い取って移ったのである。

戯作者というのは、所詮、浮き草稼業だ。これに身を捧げるのは博打《ばくち》ゆえ、京伝は一家を食わせるためにも地に足着いた生業《なりわい》を持とうと、四年前、この銀座一丁目に煙管《キセル》と煙草《たばこ》入れを扱う九尺間口の店を開いたのである。商いは存外すみやかに軌道に乗り、自作の黄表紙で幾度か宣伝したことも功を奏して、今では相当な売れ行きを誇っている。

もっとも京伝は商売に口出しせず、店の仕切りは父の岩瀬伝左衛門《いわせでんざえもん》に万事任せていたのだが、その父がおととし、七十四になったのを機に突如剃髪《ていはつ》して椿寿斎《ちんじゅさい》と名を変え、阿弥陀《あみだ》信仰に熱を入れるようになってからは、雇いの男衆らに切り盛りを委ねていた。

京伝は長男ゆえ岩瀬家を継ぐ命運にあるのだが、今のところのらりくらりとこれをかわしている。父は声を荒らげたのを一度も見たことがないほど温厚な質《たち》であり、家督についても特になにも言ってこぬから今のところ助かっているが、はてこののちどうしたものか、と近頃では柄にもなく思い悩むことが少なくない。

――相四郎《そうしろう》が代わりに継いでくれりゃあ世話ないが。

八つ下の弟の顔が再々浮かぶも、彼は外叔母である鵜飼《うかい》家へ養子に入り、篠山《ささやま》藩士として勤めているから、今更商いの道に引っ張り込むわけにもいかない。齢三十七にもなると親は老い、所帯のことが否応なく身にのしかかってくる。ことに、以前は女房が引き受けてくれていたあれやこれやを一身に背負わねばならなくなってからは、生臭い俗世に無理矢理引きずり下ろされたようで憂鬱の虫が始終身の内を這いずっている。

女房のお菊が逝って、もう四年だ。気働きがあり、暮らしのやりくりも巧い女で、京伝も両親も安心しきって家のことを任せていたのだが、銀座に越して間もなく血塊《けっかい》を患い、呆気なくいなくなってしまった。

もとは新吉原大籬《おおまがき》、扇屋の菊園《きくぞの》と名乗る番頭新造だった女で、純粋な心根と聡《さと》さに惚れ込んで嫁に迎えたのである。京伝が三十路《みそじ》になった年だった。自分には過分な貴石を手に入れたと当初は有頂天で、お菊が老婆になっても大事にしようと誓っていたのに、たった三年程しか共に過ごすことはかなわなかった。

彼女を亡くしてからしばらくは、なにをする気力も失って、当然机に向かう気にもならず、一年ほどは一冊の稿本も仕上げられなかった。喪が明けてからようよう己を奮い立たせて筆を執り、去年はなんとか三冊の黄表紙を板行した。今年に入ってからは、お菊の死んだことに蓋する勢いで執筆に没頭し、『正月故事談《しょうがつこじだん》』『虚生実草紙《うそからでたまことのそうし》』と続けざまに黄表紙を上板した。とはいえ、ふわふわと虚《うつ》ろな道を歩いているような、定まらぬ日々は未だ続いている。

京伝は、住まいの戸口脇に設《しつら》えた書斎に入り、文机の前に腰を落ち着ける。ふと気が向いて、最前沢田東里から預かった稿を今一度開き見た。中に、東里のものらしき断り書きがあるのを見付けて目を通すと、鈴木牧之というこの作者は、越後国塩沢の産で質業を生業としている、とある。

――なんだ、うちと似てるな。

岩瀬家も、京伝の生まれた頃は質屋を営んでいたのだ。父の伝左衛門がかつて質屋に養子に入ったためである。しかし牧之というこの男、京伝より十近く若いにもかかわらず、すでに家業を継いでいるらしい。となると、店を切り盛りしながら、これだけの稿をしたためたということか。

「ふむ」

ひとり唸って、眉間を掻いていると、

「おや、帰ってたのかえ」

と、母が顔を覗かせた。母もまた、父と同じく、京伝のやることに下手に口を挟まず、遊里《ゆうり》に入り浸っても嫌みのひとつ言うこともない。ただ、お菊が逝ってからは、早く嫁をとれと珍しく急《せ》かすようになった。腑に落ちぬのは、お菊とあれほど馬が合っていたのに、「次に嫁をとるなら、良家の娘を迎えてはどうか」と言い募ることだった。

「昨日、蔦屋さんがいらしたよ。また明日にでも出直します、ってさ」

「そうですか」

用向きを訊かぬのは、どうせ稿の催促だろうと察しがつくからだ。蔦屋にしても、京伝が玉屋にいることは察しが付いていようが、吉原にまでは踏み込んでこないあたり、まだ付き合いの浅い二代目ゆえの遠慮だろう。

「おまえも忙しいのに、そう再々浅草辺まで出掛けるのも難儀だろう。どうだね、この間話した娘《こ》に一度会っちゃみないかえ」

蔦屋の伝言に紛れ込ませるようにして母が遠回しに持ち出したのは、相も変わらず嫁とり話である。京伝が玉の井に執心《しゅうしん》なのも勘付いているから、いっそう気が気でないのかもしれない。

「……阿母《おっか》さんは、お菊をさほど好かなかったかえ」

ずっとわだかまっていたことを思い切って訊くと、母の顔があからさまに曇った。まさか、というふうに大きくかぶりを振り、語気を強めて返してきた。

「なんだってそんなことをお言いだえ」

「なに、町娘を盛んに勧めるからさ」

すると母は肩を落とし、

「それはね、お菊のためさ」

と、小さく漏らしたのだ。

「おまえがまた吉原から落籍《ひか》して女房に迎えたら、どうもお菊の立場がないように思うんだよ。傾城《けいせい》ならば誰でもいいんだろう、ってさ」

かつてお菊を身請《みう》けした当初は、遊女をうちに入れるなぞとんでもないとかぶりを振った母も、お菊の分別ある賢さと気立ての良さをいたく気に入り、お菊もまた岩瀬の家にすんなり馴染んだ。京伝は、夫婦になる前から『客衆肝照子《きゃくしゅきもかがみ》』や『真実情文桜《しんじつせいもんざくら》』といった本に「菊園」を登場させており、お菊は、一家にとってどこに出しても恥ずかしくない自慢の嫁であるだけでなく、京伝の創作にも欠かせぬ存在だったのだ。

今でも家で過ごしていると、ふと彼女の姿を探してしまう。ああ、昼下がりによく縫い物をしてたっけな、と畳の日溜まりに目を落とし、厨に入るたび、すらりとした柳腰《やなぎごし》がそこに佇んでいるような錯覚を起こす。通りに下駄の小走りに行く音を聞けば、買い物からお菊が戻ってきたのか、とつい伸び上がってしまう。

「お菊は格別な娘だった。苦界にいたのが信じられないほどにね。世間様にそう思わせておきたいんだよ」

母の訴えがひどく身に染みたが、

「世間は係りねぇでしょう」

京伝はあえて軽くかわす。

「係りなくはないよ。おまえはもう、岩瀬醒《さむる》じゃあない。あの、山東京伝なんだから」

名の知れた戯作者なのだ、その一挙手一投足は世の注目を浴びるのだ――そう言いたいのだろうが、母の険しい面持ちに接して、京伝はうんざりと息を吐くよりなかった。戯作者ごときがなぜ世間の模範らしい生き方を求められるのかとうそ寒くなり、母までもがそんな考えに取り憑かれていることに愁嘆《しゅうたん》する。

「いい縁談だと思うんだけどねぇ。番茶も出花の十八できれいな娘だよ。あたしが言うのもなんだが、おまえは美男だ。初見の人たちゃ、みな驚くほどさ。きっと、似合いの夫婦になろうよ」

「みなが驚くのは、わっちが獅子鼻《ししばな》の醜男《ぶおとこ》の画をてめぇの本に載せてるから、見た目の違いに気を抜かれるだけですよ。美男なんざ、よしてくだっし。そんなもんは糞の役にも立たねぇ。虫酸《むしず》が走りまさぁな」

京伝は、北尾《きたお》政演《まさのぶ》を名乗る浮世絵師でもある。己の戯作本の挿絵を手掛けることも珍しくなく、口絵には「京屋伝二郎《でんじろう》」として獅子鼻の自画像を描いてきた。これを京伝の顔だと信じ込んでいる読者も少なからずおり、中には、戯作者というのはみな鼻が上を向いているものだと思い込んでいる者まであるらしい。

ふと、文机の上に置かれた雪国の絵に目を落とした。京伝自身絵を学んできたから余計に、牧之とやらの絵心に惹かれるのである。

「まぁともかく、戯作者なんてぇのは、世間でもてはやされるような代物じゃありませんよ。浮世に馴染めねぇ半端者が陥るところで、苦界なんぞよりずっとひでぇようなものなんですから」

いい加減に言いのけて筆を執ると、母はわずかに口を尖《とが》らせたが、諦めたふうに部屋から出て行った。京伝は総身に込めていた力を抜いて、筆を置く。再び、牧之の書いたものに一枚一枚目を通していく。


二代目蔦屋重三郎が訪ねてきたのは、結局これより三日のちのことであった。初代は、「明日また伺う」と言伝《ことづて》れば必ず約束を守ったが、この二代目は日限にやや緩いところがある。

「真野是翁《まのぜおう》が亡くなったそうですよ。まぁなんですか、あちこち死に盛りですなぁ」

京伝の書斎に入るや、彼は縁起でもないことを口にした。是翁は故実に通じた学者である。特段悼《いた》んでいるふうでもないのに、二代目が誰ぞの訃報を口にするのは、初代が逝ってからすっかり習いになっている。その心裏には、京伝にも覚えがあった。お菊が死んでしばらくは、周囲の葬《とむら》いを必死に数えていたのである。ああ、酷い目に遭ったのはお菊だけじゃあねぇのだ、人が死ぬというのはどこにでもあることなのだ、そいつぁ自然の理《ことわり》なのだ、と女房が弱っていくのを見ているだけでなにもできなかった己を、そうやって慰めていたのだ。

「それで、例の稿本でございますが、いかがでござんしょう。板木屋《はんぎや》が小刀を持って待っているんでございますよ」

揉み手をせんばかりの調子で二代目が言った。彼はもともと、勇助《ゆうすけ》と名乗る耕書堂の番頭だった男で、陰となって初代を支えていたせいか、京伝に対しても、同胞のごとく接してきた初代とは異なり至極下手《したて》に出る。

「うむ。だいぶ枠組みが出来てきたよ」

今年に入って京伝は、まったく新しい仕事に取りかかっていた。読本《よみほん》の執筆である。長らく黄表紙や洒落本《しゃれぼん》、滑稽本を書いてきたが、戯作者となって二十年目にしてようよう本格的にこの領域に踏み込んだのだ。

風刺《ふうし》を交えた物語を画と組み合わせて読ませる黄表紙や、主に遊廓を舞台にして男女のやり取りを描いた洒落本に比べると、読本はけっして売れ行きがいいとは言えない。半紙本で高価なこともあるし、伝奇的思想的で和漢混交の物語を読むにはそれなりに教養がいるから、読者を選ぶ。黄表紙のように、誰でもさらっと読めて、気楽に楽しめるわけではない。ただそれだけに、書く側は挑み甲斐があった。読《よ》み巧者《ごうしゃ》たちを己の筆で唸らせたい、という欲である。

「この調子でいきゃあ、来年にゃあ一通り書き終わるだろうよ」

「それはよござんす。先生が新たに取り組まれる読本ですからね、華々しく宣伝を打とうと鶴《つる》喜《き》とも話しておるんでございますよ。なにしろ私どもふたつの板元の相合板《あいあいばん》で出させていただくだけに力も入ります。どうでしょう、『教訓水滸伝《すいこでん》』とこう、大きく刷ったものを書肆の店先に貼るというのは」

「その件なんだが」

京伝が遮ると、

「そういった宣伝じゃあないほうがよろしゅうございますか」

と、二代目はおどおどと手を揉んだ。自信がないのだろう。もっとも、一代で耕書堂を当代一と言われる板元に押し上げた初代となにかにつけて比べられる身とあっては、気が抜けぬのも道理だ。お抱えの戯作者の機嫌を損ねて離れられては、耕書堂の格は呆気なく地に落ちてしまう。

「いや、宣伝は板元の役目だ、どうしようと任せるが、題簽《だいせん》に書く文言さ」

京伝はしばし間を置いて、告げた。

「『忠臣水滸伝』に変えてぇと思うんだが、どうだね。『教訓』だとどうも堅っ苦しくていけねぇ。読本とて、好きに読んでもらいてぇと思ってね」

「なるほど。それはよろしゅうございます。忠臣ですか。先生の御本には、『忠臣蔵前世幕無《ちゅうしんぐらぜんぜのまくなし》』や『忠臣蔵即席料理』もございますからな」

「あれぁ黄表紙だから、また違うさ」

「そうでしたな。……ときに、先生はこれから読本だけでいかれるのでございますか」

二代目の面差しに、案じるような影が差している。売れたところで千部に届かぬ読本の分野に拘泥《こうでい》するよりも、これまでの分野に戻してはどうか、という内心が透けて見える。ことに遊廓での色恋を主軸に据えた洒落本は、薄利多売の黄表紙に比して、値付けが高い割に数ははけるから実入りがいい。よってどの板元も、洒落本を書けとけしかけるのだ。

案の定二代目は、「また洒落本もお書きになってくださいまし」と、愛想笑いを向けてきた。

「洒落本ねぇ……。しかし、また御上《おかみ》にとっちめられるのも嫌だぜ」

京伝ははぐらかす。今から六年前、手鎖《てじょう》に処せられたことが古傷となって、未だじくじくと痛むのだった。

「もうさようなことはございませんよ。着物も髪も質素にせよと広く命じた、かの吝嗇《りんしょく》なお方は、老中の座を降りられたことでございますし」

倹約令を出した老中、松平定信を皮肉たっぷりに語るのは、御公儀の定めた好色本出板禁止のお触れによって初代蔦重が身上半減《しんしょうはんげん》の過料《かりょう》を受け、財産の半分を取り上げられた恨みだろう。京伝もまた、その年に板行した洒落本『仕懸文庫《しかけぶんこ》』などが好色本にあたるとして、手鎖五十日の刑を受けている。本を出す前に地本問屋《じほんどいや》の行事改《ぎょうじあらため》も通し、中身もけっしてきわどいものではなかったのに、だ。まるで御上に因縁を付けられた格好じゃねぇか、と京伝はこのときほど戯作者という仕事を恨めしく思ったことはなかった。

そもそも洒落本や黄表紙は単に人を楽しませるもので、医者のように人の命を救うものでもなければ、学者のように人を導き教えるものでもない。米や味噌のように暮らしに欠かせぬものでもなく、見方を変えれば無用の長物に相違ない。その証に戯作者のほとんどは、潤筆料《じゅんぴつりょう》さえもらっていない。本を書きあげたところで、また、それがいかに売れたところで、板元の主人に一晩飲み食いさせてもらって終いなのだ。幸い京伝は、初代蔦重のはからいで『仕懸文庫』から潤筆料をもらえるようになったが、それとて金一両銀五匁《もんめ》の買い切りで、銀座の店の売り上げとは比べものにならないほど微々《びび》たるものだった。

——それなのに名ばかり通っているせいで、手鎖のような見せしめじみたことをされる。

当時はさすがに己の稼業に嫌気が差して、筆を折ろうとまで思い詰めた。初代蔦重の、日参どころか泊まり込みの説得によって渋々思い止まりはしたものの、未だどこかに戯作者という仕事に対して後ろめたさと腑に落ちなさを抱えている。

「いやぁ、あの吝嗇老中がいなくなっても、その息が掛かった松平伊豆守《いずのかみ》が老中首座に座ってるんだ。当面浮世はお堅いままさ。それがなくとも、洒落本、黄表紙をいつまでも書くわけにもいくめぇ。狂歌でならした大田南畝《おおたなんぽ》も、寛政改革の折に学問に精を出すとすっぱり足を洗って、今や幕府の支配勘定役に登庸《とうよう》されてるだろう。わっちももういい歳だ、少しぁ世の役に立つことをしてぇもの」

すると二代目は、悄然《しょうぜん》と黙り込んでしまった。

往来を行く棒手振《ぼてふり》の「柿ー。禅寺丸柿《ぜんじまるがき》ー」と呼ばう声が戸の隙間から忍び込んでくる。京伝の家は表通りには面していないが、銀座一丁目という土地柄、小松や向島《むこうじま》といった江戸のはずれから青菜や魚を積んだ棒手振が二六時中訪れ、あたりはその声で賑やかだった。物を書くのに邪魔になりませんか、と問う者もあったが、京伝は書きはじめると耳の穴が塞がってしまう質《たち》らしく、これまでうるさいと感じたことはない。

「戯作も世の役に立っておる、と。私はそう信じております」

二代目がようやっと口を開いた。神妙な声だった。

「先生は、二十二の頃にお書きになった『御存商売物《ごぞんじのしょうばいもの》』で大田氏に認められ、いっぺんに人気戯作者の仲間入りをされた。それからずっと第一線を走っておられる。そのことも無論素晴らしいのですが、私は初代から聞かされた、戯作者となって間もない頃の先生のお言葉にいたく感銘を受けたのでございます」

「やめつくんな。なんの話か知れねぇが、そんな昔のこたぁ覚えてねぇよ」

変に生真面目な二代目のことだ、さっさと牽制して深刻な気配を払おうとしたが、彼は首を伸ばして続けるのである。

「『御存商売物』が評判を呼んで、注目を一身に浴びておられたさなかで、当然多くの板元が先生に稿を依頼した。けれど先生はいたく慎重になられた、と。その理由が、少々名が売れたせいでまわりから持ち上げられ、調子に乗ってやみくもに仕事を受けて、書き殴りの駄作を出すようなことがあっては目も当てられぬ、というものだったそうで、私は驚嘆したのでございます。二十歳そこその若者が、さような分別をいかにしたら持てるのだろう、と」

押し寄せる板元に、そんなことを言った覚えがある。到底さばけぬほどの注文が舞い込んだ頃であったから、それを間引く目当てもあったろうが、己が純粋な読み手だった頃に、単に板行時期に間に合わせただけといった作をいくつも読んでいたせいもあるだろう。こんな雑な読み物を世に出して、書いた奴ぁ恥ずかしくねぇのかと、若い時分は無闇《むやみ》と苛立っていたのだ。未だ筆が荒れぬよう心掛けてはいるが、自分も気付かぬうちにいつしか慣れが生じてしまった気もして、時折怖くなる。こうして盛んに催促されれば余計に、流されていやしまいか、初心を失っていないか、と自問したくもなる。このたび読本に挑戦することにしたのも、己の地歩を今ひとたび見直し、固めるためでもあった。

「そうだ、あんたに見せたいものがあるのだ」

これ以上、「戯作者とは」といった話を続けるのも億劫で、京伝は文机に置いたままの紙の束を取り上げた。

「これ、あんたのところで、どうだえ。なかなか面白いぜ。越後の者が書いた随筆だが、絵もよく描けてる」

話の腰を折られた格好になって、二代目がムッと鼻の穴を膨らませる。こうして顔に出してしまうところはまだまだ青い。

「どなたのお作です」

「鈴木牧之、とかいう御仁だ」

「知らぬ名ですな。先生とはどういった係り合いでございますか」

「いやぁ、係りはねぇのだ。ちょいと頼まれてね、見てくれってんで見たのさ。はじめて書いたものらしいよ」

二代目の眉が、見る間に曇っていく。

「まったく板本を出したことのない方のお作となると……。うちは代が替わったばかりということもございまして、なんと申しますか、強い作を続けて出して、耕書堂ここにあり、というのを印象づけたい時期でございまして」

中身を見もせずに、二代目は言葉を選びつつもはっきり断ってきた。その厳然とした態度に、ここで粘っても無駄だろうと京伝はそれ以上話すことを諦める。

「では、先生の稿本が仕上がるのを楽しみにしております」

念入りに額《ぬか》ずいて二代目が帰ってから、京伝は詮方《せんかた》無しに、沢田東里の書塾に文《ふみ》をしたためた。鈴木牧之なる人物について、より細かに知りたい、と要望を出したのだ。

――わっちもお人好しだね。他人のことに係り合っている暇はねぇのだが。

自作を板行したいという者は、時と場所を選ばず際限なく現れる。板元がそのすべてを相手にすることはかなわない。なにか目新しい引きがなければ、取り上げられることは難しかろうと考えてのことだった。

返信は、文を出してから二日ののちに届いた。そこには、牧之が書画ともに幼い頃より学んできたこと、商才も確かで店を着実に繁盛させていること、子供がふたりいて、かつては妻もいたが今はいないようだ、といったことが、思いつくままといった調子で書かれてあった。

——牧之とやらも、女房を亡くしたのだろうか。次の嫁選びで手間取っていたりするのだろうか。

己と似ている境遇らしく思えて、不思議な親しみを覚える。

越後国について、京伝はほとんど知識がなかったし、これまで深く知ろうとも思わなかった。ために沢田東里から売り込まれた稿を一旦預かりはしたものの、頃合いを見て突っ返せばそれで向こうの気は済むだろうと、ぞんざいに考えていたのである。ところが牧之の絵が優れている。さらに、興味深い風俗が次々に登場し、たちまち引き込まれた。いずれも、空想の産物ではなく、現《うつつ》に存在するものらしい。いや、想像では思いも付かないような暮らしが江戸から遠く離れた地で当たり前に営まれていることに、京伝は動じもしたのだった。それは、文机の前でいくら粘って奇想天外な話を編み出したところで、結局現には敵《かな》わねぇのかもしれねぇ、という一種の落胆をも伴っていた。牧之の書き味はまだまだ未熟だが、これを一書にまとめる工程で、長らく浮世から離れて草紙の世界に肩まで浸かっていた己の中の、新たな扉が開くのではないか。これから読本という分野に打って出るのに、それはきっと役に立つだろうという欲心も、ちらと交じっている。

——蔦重が難しいなら、鶴喜にでも話してみるか。

鶴屋喜右衛門《つるやきえもん》が営む仙鶴堂は、もとは京で興った板元で、今は江戸の通油町や大坂にも店を出し、手広く商いをしている。鶴喜は蔦重と同じく二代目だが、「初代と私は違いますから」

と枕詞《まくらことば》よろしく口にして、独立独歩新たな仙鶴堂を築いていた。ことに錦絵の板行に力を入れ、今年は喜多川歌麿《きたがわうたまろ》の三枚綴りの大判絵を出して評判を取ったばかりだ。

「なるほど、なかなか面白うございますな」

おととしあたりから急に細かい字がぼやけるようになったんですよ、と言い訳がましく言って、鼻に眼鏡を載せた鶴喜は、牧之の書をめくりながら幾度も頷いた。

「どうだろう、牧之著述にして、わっちの校合としてもいいぜ」

告げると鶴喜はすかさず、

「ええ、ええ。まことに、よろしゅうございますな」

と、抑揚を欠いた声で合いの手を入れる。その様を見て京伝は鼻から息を抜く。鶴喜がこうして心のこもらぬ讃辞を放るときは、乗り気でない証なのだ。

「ところで『水滸伝』の進み具合はいかがでございますか」

案の定、さっさと話をすり替えた。

「そいつぁ蔦重から聞いてるだろう。わっちが今日、話をしたいのは、この雪話《ゆきばなし》のことよ」

「これはこれは……だいぶご執心でございますな」

「執心ということもねぇが、雑に書いた黄表紙なんぞよりずっと読み応えがあるぜ。まだ少しっきゃ送られてきてねぇが、もっと越後の綺談を集めたらいい書物になるだろう」

強引に推すも、鶴喜は眼鏡をはずし、白いものの交じった鬢を掻くのだ。

「おっしゃる通りでございますな。なるほど、力の籠もった稿となれば、よい書物にはなるかもしれません。しかし、よい書物が売れる書物になるか、というと、どうも勝手が違うようでしてね。そのあたり、板元は慎重にならなきゃなりません」

「馬鹿を言うな。いい書物を、うまく宣伝して売るのが手前らの仕事だろう」

あまりに冷ややかな物言いが癇に障って、思わず乱暴な口調になった。しかし鶴喜は、こちらの激高に動じるタマではない。ぬろぬろと笑い、

「私どもも神じゃあございませんのでね、売れそうにないものを売ることはできません。まぁこういうことを伺うのもあれですが、読本がなぜ黄表紙ほど売れないか、おわかりでござんしょう」

まさに読本の執筆にかかっている京伝に対し、平気でこういうことを訊く。値段が高いから、それに黄表紙よりも難解で読むのが骨だからだが、京伝は愚直にそれと答えるほど人がよくない。

「おまえたち板元の売り出し方が、いつまで経っても下手だからだろう」

言ってやると、鶴喜はあろうことか額を打った。

「これは痛み入ります。ただ、ひとつ言い訳をさせていただければ、私どもが読本のよさを実直に宣伝しても、その宣伝文さえ響く層が残念ながら限られているのでございます。板元が相手にせねばならんのは、その他の大勢というようなことでして、本をたくさん売るには大勢さんへ向けてなにをすべきかということが、もっとも肝要になるわけでして」

慇懃な口調で奥歯に物が挟まったようなことを言っているが、要は、世の中のほとんどは馬鹿なのだから、商売上そいつらに合わせてものを作るのがもっとも儲けになるのだ、と彼は言っているのだろう。長年戯作者をしていると、いいものを書く以前にこれは商売なのだと深くえぐられることも少なくないが、そうはっきり言われるとさすがにやる気も失せる。

「よろしいじゃございませんか。先生の御本は十分に売れております」

ますよ」

「そうひねくれるものじゃあございません。売れることこそが、戯作者としての冥利でございますよ」

鶴喜はしれっと言ってのけたのち、

「まぁしかし、そいつが本を書く上での先生方の矜持《きょうじ》となり得るとは、私もこの商売が長いですからね、思ってはございません。ですから、先生がこのたび読本をお書きになることも、私は膝を打った次第でございます。先生はひとつの形に囚《とら》われずにお書きになるほうがよろしいと、前々から思っておりましたから」

まことかねぇ、と内心訝《いぶか》る。板元が「前々から思っていた」と、したり顔で言うことは、大概書き手に合わせた嘘である。本当に思っていたのなら、こちらが言い出す前に提案しそうなものだが、これまで読本のよの字も出さずに、やれ黄表紙だ、洒落本だと彼は催促を続けてきたのである。

「しかし、読本は昨今、曲亭馬琴《きょくていばきん》がはじめましたからな。それもあって先生とは棲み分けがあるのがよろしいかと存じますんですよ」

世間擦《ず》れした彼の話運びに、香具師《やし》とでも話しているような不快を味わいながらも、

「馬琴か。彼奴《あやつ》はいいものを書くよ。よくやってる」

素直に応えると、鶴喜は意外そうに顎《あご》を引いた。

「曲亭子《きょくていし》は、先生の弟子筋でございましょう」

「そうだよ。うちに居候《いそうろう》もしてたさ」

「そう容易《たやす》く褒めますか」

「褒めちゃいけねぇか」

「いや、いけないということはございませんが、どの先生方も、他の戯作者を進んで褒めることはいたしませんよ。私どもが名を出しただけで嫌がる方も少のうございません」

ふぅん、と鼻から息を抜いただけで、京伝はこの話を広げようとはしなかった。それが事実なら、他の戯作者の名を出すだけで不快になる書き手が多いと知りながら、あえて馬琴の名を出した鶴喜のほうが業腹《ごうはら》だろう。

馬琴の書くものは骨がある。この目で読んで、素直にそう感じるのだから、そこでつまらん意地を張っても仕様がない。そもそも、戯作というのは素直に書きたいものを書けばいいわけで、他の作と比べてどうこう言うようなものではない。その点、この牧之とやらは、心底書きたいものを書いている。

「そんなことより、どうだえ。この雪話、持って帰って中身をじっくり見てみねぇか」

京伝は話を戻し、包みを鶴喜の前に押しやる。鶴喜は、しばし顎をさすったのち、小さく嘆息した。

「そこまでおっしゃるなら、持ち帰って拝見いたしましょう。先生が著述、越後の方が校合ということでしたら、形になるかもしれませんが……。ただいずれにせよ、板行は容易くはないと、先に断っておきますよ」

「おまえさんの腕にかかりゃ、それなりの板本になると思うぜ」

おだてると鶴喜は、頬の端に皮肉な笑みを浮かべた。心のこもらぬ追従《ついしょう》を口にするのは、なにも板元に限ったことではないのである。

三

儀三治は、震える手で書状の文字を追っている。寛政十年の藪入《やぶい》りである。雪深い三国街道を、掻き分けるようにして辿ってきた飛脚がもたらしたのは、山東京伝と銘の入った文《ふみ》であった。

――まさか、あの京伝か。

彼の板本に登場する、獅子鼻の醜男が頭に浮かんだ。江戸の戯作者といえば偉い人だと畏《おそ》れる気持ちがおのずと湧くが、あの画のお蔭で、京伝だけは以前からどこか親しみやすさを覚えていたのだ。

沢田東江に送った越後の綺談がどうした経緯か京伝の手に渡ったらしく、「興味深いので続きを送るように」と、文にはしたためられてある。

――まことにあの、京伝か。

幾度も同じことを胸の内でつぶやきながら読むうちに、身体のあちこちが灸《きゅう》でもすえられたように火照《ほて》ってきた。

ひとりでは到底抱えきれず、儀三治は幸吉と共に茂兮の屋敷を訪れた折、打ち明けたのである。住吉神社に続いて、浦佐《うらさ》にある普光寺《ふこうじ》へ献納する額を作るため句寄せをすることが決まり、性懲《しょうこ》りもなく三人でその話し合いをしている席だ。もっとも、

「京伝から文が届いた」

と告げただけで、越後の綺談を密かに書き送ったことは恥ずかしいので伏せた。ためにふた

りは、なーして江戸の著名な戯作者がにしを知ってるがだ、と首を傾《かし》げた。

「前に読んだ黄表紙の感想を書いて送ったすけ」

この粗放な言い訳をふたりがあっさり信じたのは、以前から儀三治が、江戸で活躍している著名人にこまめに文《ふみ》を書き送っていたのを知っているからだろう。歌舞伎役者の市川海老蔵や絵師の歌川豊国《とよくに》など、気になる人物とあれば片っ端から文を出していた時期があったのだ。

「だどもあの京伝が、文を返すと思うか。戯作に忙しいっぺに」

しつこく儀三治が怪しむと、

「京伝と言ってきてるがっぺ。そうせば、京伝だっぺ」

茂兮が、なにを疑うことがあると言わんばかりに返す。

「忙しいてっても、ただ、ものを書いとるだけだ。縮を売り歩くわけでもねぇ、畑を耕すこともねぇ楽な仕事だすけ、身体も疲れんし、暇もあるっぺ」

幸吉がせせら笑う。この男は、ものを書く苦労をなにもわかっていない。儀三治が内心憤然となったところに、

「しかも、黄表紙てぇ子供だましのもんばっか書いとるようだしなぁ」

茂兮が追い打ちを掛けた。

「そんげんこたねぇ。少し前に出た『金々先生造化夢《きんきんせんせいぞうかのゆめ》』は、真面目に働くてことがどっけに大事か書かれた黄表紙で、おれはえれぇ感じ入ったすけ」

反駁《はんばく》したが、ふたりはすでに興味を失ったらしく、

「それより、句の選者をそろそろ決めていかんばんねぇ。句寄せをはじめる前に、ご住職と話さんばならねぇすけ」

茂兮が律儀なところを見せ、

「そうだなぁ。次は前よりもっといっぺこと句を集めてぇなぁ」

と、幸吉がうっとりと宙を見つめる。儀三治はひとつ溜息をつくと、京伝の話を仕舞い、選者の候補を書き並べた紙を広げてみせた。

「おお。支度がええなぁ」

感心するふたりの声を受け流し、これから京伝に送ることになる越後綺談へとそっと思いを馳せている。


〈お手紙忝《かたじけな》く拝披奉《はいひたてまつ》り候《そうろう》。御家内お揃いで益々ご康健にあそばされ、欣慰至極《きんいしごく》に存じ奉り候〉

二通目となる山東京伝からの文を開き見るや、儀三治は慌ててそれを文机に置いた。最前までかじかんでいた手の平はいつしか汗びっしょりで、紙に染みでもつけたら事だと急ぎ手を離したのだ。懐から手拭いを出して指の股まで拭う。火鉢の炭も熾さぬ冷え切った部屋にいるのに異なことだと己の肝の小ささを恥じてうつむき、その拍子に京伝の綴《つづ》った文字が目を潤《うるお》していっそう身体が熱くなる。

文は、儀三治が先日追加で送った綺談の続きに対する返礼だった。「まだ読みはじめたばかりだが大変面白く、これから刻をかけてすべて拝読するのが楽しみだ」と書かれており、思いも掛けぬ讃辞に儀三治は、総身が浮き上がらんばかりに昂揚した。「雪の時季に用いる藁靴やかんじきなどの道具も詳しく知ることができて助かった」とも京伝は続けており、苦労してそれらの模型を作って送った甲斐があったと小躍りでもしたい心持ちになる。ことに、絵の巧みさに加え文章を褒めたくだりでは、これを評したのが山東京伝だと思えば、かほどの果報がまさか我が身に起ころうとは、という戸惑いにも似た感銘に覆われたのだった。

今年の藪入りの日、京伝からはじめての書状を受け取るやすぐに、儀三治はそれまで夜ごとしたためていた越後の綺談をまとめ、寝る間も惜しんで清書をしたのだ。多忙な売れっ子のことだから、一刻も早く続きを送らねば機を逸してしまうと無闇と気が急《せ》いていた。その一方で、しかし京伝のもとには引きも切らずに稿を見てくれと訪ねてくる者があるはずで、その全員に同じ文言で返事を出しているだけかもしれぬと疑いも湧いた。人気稼業であるから、読み手に対してそうした気も使うだろう。そもそも己の草稿がそう容易く書本になるはずもないのだとの冷静な諦念も相まって、その頃の儀三治の心は千々《ちぢ》に乱れた。茂兮や幸吉と進めている句寄せのことも、雪が解けたら迎えることになっている新たな嫁のことも、思いの彼方に押しやられてしまうほどに。

しかしこたびの京伝からの文には、こうも書かれていたのである。

〈いずれ板行したく候《そうらえ》ども、かような類いの本は一朝一夕にはできかね候もの、ゆるゆる草稿仕上げ候 節《そうろうせつ》は校合願い上げ候〉

「板行」と恐る恐る声に出す。夜のしじまに思いがけぬ重い響きをもって、その言葉は漂った。江戸の書肆に読んでもらい、数冊書本を作って、いくつかの貸本屋に置いてもらう、という夢を儀三治は密かに抱いていたのだ。京伝はけれど、板行と書き送ってきている。己の稿が板に摺《す》られるなぞ想像しただけで恐ろしく、さすがに今のうちに遠慮したほうがよかろうかと及び腰になった。

なにせ、江戸の出板《しゅっぱん》事情についてはてんで不案内なのだ。京伝は「ゆるゆる草稿を仕上げ」

ると書いてきているが、こちらから送った稿を書き直すということだろうか。それを校合してくれ、というのは、京伝の稿に間違いがないかこちらで検《あらた》めるということか。名高い戯作者の稿に朱《しゅ》を入れるなぞ、おこがましくてできかねる。しかしまた、毎晩店を仕舞ってからこつこつ書き溜めてきた稿を勝手に書き直されるのは、相手がいかで京伝といえど、幾分虚しさも覚える。出板の手順や慣習を詳しく知りたかったが、この塩沢にはそれに通じた者はない。

儀三治は、机脇の棚上段に祀るように置いてある一冊を手に取った。『箱入娘面屋人魚《はこいりむすめめんやにんぎょう》』という、京伝が七年ほど前に上板した黄表紙だ。飛脚に江戸までの荷を托《たく》す折、京伝の本を二冊ほど見繕《みつくろ》って仕入れてきて欲しいと頼み、手に入れた品であった。封切りは高い。出来る限り出費を切り詰めている儀三治には途方もない贅沢品だったが、このあたりでは貸本も限られているから詮方無い。

「こんげん雪ん中を行かせるだけでも難儀だがんに、買い物まで申しつけるたぁ、旦那もこって酷《こく》だなぇ」

飛脚からは恨めしげに言われたが、そこは賃銭に色を付け、平身低頭頼み込んだ。

「人気の戯作者らしゅうて、あらかたはけてしもうたと。これきりしか手に入らねかった」

十日余り経って戻った飛脚が、放るように言ってよこした板本が、棚に飾ったこの一冊なのだ。すでに読み終えていたが、儀三治は改めて巻頭にある板元蔦唐丸《つたのからまる》の口上に目を通す。

〈作者京伝申し候は、ただ今までかりそめにつたなき戯作つかまつりご覧に入れ候えども、かようの無益のことに日月および筆紙を費やし候事、さりとは戯《たわ》けの至り、殊《こと》に去春なぞは世の中に悪しき評議を受け候事、深くこれを恥じ候て、当年より決して戯作相《あい》やめ申すべきと、わたくし方へも固く断り申し候えども、さようにてはご贔屓《ひいき》に篤《あつ》きわたくし見世、急に衰微《すいび》に相成り候事ゆえ、是非是非当年ばかりは作いたしくれ候よう相頼み候えば、京伝も久しき知音《ちいん》のわたくしゆえに、黙《もだ》しがたく存じ、曲げて作いたしくれ候〉

ここにある「去春」の「悪しき評議」というのは、京伝の作が忌諱《きい》に触れたとして罪に問われたことだろう。それでも、戯作が「無益のこと」とはいかにも腑に落ちぬ。過料に処されたゆえ、世の人々に反省の意を示そうと、あえて卑下《ひげ》してみせたのだろうか。御上からお咎《とが》めがあったにせよ、京伝ほどの戯作者が、築いた地位を本気で捨てんとしていたことも想像に難かった。あのように自在にものを書き、多くからその新作を待たれる立場にあってなんの不満があるものか――。

儀三治は蜉蝣《かげろう》の羽でもつまむように慎重に紙をめくっていく。もし越後の綺談がこのような板本にまとまったら、と夢想に包まれ、そのあまりに分不相応な想念におののいて、火の気のない部屋でそっと身震いする。

第二章

一

草稿は、するすると淀むことなく進んでいる。

書き慣れぬ読本《よみほん》ゆえに手を付けるまではだいぶ構えたが、元来仇討物《あだうちもの》は黄表紙でも好んで取り入れてきた材なだけに、話の筋をたぐり寄せることには思いのほか手間取らなかった。唐本《とうほん》の『忠義水滸伝』とは異なる、ここ日ノ本を舞台にした独自の展開は、身体の節々が歓喜の音を立てて弾けるのを常時感じるほどに、書く段の昂揚をもたらした。

「『赤穂《あこう》精義《せいぎ》内侍所《ないしどころ》』が昨今やけに流行っておりましてね。まぁ、赤穂義士は人気が衰えぬと申しますか、仇討話はいつの時代も人の心を揺さぶるのでしょうなぁ」

三年前、そんなふうに切り出したのは初代蔦重《つたじゅう》だ。

「政《まつりごと》が四角四面だからさ。民は頭を抑えつけられたような息苦しさを覚えてる。そいつを跳ね返して、相手に一泡吹かせるってのが仇討物の胸がすくところさ。現《うつつ》でてめぇができねぇことを、本の中で義士らがやり遂げるんだ、そりゃあ血も沸くだろうさ」

煙管を喫《す》っては煙の輪っかを吐き出すうちに、京伝はいつしか輪っかの形や大きさを整えることに夢中になっており、蔦重にぞんざいな相槌を打ったのだ。するとすかさず蔦重が、

「いかがでしょう。例の水滸伝を忠臣蔵と結びつけたようなお話にするというのは。ふたつの評判物を合わせれば、百人力。必ず話題をさらいますぞ」

舌なめずりでもしそうな調子で言ったのである。京伝はとっさに身を引き、たやすく口車に乗ってなるものか、読本は一から十まで好きに書くのだと胸の奥で唱えたが、童のように真っ直ぐな初代蔦重の目にからめとられて抗弁の気が失せた。

「誰もが知っている話というのは引きが強いですからね。例えば足利三代だの木曾義仲だの英雄を出せば、筆者の名が通っておらずとも読んでみるかという気になるもの。中でも忠臣蔵と水滸伝でしたら、鬼に金棒といったところでございますよ」

「なるほどねぇ。わっちの名じゃあ、名物に頼らなけりゃ心許《こころもと》ないかえ」

鼻を鳴らして返してやると、またまたご冗談を、と蔦重は大仰にのけぞり、

「しかしなにせほぼお初の読本でございますからね。用心に越したことはござんせん」

と、小癪《こしゃく》なことを言った。

まぁいいさ、蔦重には間際まで秘して、忠臣蔵人気に頼らぬあっと驚くような別の話を考えてやろうとそのときは腹の中で誓い、爾来《じらい》さまざまに考えを巡らせたのだが、ついぞ初代の案の上をいく妙案が浮かぶことなく、『忠臣水滸伝』に落ち着いたあたり、俺もまだまだだと認めざるを得なかった。二代目蔦重にも鶴喜《つるき》にも、当初『教訓水滸伝』と題を語っていたのはせめてもの抗いであったが、構想が固まってくるにつれ教訓らしき気配はどこにも見えず、素直に初代の案に従うことにしたのだった。

――初代が生きていたときは、なにかと業腹《ごうはら》なことも多かったが。

京伝は煙管を手にとって、煙草を詰める。一服喫《の》んで、プウッとわざと間抜けな音を立てて煙をあたりに泳がせた。

――ああいう丁々発止《ちょうちょうはっし》がねぇのもまた寂しいものだ。

文机に頰杖《ほおづえ》をつくと、弥生の空を燕《つばめ》が渡っていくのが見えた。

――そういや鶴喜からなにも言ってこねぇな。越後の件を進めてぇが。

今度奴が来たらせっついてやろうと荒々しく鼻息を吐き出してのち、書きかけの『水滸伝』に目を戻した。筆を執《と》るやすぐにまわりの音は遠くなり、執筆よりほかの雑事もまた、頭の中から搔き消えていく。


「兄《あに》さん、おられますか」

戸口に声を聞いて、京伝は埃《ほこり》まみれの着物を払い、どたばたと階段を降りた。

「やぁ、遅くなってすみません。もうはじめておられたんですね」

襷掛《たすきが》けに尻《しり》っ端折《ぱしょ》り、頭を手拭いで覆った京伝の出で立ちを見て、弟の相四郎は鼻の穴をひくひくとうごめかした。おおかた、笑いを堪《こら》えているのだろう。この日も袴《はかま》をしっかり締めて、月代《さかやき》もこざっぱりとあたり、かかとから頭のてっぺんまで杭《くい》でも打ち込んだように真っ直ぐ伸びた相四郎は、家ではたいがいよれた着物を適当に巻き付け、苔生《こけむ》した月代に無精髭《ぶしょうひげ》の兄を「もそっと身なりに気を使《つこ》うてくだされ。弟子になりたいと参じた者も意気阻喪《そそう》に相成りますぞ」と、常々武家言葉で諫《いさ》めるのである。もっとも昨今では、執筆に入ると暮らしのすべてがおろそかになる兄の性分を解したものか、はたまた諦めたのか、こうしてからかうような表情《かお》を見せるだけだった。

相四郎は持参した襷を手早くかけて、

「ここにあるものすべて、二階に運べばよろしいんですね」

と、草履《ぞうり》を脱ぎつつ訊いてくる。

「ああ。すまんな。非番だってぇのに働かせて。大事な本だの草稿だのがあるから、下男に任せるわけにもいかなくてさ」

「こういう作業は嫌いじゃありませんから、お構いなく」

相四郎は朗らかに返して、早速書棚に積んである本を端から畳に降ろしていった。

書斎を二階に移すのである。これまでは玄関脇に書斎、二階を寝間にしていたのだが、どうやって嗅ぎ付けたのか、ここが京伝の住まいと知って稿を持ち込む者が出はじめた。居留守を使うも、大胆にも庭に回って窓から覗《のぞ》き込むような厚かましい連中もあって、すっかり辟易《へきえき》し、二階に逃げることにしたのだった。その手伝いを相四郎は二つ返事で引き受けてくれ、どうせなら梅雨に入る前に終わらせたいとの京伝の希望を汲んで、皐月頭のこの日に訪《おとの》うてくれたのである。

「品川沖で鯨《くじら》が揚がったそうですね」

書棚の本を手早く降ろし終え、厨《くりや》から持ってきた雑巾で一段一段棚を拭き清めながら、相四郎が言った。

「ああ、そうらしいな。店の奴らが騒いでたさ」

「私の仕官先でもその話で持ちきりで。なんでも長さ九間《けん》もあるとか。漁師が仕留めたばかりのときはその身体も鯖《さば》のように青かったそうですが、刻が経つにつれ、だんだんに黒く変じたそうですよ」

京伝は草稿の束を紐で綴《と》じていた手を止め、

「そんなふうになるものかね」

と、目をしばたたく。途端に、書きかけの『忠臣水滸伝』の世界がぼわっと音を立てて広がり、猛者《もさ》たちが鯨を捕らえている景色がありありと浮かび上がった。いやいや、なんでもかんでも戯作に取り入れればいいってもんじゃあなかろうと、かぶりを振って空想の景色を払う。

「今お書きになっているのは、新しい黄表紙ですか」

縁側に置いた盥《たらい》で雑巾を濯《すす》ぎながら、相四郎が訊いてきた。盥の横では今年に入って居着くようになった斑猫《ぶちねこ》が、この騒ぎをものともせずに日を浴びて寝入っている。

「いやぁ、次は黄表紙じゃあねぇのだ。去年はなんだかんだで四冊も黄表紙を出したろう。違うものに手ぇ出したくなってさ、読本を書いている」

相四郎は濯ぐ手を止め、読本ですか、とまん丸に見開いた目を向けた。兄弟でありながら、顔立ちも性質も似たところが極めて少ない。面長で色白、すいと通った鼻筋と切れ長の目を持つ京伝に比して、相四郎は塗り盆のような丸顔、地黒で鼻頭も丸々と肥っている。似ているところといえば切れ長の目くらいだが、京伝が涼やかだと言われる一方で、相四郎はいかにも人《ひと》懐《なつ》こそうな眼差しだと評されることが多かった。

「山東京伝の読本か。そいつぁ面白そうだな。きっと評判を呼びますよ」

気のいい男だがけっして追従《ついしょう》は口にせぬゆえ、素直に言われて京伝は、それまで凝り固まっていた首筋やら肩のあたりがほぐれていくようだった。

「もしいいものが書けたら、賛《さん》でも寄せてくれよ」

板本は、先行して誰ぞに読んでもらった評を綴じて出すことがままある。むろん悪評ではなく好評に限り、「賛」として板元の口上なぞと並べるのだが、さすがに歯の浮くような褒め言葉を羅列するのはこっ恥《ぱ》ずかしく、正鵠《せいこく》を得た上でなるたけ淡々と書かれたものに限って載せるよう、京伝は日頃から板元に頼んでいた。相四郎ならば、そのあたりの塩梅も心得ているはずだった。こういうものは多少大袈裟なほうがよろしいんでございますよ、と初代蔦重からはやんわりたしなめられ、二代目鶴喜には、そんなおとなしい賛じゃあ売れるものも売れません、との誹《そし》りも受けた。しかし京伝は、評は読み手が銘々《めいめい》に決めるものだとの思いが拭えずにいる。

相四郎は、京伝の申し出に目を輝かせ、

「私でよろしいんですか」

と、探るような言葉とは裏腹にすっかり乗り気である。

「いいもなにも、こっちから頼んでるんじゃねぇか」

稿の束を抱えて京伝は笑う。

鵜飼家に養子に入り、篠山藩主青山家に仕官しながらも、相四郎は詩を吟じることをやめずにいる。六年ほど前に名も助之丞《すけのじょう》と改め、立派に務めを果たしている姿を見るにつけ京伝は、浮き草よろしく漂うばかりの己の日々に後ろめたさを覚えるのだが、相四郎は相四郎で、兄の稼業がどうやら眩《まぶ》しく見えているらしい。折に触れ、詩を見てくれ、短い稿を書いたがどうだ、と持ってくる。いずれも拙《つたな》くはあったが、弟の素直な質《たち》がにじみ出ており、それに引き比べると小手先の技に頼った己の稿が薄汚く感じられることも少なくなかった。

「先にこの書棚を二階に上げてしまいますね」

相四郎は揚々と言い、書棚を担ぐと急勾配の階段を弾むように上っていった。

「やぁ、いい風が抜けますよ」

上から声が降ってきた。二階は三方に窓があるお蔭で、建て込んだ隣家に景色を塞がれた一階より風通しがいい。朝晩はまだしも、日中は蒸す日が増えてきた時候、二階の寝間を仕事場にしたのは折がよかったと京伝はせっせと荷物を片付けていく。

「しかし寝るのも書くのも同部屋じゃあ、区切りが付けにくいでしょう。ゆっくり休めないんじゃあないですか」

二階から降りてきた相四郎が、案じ顔を向けた。

「わっちゃそんなに根《こん》を詰めねぇもの。ぱぱっと書いて、日が暮れてきたら終いにするさ。夜書くものってのはさ、酔っちまうんだよ」

「酔う、と言いますと」

「夜ってなぁ静かだろ。この世にひとりきりしかいねぇような気になっちまうからね。まぁ吉《か》原《な》に居続けた頃にゃ夜中に書くこともあったが」

どうだ、一服しよう、と京伝は着物にまとわりついた埃をはたいて、縁側に座った。斑猫《ぶちねこ》の頭をちょんと小突いてみたが、奴は安心しきって寝入っている。

「書くには静かなほうがいいんだが、不思議なもんでね、まったくひと気が消えるとどうもうまくねぇのだ。勝手に話が湧いてくるから筆は進むんだが、なんていやぁいいかね、虚《きょ》なのだ。虚、それ自体は悪くねぇのだが、実のねぇ虚といやぁいいかな、闇に取り憑かれた虚なのさ」

「闇……陰惨なお話ということでしょうか」

「いやぁ、暗さや陰ってのはあってええのだ。明るいばかりが能じゃねぇもの。だが、この虚に宿る闇ってのはさ、妙に軽いからいけねぇのだ」

ぎこちなく頷く相四郎の顔が、訝《いぶか》しげに歪《ゆが》んでいく。語る京伝もまた、まず伝わらねぇだろうな、と早々に諦めている。話を作るときの内面の模様を他者に伝えようとして巧くいったためしがないのだ。気脈を通じていた初代蔦重とも、ものを書く折の京伝の内界については終《しま》いまで正確に通じ合えない寂しさが残った。

「つまりさ、ひと言で言やぁ誰かを驚かすだけの闇なのよ。生け垣の陰に隠れてた童《わらべ》が、わっと飛び出すくれぇの驚かしと言やぁいいかな。こっちもわっと驚いて終いだ。そこに深《ふけ》ぇものは宿ってねぇ。心に響くこともねぇ。つるーっと消えて残らねぇのよ。そういう、書き手の目論見だけが見えちまう闇だ」

「……わかる気もします」

「まぁさ、そうは言っても黄表紙だの洒落本は、読み手を楽しませりゃあそれでいいんだが。戯作ってのは無益の至りだからね」

　真面目に戯作について語っていることが気恥ずかしくなって、京伝は早々に話を終う。そうしながらも、ずいぶん前に蘭学者でもある万象亭《まんぞうてい》が自身の洒落本に載せた序の文言を思い出していた。

〈道化褌《どうけふんどし》を外して睾丸《きんたま》を振り回さば、目を驚かし片腹を抱ゆべけれど、正《しょう》の物を正で御目に懸《かけ》ずして、しかも正の物の如く見するを上手の芸と云つべし〉

　洒落本一般についての批判めいたことを己が上梓《じょうし》した洒落本の序に書く、というのもいかにも学者らしい煩《うる》さだが、道化が睾丸まで見せて衆目を集めることの浅ましさを突いたあたり、まぁ気の利いた譬《たと》えにゃあ違《ちげ》ぇねぇと京伝はいささか納得する気持ちが湧かぬでもなかった。つまり読み手を喜ばせるために下品な驚かしを散らしたような作は、書き手が下手だからだ、と万象亭はいっぱしに語っているわけで、板元の中には、人気がある京伝の作を揶揄しているのではないか、と気を揉む者もあったが、京伝自身はそんなことよりもあとに続く戯作への定義に首を傾げたのだった。

　現《うつつ》のものをそのまま出すのではなく、虚を描きながらその中からまことを見せるのが達者な書き手だ――この論はまぁ道理かもしれぬ。しかし京伝は執筆に入り、話の中へと踏み入るや「虚」それ自体が失せて、すべてがまことになるゆえに、「正の物の如く見する」ように書くといった意図さえ吹き飛んで、実際にそれらを見聞きしてきたような錯覚に陥るのが常だった。ために遊廓を舞台にすると、馴染みであった時分の菊園が自ずと登場してしまうのであって、虚と実の区別さえ曖昧になる。仮に、なにかまことの存念を伝えんがために虚を作り込めば、それは「闇」と同じで日のもとではするりと溶けてなくなるほどの弱い話にしかならぬだろう。

「無益の至りですか。しかし私は、兄さんの洒落本や黄表紙を読んで、辛い浮世を忘れられることもございます。無益ということはございませんよ」

　隣に腰を下ろし、相四郎は笑いかける。

「いやぁ、戯《ふざ》けた仕事さ。浮世の義理も果たさねぇで、現《うつつ》を抜かしてるようなもんだからね。わっちゃ戯作者の前に町人だ。うまく商売をして生計《たつき》を立てるのが先だ。おまえさんのように仕官してお扶持《ふち》をいただいている者こそが世の役に立っているというものだ」

「そうでしょうか」

　相四郎は長い息を吐いて、路地に虚ろな目を向けた。

「お役目は、すべきことが毎日決まっておりますから、それをこなせば事を為した気にもなるのですが。ただどういうものか、すべての事柄が己の身をただすり抜けていくだけのような虚しさを覚えることもございます。詩を書いておると、不思議と手応えが残るのですが」

「そんなものかねぇ」

相槌を打ちながら、虚業に身をやつさんと欲している相四郎の内心に気付かぬふりをする。十年前に病で亡くなった妹のよいねも、書くことを好んでいた。そういう家系なのだろうかと危ぶむも、実直なこの弟が真っ当な道を歩む邪魔立てはしたくなかった。

木戸が開く音がして首を伸ばすと、父の伝左衛門が風呂敷包みを手にして庭に回ってくるところである。父は相四郎を見付けると、

「やぁ、こいつは珍客だ」

と、おどけてから、縁側で包みを解いた。

「肥《こえ》と交換でこんなに青菜をもらったよ。ここらは小松から百姓が肥を買いにくるんだが、みな気前がよくてね」

中から、茄子だの獅子唐《ししとう》だのがどっさり現れた。こんなに、と相四郎が感嘆の声をあげる。

「おまえも少し持っていくか」

父が訊いたのに、

「それじゃ遠慮なく。叔母さんも喜ぶでしょう」

相四郎は屈託なく答える。

「お店はいかがです」

「ああ。お蔭で繁盛してるよ。おまえの勤めはどうだえ」

「なんとかやっていますよ。任されることが増えて難渋していますが」

父と息子の健やかなやりとりの傍らで、京伝はいたたまれない心持ちになり、「よっこらせ」と声に出して腰を上げる。

は買い物かえ」とつぶやき、風呂敷を持って厨《くりや》へと入っていった。

素早く本の束を抱えた。父はしばらく目を細めて片付けの様子を眺めていたが、「阿母《おっか》さん
「私がやりますよ」

すかさず相四郎も立ち上がり、

「本を二階に運んじまうかな」


相四郎の手際がなにしろいいので、乱雑に積んであった本が気持ちよく片付いていく。京伝は文机の位置を決めたり、本を置く場所を指示するばかりで、さして汗もかかずに夕刻前には一通りの作業を終えた。

「すまねぇな。すっかり頼っちまって」

一階を掃き終えてから二階に上がって声を掛けると、相四郎が一条差し込んだ西日にかざすようにして、なにかを読んでいる。京伝が上がってきたのに気付いて、彼は勝手に稿を読んだことを詫び、

「それにしても奇怪なお話を考えたものですね」

と、肩をすくめた。覗き込むと、鈴木牧之《ぼくし》から送られてきた草稿である。

「ああ、そいつぁわっちの作じゃあねぇのだ。越後の者でね、綺談をまとめてぇとちょくちょく送ってくるんだよ。板本にできねぇかと鶴喜に話を持っていったんだが」

「越後の……。綺談というと言い伝えかなにかでしょうか」

「それが存外、まことにあった話らしいのだ」

相四郎が読んでいるのは、御用縮《ごようちぢみ》を織る娘の話であった。

注文を受けて特別に誂《あつら》える縮で、苧麻《からむし》を紡ぐときから機《はた》を織る段まで汚れがつかぬよう神経を張り詰める。ことに機屋は清潔を保ち、小さな埃も見逃さぬよう明かりとりも雪で塞がぬように工夫され、織婦《はたおりおんな》は機屋に入るごとに逐一着物を着替えて塩垢離《しおごり》まですするという。そうやって気をつけていても、白縮《しろちぢみ》なぞは寒晒《かんざら》しの折に汚れがついてしまうことがあり、牧之の書き送ってきた話は、ひと月掛けて丹念に上縮を織り上げた娘が、寒晒しのあとの仕上がりに染みを見付けて気がふれてしまった、との逸話で締め括《くく》られてあった。

「縮というものは、かほどに難儀なものなのですね」

相四郎は素直に嘆じている。

「なんでも織婦は歯に鉄漿《かね》もしねぇんだと。歯で糸をしごくことがあるから汚れがつかねぇようにってさ」

「そいつはまた、万々徹してますな」

「うむ。到底考えられねぇような手間を掛けているんだな」

「こういうものも面白いですな。まこととは思えぬまことの話だ」

邪気なく言った相四郎のひと言が、京伝を静かに貫く。

――まことってなぁ、なんだろうね。

胸裡《きょうり》で問うてみたが、その声は霧の彼方に吸い込まれて、うんともすんとも応えはない。

二

皐月に入ってようよう根雪も消え、かんじきも藁靴もつけずに素足に草鞋《わらじ》履きで土の上を歩ける喜びを、儀三治《ぎそうじ》は噛みしめている。幾度味わっても雪のない景色は心楽しく、朝の目覚めがいいばかりか、店に出ていても身体がすみやかに動く。山々はおぼろに霞《かす》み、雪解け水が水路を勢いよく流れていく。ただ、この健やかな時季は至って短く、あと半月もすれば田んぼが干上がるほどの過酷な暑さの中に身を置かねばならない。そうと思えば、先月のうちに嫁女を迎えにいったのは頃合いがよかったと、儀三治は店に立ちつつ、そっと厨のほうを窺《うかが》った。

最前からトヨに教わりつつ煮炊きをしているのが、三番目の妻となった宇多《うた》だった。

卯月の終わりに父、恒右衛門と連れ立って、儀三治は岡野町へ赴いたのである。宇多は、当地の村山家を継いで間もない庄右衛門の妹で、二十五とだいぶ薹《とう》が立っており、それというのも縁談が持ち込まれるたび庄右衛門が相手の人品骨柄《じんぴんこつがら》を厳しく精査するあまり破談になることが多々あったためだという。にもかかわらず、二度も婚娶《こんしゅ》をしくじった儀三治が庄右衛門の許しを得たのだからおかしなこともあるものだ。

二十五まで兄の庇護《ひご》のもと暮らしてきた宇多が、果たして口うるさいトヨとやっていけるのだろうかと儀三治は案じたが、案外にも彼女は朝から晩まで休みなくよく働き、しかも器用で手早いために、トヨを摑まえては「他にやることはないか」と二六時中問い、また自ら用事を見付けては進んで仕事をするといった具合で、トヨのほうが気を呑まれているようなありさまだった。宇多は素直な質であっけらかんと明るく、物事に対して穿《うが》った捉え方をしない。はじめはトヨも、例のごとく嫌みを口にしていたようだが、言葉の裏を読み取ることなくさっぱりした受け答えにとどめる宇多は虐《いじ》め甲斐がなかったのだろう、嫁姑が厨に並んで四方山話《よもやまばなし》に興じながら家事に勤しむというこれまで見られなかった景色も、昨今では珍しいものではなくなっていた。

家の中が丸く納まれば心労は減り、商いにいっそう身が入る。お蔭で今年は質業が例年になく好調だった。六ツに店を仕舞うまで客が絶えず出入りし、儀三治は帳簿をつけるのに大わらわになる。取り引きした値に加え、品物などを細々と書き入れていくのだ。店の奥に設えた帳場でその仕事に勤しんでいた折、茶を運んできた宇多が手元を覗き込んで、

「へぇっ、旦那様はこんげに細《こま》っこい字書けるがだねぇ」

と、調子っぱずれな声をあげた。儀三治は慌て、

「これっ、店の中だすけ」

すぐにたしなめたが、宇多は意に介す様子もなく、心から嘆じたふうにしみじみと言うのである。

「えらいこったなぁ。おれはあんまり字を書けねぇすけ、こんげんすらすら書けるがは立派だて。旦那様は夜にも書き物をしてますな。あれはなにを書いてるがろか」

店には、取引相手が複数いるのだ。儀三治はすっかり閉口し、宇多を引っ張って店の裏から路地へと出た。

「店は商いをする場だ。あっけ親しげに話してはなんね」

きつく言い聞かせるも、彼女は申し訳程度に頭を下げただけで、

「だども、あんまりにもきれいな字だったすけ、たまげてしまってね。まるで本に摺られた字みてぇだすけ」

と、目を輝かせる。

「おれは実家《さと》におった時分、黄表紙てぇがをいっぺん見たことがあってそうね。敵討《かたきう》ちの話で兄さに読んでもらったども、その間、ずっと心ノ臓が跳ねとるようでな。なしてこっけ心ノ臓

がうるさかろっと不思議には思うたけど、嫌な感じはしねかった。次はどうなるろっかと夢中になってね。あれは、戯作者てぇがが書いとるがでしょう。兄さがそう言うたったよ」

「誰の、なんという黄表紙だ」

とっさに訊いたが、宇多はだいぶ昔のことだから戯号も作名も覚えていないと返した。

「だすけ、あっけな話を思いつける戯作者いうがは偉いことだ。旦那様が夜にお部屋に籠もって字ぃ書いとる後ろ姿を見てな、それまで忘れとった黄表紙のことを思い出したんだ」

儀三治の胸が高鳴っていく。宇多をも感激させたその戯作者のひとり、しかもその頂点に在る山東京伝に己は草稿を待たれているのだと思えば、改めて事の大きさにおののいた。

「板本を出すゆうのはなまはんかではねんだ。よっぽど認められんば、文字を摺るところまではいかねぇすけ」

京伝とやりとりを続けていることは、まだ村の誰にも打ち明けていない。むろん宇多にも秘していた。本が摺り上がった暁に、みなを集めて驚かしてやろうと目論んでいるのだ。今年中に草稿をすべて送り、京伝の指南をもとに直しを入れれば、来年には板本として売り出されるのではないか――。

「旦那様、なして笑ってるがだ」

勝手に口元がほどけてしまったらしい。儀三治は急ぎ顔を引き締め、

「なーして」

と、とぼけて咳払いをした。

「おれは店に戻るすけ、さっきのこと、ええな。くれぐれも店で内輪の話をしねぇでくれ」

厳《いか》めしい顔を作り、宇多に釘を刺して帳場に戻る。筆を舐めると、気持ちがふっと二階の自

室に置かれた文机に飛んだ。書きかけている雪男の話の続きの文言が湧いてきたところで、店だというのにうっかり現《うつつ》を抜かしたことに気付き、両手で挟むように頬をはたいた。己の本分は、あくまでもこの鈴木屋である。文筆は、商いがうまくいった上での余興でなければならぬと胸の内で言い聞かせ、気を引き締めて再び帳簿に向かう。

その晩方、幸吉が酒徳利を片手に現れた。まだ店を閉める前だったが、裏から回ったらしく、厨伝いの土間から顔を出し、いつもの人懐こい笑みを浮かべて囁いた。

「上十日町《かみとおかまち》の親戚がよ、造ったんだと。早酒《わささ》だて。なかなかうんめぇぞ」

店では商談より他の話をしてはならん、とかねてより口を極めてこのお調子者にも説いていたのが功を奏し、最近では一応気を遣うようになった。とはいえ儀三治の耳が悪いため、声を潜めるといっても平素の声量とさして変わらず、あたりに響く。だいたい店で酒の話をするのも不調法だ。しかも儀三治は正月にたしなむのがせいぜいであるから、眉根を寄せた。

「奥に宇多がいるすけ、渡しておいてくれ」

素っ気なく返したが、幸吉は店を一渡り見回し、客がいないのを確かめると、儀三治の傍らにすいと寄って、

「酒を商いに加えるんを思いついたがーども、にしゃ、どう思う」

こちらを覗き込んだ。

「縮じゃのうてか」

「いや、縮はやるわ。だども、これ、飲んでみたらうまかったすけ」

あまりに安直な思いつきに、儀三治は呆れて大きく息をついた。途端に幸吉が、

「なんだぁ。泥でも吐き出すような溜息つきよって」

と、頬を膨らませる。

「溜息のひとつもつきとうなるわ。飲んだらうまかったすけ商ういうども、商売にするには数売らにゃならん。品物も切らさんよう酒蔵も整えねばなんねぇっぺし、質を保つよう気も配らんばんねぇ。万々支度の上でようやく売り出す段に辿り着くがだ。ちっとばかうまかったすけ、で商いになるがだら、うちの母様《かっか》のゆべしも売り出せるわ」

幸吉はとかく飽きっぽく、ひとつことが長続きしないのだ。先年、住吉神社への献納額をともに作り、神官から深謝された折には有頂天になり、また句寄せをして他の寺社に額を納めようと意気込んでいたのに、普光寺と話がついていざ取りかかるや急に気が逸《そ》れたらしく、「まぁ句寄せは一度やったしなぁ」と適当な理由をこねて、夏になる前にその仕事から手を引いてしまった。お蔭で今や、茂兮とふたり集まった句を清書する日々である。

「商いゆうのは地道なものだすけ、思いつきであれこれ手を出していいことはないぜ」

儀三治の忠告も幸吉にはさして響かぬのだろう。肩をすくめて、

「だども、縮は織り上がるまでに刻も手間も掛かりすぎるっぺや」

と、わかりきったことを言う。糸撚《いとよ》りから織り上がるまで上縮は八十日、中や下と言われる品でも七十五日はかかる。織り上がったものは灰汁《あく》に浸し、雪に晒して漂白する手間も掛けねばならない。

「だすけ越後が誇る産物になったがっぺ。そこまで手間暇掛けて丁寧に作るすけ」

「だどもな、さして暑くならん夏だと、縮の売り上げは頭打ちだ。にしも一度江戸に行商に出た折、売れんで苦労したろ。だで売り上げの上がり下がりがないよう他の品も扱うか、と思う

たがそ。にしんとこが質屋をしてるみてぇによ」

「酒にしたって、米の出来に左右されるでねっか。しかも仕上がるまでに何年もかかるっぺ。そもそも商いの品として出せる質か、よくよく吟味しんばねぇ」

「にしゃ相変わらず石橋を叩いてばかりだな。やってみんばわからねぇこともあろうが」

幸吉は果てしなく能天気だった。取り敢えず親戚の造った酒を店頭にでも並べておけばなんとかなると思っている。儀三治が質業を大きくした際には、先達の業者を回って話を聞き、綿密に商いの手法を組み立てるという苦労を重ねたのである。それでも初手にはうまくいかぬことも空回りすることも多く、軌道に乗るまで二年ほどを要した。その間に家が困窮せぬよう、しかと蓄えた上で臨んだゆえ、気持ちの余裕をもって打ち込めたのがよかったのだろう。今や、質業が縮商いを上回るほどの利益を上げている。

「やってみんばわからんからこそ、支度を万々に調えんばなんねぇがそ。新たな商いをはじめるときは、潤沢に蓄えがあるときでなければなんね。仮にしくじっても響かんほどにな。そもそもその親戚とやらは酒造株を持ってるがか。御公儀の許しがなくっちゃ、酒を造るこたできんぞ。株のねぇ酒を売ればお縄になるすけ」

幸吉の顔が見事に引きつった。どうせ酒造株のことまで考えが至っていなかったのだ。

「商いはうまくいくときもいかねぇときもある。おれらがそつなく仕事をしておっても、お天道様の機嫌や御公儀のお触れに左右される。どっけの商売上手であっても、常に潤うことはねぇがだすけ。店を切り盛りする者は、例えば年に十両儲けがあっても、六両の儲けだと己を騙して暮らしていくことが肝要だ」

「十両なのに、六両てがんな、なんのためよ」

「そうせば無駄な金を使わんようになる」

「はちゃ、張り合いがないわな。十両分働いたにその半分しか稼いどらんと思い込むなんぞ。にしゃまっこと……」

言いかけて、幸吉はそっと口をつぐんだ。おおかた、「吝嗇《りんしょく》」だとでも続けようとしたのだろうが、平素より儀三治が、「吝嗇」と「倹約」はまるで違うとしつこいほどに訴えているのも知っているから、ここから説教を食らうのは勘弁と話を仕舞ったのだろう。

旗色が悪くなったのを察したのか、まぁともかく味見をしてくれと酒を置いて、そそくさと幸吉が店を出て行ったあと、男衆とともに店の片付けをしながら儀三治は、出板も同じことかもしれんな、と思いなす。準備万端整えて、まったく過不足ないところまで仕上げて、ようやく一冊の本が板行される。京伝はそのために草稿を読み、板元に働きかけてくれている。板元は、板行に向けての支度を細かに調えているかもしれない。己ばかりがのんびりと、ただ草稿を書いていていいのだろうか――。

宇多の給仕で夕餉《ゆうげ》を終えてのち、儀三治は自室に籠もった。

「お茶をお持ちしましょうか」

襖越しに聞いてきた宇多に、

「白湯《さゆ》でいい」

と返し、盆を手に入室した彼女を文机の傍らに座らせると、家の蓄えからいくらか使いたいのだが、と切り出した。宇多は首を傾げ、「蓄え……お金のことですろっか」と訊く。

「江戸に少し送ろうと思うてない。世話になっとる方がおるすけ」

「江戸に。おれは構わねですいね。旦那様のお金だすけ」

「おれの金じゃない。この家の金だ」

「だども、お店をして稼いでおるのは旦那様だすけ」

宇多、と儀三治は改まって呼び、妻に向き直った。

「家いうのは、誰かひとりによって成り立っとるわけではねぇ。おれは確かに店をして益を生んどる。だども父様の築いてきた土台があるすけ、おれも商いができる。それに、裏を切り盛りしとるのは母様やにしだ。乳母や男衆、女衆もおらんば、この家は回らね。金を稼ぐ者だけが、仕事をしとるわけではなかろうが。だすけ、おれは念のため、暮らしのことではない出費を、にしに伺いを立てとる」

儀三治はそうすることで、宇多もまたこの家の一員であり、家というものを守り、栄えさせるために常に努める意識を持たせんと考えたのだった。さすれば、米塩を買うにも節約を心掛けるだろうし、紅《べに》だの白粉《おしろい》だのといった無駄なものを買い込むことも控えるはずだった。

宇多は、真剣な面持ちで頷きながら夫の話を聞いていたが、儀三治の言葉が切れたところで、突如弾かれたように笑い出した。気でもふれたか、と恐ろしくなったがそういうわけでもなさそうで、彼女はひとしきり笑ってから呼吸《いき》を整えると、

「大袈裟ですいね、旦那様は」

と、蓮根を食《は》んだときに伸びる糸のように笑い声を引きずりながら、続けたのである。

「裏のことは、そんげややこしいこと考えながらやるものではないすけ。どうせ食べるんだらうんまい飯を作りてぇし、厨や座敷が片付いておれば気持ちがいいすけ。だすけ働くだけのことで、そんげ大仰な役目でもないですいね」

宇多はそこでまた、プッと吹き出し、机脇の棚を見遣ると、

「こんげん難しい本ばかり読んどるすけ、ややこしいことを考えるようになってしもうたがだな。暮らしてがんなもっと簡単なことですいね。考え回さんほうがええ。お金のことは旦那様に任せるすけ、どうぞ好きに使《つこ》うてくんだっしゃい」

軽やかに返すや、小さなあくびを漏らし、盆を胸に抱えてするりと出て行った。

儀三治は拍子抜けし、妻が後ろ手に閉めた襖を恨めしげに見遣る。灯した行灯《あんどん》が己の影を障子に映している。開け放った窓から風が吹き込むたび、その影がゆるやかに膨張したり、しゅんと縮こまったりしている。

三

鶴喜は最前から、まばたきも忘れた様子で『忠臣水滸伝』の草稿を読み込んでいる。茶を運んできた京伝の母が、誰も寄せ付けぬといった彼の横顔を見て息を詰め、そっと盆を置くや忍び足で出て行った。

二階の居室には人を入れぬから、板元との面会はかつて書斎として使っていた玄関脇の部屋で済ませている。師走の空には朝から鈍色《にびいろ》の雲が広がっていたが、昼を過ぎていくらか雲切れし、小竹で囲んだ庭にも朽葉色《くちばいろ》の光が差し込んでいた。

長い刻が経ったのち、鶴喜はようやく顔を上げ、惚《ほう》けたように宙を見詰めて言った。

「これは、途方もないお作でございますよ」

彼は、今一度草稿に目を落とす。

「読本というのはどうも、教養を誇ったものが多うございますからね。理屈が先に立って肩が凝る、もしくは書き手の傲慢《ごうまん》さがどうしても見えてしまって興ざめするといったことがございます。私は洒落本や黄表紙のほうがはるかに、お話に対して作者は心を捧げておると感じておったんですよ。しかしこの『水滸伝』はどうです。見事に物語が紡がれている。しかもとても格調高い。文体の妙が、この格調を生み出しておるのでしょう」

草稿を読み終えるや過剰に褒めるのはどの板元にも通ずるやり方で、多くは売れっ子である京伝の稿を取らんがための方便であるから、たやすく真に受けない。戯作者の気分をよくして売れればそれでよし。むろん売れなければ彼らは簡単に手の平を返し、見向きもしなくなる。若い時分に幾度かそんな場に立ち会ってきた京伝は、今のような地位を得たのちも一切神輿《みこし》に担がれなかった。けれど、ただいまの鶴喜の指摘、ことに文体の工夫を見抜いたあたりはまことに当を得ている。読本を書くにあたって京伝は、よく用いられる浄瑠璃《じょうるり》調に頼らず、中国の白話《はくわ》小説の翻訳よろしく文言体を遠ざけ、平話体に近い文体で綴ることにしたのである。それが読みやすく、かつ正統的な印象をもたらし、鶴喜が語るところの「格調」に繋がっているのかもしれぬ。しかし京伝はこの段も、

「そうかえ。それはよかった」

と、返すにとどめた。褒められて有頂天になって、創作時の工夫だの手の内だのを得意になって吹聴《ふいちょう》するほど御目出度《おめでた》くはないのだ。

「ただ、思いのほか長い話になりそうなのだ。来年の半ばまでには書き上げてぇと考えていたが、どうだろうね。頼まれてる黄表紙もあるから、少しずれ込むかしれねぇな」

「それは蔦屋さんからも伺っております」

先に草稿を読んだ二代目蔦重には、板行時期を延期して欲しいと頼んでみたのだが、鶴喜と

相談すると持ち帰ったのだ。

「ですが、すでに去年のうちに宣伝も打っておりますから……。それに再来年は浅野内匠頭《たくみのかみ》の百回忌。話題をとるにはちょうどよろしい時期でございます」

確かに昨年蔦屋から出した黄表紙に、〈和国小説　忠義大星水滸伝〉と大きく入れ、近く板行する旨も副《そ》えていた。大幅に時期がずれれば、買い置く気になっている貸本屋の気を削ぐことにもなるのが悩ましかった。

「それで、蔦屋さんとも相談させていただいたんですがね、前編、後編と分けて板行するのはいかがか、と。前編は来年に。後編はそののちにゆっくり書いていただいて、続き物にするというやり方です」

「そうかえ。そうしてくれるとわっちも気が楽だ」

前編の草稿をよくよく精査する刻も得られると京伝は密かに胸を撫で下ろし、読本に挑むがゆえに知らず識らず肩に力が入っていることを悟って、やみくもに首を回した。

「画は、北尾重政にお願いするつもりですが、よろしゅうございますね。体裁《ていさい》はまた追って、蔦屋さんと一緒のときに」

京伝の気が変わらぬうちに、と言わんばかりに鶴喜は畳み掛け、手にしていた草稿を傍らの机に丁重に戻しながら、その脇に置かれた文《ふみ》に目を留めた。海に棲むという水虎《すいこ》の絵が開いたままになっている。

「これは、例の越後の方からのものにございますか」

「ああ、そうだ。そういや、その後、どうだえ。板行できそうかえ」

牧之からは折々に綺談の続きが送られてきていた。京伝は目を通したのち、逐一《ちくいち》鶴喜にも見せてきたのだが、ここ半年ほどは自分の読本執筆にかかり切りになって、いつしか雪話から気が逸れてしまっていた。この文も秋のはじめにもらったものだったが、返事を書くこともなくもう四月《よつき》が過ぎている。

「いやさ、画賛を頼んできたんだよ。なにを送りゃあよかろうと悩むうちに日が経っちまって」

「画賛を。それはまた大胆な。先生とすっかり懇意《こんい》なつもりじゃございませんか」

鶴喜は鼻息荒く言う。画賛とは、絵や詩などを直筆で揮毫《きごう》したもので、摺ったものとは異なり世に一枚だけの品となるゆえ相応に価値が出る。

「なにも、無料《ただ》で書いてくれと言ってきたわけじゃあねぇのだ。金二分《にぶ》も送ってきた」

「……そんなに」

「うむ。板元探しの手間を掛けているから、いくらかでも、と思ったのかしれねぇな。ただ金を渡すのは失礼だと考えて、画賛を頼んできたんじゃねぇかな」

そう述懐《じゅっかい》しながら、そこまで察しているのに長い間返事も出さずにいることに、申し訳なさが募る。ただ、今は読本執筆の正念場ゆえ、どうにも頭が追っつかないのだ。

「まぁ越後のことは、私も他の板元に訊いておりますから」

なるほど、仙鶴堂で板行する気はないらしい。

「『雪国綺談』か『北越雪話』とでも題をつけて売り出そうかと考えてるんだがね。いい板元があればいいが」

「ええ、ええ。よろしゅうございますね。しかしながら今は、『忠臣水滸伝』にどうぞ専念なすって。ああ、もうすぐ討ち入りの日でございますねぇ。今年は雪が降りましょうか」

「師走に入っても火鉢いらずだからね、今年は降らねぇだろうよ」

応えながらも、今頃越後国は雪に埋もれているのだろうか、と想像する。一丈を超える雪が積もった景色を思い浮かべようとしたが、それはやはり現の気配を失っておぼろに霞んでいるばかりだった。


『忠臣水滸伝』の前編は、寛政十一年、出板の運びとなった。どこか収まりの悪さを抱えながらも勤しんできた戯作稼業が、これでようやっと身に馴染んでくれるかしれねぇと、景色が明るく見えはじめたのと引き換えのように、板行の少し前、父の伝左衛門が逝った。

今年のはじめから時折臥《ふ》せることがあって京伝も気にしていたのだが、執筆の忙しさに取り紛れるうちうやむやにしてしまったのだ。

「どうも日増しに弱っていくように見えるのだけれど」

父のいないところで母にそう耳打ちされても、

「付き合いでほうぼう出掛けてっから、疲れもするんでしょう」

と、適当に返したきりだった。書きはじめると現がすっぽり抜け落ちる性分が、耐えがたいほど忌まわしくなる。己の辿ってきた道筋にはきっと、そうやって取りこぼした幾多の暗い穴ぼこが開いているのだ。

身体の右側にふっと温かな風が立った。見ると、相四郎が音もなく隣に座すところである。

「こんなところにいらしちゃ、風邪をひきますよ」

「ああ。だいぶ冷えてきたな。阿母《おっか》さんは」

「先程お休みになりました」

士分から退いたのちも、相四郎はしゃっちょこばった口振りがなかなか直らない。

「しかし、おめぇさんがいてくれて、まことに助かったよ。わっちひとりじゃあ弔いもままならねぇとこだった。店のこともあるしさ」

「なんです、改まって」

「いやぁ、まだちゃんと礼を言ってなかったからさ」

頭を下げると、相四郎はこそばゆそうに首をすくめた。

「わがまま勝手を通したのは私のほうですから、少しはお返ししないといけません」

相四郎は今年の四月、仕官先の青山家を退身し、次いで養子先の鵜飼家にも暇乞《いとまご》いをして、妻とふたり、この銀座の家に戻ってきたのだ。当人は実家《さと》に厄介になることが申し訳なさそうで、いずれ近くに家を借りて所帯を移しますのでと再三詫びたが、彼が父の代わりに店を切り盛りし、弔いの折には一切合切を取り仕切ってくれたお蔭で、京伝は大いに助かったのだ。

「わがままってぇこたぁねぇさ。おめぇさんは親父の自慢だったもの。憂いの種だったわっちと違ってさ」

「なにをおっしゃるんです。兄さんこそ、父上の自慢ですよ。誰もが知る著名な戯作者なんですから」

綿入れを肩に掛けた相四郎を見遣り、

「著名な戯作者ねぇ」

そう嘯《うそぶ》いたとき、

「この家も、寂しゅうなりますな」

相四郎の声が、白い靄になって庭に漂った。

「仕方がねぇさ。それだけ一家みな、歳をとったってぇことだ」

「でしたらここらで、若い人を入れてもよろしいかもしれませんよ」

「若い人……ってぇと店の人手が足りねぇか」

「いやぁ兄さんのことですよ。そろそろ吉原まで通うのも飽いたでしょう」

どうやら玉の井のことを言っているらしい。しかし後妻に迎えようにも、母が未だいい顔をせぬでは仕様もない。

「来ていただいたほうが、母さんも楽になると思いますし」

申し訳なさそうな顔をしてみせたのは、おそらく相四郎の嫁女のことが関わっているからだろう。

彼が、佐知《さち》という娘を娶《めと》ったのは今から六年ほど前、仕官してほどなくの頃だった。鵜飼家の媒酌で武家の三女である佐知を迎えたのだが、大柄で肥《ふと》り肉《じし》、醜女《しこめ》とまではいかぬが見栄えがよいとも言えず、そのくせ気位が高くて町人を下に見る向きもあったから、銀座に移ってきたのちも母に厨仕事を教わることはおろか、家族と馴染もうともせずに、常に口をへの字に結んだ仏頂面を貫いている。二言目には、町人に下るために嫁に入ったわけではないと相四郎に愚痴っているとかで、夫婦仲も軋《きし》みが出はじめているようだった。

「私が近くの裏店《うらだな》でも借りて移るつもりでいるのは、佐知がここにいることで母さんが煩《わずら》うのを申し訳なく思ってのことなんです。しかし私どもが引き移ったのち、母さんひとりで家のことをするのは難儀でしょう。父上がいなくなった今、余計に心細いはずだ」

なるほど玉の井ならば、苦界に落ちる前は長らく女中奉公もしてきたから、手取り足取り教わらずとも裏の仕事は一通りこなせるだろう。勘もいいし明るい性分も手伝って、母ともうまくやっていけるのではないか。心中でそう算段しながらも、

「しかし、おめぇさんもどこか他所《よそ》から店に通うとなれば難儀だろう」

京伝は柔らかに案じた。

「いやぁ。私自身も女房とは少し離れたほうが都合がいいんですよ。佐知は、私が書に勤しむのも疎ましいようでしてね。家ではできないから、店を仕舞ったのちにここで書見や書き物をしたいと目論んでおりまして」

相四郎は愛嬌を湛《たた》えた目をくるくると動かしながら、悪戯《いたずら》っぽく言った。

このところ、彼はいっそう熱心に詩作に取り組んでいる。仕官先を退いたのは、京伝店を切り盛りするためということもあろうが、これまで役目の合間にたしなんできた書き物に集中したいというのが最たる目当てなのかもしれぬ。

相四郎にはできれば武家として勤め続けてほしいと、京伝は思っていた。性根が健やかな彼にはそれが似合った生き方であると感じていたし、海千山千の戯作の世界に足を踏み入れて無闇と汚れていくのを危惧したこともある。とはいえ、当人が心から望むものを阻《はば》む権限は身内であってもないのだと思い直し、弟の判ずるところに任せるようにしている。

近頃では、京伝の板本にも進んで賛を寄せるようになり、今年は仙鶴堂から出した『京伝主《きょうでんす》十六利鑑《じゅうろくりかん》』と耕書堂『両頭筆善悪日記《りょうとうひつぜんあくにっき》』の二作に彼の文詞を載せた。

筆名を使うか否《いな》かを、その段に京伝が訊いたのは、それが習いということもあるが、仕官先で用いていた名のままでは具合が悪かろうとの気遣いからだった。少し考えてみます、と相四郎は一旦引き取ったものの、さほど間を置かずしたためてきた賛には、すでに彼のものらしき筆名が添えられてあったのだった。

京山陳人《けいざんちんじん》

「なんだえ、陳人ってなぁ」

「なんと申しますか、海の物とも山の物ともつかぬものですから」

こそばゆそうに鬢《びん》を掻く相四郎を見ながら、「京山」と、自分に近しい筆名を彼が名乗ったことへの嬉しさと気恥ずかしさとを京伝は密かに味わっていた。

――わっちの跡でも継ぐつもりかねぇ。

口にこそ出さなかったが、孤独な物書き稼業に頼もしい相棒ができたようで、京伝はすっかり心丈夫になり、京山陳人の賛の前段に彼についての紹介文をしたためたのである。

〈京山といえるは、わが同腹の弟なり。この草紙の作成《さく》るとき、机のかたわらにありて、戯《たわむ》れにこの詩を作る。その作、いと拙《つた》なけれども、彼が志《こころざし》を捨てず。ここに記して、この草紙のおさまりとなすなり〉

相四郎はいずれまとまったものを書きたいと願っているのだろう。そのときのために今から宣伝してやれと色気を出したのである。案の定、鶴喜も蔦重も即刻食いついてきた。雁首《がんくび》揃えて銀座の家までやって来たと思ったら、

「弟御は、どういったものを書かれるんです。黄表紙に関心はございますか」

京伝が、黄表紙や洒落本に倦《う》んで読本に走ったまさにその折だったから、代わりに黄表紙でも書かせようという肚《はら》だったのか、雛《ひな》が餌をねだるようにして二人交互に囀《さえず》ったものだった。

「まぁ、そのうち世話になることもあるだろうよ」

思わせぶりな台詞で切り抜けて、相四郎にも「書きたいものがあれば、わっちから蔦重にでも鶴喜にでも口を利くよ」と、それとなく水を向けたが、彼は「はぁ」と決まり悪そうに笑うばかりで作を上げてくるわけでもない。そのくせ、ひとり部屋に籠もって夜更けまで行灯を灯

していることも少なくなく、なにやらせっせと書いているらしいことはうっすら知れた。

——あの性分じゃあ、書き上がったものを見せるまでに、何年かかるかしれねぇな。

石橋を二度も三度も叩いて渡るのが相四郎だ。京伝のように二十歳にもならぬ身空で書き上げた作を、未熟と嗤われるのも恐れずに勢い板元に見せたのとはわけが違う。

——所帯を裏店に移して、佐知と離れる刻が持てれば、書くほうも少しははかどるってことだろうかねぇ。

暈《かさ》をかぶった月を見上げながら、仕官先を辞し、養子先からも籍を抜いてまで物書きの道に進もうと決めた弟の行く先に明るい光を灯せればと、さまざまに思いなす。隣で相四郎も月を見上げ、「や、明日は雨かな」などと、呑気な声をあげている。


「五十両……なんだってそんなに金がかかるのだえ」

吉原は玉屋の二階で、京伝は手にしていた扇子でトンと畳を突いた。

「申し上げにくいんですがね、板本摺りにはそのくらいかかるという見積もりがございまして」

二代目蔦重は、広い額に汗の粒をはっつけて恐れ入っている。京伝に寄り添っていた玉の井がつと席を立ち、音も立てずに部屋を出た。窓の外では、この霜月の半ばまで散りそびれていた枯れ葉が、頼りなく風に躍っている。

このところ京伝はまた、吉原に詰めるようになっていた。そうしてください、と頼んできたのは相四郎で、玉の井の身請け話を進めるにはそれが一番だというのだった。曰《いわ》く、

「兄さんがこのまま吉原にどっぷり居続けるようになってもよろしいんですか。家も不用心だ

し、蓄えがいくらあったって足りませんよ——そう母さんを説くつもりですから」

お蔭で銀座に足繁く通ってきていた板元たちまで、用向きの折には吉原まで出張る羽目になった。

「つまり、板本を作るのにかかる金を、牧之とやらにまるまる出させようって肚かえ」

畳を指していた扇子の先を、今度は蔦重に向けてやると、彼はお白洲《しらす》に引き出された下手人よろしく頭《こうべ》を垂れた。

「有り体《てい》に言えば、さようなことになりますな」

「有り体も、有平糖《あるへいとう》もねぇやな。この山東京伝が著述、鈴木牧之が校合《きょうごう》と、摺りには入れるんだろう。それならわっちの著作として売れるじゃねぇか。なにも金ぇとらずとも儲けが出るやな」

牧之著述、ではなく、京伝著述としたほうがよろしいと案を出したのは、鶴喜である。奴はしかし、のらりくらりと答えを引き延ばした挙げ句、蔦重に丸投げしたらしい。蔦重は鶴喜より幾分実があるからめぼしい板元に声を掛けたのだろうが、その結果が書き手の板行費用負担というのは合点がいかぬ。

「先生のお名前がございましたら、もちろん相応の売れ行きは見込めるのでございますが、なにせ牧之さんはまだお作がない。果たして読み手があるかどうか……。そこまでの横紙《よこがみ》破りはとてもできないと、どこの板元もそんなご判断でしてね」

「世知辛《せちがら》いことぉ言いやがるねぇ。わっちがはじめて黄表紙を書いたときは、金をふんだくられることなぞなかったぜ」

「それは先生のお作が初手から素晴らしかったからでございましょう」

また、歯の浮くようなことを言いやがる。著作がなかったことでは今の牧之と同じ、しかも二十歳かそこらの小僧を売り出したのは、ひとえに板元の胆力《たんりょく》だ。初代蔦重なら今回の博打も打ちにいったろうが、稼業というのは代を重ねるとどうも小粒になっていけない。先代の築いたものを守ることが先に立っている。そう憤るうち生来の反骨心が頭をもたげ、わっちが一肌脱いでやると俠気《おとこぎ》も湧いたが、一時の感情に流されて金を使えるときではないとの理性もまた働いた。

玉の井と一緒になるには、彼女を玉屋から落籍《ひか》さねばならない。それには相応に金が要る。

「手前どもから越後へ、経緯《いきさつ》を書き送ってもよございますが、いかがいたしましょう」

五十両をびた一文まける気はないらしい。別段彼ら板元は、越後の話なぞ板行せずとも痛くも痒くもないのだ。京伝は深い息を吐く。ここはどうあがいても、譲らぬだろう。

「いきなりあんたから文《ふみ》が届いて、そこに五十両寄越せと書いてあったら新手の強請《ゆすり》と間違えられるだろうよ。わっちから一筆送っておくさ」

「それはまことに相済みません。越後の方から了承のたよりが届くまで、こちらはお返ししておきます」

二代目は縮こまりながらも鶴喜から預かったらしい牧之の草稿を京伝の前に手早く滑らせ、厄介払いが済んだような清々しい笑みを顔一杯に広げた。「それでは早速、次作のお話を」と帳面を開いた蔦重を、「そいつぁ日を改めてにしつくんな」と追っ払う。まったく現金な野郎だ。呆れつつも、男衆に言って玉の井を座敷に呼び戻した。

「お話はお済みでありんすか」

どうにかこうにか板に付いてきた廓詞《くるわことば》。歩き方が独特なのか、不思議と艶めかしく聞こえる衣擦《きぬず》れの音。歳を重ねても澄み切っている白い肌。玉屋で逢う玉の井は、ここへ来てますます気高く、美しさに磨きが掛かっている。それだけに、町家の厨に押し込めるのはかえって殺生な気もした。京伝に操《みさお》を立てているわけでもなかろうが、彼女は未だ他に客をとらなかったし、こうして吉原に通うのも居職《いじょく》の京伝にはいい気晴らしになるからこのままでもいいじゃねぇか、とふと気が差したが、馴染んでもうすぐに三年だ。いつまでも娼妓《しょうぎ》でいられるわけもなし、玉の井はなにも言わぬが、一刻も早く苦界を抜けたいというのが本音だろう。

「すぐに師走でありんすなぁ。一年いうのはまばたきしている間に過ぎていくようじゃ。ついこのあいだ、本願寺さんにお詣りに行きんしたに」

妓《おんな》たちが大門を出られるのは、年に数度。見世の男衆に見張られながら、みな打ち揃って寺に詣でる日か、医者掛かりになるときくらいである。

「どうだね、そろそろおまえさんも、他所《よそ》の景色を見たいと思わないかえ」

「……他所」

「毎年本願寺じゃあ、飽きるだろう」

「まぁ、不信心なことじゃなぁ。お詣りは願いを唱えるのではなく、御礼をすることでありんす。この一年、お蔭様で無事に過ごさせていただきんした、ありがとうござんす、そう唱えて手を合わせることでござんしょう。一所に通い続けてこそ、御礼ができるというもの」

この欲のなさもまた、玉の井なのだ。

「それじゃあ、次からわっちも本願寺さんに鞍替《くらが》えするか」

「来年はご一緒してくださるのですかえ。頼もしいことでござんす」

冗談口ととったらしく、玉の井は袂《たもと》で口元を覆い、肩を揺らした。

「来年に限ったことじゃあねぇよ。このの ちずっとだ」

玉の井を、まっすぐ見詰めて京伝は告げた。彼女の瞳に不可思議の色が浮かび、それを見るうち京伝はたまらなくなった。

――柄にもねぇ。気障《きざ》ったらしいことを言うなんざ。

火の玉が喉元からせり上がり、顔を真っ赤に染めたのを感じる。いたたまれなくなってうつむいた。これがもうすぐ四十になる男のやることかと思えば、情けなさにうちひしがれる。

玉の井は黙っている。こちらの言わんとしているところを察したろうか。もしや困らせてしまったろうか。いや、そんなこたぁあるめぇ――煩悶が忙《せわ》しなく頭を巡る。玉の井の表情《かお》を確かめたかったが、目を上げる勇気もない。

衣擦れの音が立った。傍らに、柔らかなものが寄り添う。膝に置いた京伝の手が、白魚のごとき指に包まれる。

「春になると、通りの桜がまっことさきれいに咲くのでござんす」

そっと窺うと、彼女は細く開けた障子窓から表へと目を遣っている。

「わちきがここへ入った折も春でござんした。桜の花がふわふわ舞って、こんなきれいなところに棲むのも悪くぁないと己を慰めたものでありんす。でも、花が散る頃になると、桜は木ごと抜かれて跡形もなくなる。また春が近くなると、どこからともなく桜の木が運び込まれて植えられる」

玉の井は、そこで目を伏せ、いやいやというふうに首を振った。

「ああ、ここではすべてが作り物なんじゃなぁ、と寂しゅうなりんした。植え替えられては鮮やかな花の時季だけを見せる桜の木が、なにやら花魁《おいらん》のように思えましてなぁ。わちきには、いずれお職《しょく》を張ろうという意気もない。きっといつかあの桜のように、引っこ抜かれて終いだろう、と」

常に明るく、弱音を漏らしたことすらない玉の井だけに、そんなことを思っていたとは案外だった。

「引っこ抜かれてまた植えられる先が、わっちのとこなら文句はねぇだろう」

蛮勇奮って言うと、玉の井はようやくこちらに目を向けた。京伝はまた、こそばゆくなり目を伏せる。

「わちきでよろしいのでござんすか」

「なに。おめぇがいいのだ」

今度はまっすぐ見詰めて言った。玉の井が袖で顔を覆う。

京伝はとっさに窓の外へと目を逃がす。細く切り取られた景色を、シュッと音を立てて鳥が一閃《いっせん》切り裂いた。今のは鷦鷯《みそさざい》か、それとも椋鳥《むくどり》だったか——そう思案することで京伝は、昂揚と気恥ずかしさのないまぜになった胸の内をどうにかなだめようと四苦八苦している。

四

儀三治は、寛政十一年の暮れに届いた京伝からの書状を嬉々として開き見て、声を失った。

「五十両」

うめき声が夜のしじまに響く。

文《ふみ》には、返事が遅くなったことへの詫びと、その理由として京伝の尊父が身罷《みまか》ったこと、そうして板本を出すには儀三治が五十両を支度せねばならないということが書かれてあった。お悔やみの文をすぐにでも出さねばと頭では判じながらも、手足も首筋も氷像のごとく固まったきり動く気配を見せない。

「なして五十両も……」

途方もない多額の金がなにゆえ入り用なのか。また、どうして板本を作る金を自ら支度せねばならぬのか。儀三治には見当がつかなかった。なにしろ著述は京伝、儀三治が校合ということで、それ自体は不本意であったけれども、双方納得して話が運んでいたのだ。このところ京伝からの文も間遠になり、だいぶ進みが遅いと案じぬでもなかったが、江戸の板元は出板物を多く抱えておろうし、順繰りに摺っているのだから多少待つのは致し方ないと己に言い聞かせていたのである。それでもここ一、二年のうちには板行できようと期待していたのが、今になって金を求めてくるとはいかな理由《わけ》か。

嫌な汗が脇や背中に滲んでくる。返信になにをどう書いたものかと惑い、まずは尊父が亡くなったことへのお見舞いをしたためる。そのまま費用について問うべきことを頭の中で並べていくうち、胸の奥のほうからどろりと黒い気持ちが流れ出してきた。

——まことに板元に掛け合《お》うてくれたがーろうか。

冷静に考えてみれば、あの多忙な京伝が、縁もゆかりもない儀三治の作を熱心に売り込む義理などないのだ。しかし彼は稿に目を通し、出来についても大仰なほどに褒めてくれた。面白い読み物だと認めたからこそ、わざわざ板行の話を持ち出したのではないか。いや、しかし、その挙げ句が五十両という大金の無心では合点がいかぬ。京伝の揮毫を得るのに支払った金二分でさえ、家計から出すのは冬場の川に飛び込むほどの決心がいったのに、この上五十両も支払わねばならぬとは。

その晩、儀三治はまんじりともできなかった。翌日、寺へ納める献納額の相談で茂兮《もけい》が訪ねてきた折も心ここにあらずで、

「なぁ、茂兮。五十両って金をどう思う」

清書を終えた句の束をまとめながら漏らしたのだ。茂兮に板本の件を打ち明けるつもりは毛頭なかったから、胸に溜まっていた憂鬱がついこぼれ出してしまったというのが正直なところである。

「……選者が謝礼でも求めてきたか」

「いやぁ、先生は無料《ただ》でもええ言うてくれてるすけ。前に決めた値で障りはねぇっぺよ」

「そうせば、なんだ。にしがそんげん大金の話を出すなぞ……店でも広げるがか」

茂兮ならば五十両という額をどう感じるか、そのことだけすいと答えてくれればいいのだが、彼の生真面目さが話をややこしく、まどろっこしくしてしまう。儀三治は面倒になり、

「まだ先のことだども な。今から少し考えておこうかと思うてな」

適当に言い繕った。

「にしゃ立派よのう。家業のことをよう考えとる。今のままでも十分やっていけるてがんに、さらに大きく広げようというのは、まっこと商人の鑑《かがみ》だて」

「……いや」

「だども店を広げるのに五十両も入り用かね。新たに屋敷を建てても二十両かかるかかからんかだ。間口をそこまで広げねば、もっと安くできるべ。什器《じゅうき》だのなんだの入れても、五十両までいくとは思わんねぇが」

途端に、儀三治は蒼白になった。確かに、家一軒が二十両あれば十分に建つのである。それ

なのに本を摺るのに、なぜ五十両もかかるのか――。

「妙だな。ばかげにかかる」

心の声が転げ出た。茂兮が聞き咎めて、

「そうだ、五十両はかけ過ぎだ。特に豪勢な店ゆうわけでもあるめぇ。金はもっと巧く使わんくちゃ、ご先祖さんに申し訳が立たんぞ」

しかつめらしく忠言してくる。だが、萎《しお》れた儀三治を気遣ってか、

「ま、だども、商売を大きくしようとせば金のかかるのも当たり前ぞ。生き金にすりゃぇえがだ。なんも遊興に使うわけでもあるまい」

取りなしてくれたのだが、これがいっそう儀三治の胸をえぐることになった。板本を作るのは家業とはなんら係りがなく、遊興も同然なのだ。そんなものに五十両も出す馬鹿がどこにいる――。

句の清書をふたりして検《あらた》めたのち、雪の中を帰っていく茂兮を戸口で見送った。閂《かんぬき》をかけ、店に回って今一度戸締まりを確かめる。最上苧《もがみお》の積まれた棚、預かった縮を仕舞ってある簞笥《たんす》、隅々まで整頓された帳場。いずれも父の代から慎重に守ってきた砦である。

遊興、という茂兮の声がぶり返す。越後の話を書き、広くそれを知らしめることはけっして遊びではない――少なくとも儀三治はそう信じている。しかしそれが、金にならぬだけならともかく、こちらが金を出してまですべきことかと問われれば、否というよりない。

――きっぱり諦めねば。

己に言い聞かせるそばから、

――せっかく苦労して書いたものが日の目を見ずに終わるのか。

という、やるせなさが押し寄せてくる。

——五十両さえ出せば板本になるのなら……。

不意にぽんと肩を叩かれ、儀三治は飛び上がった。顔を引きつらせつつ振り向くと、宇多が怪訝《けげん》な面持ちで立っている。

「な、なーした、急に。たまげるっぺや」

「急にじゃございません。ずっとお声を掛けたったがんに、旦那様がまーったく気付かねぇがですもの」

右耳が悪いため、聞こえておらぬようなら儀三治の肩を叩く、というのは一家の決め事で、母から教わって近頃宇多もそれに倣《なら》うようになっていた。もっとも今は、思案に取り込まれていたから宇多の呼び掛けを聞き漏らしたようなのだが。

「いつまでも二階《にけい》にお戻りにならねぇすけ、案じて見にきたがすけ」

宇多は羽織った綿入れを胸の前でかき寄せるようにした。足下から這い上がってくる冷気に、儀三治は今更ながら身震いする。

「そっけん薄着《うすなり》でいらしたら、風邪をひきますで。白湯でも沸かします。どうぞ、上階《うえ》に上がってくんだっしゃい」

宇多は言葉で急《せ》かすだけでなく、儀三治の背後に回ってその背を両手で押した。こういう子供じみた所作をよくするおなごだった。母はそれがかわいいらしく、厨には二六時中笑い声が立っている。もう少ししとやかにしなさい、と儀三治は些細なことを見咎めては妻をちくちくと叱るのだが、彼女はどこ吹く風で己のやり方を通している。夫の機嫌が良かろうが悪かろうが、宇多自身はなんら変わらず常にあっけらかんと楽しげに家事をこなしており、その様に救われることも少なくなかった。

もし家が傾くようなことがあったら――妻の温かな手の平を背中に感じながら、儀三治は再び五十両を頭に巡らせる。父や母、子供たちの顔が次々に浮かんだ。店で雇っている者もこれまで通り働けなくなるかもしれぬ。己はこの一家を背負う者なのだ――改めて臓腑に叩き込むと、束の間でも五十両を出そうと考えたことがひどく不埒《ふらち》に思えてくる。

「申し訳ねぇな、宇多」

前を向いたまま言うと、背中を押していた手の平が離れた。

「珍しいことだない。白湯ぐれんこってで旦那様が頭下げるなんて」

宇多が横から儀三治を覗き込む。「いや、まぁ、うむ」と要領を得ない相槌を打ちながら、

――五十両は出せん。絶対に出せん。

と、儀三治は懸命に己に言い聞かせる。

五

相四郎は、寛政十二年の正月早々、深川の表店《おもてだな》に佐知を連れて引き移った。裏店はどうしても嫌だと佐知がごね、方々駆け回って店賃の安い表店を見付けたのだが、二間三間《にけんさんけん》という狭さに戸惑ったのか、はたまた安普請《やすぶしん》なのが気に食わぬのか、越してからというもの妻はいっそう気塞ぎとなり、相四郎は逃げるようにして京伝店の仕事をし、店を仕舞ったのちは兄の家に籠もって校合の真似事に刻を費やすようになった。

京伝は二階の書斎に籠もるため、相四郎は主に、かつて京伝が書き物をしていた一階玄関脇

の八畳間を使う。文机と小さな書棚、火鉢が据えてあるだけの簡素な設《しつら》えなのだが、この書棚に積まれた草稿をこっそり読むのを楽しみとしている。

京伝の書ではない。越後から送られてくるさまざまな逸話が、そこにまとめて置かれているのだ。話もさることながら絵も秀逸で、幾度眺めても飽くことがない。近々板行する書だ、と兄からは聞かされているものの、動きはじめる気配は今のところないようだった。まだ草稿がすべて揃っていないのかもしれぬ。もし仕上がったら、京山陳人の名で賛を書かせてもらいたいと、相四郎は密かに夢見ている。

「おや、またおいでなすったか」

買い物から帰ってきた母が、土間から顔を出した。小振りな鍋を抱えている。相四郎が目を留めたのに気付いたらしく、

「煮売屋で御菜《おさい》を買ってきたんだよ。このところ、どうも煮炊きが煩わしくてねぇ。ご飯は朝炊いたのがあるから、おまえも食べていくかえ」

相四郎は手にしていた筆を置いた。

──今だ。

とっさにそう判ずる。重いだろう、と母の手から鍋を取り上げ、厨へ運びがてらそれとなく切り出した。

「済まぬことです。佐知が手伝えればええんだが」

佐知の名を聞いて、途端に母は苦い顔になった。

「あれももとは武家の息女とやらで、気位が高くて難渋しますよ。前までは青山家の支度してくれた屋敷に住んでましたからね、今の長屋も不満らしくて。困ったものです」

「出が出だもの。詮方無いよ」

ろくに家のこともしない嫁女に不満が募っているだろうが、母は息子に遠慮してか、佐知を勧めた鵜飼家の顔を立ててのことか、けっして彼女を悪くは言わない。

「しかしまぁ武家の娘ってのは、嫁にもらうもんじゃありませんね。ここだけの話ですが、買い物にしたって考えなしに金を使っちまうし、実家では煮炊きも下女にやらせていたから包丁ひとつまともに握れない。しかも町人を見下しているから隣近所ともうまくやれません」

佐知はそこまで立派な家柄でもなく、一応は武家の出ながら、父親は三人扶持の小身だったから、煮炊きも一通りできるし節約もお手の物だ。が、相四郎はあえて偽りを交えて愚痴ってみせた。

「しかし母さんも、毎日煮炊きや掃除をひとりで負うのは骨でしょう。といって、下女を置くのは兄さんが嫌がりますし……。兄さんが嫁でもとってくれりゃあいいんだが。あ、でも、良家の息女はいけませんよ。佐知の二の舞になりますからね」

強く念を押すと、母はなにかを察したふうに、こちらに向けていた顔を伏せた。相四郎は竈《へっつい》にそっと鍋を置く。

「吉原の籠《かご》の鳥だって、煮炊きは苦手だろうよ」

母のかすかな反駁だった。

「しかしお菊さんは気働きがあって料理もうまかったですよ」

母は竈に寄り、鍋の中身を器に移していく。烏賊《いか》と大根の煮付けで、まだほくほくと湯気が上がっていた。

「兄さんの選んだ人なら、私は大事ないと思いますが。お菊さんだって、いい人でしたから。

こたびもきっと母さんとうまくやっていけますよ。そういう人でないと、兄さんは嫁に迎えるまではしないでしょう。ああ見えて、私なぞよりずっと慎重な人ですから」

「……烏賊と大根を一緒に煮込むってことを、誰が最初に考えついたんだろうねぇ」

案外な方向に話が折れて、相四郎はいささか戸惑った。

「到底合うとは思えないのに、両方からいい出汁《だし》が出てなんとも言えない風味になる」

母はそこで遠くを見るような目をして、続けた。

「お菊がはじめに嫁に入ったときは、とても合うとは思えなかったが、今じゃ嫁はお菊しかいないってほどに情が移っちまってるんだねぇ」

「ええ。いい義姉《ねえ》さんでした。でも、玉の井もきっと、母さんとふたりになれば、互いにいい味を引き出すようになるんじゃあないでしょうか」

母の喩《たと》えに乗ってはみたが、妙に言葉が浮くようで相四郎は面映《おもは》ゆさに覆われる。書く分には多少格好をつけても構わぬが、それを口にするとこそばゆいものだ。戯作にしても、もっと話し言葉に近づけたほうがいいのかもしれんな、と嫁取りの話とは関わりないことを考えたところで、ふうっと大きな吐息が聞こえた。母が菜箸を置いて、こちらに向き直る。

「兄さんに頼まれたのかえ」

「いや。兄さんはなにも。ただ、私がそうなったらええだろうと思っていただけで。母さんには佐知のことで迷惑掛けましたから」

真意を問うような上目遣いで、母がこちらを覗き込む。相四郎の身はおのずと硬くなる。と、クッと喉を鳴らしたと思ったら、母は総身を揺すって笑いはじめたのだ。

「まったくおまえは、どこまでも兄さん思いだね」

応えあぐねる相四郎を置き去りにして、母は汁物をあたためるために竈の火を熾す。その所作がどこか、吹っ切れたように軽やかに見えたのは、気のせいだったろうか。

玉の井はその年の暮れ、玉屋を落籍して銀座の家にやって来た。「百合《ゆり》」と名乗り、めでたく市井《しせい》の女房になった。

「今日からおめぇさんは、この家の嬶《かかあ》だ」

京伝があえて乱暴に告げても、彼女は至極嬉しそうにしている。

家の者だけの祝いの席で、相四郎は百合に寄って酒を注いだ。祝言《しゅうげん》は簡素なものにしたい、と言ったのは百合だという。京伝にとっては所帯を持つのが二度目だから、気遣ってのことなのだろう。

「義姉さん、このにちもどうぞよろしゅうお願い申し上げます」

相四郎が頭を下げると彼女は慌て、

「わちき……こちらこそ、ふつつかではござんすが、よろしゅうお願い申し上げます」

と、三つ指ついた。その傍らで京伝は、うっとりと目を細めている。贔屓目《ひいきめ》なしでも、百合の白無垢《しろむく》姿は弁天様でも舞い降りてきたのかと見まごうほどに美しかった。

『忠臣水滸伝』前編の世評も高く、京伝は後編の校合に取り組んでいる。相四郎は座敷に集った近しい者たちを眺めつつ、父、伝左衛門が亡くなってから、どこか虚ろだった一家の隙間がしかと埋まったのを感じ取っていた。

第三章

一

普光寺への献納額を無事納めた享和元年の秋、儀三治《ぎそうじ》は文机《ふづくえ》の前で居住まいを正し、筆をとった。かつて世話になった沢田東里へ文《ふみ》をしたためるためである。

京伝著述で板行することは、諦めざるを得なかった。しかし日が経つにつれ、せっかく書いた草稿を無駄にしたくない、という思いが膨らんでいき、いかんともしがたくなったのだ。誰か他に板元と繋いでくれる者はないか。さんざん考えた挙げ句、再び東里を頼むことにしたのである。

顔すらはっきり覚えておらぬほど薄い縁を幾度も当てにするなど厚かましいにも程があると自戒しながらも、年始の贈品は欠かしたことがないのだからそこまで図々しいわけでもなかろうと胸の内で言い訳し、依頼の文言を並べていく。しかしさすがに東里はそう幾度も請け負ってはくれぬだろうと儀三治は心奥《しんおう》で覚悟もしていたのだが、彼は図抜けて人が好いのだろう、さほどかからずに返事が届いたのである。

そこには、京伝著述とならずに残念だ、ということと、力になりたいが自分には紹介できる板元の心当たりはない、ということ、しかし他の戯作者《げさくしゃ》に頼んでみることはできるかもしれぬ、といったことが端的に書かれてあった。

京伝に五十両と言われてから、二年近くも儀三治の目の前に緞帳《どんちょう》さながらぶら下がっていた憂鬱がにわかに晴れていく。

依頼するのであれば、山東京伝くらい強い名であったほうがいい、と文《ふみ》には続けて書かれてある。

——むろん、それに越したことはないが……。

そう思いながら文字を追っていた儀三治の目に、案外な名が飛び込んできたのだ。

「曲亭馬琴」

声に出さずにはいられなかった。読本の名手と名高い、昨今とみに話題の戯作者である。

儀三治は躊躇することなく、曲亭馬琴宛の文を同封して東里に送った。これまでの経緯《いきさつ》と、雪話を上板《じょうはん》したいので力を貸していただきたい、との願いを細かにしたためたのだが、ほどなくして届いた馬琴からの返信はひどくつれないものだった。

山東京伝とは懇意の間柄ゆえ、彼の手掛けた仕事を中途で奪うことはできかねる——要約すればそれだけのことが、妙に回りくどい筆致で書かれてあったのだ。

東里に結果を伝えると、彼は安易に馬琴を推挽《すいばん》したことを盛んに詫びて寄越したが、代わりの人選を挙げてくることは、もうなかった。さして親しくもない塾生の面倒を、そこまで見るには及ばずと判じたのだろう。

儀三治の落胆は、自分でも動じるほどに深かった。ああ、これで雪話が日の目を見ることはなくなった——そうと思えば、情けないことにしばらくの間、飯さえろくに喉を通らなかったのだ。

夫の憔悴《しょうすい》に接して宇多は、身体の具合が悪いのだろうと判じて医者に掛かることを勧めたが、

「いや、ただの気塞ぎだすけ、案じんでもええ」

と、儀三治は拒み続けた。「気塞ぎ……なして」と余計に怪しまれるも、板行が頓挫したからだとは、日夜鈴木屋の商いと繁栄を最優先に努めるよう家族にも言い聞かせている身では、到底口にできることではなかった。

それでも再び家業に専心する中で、儀三治は徐々にだが平静を取り戻していった。己の作が上板されるなぞ、そもそも期待すらしておらぬことだったではないか。京伝に出板《しゅっぱん》を促されてついその気になってしまったが、このような大それたことに挑めただけでも十分ではないか。だいいち、上板が契機となって文筆に没頭しはじめたら、鈴木屋は傾いてしまうかもしれぬ。神仏が、それを避けんがために五十両という途方もない額を示して、引き留めてくださったのだ——懸命にそう思い込むことで、雪話から心を逃した。お蔭で文化と元号が変わる頃には京伝のことも出板のことも、まるで束の間の風花を見たあとのようにただ美しい名残だけ置いて、薄らいでいったのだ。


それから五年が経った文化三年の晩春だった。幸吉が血相を変えて鈴木屋に飛び込んできたのである。折しも寒晒しを終えた白縮《しろちぢみ》の品定めをしているさなかで、

「いやいや、えれぇこったよ」

と目を剝く彼を、飛び散る唾《つば》が布にかからぬよう儀三治は慌てて引き離す。店の男衆にあと

を任せて幸吉を裏へ引っ張っていき、

「にしには幾度言っても通じねな。店では仕事の話しかしてはなんねと前から言うとるねか」

厳しく叱咤する。幸吉は儀三治の二つばかり下だから、今年三十五になったはずである。いい大人であるのに、童のごとき振る舞いがいっかな直らない。儀三治は、これ見よがしに溜息をつき、仕事を邪魔されたことへの苛立ちを目で送る。が、幸吉は意に介す様子もなく、それどころか、

「よく、そんげん悠長な顔をしとられるなぁ」

と、儀三治に剣突《けんつく》を食わすのだった。

「江戸が大変なことになっとるすけ。こりゃ今年の縮は江戸にゃ出せんぜ」

なんでも江戸が大火に見舞われたという。桃の節句の翌日昼頃、芝車町《しばくるまちょう》から出た火は折からの強風に煽《あお》られて高輪《たかなわ》まで一気に広がり、三田の薩摩屋敷や神明宮《しんめいぐう》を灰にしたのち、数寄屋橋《すきやばし》、木挽町《こびきちょう》を舐めつくし、京橋から日本橋、さらには神田川を越えて、三味線堀《しゃみせんぼり》から浅草辺までを焼き尽くしたらしい。

「そいつぁ江戸のおおかただなぁ」

仰天した儀三治に、言わんこっちゃない、とばかりの得意顔で、

「だすけ、飛んできたがだて。それをにしがつまらん説教なぞしはじめるすけ」

言いかけたが不意に口をつぐみ、幸吉は神妙な面持ちで声を潜めた。

「つまりだ、この夏は江戸に行商に出てもいかんゆうことよ。おおかた売れんぜ。なにせ五百町からが焼けたっちゅうすけ。藩邸も百近く焼けたげだ。亡《の》うなった人もむろん多かろう。とてもあとふた月ばかしで持ち直せんぜ」

江戸では火事が珍しくないと聞くが、ここまでの大火は滅多に聞かぬ。幸吉の言う通り、皐月の声を聞いて呑気に縮を積んだ業者を江戸に送り出したところで、売り上げはほぼ見込めぬ。罹災《りさい》した民は暮らしを立て直すことが先で、贅沢な織物に金を出す気にはならぬだろう。

「おい、多助《たすけ》」

儀三治は、店の土間で棚卸《たなおろし》に勤しんでいる男衆を呼んだ。鈴木屋はこのところとみに質業の売り上げが好調で、以前は男女ひとりずつしか置かなかった使用人を増やしたところであった。多助は十日町の農家の産だが、十二の頃に実家が食い詰めたとかで上方《かみがた》へ奉公に出ている。二十五まで大坂に居たが、藪入りで里帰りした折に老いた両親を見かねて故郷で奉公先を探し、去年鈴木屋に辿り着いたのだった。なかなか目端の利く男で、上方の事情にも詳しかったから、儀三治はなにかと頼みにしている。

へい、と前掛けで手を拭いながら駆け寄ってきた多助に訊いた。

「今年の夏縮は大坂での取引を増やそうと考えとるがだが、にしゃ、ええ問屋を知らんか」

大坂にも毎年いくらか卸しているため、旧知の問屋は数軒ある。が、江戸の分まで他所《よそ》に回すようになれば、今付き合いのある問屋だけでは追っつかぬ。新たに開拓せねばならぬが、心当たりがないのだった。

へい、ともう一度受けて、多助はこめかみを揉みはじめた。なして大坂を増やすんですか、なぞと根掘り葉掘り訊かないこともこの男の美質で、無駄口を叩かず入り用なことだけ選《よ》ってさばくため仕事が滞らない。このときも、

「そうですな、喜田地屋さん、横谷屋さんあたりなら、よろしいかと存じますが。心斎橋筋と初瀬町《はっせちょう》にありますなぇ」

すいと答えを放った。

「真っ当な問屋かね」

「へえ。私の知る限りでは」

「そんなら、文を書いてみる。あとで詳しい処を教えてくれ」

多助が一礼して、また棚卸の場に戻ると、傍らで聞いていた幸吉が、

「疑り深いにしが、あっけに素直に意見を聞くとはなぁ」

信じられぬといった顔で、首をひねった。

「まぁな。にしよりは信を置いとるすけ」

軽口を叩いた儀三治に、彼はむっと頬を膨らませてみせたが、

「しかし、今年は大坂に多く卸すしかないな。うちもそうしんきゃなぁ。さっきの問屋、あとでおれにも教えてくれ」

と、調子のいいことを言う。

「この越後は江戸にも大坂にもさほど変わらん日数で行けるすけ、替えが利くのは幸いだなぁ。それに、江戸より大坂のほうが商家は多いっぺ。扱《あつこ》うとる品もええ。これは商いが大きく跳ねる好機かもしれんなぁ」

己の手柄のように言って鼻の穴を膨らます幸吉を、「にしは、まったく」と溜息交じりにいなしたとき、儀三治ははたと気付いたのだ。

――大坂には書肆《しょし》も多くあるなぇ。

そもそも出板は上方ではじまったのだ。江戸の大手板元、仙鶴堂も、もとは京が発祥である。本屋仲間も母体が大きく、京も含めれば市場はさらなる広がりを呈すだろう。

——江戸にこだわったのが悪《わり》いがだ。

頭には円珠庵羅城《えんしゅあんらじょう》が浮かんでいる。以前、句寄せの選句を頼んだ尾張の俳人である。彼はしばしば京や大坂を訪れているようだから、なにか伝《つて》があるかもしれぬ。しかし選句を頼んだ上に自らの稿も読んでほしいと告げるのはあまりに厚かましかろうかと逡巡もしたが、もはやそうした遠慮をしている場合ではないと意を決した。一旦は京伝のもとで出板が叶うとなったのに、その道がポキリと折られた。同じ挫折であっても一度現《うつつ》になりかけた分、諦めきれぬ思いが胸のひだにこびりついている。

善は急げとばかりに、儀三治はその晩、羅城に文をしたためた。

江戸で出板の話が進んだ経緯を簡単に説き、大坂の板元でよいところを知らぬか、と恥も外聞もかなぐり捨てて直截《ちょくせつ》に書き送ったのだ。

羅城からの返信はしかし、夏になっても届かなかった。

ひどく焦《じ》れたが、儀三治はなるたけ雪話のことは考えぬようにして、商いに身を入れ、多助とともに大坂の販路を慎重に探った。お蔭でこの年、江戸への卸《おろし》を諦めた夏縮は大坂と京にうまく渡り、損を出すことなく済んだのである。幸吉の扱う分も鈴木屋を通して一緒に京坂に送ったために彼は珍しく殊勝に謝意を口にしたが、そのそばから、

「いずれ酒も大坂に卸したいなぇ。上方の酒に勝てるくれぇの酒を造りたいがぞ」

と、懲りずに醸造の話を持ち出す。

「そっけ手ぇ広げてなじょするがだ」

呆れる儀三治に、

「おれも新しいことがしてぇがぞ。塩沢だと、平野屋さんがいい酒を扱《あつこ》うてるが」

と、顎を揉んでいる。平野屋は享保創業の老舗で、毎年試行錯誤しつつ質の高い酒を造り出していた。儀三治は下戸だが、鈴木家でも祝いの膳には必ずこの店の酒が上る。

「まことにその道に進みてぇがだら、まずは平野屋さんに頭下げて、修業しんばな」

意地悪く言ってやると、

「今から修業てがはなぁ。おれはもう三十五だぞ」

幸吉は眉の端を下げた。

「三十五だろうが四十だろうが五十だろうが、新しいことをしょうば、修業は欠かせねぇっぺ」

しかつめらしく諭しながらも、己を省みる。

我流で書き物をしてきたが、戯作者に弟子入りしたことはない。絵にしても、狩野梅笑にいっとき習ったきりで、あとはやはり浮世絵なぞを眺めつつ好きなように描いてきただけだ。京伝は褒めてくれたが、果たして己の作が板に摺るほどの質を保っているかは定かでない。

急に、板行の働きかけがひどく大それたことのように思えてきた。

羅城も梨《なし》の礫《つぶて》であることだし、出板の件からはいい加減手を引くのが妥当かもしれん――そう思いはじめた矢先、皮肉なことに羅城からの返信が届いたのである。雪がすっかり村を覆った頃だった。

宇多に手渡されたその書状を、儀三治は店の帳場であるのも構わず、むしりとらんばかりにして開き見た。この夏はほうぼう旅していたこと、ために文《ふみ》をもらいながら返事を書くのが遅くなったこと、上方の書肆はいくつか出入りしているがさほど懇意にはしていないことが、そこには書かれてあった。

儀三治は肩を落とす。こうして相談をすれば、まずは稿を読みたいから送ってくれないか、と言ってくるのが常だがそれすらなく、文面からもどこか及び腰の感が漂う。暗然となりつつ続く文言を流し読んでいた儀三治は、ある一文に目を留めた。

〈岡田玉山《おかだぎょくざん》に口を利いてもらうのは如何《いかが》か〉

——岡田玉山……。

うっすら聞き覚えのある名だった。たしか、大坂の絵師だ。羅城が記すには、玉山であれば大坂の在であるから板元にも詳しかろうとのことである。多少は見知った仲であるゆえ、こちらから文を出しておく、貴殿からも一筆書いて相談してみるとよろしい、と続いている。

儀三治はこの日、店を仕舞うや飯も食わずに自室に籠もり、先年出たばかりの「書物目録」をひもといて玉山の著作を探し、『絵本太閤記《えほんたいこうき》』の絵師として、その名を見付けた。上方絵本の第一人者とも言われる挿絵師《さしえし》だと知れたが、『絵本太閤記』は虚説を書いたとして御公儀から絶板の処分を受けているはずだった。

——京伝といい、どうも御公儀に目を付けられた人物に縁がある……。

わずかにためらったが、他に当てがあるわけでなし、兎《と》にも角《かく》にも文だけは出してみようと、いそいそと稿をまとめた。

京伝のもとに送った稿は写しがあったが、その後に書き加えた逸話の校正に思いのほか手間取り、飛脚に托すのが翌年の雪が解けはじめる頃になってしまったのは、できるだけ完璧なものを示して、どうにか玉山に認めてもらい、出板に漕ぎ着けたいとの執念に襟首を摑まれてのことだった。

この念が通じたものか、羅城の口利きのお蔭か、玉山からはさほどかからず返信があり、心当たりのある板元に見せたいので、もう少し草稿を送ってほしい、と書き送ってきたのである。

嬉々として新たな草稿を作りはじめた儀三治だったが、はたと手を止めた。

――また、金が入り用だと言うてきたら、なじょする。

京伝が書いて寄越したように、板行に要する費用をこちらで持たねばならぬとなれば、元の木阿弥《もくあみ》である。儀三治は筆を執り、先にこの点を確かめるべく書状を送った。こちらが頼む立場であるのに不躾だと気も引けたが、同じ苦汁は二度と嘗《な》めたくなかったのだ。

が、それきり、玉山からの書状は途絶えてしまったのである。

夏縮を商う時季となり煩雑な仕事に追われる中、儀三治の胸の内は無闇と波立った。店ではなんとか体裁を保ったが、飯のときも風呂でも寝所でも上の空だったせいだろう、卯月に入って間もなく、宇多に呼び止められた。ちょうど夕餉を終えて、自室に入ろうとしたときである。

「旦那様、また気塞ぎでございますか」

襖にかけた手を止め、妻に向き直る。

「なじょってもねぇて」

とっさにごまかし部屋に逃げ込むも、宇多は強引に、閉めかけた襖の隙間から身を滑り込ませた。

「なんちゅう行儀の悪いことを」

儀三治がたしなめても平然として、彼女は文机の横に端座した。

「夫婦の間で隠し事は駄目ですて」

街道に面した肘掛け窓に身を預け、外に目を逃している儀三治の背に、宇多の険しい声が刺さる。

「なじょも……隠し事はしとらんすけ」

「商いが、うんまくないですか。去年は江戸に卸さんなかったすけ」

「馬鹿こけ。うまくいってるわい。縮もよう売れた、質業もしかと回っとる。だすけ、店に男衆を増やしたっぺぁ」

気を揉んでいるのが、雪話のこととは勘付かれていないらしい。ほっと息を吐いたところで、

「もし心懸かりが特にないようなら、そっけ憂鬱そうな顔をしねぇでくんだっしゃい。お義父様が気になさるすけ」

宇多が声を低くした。

「父様《とと》が、なんか言うたか」

「お義母様から、お義父様は塩梅がようないすけ、あんまり心配をかけてはなんね、と申しつけられております」

父の恒右衛門は、今年に入ってから体調を崩していた。長男、常太郎の元服の折は宴にも加わり、儀三治の跡を常太郎が継いでくれれば鈴木屋は安泰だと満悦だったのに、近頃は床《とこ》につく日が多くなった。医者を呼んでもどこが悪いのか判然とせぬようで、歳も歳だからとお茶を濁され、もう長くはないかもしれぬと儀三治は覚悟していたが、母は夫の快復を信じて些細なことにも神経を尖らせている。

「なんも案じることはねぇ。店はうまくいっとるすけ」

「そうせばそれを、お義父様にも伝えてくんだっしゃい。お商売のことはおれやお義母様にはわからんがだすけ」

「わかった。明日にでも父様と話をするすけ。おれからはっきり、店はなんも心配いらんと伝えるすけ」

そう告げると、宇多の面《おもて》が明るく照った。

「きっとお義母様も一安心でございますよ」

大役を果たしたと言わんばかりに胸を反らし、一礼して妻が出ていったのち、儀三治は大きく首を振ってから、瞑目して深く息を吸い込んだ。

――浮ついておってはいかん。おれのすべきは商いのがだすけ。

己に言い聞かせるそばから、文机脇の棚に収めてある雪話の草稿を手に取った。推敲《すいこう》のために幾度となく読み返した稿に再び目を通していく。

二

ここ数年の間に、相四郎の身辺には実に多様な事柄が出来《しゅったい》し、めまぐるしい変化の渦中を漂っているようなありさまだった。鵜飼家から籍を抜き、京伝のもとに身を寄せた頃が、もはや前世のごとく遠くに感じられる。

元号が文化と変わって間もなく、母が逝った。父の死からわずか五年後のことだった。それが契機になったわけでもなかったが、すっかり間柄が冷え切っていた妻を離縁した。相応の金を手渡すと、妻もまた、せいせいした様子で出て行き、それからさほど経たずして相四郎は新たな伴侶を迎えることになった。

「なんだえ、随分手回しがいいねぇ」

京伝はそう冷やかしたが、鶴喜に連れられてたまたま出向いた吉原の引手茶屋《ひきてぢゃや》で、ひと目で虜《とりこ》になってしまったのだから仕方ない。くみ、というその娘の、黒豆のように艶やかな瞳にまず惹かれた。ちんまりまとまった目鼻に比して不釣り合いな大きな口に愛嬌が滲み出ており、ころころ変ずるその表情に魅入られるうち、相四郎は、こののちの人生をどうあってもこの娘と一緒に歩んでいきたいと思い定めてしまったのだ。

吉原に足繁く通うようになった弟を見て、「我が家の血だね、こりゃ」と笑っていた京伝だったが、相四郎が花魁ではなく引手茶屋の娘に懸想していると知るや、「また妙なところへ目を付けたものだね」と呆れ声を出した。だが相四郎は、ツンと澄ました絢爛な美女よりも、くみのような天真爛漫な女を好もしく感ずるのだ。くみもまた、実直な相四郎の性分を気に入ったらしい。深間《ふかま》になるのにさほど刻《とき》はかからなかった。

くみが、実家《さと》から隔たった地には住みたくない、と言うので、新居は浅草馬道《あさくさうまみち》に据えた。銀座の店に通うのは手間が要ったが、この頃から相四郎は、長らく続けてきた詩文のみならず戯作にも挑むようになっており、これに刻を割《さ》くため、店の切り盛りはしばらく男衆に任せたいと兄に願い出たのだ。「もとはわっちがはじめた店だ。おまえさんが身を砕くことはねぇさ。店の仕切りはわっちに任せておけ」と、京伝は胸を叩いたが、労せず見事な戯作を書き上げる文才に比して商いの才が乏しい兄は、先年も浅草伝法院で信州善光寺の阿弥陀如来を開帳した折に、勇んで浅草並木町に出店するも大損に終わっている。銀座の店も父が差配《さはい》している頃はよかったが、京伝が仕切るようになってからはうまく回っているとは言い難い。

店の窮状を案じながらも相四郎が日夜文机に向かうようになったのは、物語が頭から離れなくなったせいだった。

くみと一緒になって程なく、近所の精舎《しょうじゃ》を散策した日のこと、そこに飾られていた蓮華面経を目にした途端、盆の窪のあたりから熱いものが脳天を突き抜けたのである。すわ卒中かと危ぶんだが不快さはなく、むしろ今まで見たこともない景色に連れて行かれたような奇妙な感覚に襲われた。

なにが起こったのかと呆然とするうち、人物らしき影が空想の景色の中に浮かび上がり、その者が自在に動きはじめたのだ。泡を食いつつ、この情景を書き留めなければと懐《ふところ》から急ぎ帳面を取り出した。

突然立ち止まって、矢立《やたて》から引き抜いた筆を走らせはじめた亭主を、くみは呆気にとられて見詰めていたが、なにを察したものか制することなく、ただ相四郎を人の流れから守るようにしてその場に佇んでいた。

このとき書き付けた話は、『復讐妹背山物語《かたきうちいもせやまものかたり》』として文化四年に蘭香堂からめでたく出板の運びとなった。これまで京伝から再三再四「なにか書いてみたらどうだえ」と勧められながらも言《げん》を左右にしてきたのに、急に一巻を仕上げたものだから、周囲のみならず自分も驚いたが、兄は滅法喜んでくれた。

「このほうがいいよ、おまえさんは。戯作が似合ってるさ」

そう言って顔をほころばせたのは、相四郎が他人の作に跋《ばつ》や賛《さん》を書き、校合《きょうごう》を手伝うなどしているよりも、己の名で作を生み出す器量だと見込んでのことか、はたまた身贔屓《みびいき》ゆえの激励か。兄が信ずるほどの才が自らにあるかは知れぬが、しかし、山東京山《きょうざん》の名で物語を著《あらわ》してもいいのだ、いや、著すべきなのだと、このとき不思議と信じられたのだった。

この前年の三月、江戸に大火があって京伝の銀座の家も類焼した後だったから、相四郎が戯作を板行したことは余計に明るい出来事として京伝には映ったのだろう。

「次を早く書け。どんどん書いたほうがいい」

と、盛んに焚きつけてくる。相四郎はしかし、一作出せただけでも満足で、むしろ銀座の家の再築のことが気掛かりだった。蔵だけは残ったが住居は灰燼《かいじん》に帰《き》したため、仮造作の家で兄一家は暮らしている。屋根に蛎殻《かきがら》を敷いた安普請の小屋で、およそ当代一の戯作者の住処として相応《ふさわ》しいとは思われない。相四郎は折に触れ、

「早く仮住まいを片付けて、ちゃんとした普請で建て直しちゃいかがです」

と唱えてきたが、兄は難色を示している。

「あんまり金のかかるこたぁしたくねぇのだ」

戯作も売れて潤筆料も入る。商いも、浅草でこそしくじったが、読本にも広告を出しているから銀座の店はそれなりに潤っている。別段、普請の金をしぶることもなさそうだが、

「わっちが逝ったあと、百合が困るようなことがあっちゃいけねぇから、少しでも多く遺してぇと思ってさ」

背を丸めてそう告げるのだ。京伝と百合は十七も歳が違う。順番からいけば先に逝くのは兄だろうが、なにも今からそんな算段をせぬでもよかろうと相四郎は訝《いぶか》る。少し前に、百合の妹を養女として引き取り、彼女の家族をも背負うと決めた兄だけに、余計に後のことを考えてしまうのかもしれぬ。

——お菊さんと一緒にいた頃は、もっと伸び伸びしていたが。

齢のせいなのか、伴侶のせいなのか。好きなことだけして豪毅《ごうき》に生きていると見えていた兄が、どこかこぢんまりとまとまっていくことを、相四郎は少しばかり惜しいような心持ちで見守っている。

とはいえ、京伝の筆は快調で、六年前の享和元年に読本『忠臣水滸伝』の後編を出板すると

これも大きな話題となり、読本執筆にいっそう熱を入れるようになっていた。『安積沼復讐奇談《あさかのぬま》』『優曇華物語《うどんげものがたり》』『桜姫全伝曙草紙《あけぼのそうし》』と毎年板行を重ね、去年は『昔話稲妻表紙《むかしがたりいなずまびょうし》』など二冊も読本を上板した。その合間に黄表紙も数冊出しているのだから、どれだけ筆が速いのかと恐れ入る。昨今では、読本と言えば京伝か馬琴か、といった具合であって、相四郎は贔屓目なしでも京伝のほうが秀でているように感ずるのだが、兄は「さすがに馬琴はいいものを書くねぇ」と、敵を褒めることしかしない。こうした他の戯作者への対抗心のなさや、戯作の世界にいながらどこか門外漢《もんがいかん》といった気の抜け方は昔からで、人気者ゆえの余裕というよりも、生来の気質だろうと相四郎は感じている。

余寒の頃、銀座に京伝を訪ねると、兄は綿入れを二枚も着込み、仮小屋のひと間で文机を抱え込むようにして丸まっていた。ここは陽が入るから背中があったけぇのだ、と笑っているが、どう見ても不便そうである。

「家がこんな造りじゃあ寒いでしょう。今年は雪が少ないですが、大雪にでも見舞われたら、寒いだけじゃあない。屋根が落ちますよ」

兄の痩せ我慢に呆れて言ったとき、ふとかつて見た雪国の絵を思い出した。

「そういえば兄さん、あの越後の方の書はどうなりました」

銀座の家ではじめてその稿に触れてから、だいぶ歳月が流れているのに、いっかな世に出る気配がない。京伝はしばし、なんの話だ、といった様子で目をしばたたかせていたが、「ああ」と、おざなりな声を出した。

「請け負ってくれる板元がなくてさ、摺《す》るとしたら五十両ほど入り用だと、こう言われたのだ。詮方《せんかた》無く越後に伝えたら、それきり梨の礫さ。どうも馬琴のところにも売り込んだってぇ話だが」

「曲亭馬琴ですか。それでどうなったんでしょう」

「さぁね。そら、沢田東里って若ぇ者《わけ》の話は前にしたろ。牧之《ぼくし》とやらは、奴を頼って馬琴に話を持っていったようだね、板元から聞いた噂だが」

馬琴か――。あの男が、面識もない越後の者を親切に扱うとは思えない。弟子はとらぬと宣していた京伝のもとにしつこく通い詰め、ついには兄の家に居候《いそうろう》した馬琴であるのに、戯作者として名を成してからこっち、なぜか京伝を目の敵にしているふうなのだ。相四郎は、鶴喜に頼まれて馬琴の作に跋や賛を書いており、この年も新作『新累解脱物語《しんかさねげだつものがたり》』に賛を書くよう鶴喜から頼まれているのだが、馬琴がじかに礼を言ってくることはなく、また書肆で偶然会った折などにも彼はけっして京伝の名を口にしない。様子伺いのひと言くらいあっても然るべきではないか、と兄のもとに寄食していた時分のやや芝居がかった馬琴の腰の低さを思い出すだに、胸の内に靄が立ち込めるのだ。

「越後の作が世に出ないのは惜しいことですね。他にはない面白い綺談ですのに」

「おまえさんはだいぶ肩入れしてたからな。確か牧之とやらに、印章も贈ってたろ」

「ええ、えらく感心したもので、よいものを読ませてもらった礼に贈ったのです。ちょうどあの頃は、篆刻《てんこく》の商いで身過ぎをしようと師匠に付いて習っておった時期でしたから」

丁重な礼状が届き、兄上によろしくともしたためられてあった。相四郎は印章を贈る際に、簡単な自己紹介とともに京山という戯号も入れたが、まだ一作の戯作も出しておらぬ頃ゆえ、物書きではなく京伝の弟としてしか見なかったのだろう、牧之から板行についての相談を受けることはなかった。

——私に頼んでくれれば。

そうも思ったが、京伝著述でも無理であれば、京山の名で板元が動くはずもない。

——たやすく板元を動かせるくらい、私の名前が知られておればよかったが。

「まぁ、当人が諦めなけりゃあ、いずれどこかで日の目を見るさ」

兄は、もはや牧之の件は過去の話だと切り離しているふうである。釈然とせぬ相四郎の内心を見て取ったのか、

「そんなことより、おまえさんの第一作の評判がいいように、願掛けでもしなけりゃな」

京伝はそう言って、鮮やかな笑顔を向けた。

三

待ちに待った大坂の岡田玉山から書状が届いたのは、文化四年の春の終わりの頃だった。

そこには、出板の手配が万々進んでいること、板元は心斎橋安堂寺町にある秋田屋が請け負うこと、主人の市兵衛もすでに草稿を読んでおり、大いに気に入っているということ、もちろん出板するにあたって作者が資金を支度する必要などないことが、弾むような調子で書かれてあった。

店の片隅で文《ふみ》を開いた儀三治は、終《しま》いまで目を通すや我慢できずに表へ駆け出した。正面にそびえる巻機山《まきはたやま》が、陽を受けて輝いている。木々の葉が心地よさげに風に身を委ねている。街道筋を行き交う村人と挨拶を交わす己の声が潑溂《はつらつ》と躍っていることに気付いて、儀三治は身体中を駆け回る歓喜をなだめるように大きく息を吸う。目に映るものすべてが華やかで眩しかっ

た。こわばっていた首や肩は、淀んだ澱《おり》が流れていったかのように軽くなった。

文《ふみ》には、こうも書かれている。

〈秋田屋は貴殿の稿を心待ちにしております。板行されましたら、秋田屋は大いに盛り返すでしょう。市兵衛は今からとても楽しみにしております〉

秋田屋は大坂の老舗板元だと聞く。それであるなら、江戸の蔦重や鶴喜のように、戯作者をあまた抱え、繁盛しているのではないか。さすがにこの雪話で盛り返すというのは誇張という気もするが——。

儀三治は、はやる気持ちを落ち着けるべく胸を数回叩いたのち、多助を呼んだ。老舗板元であるなら彼が上方にいた頃にもあったはずだと、秋田屋について訊いてみると、

「ああ、心斎橋の」

と、多助は思いのほか詳しかった。

「私の勤めていた先が秋田屋さんの近くでしてね、あすこの丁稚《でっち》さんとはたまに飯を食いに行ったものですから、中の様子もちょくちょく聞かされました」

多助が言うには、秋田屋がもっとも隆盛を誇っていたのは宝暦の昔だという。しかし昨今では、戯作者が新興の板元に流れがちで、それというのも秋田屋が、老舗ということにあぐらを掻いて主人から番頭まで尊大に振る舞ってきたためらしい。

「うちは名の知れた老舗だから、という姿勢で、戯作者から稿をいただくときも、うちで出してやるんだと言わんばかりの傲慢な態度をとっていたそうです。そのくせ、上板すると摺り間違いが多い、作者と話しもせずに勝手に絵師を決めて悶着となる、校合もいい加減、そんな不手際が多々あるんですから、稿を預けるほうは堪りません。丁稚さんが言うには、それで戯作

者が文句を言うと、あんたの作はうちではもう扱わぬ、とこうですから、戯作者も呆れるんでしょう。みるみる離れていったそうです。なにせ、大坂は本屋仲間が立派で、板元もたくさんありますから、いくら老舗だからとて仕事もおろそかなくせにえばり散らすような板元と付き合うこともないんでしょう」

儀三治の中に、またもや不安が萌《きざ》す。

——そんげん板元に託して、大事ねぇろっか。玉山の文《ふみ》には、残りの稿も早く送ってほしいとあったが、また痛い目に遭わねぇろうか。

よほど顔がこわばっていたらしい、多助が案じ顔を向けてきたから、

「商いゆうのはなににせよ、店の歴史にあぐらをかいた途端、駄目になっていくものだなぇ。功を積み重ねてきたのは先代、先々代なのに、それを己の手柄だと勘違いするところから不幸がはじまるゆうことだて。そいつは、どっけの商いでも同じだ。この鈴木屋も、たとえこれより栄えたとしてもあぐらをかかんよう気をつけんば」

儀三治はとっさに、指南らしき話を繰り出してごまかした。

秋田屋について、子細を確かめたほうがよかろうか。このたびは、着実に板行に繋げたいと思えば、むやみと気が急《せ》いた。まずは玉山に、秋田屋がいかなる板元か訊く文をしたためんと、夕餉をかき込んだのち自室へ引き揚げようとしたところ、「お義父様が呼ばってますてね」と宇多に耳打ちされた。

急ぎ父の寝所に入ると、夜具《やぐ》に横たわっていた父は土気色の顔をこちらに向け、

「すまんが、儀三治、起こしてくれんか」

と、しゃがれ声で請うた。

このところ、どうも身体が重いと言って、父は朝晩の膳も寝所に運ばせている。案じる母には、「今年は暑うなるのが早かったすけ、ちっと疲れただけだて」と笑って返しているが、その身体から漂う、樟脳《しょうのう》と檜《ひのき》の皮を交ぜたような不可解なにおいが日増しに強くなっていることに、儀三治はかすかに不穏を覚えている。

父の背に腕を回してそっと抱き起こす。まるで解けかけの雪の塊でも抱えたように、その身体は冷たく、脆《もろ》さを覚えた。

「はぁ、すっとした。ずっと寝とるのも疲れるすけ」

肩で息をしながら父は、藍がかった瞳をこちらに向けた。

「にしが息子でよかったてぇ。鈴木屋も安泰だ」

不意に言われて戸惑う。

「いえ、まだまだ修業しんばならんすけ」

照れもあって打ち消したが、父はゆっくりとかぶりを振るのだ。

「おれはこの店を切り盛りするのに苦労したども、にしが継いでくれていっそう大きくしてくれたすけ、なんも案ずることたね。にしゃ自慢の息子だ」

儀三治の心ノ臓が重石《おもし》を載せられたように押し潰されていく。

「おれはただ、父様の背中についていっただけだすけ。商いのことはまだまだ教わらんといかんない」

「いや、にしゃとうにおれを越えとる。利益もあげて、商いの手も巧みに広げとるすけ。おれはなんも案じとらん。ただ、母様のことだけよろしゅう頼む」

「そんげんこと言わんでくんだっしゃい。父様にはまだまだ教わらねばならんことがあるすけ」

父はけれどそれには応えず、童のような笑みを浮かべた。

「はぁ、すっとする。にしに座らせてもろて、息がしやすうなった」

今一度語った刹那、こちらを見詰めていたその目が、ふっと虚ろに曇ったと思ったら、父の身体を支えていた儀三治の腕がひどく重くなった。父の口が半開きになったきり、動かなくなる。

そのとき、開いた口から、大きな黄金の塊が出て行くのをはっきりと見たのだ。それはふわ
ふわとしばらく部屋を漂ったのちに、屋根を突き抜けて消えてしまった。

儀三治は、ただぼんやりと一切を見守っていた。腕の中には父の身体があったが、父はもう
ここにはいないのだということがはっきりと知れた。父様、と声に出したつもりだったが、犬
の唸りに似た低い呻《うめ》き声が、あたりに響いただけだった。

父がだんだん弱っていくさなかにも、書き溜めた稿を本にすることで頭がいっぱいだった。

己のことしか考えておらなかった。すべておまえのせいだ、おまえのせいでこうなったのだと、
責める声が脳裏に響く。

「すまんことだなぇ」

ようやっと声になった詫びは、形ばかりのものだった。

――早くけりを付けねば。板行を無闇《むやみ》と欲する心に決着を付けねば。

泣くことすら忘れて、儀三治は己の卑《いや》しさを呪っていた。

秋田屋で本にしてしまえば、きっと鈴木家の主人としての己に立ち戻れる、商いにも専心で

きるだろう――そう信じ、儀三治は父の弔いが済んですぐ、まとめた稿を玉山に送ったのだ。が、玉山からの音信は再び途絶えたのである。

気が揉めるまま年を越し、文化五年の春先にようやっと届いた玉山の返信には、すでに稿は秋田屋に渡っており、絵師を自らが請け負いたいとも書かれてあった。安堵《あんど》したのも束の間、その夏、秋田屋から送られてきた書状に、儀三治は声を失うことになる。

岡田玉山が身罷った――。

長らく病と闘っていたらしく、先日、ついに逝ったというのだ。

目に映る景色が砂鉄でもまいたように薄暗く変じていくのを感じながら、震える手で書面の文字を追った。

〈玉山先生亡き今となりましては、雪話の校合もかなわず、画を入れることも難しく、せっかくのお話ながら、このたびはなかったことにさせていただきたく、草稿をお返しいたします〉

そこから先は、読む気にはならなかった。

表では鈴虫が鳴きはじめている。夜更けに自室に籠もって、その汚れのない音に耳を澄ましていると、わしはぜんたいなにをやっているのか、と自嘲が湧いた。近しい者との関わりも日々の暮らしもなおざりにして、いったいなにをやっているのか、と。

儀三治はきつく目を閉じる。目蓋《まぶた》の裏には、どこまでも深い漆黒が広がっているだけだった。

四

へえっ、と京伝は鼻を鳴らした。鶴喜が持ってきた板本を、いたずらにめくりながらである。

「いやはや、似たようなことを考える者がおるんですなぁ。まぁ存外売れているようですから、うちでもやればよかったんですがね」

京伝の手元を覗き込みながら、鶴喜は額をテンと打って見せた。

「おめぇさんと蔦重が金がかかるのなんだのと言って、尻込みしたんじゃあねぇか」

肩をそびやかした京伝に、「そうでしたかな」と、鶴喜はしれっととぼけてみせる。

「江戸者は、よその土地を踏むのが恥だと申しますでしょう。そら、お伊勢参りにゃあ出張っても、わざわざ雪深い村を見に行くような酔狂な輩《やから》もそうそうおりませんからねぇ」

京伝が手渡されたのは、永寿堂なる書肆から出た一冊だった。

『北越奇談』

題簽《だいせん》には堂々とそうしたためられている。越後の風習や寓話を集めた板本で、牧之が持ち込んできた草稿とよく似ている。

越後の医者、橘 崑崙《たちばなこんろん》が永寿堂に持ち込んだ稿を、主人の西村屋与八《にしむらやよはち》が大いに気に入り、画は葛飾北斎《かつしかほくさい》、校合は柳亭種彦《りゅうていたねひこ》で仕上げた贅沢な仕様である。北斎の画はさすがに細やかで精気にあふれていた。これを牧之が知ったら、さぞや気を落とすだろう。

「永寿堂の主人は、見る目があるんだねぇ。北斎に描かせたってのもお手柄だ。おめぇさんも、老舗だからとあぐらをかいてっと、いずれ寝首を掻かれるぜ」

鼻の頭に皺を寄せて言ってやったが、鶴喜はわざとらしく身震いをして、

「どうもこの家は寒くていけませんな。壁が薄いんでしょう。いつまでも仮小屋じゃあお身体に障りますよ」

と、巧みに話題を逸らした。

「そういや曲亭子の屋敷も、そろそろ建て替え時だとか、そんなことをおっしゃってましたねぇ」

あれは、屋敷、というほどの代物ではない。下駄屋の裏に設えられた十坪強の小屋である。飯田町にある「伊勢屋」なる下駄屋への婿入り話を馬琴に持ち込んだのは、初代蔦重だった。もう十九年も前のことだ。なんでも母娘だけの所帯で、娘のほうも三十路を越えているという。一度どこぞに縁づいたらしいが、離縁されて舞い戻ったらしい。ひどい眇《すがめ》の上にずんぐりした身体つきとあって、もらい手がないようなんですよ、と初代は顎をさすりながら語っていたのだ。

当時、馬琴は耕書堂で手代として勤めていた。京伝が、「うちにいつまでも居候していても詮無い。戯作者として立つつもりなら書肆に顔を売っておくのも悪くなかろう」と、初代蔦重に無理を言って預かってもらったのだ。一年と半年ほどそこで働いたが、二十七になった馬琴に、戯作を続ける上でも身を固めて生計《たつき》の途を作っておいたほうが安泰だろうと、初代が伊勢屋を紹介したのである。

馬琴はけれど、この縁談を渋っていた。

「下駄屋の主人になるというのが、どうも……」

京伝の家に相談に来た折、そう言って口を歪めたのだ。元来が薄鼠《うすねず》の靄《もや》をまとっているような男なのだが、京伝宅に居候していたときには見えなかった偏屈な一面が、この頃には頭をもたげはじめていた。今から思えば、単にお百《ひゃく》という娘の容貌《きりょう》が気に食わなかったのかもしれぬ。

「選り好みをしちゃいけねぇよ。故郷《くに》も定かじゃねぇ、無宿者のおまえを預かるのだ。わっちにしたって、おまえに戯作の才があると思えば世話も焼いたが、伊勢屋のほうじゃなにもおまえの稿を預かりてぇというのでもなしに、親切にも婿にしたいとおっしゃってくださるんじゃねぇか。ありがたいと思わなけりゃあよ」

馬琴がはじめて京伝のもとを訪れたとき、彼は薦被《こもかぶ》りの風体《ふうてい》だった。実際、物乞いをして命を繋いでいたのだ。

「……それは承知しておりますが、私はもともと士分にございますし」

「その身分を捨てて、戯作者になろうってんだろ。いつまでも二兎を追っても、どっちつかずで疲れるだけさ。ひとつに肚を決めねぇとうまくいくものもいかねぇぜ」

「ええ。ですから、戯作者として立つためにも、商いに労を割くのはどうか、と」

「おまえ、そう屁理屈ばかり言うものじゃあないよ。気を入れて戯作に取り組むためにも店を持つんだよ。そっちで金を得るのだ。潤筆料を当てにしてちゃあ食っていかれないぜ」

そう焚き付けながらも京伝は、二兎を追うなと言った舌の根も乾かぬうちに戯作と店を両立せよと命じている自分の支離滅裂な話運びが妙に可笑しくなったが、あくまでも真面目な顔を崩さず、馬琴を叱咤したのである。

それで覚悟が決まったのか、その年の内に馬琴は伊勢屋に婿入りし、翌年には娘も生まれた。店の裏手の小さな家を改修して、二階に書斎を設けたのは、それから六、七年経った頃だったろうか。京伝も新居祝いの品を贈ったし、次々と板行されるようになった馬琴の戯作にたびたび賛も寄せていた。

だが馬琴はいつの頃からか、京伝を疎《うと》んじていたらしいのだ——。

「馬琴といやぁ、『胡蝶物語《こちょうものがたり》』の評判はどうだえ」

煙管《キセル》に煙草を詰めながら、鶴喜に訊く。出来うる限りさりげなく、柔らかな口調にしたにもかかわらず、鶴喜が柄にもなく身を硬くしたのが目の端に映る。

『夢想兵衛《むそうびょうえ》胡蝶物語』は、先年出たばかりの馬琴著の読本だ。この話の中で、夢想兵衛がおかるという女郎に説教をする場面がある。

〈いかな事情があろうとも苦界《くがい》に身を沈めた者に情を移すことはできぬ、むろん娶《めと》ることなぞできぬ〉

これが、百合を落籍《ひか》せた京伝への当てつけだと、界隈で囁かれているのだ。百合の耳にもこの噂は入り、

「市井の女房になったのに、いつまでも苦界のことがついて回る」

と、常に明るく振る舞ってきた彼女には似合わぬ涙を見せた。旦那様に恥ずかしい思いをさせて申し訳ない、と。

「恥ずかしいものか。わっちを誰だと思っているのだ」

と、百合の前では呵々《かか》と笑って見せたものの、やはり馬琴の真意は気に掛かる。それで、一度馬琴のところに年始の挨拶がてら顔を出してみるかと、おととしの正月、相四郎を伴って飯田町に向かったのだ。もちろん相四郎も『胡蝶物語』を読んでおり、子細を確かめたいと思っていたのだろう、二つ返事で従った。

招き入れられた馬琴の屋敷で、毛羽《けば》だった畳に置かれた薄い座布団に収まり、三人はしばし互いの近況などを穏やかに語り合った。ひとしきり話したところで、相四郎がそれとなく切り出した。

「読みましたよ、『胡蝶物語』。たいそう面白うございました。ただ、夢想兵衛がおかるに説教する段は、野暮《やぼ》でしたな」

平素は控えめな弟だけに、直截な言い条《じょう》に京伝はひやりとなる。此奴《こやつ》も本格的に戯作をはじめて、心がいささかきつくなったらしい。

「はぁ、野暮でございましたか」

馬琴は暖簾《のれん》に腕押しといったふうである。その涼しい顔が、相四郎の苛立ちに火をつけたのだろう。

「ええ、野暮でしょう。吉原の花魁には学識の高い者もある、絵や詩歌に秀でた者もある。みな、よく学び、妓楼《ぎろう》のしきたりも会得しております。たまたま生まれ落ちたのが貧しい家であったがゆえに、背負った苦労にございます。それを十把《じっぱ》一絡《ひとから》げに、娶るものではない、なぞと」

終いのほうは、興奮のためか怒りのためか、声が震えていた。相四郎もまた、花魁でこそないが、吉原の茶屋の娘を娶った身である。なおさら癇に障ったのかもしれぬ。

「それに」

と、一息置いてから続けた。

「あれは兄への当てこすりじゃあないですか」

馬琴は不敵に眉をうごめかし、

「そいつはとんだ深読みだ。さすがに戯作をなさっているだけのことはある」

と、小馬鹿にしたように返した。気色ばんだ相四郎を、

「まぁよしねぇ。馬琴だってネタぁひねり出して書いてるんだ。なにも、わっちへの当てつけで書いちゃいめぇよ。そもそもてめぇの戯作を書いてるときに、他の戯作者の顔なんぞ浮かばねぇだろう」

京伝は軽くたしなめたのだ。と、馬琴の眉間に、獣に引っかかれたようなきつい皺が寄ったのである。

「他の戯作者のことは、とんと気になりませんか」

探るような目を京伝に向けた。

「ああ。わっちゃまったく気にならないね。てめぇの書くもので精一杯さ」

「誰ひとりとして浮かびませんか」

妙なところでしつけぇ野郎だと京伝は怪訝に思うも、

「そうだよ。まったく頭にはねぇな。もっと言やぁ浮世のすべてを忘れっちまうくれぇさ。話の中に入っちまうからな」

正真なところを答えた。馬琴の頬のあたりが、奇妙に波打ちはじめる。

――なんだろうね、妙な男だ。

かつて居候だった気易さで、彼の偏執な性分が不意に可笑しく思われたところで、「失礼致します」と障子向こうから声が掛かった。

戸が細く開き、現れたのは、お百という馬琴の連れ合いである。茶と菓子を載せた盆を置く妻女の不器用な手つきを物珍しく眺めていると、馬琴がこめかみの血道を波打たせ、般若《はんにゃ》のごとき形相でこちらを睨《ね》め付けているのが目に入った。

「……なんだえ」

驚いて訊いても答えない。会釈をしてお百が部屋を出て行ってようやく、馬琴はねっとりと口を開いた。

「醜女《しこめ》でしょう。先生が見世物でもご覧になるような顔になるのも然りだ」

なんのことか、さっぱりわからない。相四郎に目を遣ると、彼もまた、眉間に不可解を挟み込んでいる。

「でもね、苦界に沈んだ女よりはずっときれいですよ。汚れちゃいないんだ」

奥歯を鳴らして馬琴は言った。

「なんじゃと、おのれっ」

近頃では消えつつあった武家の口振りで相四郎が凄んでも、馬琴は満面朱を注いで睨み上げてくる。

「そもそも吉原の妓《おんな》を嫁にもらうなぞ、人の道を外れておるんですよ」

相四郎が跳ねんばかりに立ち上がった。

「よせ、よせ。誰が誰を好きになろうとどうだってええだろう。美醜の物差しだってそれぞれ違わぁな。いろいろいるから面白《おもしれ》ぇのよ」

京伝は取り繕ったつもりだったが、馬琴の顔はさらに赤くなる。

「ええ、ええ。醜い女房と長く連れ添う馬鹿もおりますよ」

こうひねくれていると、なにを言ってもねじ曲げて受け取られる。京伝は勇み立つ相四郎の袖を引き、早々に退散した。帰りしな、

「次作も楽しみにしてるぜ」

と声を掛けたが、馬琴はなにも答えなかった。

当然この諍《いさか》いは、耳ざとい板元たちのもとに届いているのだろう。口さがない連中のことだ、面白おかしく尾鰭《おひれ》をつけて、またたく間に界隈に広めたに違いない。平素は遠慮のえの字も見せぬ鶴喜ですら、このところ馬琴の名をめったに出さぬ。おおかた、読本を巡っての激論の末、

京伝と馬琴は決裂したとでも囁かれているのだ。

「まぁなんですか、曲亭子は少々難物ですからなぁ。先般も北斎と大喧嘩をして絶交したとか、そんな話も聞こえてきておりますよ」

鶴喜は茶で喉を湿らせてから、鼻の穴を押し広げた。

「北斎と……あれほど懇意だったじゃねぇか」

「詳しいことは存じませんが、どうやらそうらしいですよ」

きっと細かな経緯も知っているのだ。だが、そいつを漏らせば、狭い仲間内だ、いずれ「鶴喜から聞いた」と、当人たちの耳に入る。となれば、板元として信を置かれなくなる。とはいえ、同じく馬琴と諍いになった京伝の気を収めるには同調が手っ取り早い。馬琴が性狷介《けんかい》だと示せば役目を果たせるだろう――おそらく鶴喜はわずかの間にそこまで計って会話を運んでいる。

どうもくだらねぇな、と鼻白《はなじろ》んで、京伝は煙管の雁首《がんくび》を火鉢の縁に打ち付けた。それをどうとったものか、

「戯作を書くのも板行するのも、まぁ生き馬の目を抜くとでもいうんでしょうか。雪話もこうして他所から似たものが出ちまうとねぇ」

ひどく大雑把なサゲを持ってきてお茶を濁した。

「ひとつ売れれば、似た作を書かせて出すのがおまえさんたちのやり方じゃあねぇか。二匹目の泥鰌《どじょう》どころか、三匹目、四匹目でも恥ずかしげもなく出すだろう」

「そう責めないでくださいよ。あたしらだって商売だ。ただ雪話は、そういくつも出したところで、どうですかねぇ」

逃げ口上に徹する鶴喜を横目に見ながら、京伝は眉間を掻く。

「いや、こうなっちゃあ、牧之とやらが嫌がるさ。似たような材で、本が出た。となれば、先に上板したほうにどうしたって分《ぶ》がある。あとから出せば、焼き直しだの二番煎じだのと言われるだけだ。他人の著作を底本にして、ちょちょいと味付けしたものを平気で上板する厚顔無恥もいるが、わっちなら、まったく同じようなもんを他所で出されたら、もうその材は捨てるぜ」

「そんなものでございましょうかねぇ」

鶴喜はすっとぼけた声を出した。

「そりゃそうさ」

とだけ京伝は答える。

空になった火皿にまたぞろ煙草を詰めて火をつける。ぐっと吸い込むと、最前よりどうしたものか苦味が強く広がった。

第四章

一

ゆゝしけに山伏出立《いでたつ》袷《あわせ》かな

真白に澄んだ夏の日差しが三国街道に降り注ぐのを帳場から眺めるうちに、浮かんだ句を反《ほ》故紙《ごがみ》に書き付け、儀三治《ぎそうじ》は誰にも見咎《みとが》められぬようそれを懐に押し込んだ。文化九年に入ると、昼夜を問わず句や物語が頭をよぎるようになり、仕事を終えたのちに自室に籠もって書くだけでは到底追っつかないありさまなのだ。京伝、馬琴、玉山と、立て続けに売り込んだ雪話がいずれも頓挫し、己の書いたものを板本《はんぽん》にすることなぞ、とうに諦めたはずなのに。

綿入れから袷へと衣替えを済ませた村人たちは、その身軽さを楽しむかのように、田畑に出たり、雪で傷んだ家屋の普請をしたりと、存分に身体を動かしている。

儀三治も数年前までは、雪解けを待って木羽葺《こばぶ》きの屋根に上り、柾目《まさめ》に沿って薄く割った杉板一枚一枚を葺き替える木羽返しに精を出したものだが、四十を過ぎてからは万事職人に任せるようになった。彼らの手際は鮮やかで、かかる刻《とき》は儀三治の半分ほど、その上、仕上がりも美しい。「こんげんことなら早く頼めばよかったなぁ」と、昨今さらに遠慮がなくなった宇多が、満足げに屋根を見上げて言い、「ばかこけ、毎年頼んどったら金がいくらあっても足りなかろうが」と儀三治が口をひん曲げるのが、ここ数年、夏のはじめの習いとなっている。

父が逝ってから塞ぎ込んでいた母のトヨは、儀三治の息子、常太郎や娘のくわが代わる代わる表に連れ出すうち、少しずつ生気を取り戻し、鈴木家はかつての健やかさを取り戻していた。常太郎は最初にもらった嫁女の産んだ子で、くわは出奔した二番目の妻から取り戻した子である。腹違いだが仲がいいのは、常太郎が隔てなくくわをかわいがってきたからだろう。なにしろ誰にでも優しい男で、こののち跡継ぎとして店を仕切っていくことを思えば少々頼りない面もあるのだが、常に笑みを絶やさぬ息子によって一家がまとまりを保てているのは確かだった。

二年前の文化七年、十八歳になった常太郎は、近所の青木家からやすという娘を娶った。それを機に、父の名である「恒右衛門」を継がせ、鈴木屋の跡継ぎとして周知した。もっともこれは表向きの名で、家の者らは儀三治も含め、未だ常太郎と幼名で呼んでいる。

「爺様がこの店をなにもねぇとこから作った。にしも立派に鈴木屋を守らんばなんねぇど」

儀三治が厳粛な面持ちで言い聞かせても、彼は目をたわめてゆったり頷くだけだ。その、どこか悠長な様に、腹が立つより可笑しくなって、つい口元が弛《ゆる》んでしまうのが常なのだ。

「誰彼構わず小言を言うのが旦那様だと思うていたども、常太郎には腹が立たんがだない」

日頃、「旦那様のは小言ゆうより難癖《なんくせ》だ」と夫の口うるささに閉口している宇多は、そんなふうに茶化している。

昨年にはやすが女の子を産み、すわと名付けられた。儀三治にとっては初孫である。店の帳簿付けを常太郎に任せるようにしたのも、彼が父親になったこの頃からである。

「あとは、にしのやり方でやっていげ」

出納《すいとう》の記し方の礎《いしずえ》はすでに教えてあったから、そう突き放すと、

「……おれの」

と、彼は不得要領な顔を突き出した。

「そいがだ。帳簿付けは一通り教えたすけ、あとはにしのやり方を見付けることだ」

「おれは父様《ととさ》と同じやり方で構わんどもに……」

「そうじゃねぇがて。おれにはおれのやり方がある。にしはにしのやり方を見付けるのがえぇ」

儀三治自身も十六のときに他店に奉公に出て、帳簿付けをみっちり教わり、その上で自ら工夫して、もっとも勝手のいいやり方を編み出したのだ。

「うちは質業が主だども、最上苧《もがみお》も売れれば、縮《ちぢみ》も仕入れる、ひとつのものを商うとる家よりややこしい。だすけ、己のやり方をだんだん見付けることだ。そうせんば、店は栄えねぇ」

常太郎は落ち着かなく目玉を動かしていたが、やがて心許《こころもと》なげに頷いた。

「大事《あちこた》ねぇ。にしならできるすけ」

爾来《じらい》常太郎は工夫を重ね、儀三治が付けていたものより見やすい帳簿を作り上げている。こうして帳場に座っていても、ついつい句作などしてしまうのは、跡を継ぐ者への安堵からかもしれぬ。

儀三治は、この文化九年で四十三になった。近く店のすべてを常太郎に任せて、隠居する腹積もりであった。そののち文筆に専念できればどれほど幸せだろう――一旦消したはずの火が、しつこく燻《くすぶ》りだしている。身体が熱を持ちはじめたのに応えるように額に噴き出した汗粒を、

使い古した手拭いでそっと拭う。

十日町《とおかまち》に著名な絵師が投宿しているらしい、との噂が流れてきたのは、あたりに赤蜻蛉《あかとんぼ》が飛び交う頃だった。やすの実家《さと》である酒造、平野屋から伝え聞いた話では、江戸で活躍している絵師だという。儀三治の内の好事《こうず》の虫が疼《うず》き出す。いてもたってもいられず十日町に向かったのは、その絵師の絵をこの目で見てみたいという興味のみならず、雪話を売り込めるのではないかとの期待も加わってのことであった。

「ああ、おられるで。鈴木芙蓉《ふよう》先生だいね」

十日町で宿の主人から伝えられたのは、多少絵に通じた者であれば誰もが知る名であった。思いがけず大物に出会えることに儀三治は、「これは天の差配だ」と信じ、早速面会を申し出たのだ。

芙蓉は大御所ながら気さくな人柄で、儀三治を自室に招き入れると、

「塩沢ですか。それは六日町《むいかまち》の近くかな。私は六日町を見物したいと思うておるのですが」

と、身を乗り出した。

細面《ほそおもて》で女のように色が白く、いかにも絵師らしい細く長い指をしていた。皺《しわ》も少なく髪も黒々しているため若く見えたが、齢《よわい》六十を過ぎているという。声だけは歳相応で、喉に栓でもされているように途切れがちであり、耳の悪い儀三治にはひどく聞き取りにくかった。

「六日町でしたら、私がご案内致しましょう。塩沢にお越しいただければ、そこからはさほどかかりませぬゆえ」

「それはありがたい。金城山の麓《ふもと》に建つという雲洞庵《うんとうあん》にも詣《もう》でたいのですが」

雲洞庵は、千年ほど前に建立された尼僧院を、上杉家が禅宗の寺として再興した古刹《こさつ》である。幼い直江兼続《なおえかねつぐ》が四書五経を学んだ寺としても知られており、他国からも参詣者が訪れる。

「むろん、ご案内いたします」

儀三治は約束を取り付け、急ぎ塩沢に戻ると、すぐさま茂兮《もけい》に話をつけて、芙蓉の投宿先を庄屋井口《いのくち》家に定めた。翌月早々に、約束通り塩沢に現れた芙蓉を、土地の名物を支度して饗応すると、彼は酒好きと見えて、

「この酒はなんとも旨い。喉越しもよければ馥郁《ふくいく》とした香りも見事にございますな」

と、平野屋の酒に舌鼓を打った。

「塩沢は水も米もええですけ、ええ酒ができますなぇ」

傍らに控えた茂兮が誇らしげに語り、徳利を傾ける。

「私も信州の出で、こちらからそうは隔たっておりませんが、魚沼、塩沢は風情が大いに異りますな。興味深いものばかりにございます」

上機嫌で芙蓉が返したところで、それとなく訊いた。

「先生は、竜燈をご覧になったことがおありだろっか」

「りゅうとう、ですか。初耳ですな」

「このあたりでは毎年八月の頭になると、地面のあちらこちらから、火が一筋、立ち上るのです。ちょうど竜が天に昇るように」

「ほう。火が……焚火ではのうて」

「ええ。誰もおらぬところから、火が噴き出します」

それは、幽玄で美しい光景なのだ。冬に現れる狐火の、青く光ってどこか不穏な灯りとは異

なり、見ているこちらまで腹の底から力が湧いてくるような鮮やかな勢いがある。稲穂が実る時季でもあるから、土地の神様が収穫を言祝《ことほ》いでいるようにも、村人たちが夏を無事に乗り切ったことを称えているようにも、儀三治には感じられるのである。

「不思議なこともあるものですな」

「江戸にも信州にもございませんでしょう。この越後一帯には、そんげん不思議な話が多くございます」

芙蓉が興味深げに首を突き出したとき、

「この儀三治は、そんげん話をよう知っとるすけ、お聞きになるとよろしいでしょう」

と、茂兮が軽やかに付け足したから思わず身構えた。綺談を書き溜めていることも、その板《はん》行《こう》を見据えてほうぼうに売り込んできたことも、まわりには秘している。急に居すくんで黙り込んだ友を不審に思ったのか、

「そら、暮れの句会のとき、いろんな話を聞かせてくれたすけ」

と、茂兮は耳打ちした。そういえば、村の者数名と句会をした折、これまで集めた越後の逸話をいくつか聞かせた覚えがある。わずかに肩の力を抜き、

「もしご興味がおありでしたら、いくらでもお聞かせいたしましょう」

と、芙蓉に笑みを向けた。

「それはそれは、是非ともお願いしたい」

その翌日から儀三治は芙蓉に付き添い、六日町から雲洞庵まであまねく案内した。途中途中に、越後の逸話を語り、また折々に描いてきた雪風景をも思い切って差し出した。芙蓉のような高名な絵師に我流の風景画を見せるのは勇気が要ったが、六尺も雪が積もった景色や吹雪の

様子を、口で伝えることは難しかったからだ。しきりに恐縮する儀三治とは裏腹に、芙蓉は大仰なほどに絵の出来を褒めた。これはお手前が描いたものか、と目を丸くし、逸話も含め、眠らせておくのは惜しいことだと繰り返したのだ。

「実は、いくつか板行する話もあったがですが」

京伝や玉山とのやりとりを儀三治は語った。あくまで控えめに、けっして恨み節にならぬよう、両者とも大変認めてくれたのだが板元の都合で頓挫してしまった、と経緯だけを淡々と説いたのである。

「ほう、あの京伝も食指を動かしたか」

芙蓉はしばし考えるふうをしていたが、小さく顎を引くや身を乗り出した。

「心当たりの板元がある。これを世に出さんか。画は私に任せてほしい」

儀三治の身体中の血がさんざめく。諦めた夢がまた動き出そうとしているのだ。

芙蓉が越後を去る段、儀三治は彼に一幅の絵を頼み、御礼にと金二分を手渡した。気脈を通じた証が欲しかったことと、こののち板元への交渉を頼む礼金というつもりでもあった。

その晩から毎夜、儀三治は遅くまで文机に向かって筆を走らせ続けた。

およそ人悪をなして天罰に漏れざること、魚の網に漏れざるがごとくなるゆえ、これを喩《たと》えて天の網というめり。新潟より三里上りて赤塚《あかづか》村というあり。山のところどころに凹《くぼ》みをなしたるあり。ここに杙《くい》を立てて細糸の網を張りて鳥をとる、これを俚言に赤塚の天の網という。この村に潟《かた》あるゆえ水鳥潟を慕いてきたり、山の凹みを飛びきたり。かならず天の網にかかる。たいていは鶺《あじ》という鴨に似たる鳥なり。美味なるゆえ赤塚の冬至鳥とて遠く称美す。鶺鴨というべきを省けるならん。あじかもとは古歌にもあまたよめり。

時折、自室に飾った芙蓉の揮毫へと目を遣る。それは、雪話板行の証文のようにも思え、長らく空疎だった儀三治の気持ちがずしりと落ち着いたのは不思議なことだった。

二

「労咳《ろうがい》……」

医者から告げられた病名を、儀三治の口が呆けたようになぞる。

「うむ。思いのほか進んどるすけ、薬で和らげるてってもなじょしょうもねぇがそのう」

春の終わり頃から咳が出ていた常太郎だが、冬の声が聞こえても一向に治まらぬため、六日町から医者を呼んだのである。かかりつけの村医には何度か診せていたものの、脈をとってはただの風邪だと言われるばかりで、業を煮やした宇多が、「他のお医者様に診てもらってくんだっしゃい」と、叫ばんばかりにして儀三治に訴えたのだった。

「またか」

と、思わずうめく。

「おれが現《うつつ》を抜かしていたすけ……」

膝に置いた両の拳を爪が食い込むほどに握る。

このところ、雪話板行に向けての芙蓉とのやりとりに頭の中が占められており、家業こそ障りなく臨んでいたが、家の中のことは知らず識らずに虚ろになっていた。父を亡くしたときと、同じ過ちを繰り返しているのだ。

「病は誰のせいでもござらん。当人が悪いわけでも、家族に落ち度があったわけでもない。運命《さだめ》と思いなして、養生にお努めくだされ」

医者は精一杯のいたわりを口にしたつもりだろうが、その声はどこまでも他人事といった冷たさを帯びており、儀三治の心を逆撫でした。

宇多ともよくよく話をして、病名については常太郎にも正直に伝えることにした。だが、どれほど悪いかは伏せてほしい、と宇多は目に涙を浮かべて懇願したのだ。

「まだ二十歳になったばかりだすけ、命が危ういと知るのはあまりに殺生だ。どうか、養生すればようなるとお伝えくんだっしゃい。先に明かりが見えんと、人は生きられんものだすけ。それと、お義母様《かあ》にも知らせねぇでくんだっしゃい。かわいがっとる孫だすけ。大事な跡取りがそんげんことになったら、どんげんお気を落とされるか……」

儀三治はこれを汲み、やすにもくわにも店の者にも病の程を伝えることはしなかった。養生すれば必ず治ると医者が言うた、と当人にも伝え、店の者には、常太郎が戻るまでしかと店を守るように、と改めて宣した。

けれどおそらく常太郎は、己の寿命を悟っていたのだろう。

「父様、竹俣新田《たけまたしんでん》で歌舞伎がかかると多助から聞いたども。おれも観に行きてぇなぁ」

冬半ばになって、ふとそんなことを言い出したのだ。常太郎は儀三治と異なり、絵や戯作を好んで見たり読んだりすることはなかったし、芝居のような芸事にもこれまで関心を持たなかった。机に向かっているよりも、表で身体を動かすのが性に合っているらしく、幼い頃は泥だらけで帰ってくること再々で、「またこんげん汚して」と、トヨが手を焼いていたのだ。昔から耳が悪い上に虚弱だった儀三治は、丈夫で活発な息子を羨ましく思っていただけに、労咳なんぞに囚われるとは未だに信じられなかった。

「はちゃ、観に行ぐか。おれも一緒に行ぐすけ」

さあらぬふうを装って儀三治は返す。

「そうせばありがたいですなぁ。やすも連れていこうかなぇ」

「ああ、すわも連れていげばいい」

「すわはおとなしく観とられんでしょう。泣きでもしたら、まわりに申し訳ないすけ」

「はちゃ、母様《かっか》に見ててもらうかなぁ。やすも久方ぶりにゆっくりすればええすけ」

なんでもない会話のひとつひとつが、胸を穿《うが》つ。息子にとってはこれが、最初で最後の芝居見物になるかもしれぬのだ。

「楽しみですなぇ」

常太郎はたわめた目を、細く開いた障子の向こうに流した。外はもう、一面の雪景色だ。雲間から顔を出したお天道様が雪の粒を煌《きら》めかせている。今日に限ってはそのまぶしさが、なぜだか煩わしく感じられた。


芝居といっても、塩沢の名士が集って毎年行われる興行で、かれこれ三十年ほど恒例になっている。それでも、雪に閉ざされた日々にあっては数少ない楽しみゆえ、近隣の村々から大勢が見物に来る。

神社の境内に設《しつら》えられた小屋には、周囲の家々からかき集めてきたような色も形もまちまちな座布団が乱雑に置いてあった。混み合っているせいで寄りかかれる場所も見当たらず、これでは常太郎がしんどかろうと、「床几《しょうぎ》でも借りてくるすけ」と儀三治は気を利かせたが、「ここでいい」と息子は首を振った。

「ここで、父様と同じように観たいすけ」

夫の腕を支えているやすに目を遣ると、彼女はそっと頷いてみせた。

「はちゃ、ここに座るか」

三人並んで客席の右端に腰を下ろしたとき、

「よお、儀三治」

と、後ろから声が掛かった。振り向くと、幸吉がすきっ歯を見せて片手を挙げている。彼は人を避けつつずかずかと近寄り、

「にしゃ来ねぇと思ってたがぁどもぞ。田舎芝居なぞ観ても詮無い、芝居は江戸で本物を観るものだと、前から鬱陶しいくらいに言ってたすけ」

その通りだ。芝居は江戸の三座で観るものだ。浮世絵に描かれる役者たちの息づかいを感じられるのは、本場だけなのだ。常太郎のことがなければ、わざわざ隣村まで足を延ばしはしなかった。

「阿呆、そんげんこと言ってもねっぺ」

しかし儀三治は慌てて打ち消し、傍らの常太郎を気にして目を遣った。幸吉がその視線を追って、

「や、常太郎も連れてきたがか」

と、呼び掛けた。常太郎がこれに応えて、「久《い》しぶり《っさ》でございました」と、振り向いて会釈をする。

刹那《せつな》、幸吉の顔色が変わった。まぶたを押し上げ、痩せ細った常太郎の顔を無遠慮に見詰めている。常太郎がいたたまれなくなったように下を向く。儀三治は動じながらも、

「そうだ、にしに茂兮のことで話があったがぁて。ここではなんだすけ、表で少し話そうそ」

と出任せを言い、幸吉の袖を引いて外に出るや、その頭をぽかりと叩いてやった。

「あんげまじまじと見る奴があるか」

幸吉は、ぶたれたことに怒りもせず、眉を八の字に下げると、

「なじょしたんがぁだ、常太郎は」

と、情けない声を出した。

「なじょもねぇて」

「なじょもねぇわけがねぇろ。あっけ痩せて、形相が変わっとったすけ。目玉が飛び出して、頬も尖ってよぉ」

「にしゃ、それを常太郎の前で言っちゃんねぇぞ」

「言わんこて。言わんねぇよ」

「村の者にも言っちゃんねぇぞ」

「わかっとる。なぁ、医者には診せたがぁか」

幸吉も、幼い頃から常太郎に接してきた。常太郎が所帯を持ってからは以前ほどには往き来はなくなったが、ずっと息子同然にかわいがってきたのだ。

「今までなんも言わねぇで済まねかったな。んだども、あれもまわりには知られとうないようだすけ」

「……難しいがか」

儀三治はひとつ息をつき、顎を引いた。喉に大きな石でも詰まっているように動きが重い。幸吉の瞳が見る間に潤んでいく。やがて腕で目を押さえて、声をあげて泣きはじめた。

「おい、こんげんところでやめぇ」

「んだども……なして常太郎が」

童のようにしゃくり上げ、あとは言葉にならなかった。

「もうこの話は終いだ。にしゃ戻れ」

「え」

虚を衝かれたふうに、幸吉は顔を上げる。

「だども、これから芝居がはじまるがーぞ」

「だすけ戻れてがだ。そんげん泣きはらした顔で戻ってみろ。常太郎がやるかたねぇっぺ」

息子はもう、幸吉が自分の顔を見て息を呑んだ意味を察しているだろう。それでも、この上になお、辛い現《うつつ》を突きつけたくはなかった。

幸吉はしばし、餌を取り上げられた犬のような顔をして黙っていたが、

「んだすけな。病人は気落ちが一番いけね。今日は戻るてぃ」

おとなしく従った。

「すまんな」

儀三治は、なにごともなかったように小屋に戻り、常太郎の隣にどっかと座る。

「幸吉さんは」

訊いた息子に、

「頼母子講《たのもしこう》のことでな、茂兮と話をしねといかんてって先に戻ったなぇ」

適当な答えを放る。常太郎は眉をひそめ、その向こうでやすがなにかを気取《けど》ったようにそっと会釈をした。

「おれもあとから話し合いに行かねばならんすけ」

常太郎は一旦うつむいてからつぶやいた。

「父様も商いだけじゃのうて、村人の仲裁や貧民の救済までなさっとる。難儀なことですなぁ」

拍子木が鳴った。そろそろ幕が開くのだろう。儀三治は舞台に向き直る。そのとき、常太郎の声がそっと耳を撫でたのだ。

「この先、おれが手伝えんで済まんことです」

目の奥がジンと熱を帯びる。喉が波打ちはじめる。とっさに舞台を覗き込むようにして伸び上がり、聞こえぬ振りをした。

演目は、「隅田川物」であった。お能ではだいぶ昔に観たが、歌舞伎ははじめてだった。人買いにさらわれた我が子、梅若丸を捜して、母親が京から江戸へと旅する物語である。けれど母親が江戸に着いたときにはもう、梅若丸は隅田川のほとりで亡くなっている。たった十二年の人生だった。それを知った母が泣き暮れる場面で、儀三治は耐えきれずに嗚咽を漏らした。小屋に響き渡る咽《むせ》び泣きに紛れて常太郎が気付くことはないようにと祈りながらも、涙があふれるのを止めることができなかった。

――逆縁なぞ、あってはならぬ。けっしてあってはならんがだ。

奥歯を嚙みしめ、喉の奥で繰り返し唱えていた。

その年の暮れ、常太郎は喀血《かっけつ》し、年が明けてからは床《とこ》から起きることもままならなくなった。儀三治はむろんのこと、もっとも取り乱したのはトヨで、常太郎になにかあれば旦那様に申し訳が立たぬと死んだ父親を持ち出しては、昼と言わず夜と言わず、村内の寺社を巡って病気平癒の祈願をし続けた。常太郎が瘦せ細っていくのに呼応して、トヨの目もまた落ち窪み、宇多はそれを案じて、

「お義母様に無理せんように言ってくんだっしゃい」

と、再三耳打ちする。家長として平静を保たねばと常より心掛けている儀三治も、このときばかりはなんの手立ても浮かばず、困《こう》じた果てに唯一すがったのが、改名であった。長じれば幼名を捨て、役目を負えば相応の名を名乗るのは習いだが、風向きを変えたいときにもまた名を変える風習がある。その者の負った運命を他所に逃して、新たな道を拓くのだ。

常太郎に伺いを立てると、彼は物憂げに目を伏せたのち、すべてを委ねるように静かに頷いた。命名を住吉社に頼もうかとも考えたが、もはや刻がないように思われ、儀三治自ら名を勘案した。

伝之助——と真っ先に浮かんだ名を常太郎に告げると、「よろしいなぁ」と微笑んだ。それで名はあっさり決まったのだが、夜半、自室に籠もった儀三治は「あ」と小さく声をあげたのだ。

——京伝の名が頭にあったがだろうか。

縁起のよさそうな名を探るうち「伝」の字が自ずと浮かんだのは、どこかで京伝のようにありたい、あのような華やかで楽しげな人生を歩ませたいと、裏切られてもなお己の内に憧憬が潜んでいたからではないか。

――あさましいことだ。

儀三治は、己の腹の奥で燻っている業に、密かに身震いする。

常太郎は結局、翌年の冬を待たずに逝ってしまった。まだ二十一歳という若さであった。改名のお蔭か、体調は少しずつ持ち直していたのだ。春先には床から起きられる日も増えたため、評判の医者がいるという長岡まで赴いて療治にも努めた。だが秋も終わりに差し掛かると、坂を転げ落ちるように容態は悪化の一途を辿ったのである。

これで気落ちしたのだろう。まるで常太郎に呼ばれたように、トヨもその十七日後に息を引き取った。

儀三治は呆然としながらも、母の通夜で線香の火が途切れぬよう夜を徹して見張る番を担った。家の者が寝静まる中、ひとり棺の前に座ってただぼんやりと火を見詰めるうち、常太郎や母が在った日の記憶が、絵巻物を見るように甦ってきた。

当たり前に、ずっと在ると信じていたのに、こんなに呆気なく人はいなくなるのかと改めて知り、大切なものが次々と手指の隙間からこぼれ落ちていくような、歳を重ねるという避けては通れぬ現《うつつ》をひどく忌まわしく思う。

「歳月を積み重ねることは心豊かになっていくものだと信じてたがんに、おれはなにひとつ手にしてねぇ」

うめき声を漏らしたとき、ガタッと不穏な音が立った。

息を詰めてあたりを見回すが、誰もいない。

気のせいか、と首を傾《かし》げた拍子に、さっきまでしっかり閉まっていた棺桶の蓋が、わずかにずれているのを見付けた。肌が粟立《あわだ》つ。儀三治は恐る恐る立ち上がり、そろそろと棺《ひつぎ》に寄る。覗いてみても、中の様子に変わりはない。安堵の息を吐くも、風で動くようなものでなし、地震の揺れも感じなかった。

——妙なことよ。

首をすくめつつ、蓋をもとの位置に戻しかけたそのとき、棺の中から凄まじい勢いで何か白いものが飛び出してきたのだ。

儀三治は悲鳴をあげて、尻餅をつく。

白い塊は、たん、と棺の縁にとまった。

——猫……か。

後退《あとじさ》りながら、その奇妙な生き物を凝視する。猫によく似ているが、毛足が床に着くほどに長く、しかも尾っぽがふたつに割れている。

「ね……猫又《ねこまた》」

弔いの日に、棺桶の蓋をずらしにくるという妖怪である。儀三治はこれまで生きて、はじめてその姿を見た。歯の根が合わなくなる。しかし猫又は、禍事《まがごと》を起こすでもない、ただこうして悪戯をするだけなのだ。そう思い直して、懸命に己を落ち着かせる。

猫又はジッとこちらを見ている。あたかも儀三治を責めるような目であった。

「おれが、いけんかったがか」

たまらず問いかけた刹那、しゅん、と音を立て、猫又はつららのように細く形を変じたのちに、跡形もなく消えてしまった。

物憂いことが重なった文化十年が去り、儀三治の暮らしも表向き安寧を取り戻しかけていた。だがそれも、一通の文《ふみ》によって呆気なく破られることとなる。

『北越奇談』なる逸話集が、板行されているというのである。

越後の橘崑崙なる人物がしたためた一書で、すでに江戸で評判になっているらしい。鈴木芙蓉から届いた文にかいつまんで記されていた『北越奇談』の内容に、蒼白になった。越後の七不思議を中心として奇談を紹介しながら、巷に広まる越後への誤認を糺《ただ》したその構成が、儀三治が長年書き溜め、板行を望んできた草稿と至極似通っていたからだ。

家族の寝静まった夜半、二階の自室で儀三治は、芙蓉からの文を握りしめたまま文机に突っ伏す。開け放った窓から吹き込んでくる初夏の湿った風が、からかうように首筋をさすっていく。

——はじめに思いついたのは、このおれだに。

崑崙とやらが、いつから構想を抱いていたかは知れぬ。だが儀三治は二十歳になる前から、こつこつと地元の綺談を集め続け、いずれ越後のことを広く知らしめたいと願ってきたのだ。願うだけでなく、自ら動いて著名な戯作者に掛け合い、板行を叶えるため努めてもきたのである。

『北越奇談』の画は、かの葛飾北斎が担っているという。そのせいだろう、芙蓉はいささか及び腰になっているようだった。二番煎じの雪話を、よりにもよって北斎のあとに描くことの危うさを覚えているのだろう。後追いをしておきながら、北斎より劣っていれば絵師としての評判は地に落ちる。かといって、仮に北斎より秀でた画になっても、人真似だと揶揄《やゆ》されるのは目に見えている。雪話が目新しかったから芙蓉は乗ったのだ。ここで似たものを出し、それに絵師として加わることは、芙蓉にとって得にならぬばかりか、絵師としての品性や資質を疑われることにもなりかねない。

儀三治は、のろのろと顔を上げた。

〈『北越奇談』を読みたくば、一冊買い求めて送るが〉

遠慮がちな芙蓉の文言を睨むうち、文を持つ両掌に自ずと力が籠もった。紙が物騒な音を立てて皺を寄せる。

京伝や玉山の名が頭をよぎった。

あのとき板行できていれば、と得体の知れぬ怒りが突き上げてくる。いや、玉山は話を進めているさなかに身罷《みまか》ったゆえ罪はない。憎むべきは京伝だ。彼がもっと誠実に動いてくれていれば、雪話はとうに日の目を見ていたはずではないか。『北越奇談』より先に、世に出せたはずではないか。あれはもう、十五年も前のことなのだ。

儀三治はただ、総身を震わせ、突き上げてくる怒りに耐えている。

三

昨年から、京伝の調子がどうもすぐれない。半身が痛んで、書くことはおろか、眠ることもままならないという。医者に診せてもなんの病かは知れず、相四郎は兄を案じて湯治に行くことを勧めたのだった。

平素であれば、「おまえさんは、大袈裟だねぇ」と、眉をひそめる京伝が、このときは素直に熱海《あたみ》まで出掛けたところを見ると、よほど身体がしんどかったのだろう。

ゆっくり湯に浸かり、滋養のあるものをたんまり食したとかで、帰ってきたときは血色こそよくなっていたが、やはり身体の痛みはとれぬらしく、筆を持つのも難儀とのことで、近頃は相四郎が兄の口述を筆記する役を請負っている。

そのしつこい身体の痛みがようよう引いて安堵したのも束の間、明けて文化十一年の春頃から兄は、今度は胸が痛むと盛んに訴えるようになった。少し歩くだけでもひどく息切れし、左胸を押さえ込むのだ。

もう書くのはよして養生してほしい、と百合が泣いて頼んでも、

「まぁ五十年も生きてりゃあ、あちこちガタも来るさ」

京伝は恬《てん》としてそう返すだけで、筆を置こうとはしなかった。

――馬琴のことがあるのかもしれぬな。

相四郎は、そう感じている。

洒落本から読本へと舵を切ってからというもの、京伝はことさら馬琴を気にするようになった。それまでは、弟子筋にあたる彼の活躍を邪心なく喜んでいたのだが、まわりから引き比べられることが増えたせいだろう、馬琴の新作が出るたびに神妙な面持ちで目を通しては、その後しばらく虚ろな様子でいることが常となったのだ。

近く馬琴が板行するという『南総里見八犬伝《なんそうさとみはっけんでん》』が、上質ながら心躍る稀代の読み物だと、板元の間で噂が回っていることも係りがあるのかもしれない。

相四郎が判ずるに、馬琴の作には儒教の考えが根底に流れており、古典もふんだんに用いて「人の道」を切々と説くようなものが多く、悪は悪、善は善と区分けも明確だ。

一方で京伝の作は勧善懲悪ではなく、また、教え諭すようなものでもない。加えて、従来の

読本の型にとどまることなく、至極自在に人というものを描いている。こうしてなににも囚われずに物語を紡ぎ出せる才こそが、兄の凄みだと相四郎は信じているのだが。

「兄さん、そういや昨年末に出された、戯作者と浮世絵師の人気番付をご覧になりましたか」

清爽とした葉月の風が渡りはじめたころ、珍しく銀座の店に顔を出した京伝を二階にいざない、相四郎は明るく訊いた。相変わらず胸痛に悩まされ、日を追うごとに塞いでいく兄を心楽しくさせたいと、ひねり出した話題だった。

「ったく、いつの話をしてるんだえ。今年ももう半ばが過ぎたぜ」

京伝は眉をうねらせて笑ったが、構わず相四郎は話を続ける。

「兄さんはさすが、大関でしたよ。関脇は式亭三馬《しきていさんば》、小結は十返舎一九《じっぺんしゃいっく》と出ておりました」

こうした番付を京伝が嫌っているのも承知しているが、相四郎もこのところ合巻《ごうかん》が好評で、この年はじめて前頭として番付に載ったのがうれしく、それを伝える目当てもあってあえて口に上らせたのだ。

「大関といったって、誰がなにを評してるんだか知れねぇのだ。あてにするものじゃあねぇ」

京伝は案の定軽くかわしたが、ふと片眉を上げ、

「馬琴は。あいつも出てたろう」

と、湿った声で訊いてきたのだ。てっきり「おまえは載っていたかえ」と、訊いてくれるものと信じていた相四郎は、かすかに肩を落とす。

「曲亭は『行司』でした。土俵には上がっても、戦わずに他人を評してばかりいるからですかねぇ」

嫌みっぽく言ってみると、京伝は煙管に煙草を詰め、

「いや。これからは彼奴《あやつ》が、戯作の流れを創っていくことになるからかもしれねぇよ」

案外にも長嘆息に交ぜてつぶやいたのである。相四郎は、前頭の件を切り出すことなく、とっさに話題を変えた。京伝店で売り出す次なる商品をそろそろ決めねば、とさりげなく言って、これ以上馬琴の話が続くことを阻んだのだ。

京伝店では三年ほど前に売り出した「十三味薬あらひこ水晶粉《ふん》」なる洗顔粉が大いに当たり、新たに出す品も美顔に係りがあるものがよかろうと、相四郎は模索していた。

「水晶粉は、顔を洗うものだろう。となれば、次に売り出すのは白粉《おしろい》の下地がよかろうと百合が言ってたよ」

美顔のことなら百合に訊くのが一番だ、と京伝は常々言っている。吉原にいたからでもなかろうが、百合は市井の女房に落ち着いてからも、肌の手入れや化粧《けわい》を欠かさなかった。少し遠出する折などは支度に一刻もかかると聞いて、「誰が見るわけでもあるまいに」と相四郎は呆れたが、京伝はそれを、「わっちに恥をかかせねぇためだとよ」と、目を細めてのろけるのだ。

百合と所帯を持ってから京伝は、滝という彼女の妹を引き取っている。先年その娘が肺を病んで亡くなった際には、まるで我が子を失ったかのように嘆き悲しんでいたが、喪が明けるや今度は百合の叔母と名乗る年寄りを引き取った。生き別れになっている他の兄弟も見つかり次第うちに住まわせてほしいと百合に頼まれているらしく、まるで芋蔓《いもづる》よろしく次々係累が増えるさまに相四郎はぞっとしないでもなかったが、京伝は、「賑やかになるのはええことだ」と、一向意に介す気配もない。

「下地、というと、どういったものでしょう」

訊くと京伝は、

「なんでも薄い白粉みたようなものだと。直に顔に塗ってからよく拭きとって、その上から白粉を塗ると、肌が明るく見えるという仕組みらしいよ」

苔生《こけむ》した月代《さかやき》を掻きつつ答えた。これだけ著名な戯作者になっても、兄はまったく身なりを構わない。風呂に三日四日入らぬのは茶飯事だし、月代も気が向いたときに剃るだけだ。吉原に通っていた折は、それなりにめかし込んでいたが、今やすっかり気を抜いている。とはいえ、五十を過ぎても容貌に衰えはほとんど見えず、しいて言えば深い皺が一本、額を横切るように刻まれただけで、さほど崩れて見えぬのが狡《ずる》いところである。

「そら、顔にゃそばかすだの疥《はたけ》だの、しもやけの痕だのがついてるだろう。そいつを隠して、美肌に見せる効用があるってんだ」

「はぁ、二段重ねということですか」

女房のくみは薄化粧だから、百合の提案を相四郎は訝《いぶか》しむ。

「そこまで手間を掛ける女人が、そうそうおりますかねぇ」

「そりゃ、いるさ。化粧ってのはなにも、入り用でするものじゃあなかろう。怪我を手当するのとは違って、すっぴんでいたって困るこたぁねぇのだ。言ってみりゃ、余興だよ。そこに金掛ける者は、化粧ってもんの魅力に取り憑かれているのさ。だから、深くまで究めようとする」

一服深く吸い込んでから勢いよく煙を吐き出して、京伝は返した。

「そういうものでしょうか」

「ああ。はじまりは、きれいになりたい、くらいのことだったものが、あれこれ試すうちに詳しくなって、識者よろしく評も言い交わすようになる。あすこの白粉は延びがいい、あすこで出している紅は色が悪い、ってな具合にな。口さがない連中なぞ、したり顔で品を腐す。そういう奴に限って声が大きいから、まわりも流されるのよ。肌に合うか合わねぇかなんぞ、人によって違うのに、自ら試しもしねぇでさ」

相四郎は口をつぐんで、ただ聞いている。京伝の話が、化粧の話ではないところへと移ったのを感じ取ったからだった。

「しかしわっちら作り手は、安易に他を悪しざまに言うようなことをしちゃあならねぇのだ。そこに気がいくと、己の作るものがお粗末になるからな」

昨年、馬琴が書いた『おかめ八目《はちもく》』に、板行して間もない京伝の読本『雙蝶記《そうちょうき》』への辛辣《しんらつ》な批判が載ったのである。

〈この作者さばかりの才子なれども、四、五年かかる物語を綴らざりしかば、流行に遅れたるにや〉

『雙蝶記』の展開が、いかにも芝居がかっていて野暮だと腐した上に、京伝が四年も五年も読本から遠ざかっているうちに流行から遅れたのだろうと、辛辣に言い切る内容であった。

「そうしましたら、その下地とやらをどう作り出せばいいか、早速店の者とも話をしてみましょう」

薄雲がかかっていくような兄の面持ちを案じ、相四郎は朗らかに話を終《しま》う。京伝はひとつ頷いてから、「そういやぁ……」と、なにかを思いついたふうに手をぽんと打った。

「馬琴が『日本風土記』や『昔々物語』を持ってるようだ。次に書く考証随筆に入り用だから近々借りに行こうと思うが、おまえさんも一緒に行くかえ」

相四郎は、目をしばたたかせる。『おかめ八目』は京伝も読んでいるし、そもそも馬琴とは先年の正月、諍ったきりなのだ。

「なにも曲亭に借りずとも、蔵書家が持っておりましょう。そら、先だっても小山田氏《おやまだ》が、蔵書を一所に集めた楼を建てるとおっしゃっていたじゃありませんか」

数年前から京伝は古物に関心を抱き、その鑑賞会に相四郎を伴ってたびたび通っていた。胸痛を起こしてからは足が遠のいていたが、骨董について学んだことをいずれ一冊にまとめたいと常々口にしている。ために、名の知れた蔵書家のもとを訪れ、書を借りては読み込むことを繰り返していた。

小山田与清《ともきよ》は江戸では随一の蔵書家で、見沼通船《みぬまつうせん》を差配する家業の財力に物を言わせて集めた古今の書物が家に収まりきらなくなり、近く書庫を建てるのだと、先日誇らしげに語っていたのである。

「なんでも『擁書楼《ようしょろう》』とかいう名にするらしいねぇ。落成が楽しみだ」

京伝は、煙草の煙を輪っかの形に吐き出して相槌を打った。

「でしたら、そちらでお借りになればよろしいでしょう。他にも入り用な御本がありましょうし」

「しかし落成は来年になるだろうと言ってたぜ。わっちゃ早く読みてぇのだ。馬琴に借りるが早《は》ぇ《え》さ」

「曲亭に、こちらが頭を下げるようなことをせんでも」

想像しただけで胸が悪くなる。しかし京伝は、相四郎の顔を覗き込み、目尻を下げて笑うのだ。

「おまえさんも青いねぇ。まぁ馬琴があいう書を出したのは、思うところがあったんだろう。

読本についちゃ、向こうのほうが極めているからさ」

「そんなことはございませんっ。『雙蝶記』は、これまでの読本の観念を覆《くつがえ》したもので……」

「よしねぇ。こっ恥《ぱ》ずかしい。板本に載せる賛じゃあるめぇし、身内に真っ正面から持ち上げられても嬉しくねぇやな」

「私は別に持ち上げたわけでは」

「いいんだよ。戯作ってなぁ世に出たら、もう書き手のものじゃあなくなるのだ。なにを言われても仕方がなかろうよ。言った相手を恨むものじゃあねぇのだ」

そう言われても、『おかめ八目』の書き方にはどうしても、歪《ゆが》んだ遺恨を感じぬわけにはいかなかった。

「ただ、わっちらがそういう評に熱を入れねぇようにすればいいだけだよ。泰然としてりゃあええのだ。こっちにゃあわだかまりもねぇから、馬琴にも本を借りるさ」

兄のこういうさらりとした屈託のなさは、生来のものだ。それを好もしく思ってきたが、相四郎自身も戯作をはじめてからは、どうしたらこうも健やかでいられるのかと、不可思議が勝るようになった。他の戯作者が気にならぬのか、自作への批判に足下が揺らがぬのか、と。

相四郎の前で、兄はいつでも穏やかに笑んでいる。「大関」と世評で判じられるほどの地点に立つと、かほどの余裕が生まれるのだろうかと相四郎は、誇らしいような羨ましいような心持ちで、呑気に煙草を喫《の》んでいる兄を見詰めている。

四

「いやぁ、どうも申し訳が立たねぇなぁ」

無精髭をさすりながら言った京伝に、

「いいえ、これはひとえに私どもの力不足でございます」

と、二代目西村屋与八が頭を下げた。

文化十二年の立春過ぎである。今年に入って、京伝はここ数年の不調が嘘のように身体が軽くなり、胸痛まですっかり引いていた。それを相四郎から聞いたのだろう、西村屋が早速ご機嫌伺いにやって来たのである。

西村屋与八が主人を務める永寿堂は、宝暦の頃に起こった書肆で、鈴木春信や歌川豊春といった人気絵師の錦絵を数多く板行してきた。三年ほど前に橘崑崙の『北越奇談』を板行したのも、この板元である。一時は蔦重とも組んで仕事をしていたらしいが、今では互いにしのぎを削る間柄だ。蔦重、鶴喜に囲い込まれて戯作に打ち込んできた京伝ゆえに、数年前に『於六櫛《おろくぐし》木曾仇討』を出すまで付き合いがなかったが、この二代目の評判を耳にして是非とも仕事を共にしたいと願い、知己の歌川豊国に頼み込んで顔を繋いでもらったのである。

西村屋は、まさかあの京伝が自ら売り込んでくるとは思いもよらなかったのだろう、驚いた様子ではあったが、「私どもでよろしいんでしょうか」といった過剰なへりくだりを示すこともなく、

「でしたら、必ずよいものをお作りいたします」

と、力強く応えてくれた。

――あすこの二代目ぁ、当人も戯作をしたり絵を描いたりしているせいか、描き手に妙に媚びることもねぇから楽さ。

数人の絵師が口を揃えて言っていた通りだった。

読本に舵を切ったはいいが、京伝は己の書く物に今ひとつ確信が持てずにいる。相応に売れはする。板元は、「さすがです」という通り一遍の言い条で褒めそやす。しかし、長いこと洒落本や黄表紙を書いてきた京伝には、漢語を用い、儒教風の教訓で満たした読本は、どうにも堅く重苦しく、創作特有の躍動が乏しいように感じられた。ゆえに、独自のやり方で読本を極めたいと七転八倒挑んでいるのだが、それには正確な目を持つ者の伴走が欠かせぬと判じたのだった。

西村屋の二代目は、老舗地本問屋《じほんどいや》・鱗形屋孫兵衛《うろこがたやまごべえ》の次男が養子に入って継いだものだ。

戯作者や絵師と板元とは、どちらが上下ということはございません。同じ地表に立って、しかし異なるものの見方で、一巻を仕上げることがもっともよろしいかと存じます——彼は臆さずそう述べる。幼い頃から板元や戯作者の仕事を見てきたからだろう、その、衒《てら》いも気張りもない素直な語り口に、京伝はいっそう信を置いたのだ。

「あんたは、よくやってくれたさ。宣伝も大いにしてくれたし、稿のできるのを辛抱強く待ってもくれた。それでも売れなかったってぇこたぁ、つまり、わっちの仕事がお粗末だったってぇことさ」

最前から京伝が詫びているのは、おととしの九月に永寿堂から板行した読本の売れ行きがはかばかしくないのを気に病んでのことであった。『雙蝶記』なるこの物語は、板行の三年ばかり前から筋を編みはじめ、大枠が固まったところで西村屋に話を持っていったものだった。

「読本を好んで読む層には受けねぇかもしれねぇが」

『雙蝶記』の構想を語った折、京伝は西村屋に宣したのだ。

「次の作は、歌舞伎や狂言に倣って、俗語で書こうかと考えてる。誰もが楽しめる読本を書くんだ」

常に行き詰まりを感じていた戯作者としての日々に、この一作で風穴を開けてやる、と意気込んでいた。これを書いたのちには、別の景色が見えるはずだと信じていた。

「それはよろしいですな。まったく新たな読本の誕生だ」

と、西村屋も大いに乗り気で、書き上がるまでこまめに助力をしてくれた。入り用な資料はないかと折々に聞き、息抜きにと夷講《えびすこう》に招いて饗応もしてくれた。画は歌川豊国でいくことが決まっていたから、彼もその席に加わり、

「『雙蝶記』は、武家の陰謀ものらしいな。美貌の姉弟が出てくるとか。こいつは描くのが楽しみだ」

と、盛り上げてくれたのだ。

二年掛けてようよう仕上げた草稿を読んだ西村屋は、

「こいつぁ斬新だ。かような読本にゃあこれまでお目に掛かったことはございません」

と、頰を紅潮させた。駄目なら駄目、つまらないならつまらない、とまことのことしか言わぬ男であったから、京伝は「これで、ようやく扉が開く」と、胸躍らせたのである。

ところが、こいつがさっぱり売れなかった。永寿堂は大きく広告も打ち、宣伝に勤しんでくれたのに、だ。

「結果はどうあれ、この戯作は、読本の歴史に風穴を開けたと、手前は信じております。これはなにも追従《ついしょう》じゃあなく……」

「あんたが追従を口にしないことは、わっちが一番よく知ってるさ」

「南北朝を舞台にした壮大な話でありながら、場面が目まぐるしく変わっていく。その疾風のごとき流れと躍動に、読む手が止まりませんでしたから。読本の格式張った堅苦しさが一切取り払われておりますし、言葉付きもしなやかで、しかし深みもある。なにより、勧善懲悪でないところがよかった」

唾を飛ばす西村屋に、

「あんたがそう感じてくれただけでも、報われたよ」

京伝は頭を下げる。草稿を真っ先に読む仕事相手が、深いところで話を汲み取り、正しく判じてくれる——戯作者にとってこれほど果報なことはない。読み手に好まれると好まれざるとにかかわらず、確かな見立ては、創るものに正誤の指標すらない物書きの歩みを力強く支えるのだ。

「そもそもこの世において、善か悪か、ふた通りにきっぱり割れるというのも、妙でございますからね。ひとりの人物には、善なる面も悪なる面もある。それに当人は善のつもりであっても、他者からすれば悪しきこともある。先生が『優曇華物語』にお書きになった、『善を行いて禍を致すあり　悪を作りて福利なるあり』というのはまさに当を得ておりますよ」

淀みなく長広舌《ちょうこうぜつ》を振るってから、西村屋は眉を曇らせた。

「ですから、これはもっと読まれてよいはずなのです。……やはり曲亭子の『おかめ八目』が難だったのか」

『雙蝶記』の板行がおととしの九月だ。馬琴はこれを読むや、すぐさま批評をしたためたのだろう、半月と経たぬうちに『おかめ八目』を世に出した。

その以前から、京伝の読本について彼はしばしば批難をしており、あまり気にせぬようにはしていたものの、これが続いてはさすがに気疲れすると『雙蝶記』の序に、京伝はそれとなく牽制をしたためたのである。

〈蟹は甲に似せて穴うるさき世間舅《しゅうと》やとおもふにつけ〉

と、暗に馬琴の批評の煩わしさを揶揄し、

〈常言《ことわざ》に、そら言に似たる実《まこと》は言うとも、実に似たるそら言は言うべからずといえるも、人を誣《し》いるを厭《いと》うなるべし〉

京伝には珍しく、直截に馬琴の書くものに疑問を呈したのである。

馬琴の読本は、雅言《がげん》を多用することで、登場する地名や人物をまことのものと見せている。謂《い》わば、実の話であると読み手に信じ込ませることで、人気を博してきたともいえる。

しかし京伝は、話が甚だしい虚構だったとしても、その奥に人の普遍な業や想いがしかと息づいておれば、それこそがまことになると信じている。ゆえに、一貫した善人も悪人も出さぬ。心情は折々に形を変えるし、人というのはけっして一所に留まってはおらぬ。その不可解さ、難儀さこそが、人の面白さであり奥深さだと信じているからだ。むろん、そんなことは他人には言わない。わざわざ述懐することでもないのだ。

「まぁわっちも、序で馬琴に喧嘩を売ったっちゃあ売ったからな。奴のこたぁ責められねぇさ」

「あれは、読本の新たな道筋を明らかにするための仕掛けで。他にも、歌舞伎の画を口絵にしたりと、こたびは読本らしからぬ趣向を凝らしましたから」

そうだな、と京伝は話を引き取って、

「それにしても、胸痛が引くと、こんなに楽たぁな。去年おととしあたりは、わっちもそろそろお迎えが来るのかと構えていたんだが」

と、目一杯の笑みを浮かべてみせる。

「その節は手前もだいぶ案じましたが、京山先生が、うちは長寿の家系だから必ずよくなる、とそうおっしゃいましてね」

「相四郎が、そんなことを言ったかえ」

「ええ。兄ほどの戯作者は他にいない。仏様もわかってらっしゃるだろうから、そう容易く浄土に召すことはございません、とこうはっきりおっしゃいまして」

まるで童の論だ。西村屋も、相四郎の言葉を告げるうちに可笑しくなったものと見える。口は引き結んでいたが、かすかに肩が震えている。

「まったく彼奴は。ただの身贔屓だよ」

「ですがね、そうあってもらわなきゃ、手前どもも困るんです。山東京伝という偉才には、まだまだご活躍いただかなくちゃいけませんから。次の読本も、ご意向が定まったら、是非お願い致しますよ」

西村屋は揚々と言うと、「執筆のお邪魔になっちゃいけない。そろそろお暇《いとま》しましょう」と腰を上げた。玄関を出たところで、相変わらず仮普請のままの屋根を見上げ、

「しかしこの蛎殻屋根も年季が入ってまいりましたね。急ごしらえでもこうなると、威風が出るから不思議です」

彼がふと漏らした言葉が、京伝の胸を突く。西村屋は別段なにか含みを持たせたわけではなかったろうが、己のことを指されたような気になったのだ。

板本に載せる京伝店の広告に、「蛎殻屋根を看板に」と、よく書いているせいか、界隈でこ

の仮小屋はちょっとした名所になっている。蔦重や鶴喜は、建て直したほうがお身体のためにもよいでしょう、としつこいほどに勧めるが、蛎殻屋根でも雨風凌げるから別段不便とも思わず、ここに住んでもう九年が過ぎてしまった。今の西村屋の言い条は、急ごしらえの知識しかないのに長年戯作の世界で生き延びた京伝の、一見大家《たいか》ではあるがその実は虚である様を蛎殻屋敷になぞらえてつつかれたように思えて、背筋が冷えたのだ。

――若ぇ頃《わけ》から、戯作に興じる代わりに実学を極めておれば、実りある人生になったろうか。そんな後悔が、五十を過ぎてから頭をもたげるようになった。国史実録や古典といった和学を、まずは身につけるべきだった。基本の努めを怠ったまま作りごとの世界に身を置いて、知らぬ間に浮世から隔たってしまったのではないか。

「あら、西村屋さん、お帰りになったんですか」

書斎に戻ったところで、百合の声がした。表から戻ってきたらしく、手に提げた籠から饅頭を取り出して見せた。

「京橋で売り出してる酒饅頭。おいしいと評判らしくて、だいぶ並んでたんですよ」

百合は歳を重ねても、少しも容貌が衰えない。京伝店で扱っている水晶粉をぬか袋に入れて、夜ごと肌を磨いていたし、「白牡丹」と名付けて昨年末に売り出した白粉下地を塗るところからはじめる念入りな化粧も欠かさなかった。「旦那様のお店の品ですからね。使い心地を試しませんと」と嬉々として言うのだが、幼い頃から食うにも困り、一枚きりの着物で通してきた百合にとって、日々身ぎれいにすることは途轍《とてつ》もない贅沢なのだろう。それができる今があるのも旦那様のお蔭だと、常々感謝を伝えてくる。そこまでありがたがられることじゃあねぇやな、と決まって京伝は照れて言い返す。

さんざん苦心して納得のいく草稿を書き上げても、やれ流行遅れだ、やれ筋がわかりにくい、と容赦ない批難が投げつけられる物書き業に長らく身をやつしてきた京伝には、百合の発する「嬉しい」だの「ありがたい」だのといった簡易な言葉がやたら身に染みる。とはいえ当人は、己の言葉がそこまで夫に響いているとはつゆ思わぬのだろう。なんでもない日常を味わい尽くすように、当たり前に感謝し、家事をこなし、評判の店を覗き、と忙しく動き回っている。

歳をとらぬのは、そうして闊達に日々を送っているからか、仕える舅姑《きゅうこ》がいないからか、もしくは子を産んでおらぬからか――。

一緒になって二、三年は、いずれ授かるだろうと夫婦とものんびり構えていたのだ。養女に迎えた滝が肺を病んで亡くなってからはいっそう子を欲したのだが、叶わぬままに百合もすぐに不惑だ。彼女はなにも言わないし、京伝も気付かぬ素振りで日を送っているが、それでも時折、

「おくみさんも水晶粉をお使いになったほうがよろしゅうござんす。肌がだいぶくすんでおりますよ」

なぞと、相四郎の女房への棘《とげ》のある物言いを耳にすると、どこかで女としての引け目を感じているのかもしれねぇ、と京伝は申し訳なく思うのだ。

相四郎はすでに、一男三女をもうけている。

「女が続きましたからね、男が生まれたときは安堵いたしましたよ」

長男誕生を知らせに来た折、彼は照れたふうに鬢《びん》を搔いていたが、それもまた百合には痛く響いたのかもしれない。ある時期から、相四郎一家と隔てを置くようになってしまった。

そそくさと厨《くりや》に入った百合は、買ってきた酒饅頭と淹れ立ての茶を書斎に運んできた。饅頭

も湯飲みもふたつあるところを見ると、ここで一緒に味わうつもりだろう。昼八ツにこうして縁側に並んで茶を飲む刻を、いかに執筆で多忙な折でも京伝は欠かさない。百合と四方山話に興じることで、心の疲れが癒やされるのだ。

「四月にさ、家康公二百年祭ってのがあるだろう」

ひと口、茶を啜ってから、京伝は切り出した。百合の、長いまつげが舞いの扇のようにひらひらと上下する。

「いくつかの書肆から、東照宮詣でに行かねぇかと誘われてるんだが、どうだろう」

本当であれば百合も連れて行きたいが、女の足弱では遠出するのもなまなかではない。

「お身体は、大事ないんですか」

「ああ、もうすっかりええようだ。それに、病平癒《やまい》の願掛けも兼ねようと思ってさ」

「それでしたらよろしゅうございますね。でも最前、西村屋さんがいらしたとき、次の読本を書いてくださるよう催促にまいりました、とおっしゃっていましたが、そちらはよろしいんですか」

訪ねてきた折、出迎えた百合に、西村屋がそんなことを告げていたとは知らなかった。

――そうか、彼はまことに次の読本を書かせようとしているのか。

胸が軋む。蔦重も鶴喜も、「また洒落本をお書きになっちゃあいかがでしょう」と、手揉みして言うばかりであるのに。

「読本は、もう書かねぇのだがなぁ」

饅頭を頰張った勢いで、京伝は打ち明けた。最前、西村屋に断るつもりであったことが今更転げ出て、舌打ちしたい衝動に駆られる。

百合の、見開いた目が藍を帯びていく。彼女は京伝と所帯を持ってからも、戯作や板元について詳しく訊こうとはしなかった。こうして話をすれば、いい聞き役になってはくれるが、知った風な忠言を投げることもなければ、訪ねてくる板元に訳知り顔で接することもない。いかで女房とはいえ、そこは踏み込んではならぬと、控えているのだろう。

このときも、「どうして」というふうに、首を傾げただけだった。

「理由《わけ》ってほど立派なものはねぇのだが、わっちにゃあ向いてねぇことがわかったからさ」

他にはない読本を書こうと、挑んできた。定石通りに書けば楽かもしれぬが、それでは筆が濁る。だいいち、己が納得しておらぬものを世に送り出すことほど、苦しいことはない——。

いや、しかしそれは、ただの言い訳だ。読本から手を引くと決めたもっとも大きな契機は、昨年、馬琴の書いた『南総里見八犬伝』の初輯《しょしゅう》が出たことだろう。板行後、すぐにひもといて、京伝は喉をかっ斬られたような痛みに悶えたのだ。

壮大な物語だった。むろん馬琴特有の堅苦しい語り口は京伝の肌に合わなかったが、話の流れが緻密に組み立てられ、登場するひとりひとりの人物も粒立っていた。そこここに教訓や雅言がちりばめられ、おそらくこれを読んだ者は、「得をした」といった感慨を抱くだろうことは容易に察せられた。

「洒落本を書けばいいとまわりは言うさ。そいつがわっちにゃ合ってるのよ。なんでも、遊里を描くのが格別にうまいんだとよ」

「よう通うてくださいましたからね」

冗談めかした口調で受けて、百合は袂《たもと》で口元を覆った。

「吉原は嘘で塗り込まれているようでいて、まことの情が通う不思議なところだからね。こっちが情をもって接すれば、しかと心で応えてくれる。おまえさんだってそうだろう」

覗き込んで言うと、百合は当時を思い出したのか、気恥ずかしげにうつむいた。

「そういうところが、戯作と似ているのかもしれねぇなぁ」

饅頭を茶で飲み下し、庭の小竹にとまる雀を見遣る。しなる枝が落ち着かなかったのだろう、ひとつところに留まれず、幾度か場所を変えたのち、諦めたように飛び立っていった。

「これからは、洒落本をお書きになるんですか」

「わっちゃぁそれで一度お縄になってるからさ、そこに戻るのも気が重い。板元たちぁ欲しがるが」

と、京伝は己の胸を軽く突いて続ける。

「こいつがどうも従ってくれねぇ」

「お気持ちが、そちらに向きませんか」

「ああ」

するとと百合は一旦まつげを伏せてのち、すいと背筋を伸ばして京伝を見据えた。

「だいぶ前になりますが、旦那様はこんなことをおっしゃいました。戯作者というのは、なくてもいいような商売だ。それに比べて、店は実がある。暮らしに欠かせぬものを売っているからだ、と」

そんなことを口にした覚えがある。あくまで一家の生計《たつき》は京伝店の売り上げで立てるのだと、折々に己に言い聞かせてきたことでもある。

「私は書物を読むのが好きですから、戯作もまた暮らしに欠かせぬものだと思うておりますが、ある者にとっては毎日いただく糧《かて》と異なり、なくてはならぬ、とまではいかぬのかもしれません」

百合はそこで、片手をすっと前の畳についた。整った顔立ちだからか、こうして間近で睨まれると、その迫力に腰が引ける。

「でしたら、旦那様が好きなものを好きなように書かれれば、それでよろしいんじゃございませんか。合う合わないは、二の次三の次でございます。ご自身の心が向くものに、筆を捧げてゆけばよろしいのです」

百合の言葉には、確かな力が籠もっていた。ひと言ひと言が、心の真《ま》っ新《さら》なところから清流に乗って流れ出ているように京伝には感じられた。

――読本を、また書いてもいいのかねぇ。

胸の内で自問する。答えはすぐに出ない。ただ目の前に、器量も性分も惚れ込んだ女がいて、京伝の進む道を一心に信じてくれているという事実が、健やかに息づいている。そのことが、長らく曇っていた京伝の視界を明るく照らしはじめる。

＊

娘のくわが、ようよう婿を迎える運びになった。

常太郎が亡くなったのち、失意に打ちひしがれながらも鈴木屋を繋いでいくための方策を儀三治は思案し、ほうぼうに掛け合った果てに、岡野町は村山蔵之助の次男、倉吉《くらきち》をくわと娶《めあわ》せる話をまとめたのだった。

村山家は、宇多の縁戚にあたる。茂兮も手を貸してくれたものの、塩沢村では歳の頃や家格が見合う者が挙がらず、案じた宇多が実家《さと》に掛け合ったのだ。幸い、そこからとんとん拍子に話が運んだのである。

くわは倉吉のずんぐりとした体型や面皰《にきび》だらけの面相に陰で不満を漏らしていたが、儀三治は彼の控えめながら堅実な人柄と熱心な仕事ぶりを大いに気に入り、

「にしのお蔭だな」

と、このときばかりは、手放しで宇多を称えた。

「珍しいこと。お褒めになるなんて」

宇多はおどけて、夫の謝意を受け流した。真面目な話になりかけると、彼女はいつもこうしてはぐらかす。常太郎とトヨが亡くなった年、自室に籠もりがちだった儀三治に、

「竈《かまど》が割れたすけ、直してくんだっしゃい」

「表の雪かきを、早よしてくんだっしゃい」

と、なにかと用事を頼み、夫が殻に閉じ籠もらぬようはからったのもまた、宇多だった。

「人使いが荒いなぁ」

不服を口にした儀三治にも、

「旦那様の人使いに比べれば、かわいいもんだ」

と、陽気な笑い声を立てていた。

宇多は、儀三治が悲しんでいるとき、一緒に悲しもうとはしない。努めて明るく振る舞う。儀三治が腹を立てているときは放っておき、喜んでいるときには一緒になってはしゃぐ。これまで迎えたふたりの女房とは二年ほどで離縁したのに、宇多とはもう十七年も続いている。その所以は、彼女の夫《かれ》あしらいにあるのやもしれぬ。

倉吉は帳簿付けを覚えるのも早く、客への愛想も欠かさず、多助をはじめとする男衆ともす

ぐに馴染んで、儀三治を大いに安心させた。これを機に儀三治は、常太郎の嫁だったやすを堀之内の知人のもとに嫁がせた。寡婦《かふ》としてこれからもずっと鈴木家に縛り付けてはならぬと気遣ったのだ。

「ここはにしの実家《さと》だすけ、いつでも来ていいがだぞ。すわにもいつでも会いに来い」

常太郎とやすの子であるすわは鈴木家で預かることになったため、そう告げると、やすは涙を浮かべた。

「へえ。皆様には、まことにようしていただいて。また是非寄らせてくんだっしゃい」

その言葉通り、やすは文化十三年を迎えた正月にも元気な顔を見せて、宇多やくわと楽しげに語らっていた。

常太郎を亡くしてから、始終波立っていた胸の内がようよう凪《な》いできたこの年の夏、鈴木芙蓉の弟子だという人物から、文《ふみ》が届いた。おおかた草稿の催促であろう。ここ数年、家の中を整えることに必死で留守になりがちだった草稿作りに、本腰を入れてかからねばならんな、と勇んでその文を開き見、儀三治は息を呑んだ。

鈴木芙蓉が身罷った。

容赦ない事実が、そこには端的に、そして一切の歩み寄りを見せずにしたためてあったのだ。芙蓉が息を引き取ったのは、この五月だということ。墓所は、浅草八軒寺町《はちけんてらまち》の大仙寺だということ。そうして、雪話の板行は芙蓉の画なしでは難しく、このたびの件はなかったことにしてほしいということ。

儀三治は動じたものの、どこか見慣れた光景を眺めるような冷めた心持ちで字面を追っていった。もはや気落ちすることさえ億劫で、乱雑に文をしまうと、店を開けるため階下《した》に降りた。

「朝餉《あさげ》の支度ができとります」

廊下で行き合った宇多の笑みが、やけに暑苦しく感じられ、

「いらね」

とだけ声を放り、帳場に入る。すぐに小走りの足音が追ってきて、

「具合がようないですか」

と、暖簾を分けて宇多が顔を出す。また板行を依頼していた者が死んだのだ、こうして幾度も頓挫して、はじめて江戸に売り込んでからもう二十年が経ってしまったのだ、とわめき散らしたい衝動を、奥歯を噛んで堪える。

「もしお疲れのようなら、湯治《とうじ》に行かれてはなじだね」

唐突に宇多は言った。

「湯治なぞ、そんげん店を空けられね」

「倉吉がおるねっかね。少しは任せればいいねかね」

宇多は、医者に診せるより湯治のほうが効くと思い込んでいて、越後のみならず、加賀や上野《こうずけ》の温泉まで効能を調べ上げ、あすこの湯は肩の凝りが治るらしい、こっちの湯は打ち身に効くらしい、となにかにつけて口にする。

「草津はなじらね。ちーとばかし遠いども、どんげん病にも効くお湯だと聞いたすけ」

「いや、店があるすけ……」

そう繰り返したとき、胸の奥のほうで、ぷつん、となにかが切れる音を聞いた。刹那、これまで己がなんのために店を切り盛りし、家を支えてきたのか、儀三治には一切見えなくなってしまったのだ。鈴木屋を先代より栄えさせ、村のために寄付や奉仕を続けてきた。にもかかわ

らず、唯一の跡取りだった長男を亡くし、必死で書き溜めてきた雪話の板行も叶わない。雪話に携わった大家が立て続けに逝去するに至っては、なにか呪わしい因縁を感じぬわけにはいかなかった。

「湯治か。それもいいかもしんねぇ」

どうとでもなれ、という心持ちであった。雪話も、鈴木屋も、この家も。どうせどれほど努めても、なにひとつ思い通りにはならぬのだ。

「ええ、ええ。お身体さえ丈夫なら難儀なことがあっても必ずしのげるすけ」

安堵の笑みを浮かべて宇多は言った。彼女がなにを察しているのかは知れぬが、あたかもこちらの胸の内を透かし見たような返答が、捨て鉢な諦念に身を覆われはじめた儀三治をかすかに救った。

五

京伝が、おととしの文化十一年、翌十二年と立て続けに上梓した考証随筆、『骨董集《こっとうしゅう》』の評判が、すこぶるいい。十年近く掛けて古物を見て回り、あまたの書物にあたって、いにしえの暮らしぶりや風俗、慣習をひもといていったこの考証本は、これまで京伝の洒落本や黄表紙に親しんできた町人のみならず、通人からも一目置かれている。

〈今にありて百歳《ももとせ》のいにしえを見、昔の質素を思いて、費えをはぶかむには、少しくもちうるところなきにしもあらじ〉

十年ほど前に上板した『近世奇跡考』に、京伝は書いている。

――昨今のようにさ、昔は物も溢れてねぇから、少ねぇ持ち物だけで質素に暮らしていたんだ。それだって十二分に豊かな暮らしが叶った。身の程を過ぎた物に囲まれて、贅を尽くした暮らしをすることが幸せだとは、わっちは思えねぇんだよ。

考証に凝りはじめた頃から、兄は再々そんな持論を語り、これを体現するように未だ仮普請の蛎殻屋敷に住み続けている。

それゆえ相四郎は、こたび自らの書斎を建てると決めたことを、兄に打ち明けるまでだいぶ刻を要したのだ。

四十手前ではじめての戯作を板行してから、もう九年が経つ。その間、絶えず戯作を書き続け、山東京山の名も相応に知られるまでになった。去年は円寿堂と双鶴堂《そうかくどう》、それに和泉屋《いずみや》市兵衛が仕切る大手地本問屋の甘泉堂《かんせんどう》からそれぞれ合巻を板行し、西村屋与八の永寿堂からも『両《りょう》面摺娘年代記《めんずりむすめねんだいき》』なる作を板行した。この板本では京伝店で売り出した新商品の「白牡丹」も、しかと宣伝している。

〈白牡丹一包百二十四銅　生まれつきいろの白きがごとく格別器量よくみせること妙なり〉

お蔭で店の売り上げも上々、潤筆料はわずかだが多作が功を奏して、武家であった頃より潤っている。ために今年、思い切って母屋の向かいに書斎を建てることにしたのである。相四郎ももう四十八だ。この歳になると、人生を楽しむ刻はいくらも残っておらぬだろうという妙な焦りが出るもので、ならばやりたいことはすべてやってしまえ、と向こう見ずな欲も湧いてくる。

「贅沢だろうかねぇ。俺ごときが書斎なんぞ」

それでも前もって女房のくみにためらいを語ると、彼女は黒目がちの目を見開いて、大きくかぶりを振った。

「贅沢なんてとんでもない。あんなにたくさん、いいものをお書きになってるんです。うちじゃ子供たちもうるさくしますから、どこかお部屋でも借りたほうがいいんじゃないか、と私もずっと気を揉んでおりましたから」

「そうかえ。したら、客も多くなってきたことだし、そうさせてもらおうか」

どうも言い訳がましいな、と恥じ入りながらも頭を下げると、くみも同じことを感じたのか、くくっと小さく笑った。

「これまでだいぶ倹約をなさってきたんですから、そのくらいようござんすよ。お武家様の頃の癖で贅沢ができないと、旦那様は常々嘆いておられましたでしょ」

「羽振りのいい町人よりは締まり屋だったかもしれねぇが、それにしたって板元との付き合いで飲みにいくことはしょっちゅうだし、貴重な本とありゃあ高価でも購《あがな》うさ。しかと切り詰めていたとは言い切れねぇ」

「書斎を建てるのは無駄遣いじゃございませんよ。住まうところは大事でございます。みすぼらしい屋敷にいれば、人もこぢんまりといたします。立派な屋敷に住めば、それに見合う格が出るというもの。旦那様はこれからさらに大きな仕事をなさる方ですから」

「そんな安易なものかねぇ。住む場所で人が変わるような……」

京伝の蛎殻屋敷をまた思い浮かべる。

「ええ。自ずとその器に見合ったお働きをするようになりましょう。人と申すのは、至ってわかりやすい生き物でございますから」

おどけて言うくみの鬢にも、白いものがちらほら交じるようになった。子供を四人も産み育てている苦労が顔に出て、肌はくすみ、目尻や口元の皺も深い。それでも相四郎の中で、はじめて彼女に会ったときの鮮やかな像は一向にほどける気配を見せない。未だにくみは、少女のような可憐さで目の前に在るのだ。

「書斎ができたらいっそう気を入れて、兄さんに少しでも追いつかねぇとな」

するとくみは、しばし面《おもて》に思案を滲ませてから、そっと言った。

「お義兄様を追わなくたってよござんす。旦那様には、旦那様にしか行けない道が、きっとあるはずにございますよ」

＊

相四郎が書斎を建てると聞いて、京伝は大いに喜んだのだ。

合巻作者としてたいそうな仕事をし、相応に売り上げを誇りながらも、山東京伝の弟という立場にどこか甘んじているふうがあるのを京伝は長らく歯がゆく感じていたのだが、ようやっとその蓑《みの》を脱いで、一歩踏み出す気になったかと安堵したのである。

「私ひとりが書き物をする小屋なんですから、こぢんまりとしたものですよ」

閏《うるう》八月の終わりに書斎が落成したと、京伝の屋敷を訪《おとの》うて報じた相四郎は、こそばゆそうにそう告げたが、武家という定まった道を外れ、明日をも知れぬ戯作の道へと分け入ってから書斎を持つまでになったことにひとしおの感慨があるのだろう、童のように頬が紅潮している。

「それで兄さん、今度、お世話になった方を集めて書斎開きをしようと思ってるんですが」

申し訳なさそうに言う相四郎の面輪《おもわ》には、やはり喜悦が滲んでいる。

「そいつぁいいな。板元にも声を掛けちゃあどうだ。これからおまえさんの書斎に通うことになるだろうから、ちょうどいいお披露目にならぁね」

「ええ。兄さんも、来ていただけますよね。狭苦しいところですが、くみも心を込めたもてなしをすると今から張り切っていますから」

くみは料理が得意だからいい宴になるだろうと京伝は思い、しかしくみが仕切るとなると、百合を伴うわけにはいかねぇな、と密かに判じる。相四郎の子供たちが健やかに成長しているのを見るにつれ、百合のくみへの当たりは年々きつくなっているのだ。

「むろん、顔を出すさ。しかしその日はおまえさんが主役だ。くれぐれも、わっちに気を遣わねぇでくれよ」

「兄さんが来てくだされば、みな喜びます。場も華やぎますよ」

無邪気に返した相四郎をまっすぐ見据え、「京山」と、京伝は戯号《ぎごう》で呼んだ。相四郎は虚を衝かれたふうに居すくんだ。

「おまえさんはわっちの弟だ。しかし、戯作においては、弟でもなんでもねぇのだ。山東京山という、他に代わりのねぇひとりの戯作者だ。京伝の弟でも、なんでもねぇ。まぁ、わっちの板本にさんざん賛を書いてもらってるのに言える義理じゃあねぇが」

相四郎があまりに神妙な顔をしているから、京伝はいくらか砕けた調子に戻す。

「馬琴にしても、いっときわっちのもとに居た身だが、戯作者として世に出ちまえば同じ土俵に乗ったってぇことで、弟子も師匠もねぇのだ。おまえさんだって同じだよ。いつまでもわっちを立てるこたぁねぇ。わっちの陰に隠れていることもねぇのだ。おまえは誰の力も借りねぇで作を紡いでる、立派な戯作者さ。書斎開き、結構じゃねぇか。堂々と主役を張ればええのだ」

「兄さん……」

相四郎の声が、かすかに震えている。

「お言葉、ありがたく賜ります。ですが、山東京伝は、常に私の目指すところですから。間近にそういう戯作者が在ることがいかに恵まれているか、私はしみじみとありがたく思っておるのでございます」

相四郎は空恥ずかしいのだろう、すっかりうつむいている。京伝もまた、弟のほうを見ることができず、庭の小竹に目を逃している。秋も終わりだというのに、笹の葉はますます青い。そういや「竹の秋」ってなぁ春の季語だったな、と他の草木が芽生える時季に葉を落とす竹の、ひねくれた歩みに思いを馳せる。

*

九月六日、相四郎の家の厨では、朝から湯気が立ち上っていた。くみが手の込んだ料理を客人に振る舞うと張り切り、長女の増《ます》もそれを手伝っている。長男の筆吉《ふできち》も、門口の掃除だの書斎の畳の拭き掃除だので、休む間なく働いてくれた。

「すまないな。大袈裟なことになっちまって」

相四郎は幾度となく厨に顔を出し、そのたび、

「書斎にいらしてください。ここは私どもに任せて」

と、女房から追い払われることを繰り返していた。

この日は鹿津《しかつ》部真《べのま》顔《がお》と北静廬《きたせいろ》というふたりの親しい文人を呼び、兄の言う通り係りのある板元にも声を掛けた。忙しい連中のことだから二、三も来れば御の字だと見当していたが、案外

にもほとんどの者が「お伺い致します」と返答してきたから相四郎は大いに慌て、料理は仕出し屋にでも頼もうとくみに言ったのだが、彼女はどうしても手ずから振る舞いたいと言ってきかなかった。

——まぁ板元のほとんどは、兄さんが目当てなんだろうが。

勘繰ってしまってから、「いけねぇ」と、ひとりごちる。いつまでも京伝の後ろに隠れていては、かえって兄を悲しませる。

昼過ぎには着替えも済ませ、まだ木の香もかぐわしい書斎に佇んで、相四郎は来客を待った。座敷にはすでに膳が置かれ、猪口《ちょこ》や皿が並べられている。それを見るうち、

——こっから目一杯働いて、いいものを書いていかなけりゃあな。

と、改めて覚悟らしきものに身を覆われる。

＊

——もう始まっている頃合いだな。

京伝は、部屋を照らす西日を眺めやり、つと筆を置いた。

初っぱなから書斎開きに加わっては、来客の板元たちが相四郎より京伝に気を遣うのは目に見えている。みなが相四郎と存分に語らったあたりでちょいと顔を出せば、刻が経って間延びした会の風通しをよくすることにもなるだろう——そう算段して京伝はあえて出掛けずにいる。

手慰みに新作を練っているうち、ぼんやりとした景色が輪郭を持ちはじめたことも、蛎殻屋敷の書斎から動けなくなった理由だった。相四郎の屋敷は、京橋立売《たちうり》である。ここから二丁ほどしか隔たっていない。行こうと思えばすぐに行ける。その気易さが、京伝を創作に没頭させ

た。

「あら、お出かけじゃないんですか」

庭に干した手拭いを取り込みにきた百合が、書き物をしている京伝に気付いて、小首を傾げた。

「あぁ、もう少ししたら出るさ」

書斎開きのことは百合にも伝えたが、彼女はやはり、一緒に顔を出すとも、手伝いに行くとも言わなかった。

日が落ちてもなお、京伝は文机に向かっている。一度、相四郎の使いの者が訪れて、「お迎えにあがりました」と、玄関口から声高に呼んだが、

「ああ、すぐ行くと伝えてくれ」

と、その者を帰し、なおも筆を動かし続ける。

新たな読本の案が浮かんできたのだ。これまで書いた数冊とはまるで異なる、滑稽さと哀切さが一緒くたになったような物語だった。ひとりの英雄も、力強い武将も、美しい姫君も登場しない。奇想天外な展開にも、波乱含みの旅路にもならない。それよりも、ひとつの家の話を掘り下げて書いたらどうだろう。人というのは懸命に生きれば生きるほど、愛おしい可笑しみと、得も言われぬ哀しみを湛《たた》えるものだ。それを衒わず、一巻に著したらどうだろう――次々と案が湧いてきて、久方ぶりに心が跳ねて騒いでいる。

「旦那様、またお使いの方がいらしてますよ」

剣呑な百合の声に我に返った。

「今、なん刻だえ」

「もう戌《いぬ》の刻ですよ」

「いけねぇ。もちっと早くに出るつもりだったが」

京伝は慌ただしく羽織に袖を通した。

「提灯に火を入れてくれるかえ」

百合に頼んで、三和土《たたき》に降りる。程なくして百合が持ってきたぶら提灯を受け取り、

「したら、ちょっくら顔を出してくるよ」

言い置いて、そそくさと蛎殻屋敷を後にした。出じなにちらと目に入った、百合のどこか不満げな面持ちに、いささか不憫を覚える。

——百合に金を遣さなけりゃあと仮普請のまま住んでいるが、ちったぁ見栄えのいい家に建て直してもええかもしれねぇな。

通りまで出ると、生ぬるい風が吹いていた。京伝は羽織を脱いで肩に引っかけ、京橋への道を急ぐ。

*

ようやっと兄が来たのは戌の刻過ぎで、おおかたの板元は帰ったあとだった。書斎には、鹿津部真顔と北静廬のふたりだけが居残っている。

「いや、すまねぇな。書き物をしていたらこんな刻になっちまって」

まことに宴そっちのけで戯作に没頭していたのか、自身が主役になることを避けるためにわざと遅れたのか——半々だろうな、と相四郎は見て、「どうもお呼び立てして」と詫びを入れる。

「くみが肴《さかな》を用意しておりますから、どうぞ召し上がってください」

相四郎はとりあえず兄に徳利を差し出した。京伝はそれを猪口で受け、

「しかし立派な書斎だね。いい文机も入った。これからどんどん書いていくんだね」

そう言って、目をたわめた。

四人で酒を酌み交わす間、兄は至って上機嫌だった。書斎の出来に満足して、昂揚しているわけではあるまい。きっとなにか、新たな戯作を思いついたのだ。戯作者としての京伝を間近に見てきた相四郎には、その内心が手に取るようにわかる。書いた戯作が売れようが、京伝店が繁盛しようが、身内に慶事があろうが、これぞという物語を思いついたとき以上に兄の気持ちを高ぶらせるものはないのである。

この晩の京伝は、絶え間なく話し、よく笑った。下戸であるから、酒は最初に軽く舐めたきりだったが、くみの料理を片っ端から頬張っては、「旨い、旨い」としつこいほどに繰り返したのだ。

*

遠くに、犬の遠吠えが聞こえた。他の音は、いつしか立ち消えている。表の通りも、隣家にも、人の気配は絶えていた。

「いま、なん刻だえ」

あくびを噛みつつ、京伝は訊いた。

「子《ね》の刻近くですな」

真顔は半刻ほど前に帰り、ひとり残った静廬が答える。

「そうかえ。したら、そろそろお暇《いとま》するかえ。遅くまで悪かったな」

相四郎に言うと、

「いえ。こちらこそ、お引き留めして」

弟は名残惜しげに眉を下げたが、すぐに腰を上げ、提灯に手際よく火を入れた。静廬も立ち上がり、

「では、お宅までお送りしましょう」

と、笑みを向けてきた。京伝は遠慮したが、どうせ芝新橋の家まで戻る道すがらだから、と押し切られ、静廬とともに相四郎の書斎を出る。

木戸の前まで来たところで、「兄さん」と、背後から呼び止められた。振り向くと、神妙な面持ちの相四郎が佇んでいる。

「本日はありがとうございました。これまでやってこられたのは、ひとえに兄さんのお蔭です」

「なんだえ、急に改まって」

しじまに響く弟の改まった声音が京伝には気恥ずかしく、つい及び腰になる。静廬は遠慮したのか、さりげなく歩を進め、兄弟から隔てを置いた。

「書斎だけ立派になっても仕方ないですから。今後はいっそう精進いたします。どうぞ見ていてください」

いつも京伝という名の陰に隠れているような相四郎の、自信を込めた言明だった。それが嬉しく、京伝は目を細める。

「おうさ。おまえさんなら、この書斎に恥じねぇ作を次々に生み出せるよ」

声を張って応えると、相四郎は満面に笑みを湛えた。その顔が子供時分のままで、京伝は懐かしさと愛おしさに包まれる。同時に、五十も近くなって、これほど無邪気に笑うことのできる相四郎を、心底羨ましくも思った。

「じゃあ、わっちは行くよ。静廬がそこらで待ってるだろうから」

「ええ。どうぞお気を付けて」

ゆらゆらと歩を進め、表通りに出るところで振り向くと、木戸の前で見守っていた相四郎が深々と腰を折って辞儀をした。

――まったく、いつまで経っても修行中の若造みてぇだ。変に真面目な男だよ。

口の中で笑いを転がしつつ、角を曲がったところで待っていた静廬を促して銀座へと向かう。幸い静廬は、兄弟の間でどんな話があったのかと訊くような野暮ではなく、京伝はくつろいだ心持ちで相四郎との話の余韻を味わった。

彼が武家を辞したときは、己が戯作なぞに興じているせいで弟まで道を違《たが》えさせてしまったのではないかと後悔に苛《さいな》まれたが、山東京山の名も一廉《ひとかど》に売れて、当人も楽しんで物書きの道を切り拓いている。きっと相四郎の性に合っていたのだろうと、近頃ではようよう肩の荷も下りた。それでも、次から次へと現れる戯作者の中で、相応にやっていくのはけっして楽な道のりではないから、弟は書き続けられるだろうかと、なにかの拍子に不安の虫が騒ぎ出すことも少なからずあった。

――もっとも、長くやりゃあいいというものでもねぇが。

提灯の明かりが、目の前の夜色をゆらゆらと不確かに照らす。

――だが、長く続けたからこそ見えてくる景色もあるんだろう。

こつこつと真面目に努めるという尊い行いが、いともたやすく裏切られるのが戯作者に与えられた運命《さだめ》だ。書を一冊でも多く読み込み、習作を重ね、寝る間も惜しんで書き続けた者が、さして書に親しんできたわけでも、この道を真摯に目指してきたわけでもない者に、あっさり抜き去られることなぞ珍しくもない。

初代蔦重も、「文章というものは、どうやら修業で達者になるものとばかりは言えぬようですな」と、たびたび首をひねっていた。書いてみたら書けた、というような戯作が存外優れていたりするんですよ、と。

京伝自身は、己の資質について考えを致したことはない。ただ、いずれにしても、だいぶ近道を来てしまったことは明白で、その後ろめたさが『骨董集』など考証随筆をしたためる上での学びに向かわせることになった。けれど考証本を著してもなお京伝には、多くの戯作者が経るべき苦難をひょいと避けてきてしまったのではないか、という懸念がついて回っている。

――相四郎はその点、一歩一歩足場を固めながら進んでるさ。ああいう書き手のほうが、しまいにゃ大きな成果を手にするのだろう。

願いにも似た確信が湧いたとき、ふともうひとり、かつては親しかった戯作者の顔が浮かんだ。しかし京伝は、目の奥に像を結んだその姿を、頭を振ってかき消した。奴を気にすることはない。己は己のやり方で、言の葉を紡いでいくだけだ。それに今宵は相四郎の書斎開きというめでたい日なのだから、弟のことだけを考えていればいい――胸裡《きょうり》で己にそう言い聞かせ、

「いい月だねぇ」

と声に出すことで、わらわらと噴き出した濁った存念を断ち切った。

隣を歩いていた静廬が夜空を仰ぎ、わずかにためらう素振りを見せたのち、

「暈《かさ》をかぶっておりますな。明日は雨かもしれません」

と、正真な見立てを口にする。改めて見ると、なるほど、月はおぼろで輪郭をなくしている。

己のいい加減さがおかしくなって、小さく笑った。

と、そのとき、胸に妙な疼きを覚えた。

まるで針で胸の奥をチクチク縫われているようだ。

——なんだえ、こりゃ。

戸惑ううちに、カッと総身が熱くなった。胸がすさまじい力で押し潰され、息がまともにできなくなる。

「なんだえ、こりゃ」

かすれる声で訴えた。静廬が足を止める。

「妙だぜ、おい」

己では踏ん張って立っているつもりなのに、景色がぐらりと歪んで、膝からくずおれる。

「せ、先生っ」

静廬の声が裏返っている。心ノ臓を、熱した火箸で思うさま掻き回されてでもいるようだ。なんだえ、なにが起こっているんだえ。

「先生、先生っ。お気を確かに。誰かっ。誰かおらんかっ」

静廬の叫ぶ声が、だんだん間遠になっていく。薄れていく意識の中で、京伝は西村屋から聞いた、相四郎の言葉を思い起こしていた。

〈兄ほどの戯作者は他にいない。仏様もわかってらっしゃるだろうから、そう容易く浄土に召すことはございません〉

——そうか。わっちゃ、戯作者として、そこまでの値打ちはなかったたってぇことだね。もうおまえの役目は終いだと、天が判じでもしたんだろう。

好きなことに打ち込んで、遊んで過ごした生涯だった。たいした苦労もしてこなかった。いつ断ち切られても、文句を言える筋合いじゃあねぇやな。

くくくっと皮肉な笑みがせり上がってくる。

それが声になったのか、京伝にはわからない。

第五章

一

山東京伝が、死んだ。

曲亭馬琴はその報せを、鶴喜から聞いた。

「今朝方だそうです。なんですか、急なことで。乾脚気《からかっけ》だったようで。だいぶ悪くなっていたのに養生を怠っていたのでしょう。御年五十六ですからね、大往生とまでは言えませんな。御内儀がひどく取り乱して大変だそうで、弔いについては私ども板元《はんもと》総出でお手伝いをさせていただくよう、先程話し合いをしてまいりました」

丸眼鏡を押し上げつつ言う鶴喜に、茶菓を出したお百が、「あれ、まぁ」と、相変わらず場違いな相槌を打った。平素であれば、女房に苛立ちを覚えるところであったが、馬琴は、長らくかさかさに乾いていた身の内に甘やかな水が満ちていくのをただ感じている。

山東京伝が、死んだのだ。

厄介な枷《かせ》を取り払い、手足を思うさま伸ばしたら、こんな快さが訪れるのだろう。これからは、黒々とした存念を手放して、なにも気にせず筆を揮《ふる》えるに相違ない。

「それで、葬儀なんですが」

お百が部屋を出て行くのを見送ってから、鶴喜は話を続けた。

「明日、回向院《えこういん》で執り行うことになりましたのですが、先生は何刻に行かれますか。参列のお供にうちの者をこちらに伺わせますが。あ、それともお通夜にお宅へ行かれますか」

鶴喜との付き合いはもう十年になる。去年は『蘆名辻蹇児仇討《あしなつじいざりのあだうち》』を仙鶴堂から出し、来年も『達摸様判官贔負《だてもようほうがんびいき》』の板行《はんこう》が控えている。

「明日か」

つぶやいて、馬琴は大きな円を描くようにゆるりと首を回した。

「このところ、稿が込んでおってな。回向院まで足を延ばす刻がとれるか、どうか」

鶴喜が息を呑む気配が伝わってきた。常日頃、裏と表の顔を器用に使い分け、けっして本音を見せぬよう用心している彼にとっても、京伝の葬儀に赴かぬという道は初手から用意されていなかったのだろう。ましてや、馬琴は京伝の弟子筋だと板元は見ている。今の返事が義理を欠いたものと聞こえたところで致し方ない。

「同胞の死を葬儀の場で悼むことができぬのはまことに無念だが、板元との約束も無下にはできんからな」

だから馬琴は、あえて口にしたのだ。師ではなく、同胞と。鶴喜はそれで万事察したのだろう。困《こう》じたふうに鬢《びん》を掻き、

「この飯田町と回向院は少しばかり隔たってはおりますが、まぁしかし、顔を出すくらいはされたほうがよろしいかもしれませんよ」

やたらと目をしばたたかせて言うのである。死んだのちもなお、京伝にかしずけというのか。あの男のもとに寄宿したのはほんの一時、まだ三十路にもならぬ昔だ。確かに戯作者への道筋をつけてもらったかもしれぬが、京伝が手鎖の刑以来意気をなくしていた折には彼の戯作の代筆までしてやったのだ。恩があるのは向こうのほうだろう。だいたい、今年五十の声を聞いて、すでに読本といえば馬琴と広く根付くまでになったのはひとえに己の才によるものであるに、なおも京伝の門下であるかのような役目を演じなければならぬのか——。

馬琴は、鶴喜の諫言《かんげん》には応えなかった。代わりに、

「しかしかほどの大家《たいか》が身罷ったとあれば、板元は難儀なことだな。あれほど売れる戯作者もそうそう出んだろうから」

と、憐れみを装って訊いた。

「さいですなぁ」

鶴喜は相槌を打ちつつも、探るような目をこちらに向けている。馬琴がどんな答えを欲しているか、注意深く見澄ましているのである。やがて彼は、肩をすくめてから言った。

「ただ、どうですか。このところ京伝先生は、『骨董集』のような考証本を書かれることに執心でございましたからな。昔のように洒落本を書いてくだされればよろしいんですが、そこからはすっかり足を洗っちまって。読本も中途でおやめになってしまいましたからね」

「読本を書くのは相応に根気が要るからな」

「ええ。それにもう巷《ちまた》じゃあ読本といやぁ曲亭馬琴ということになっておりますから」

見え透いた追従《ついしょう》を口にして、浅ましい笑みを作った。これまでさんざん世話になってきた大家が死んで、まだ弔いも終わっていないという段に、平気で貶《おとし》めるようなことを言う。もっと

も、そういう言葉を引き出した己もたいがいだが。

「京伝先生の読本は、もちっと当たると思ったんですがねぇ。洒落本も新たな書き手が出てきておりますし。このたびのことはまことに惜しいことですが、時の流れというのは誰にも止められませんから」

最後はしかつめらしい説法に落とし込んで、鶴喜は京伝への雑言を洗うような真似をした。

「回向院には、うちの宗伯《そうはく》を名代で出すことにしようか」

「ご子息を……ですか」

「ああ。誰も行かぬとなると、京山がうるさそうだからな」

馬琴はそう言って、話を締め括りにかかる。鶴喜は合点がいかぬふうだったが、

「まぁ葬儀の一切は、京山先生が取り仕切られるでしょうからな」

と、曖昧に繕った。

「京伝の跡を継ぐのが、京山ということかね」

「さぁ、それは」

応えた鶴喜は、またこちらを窺ってから言う。

「そこまでの筆とは思えませんな」

鶴喜の本意はわからない。彼はただ、そのときどきに目の前にいる書き手がもっとも喜ぶだろう言葉を口にすることに淫《いん》しているのだ。

＊

山東京伝が逝った。

儀三治《ぎそうじ》が、訃報を伝え聞いたのは、彼の死の翌年、文化十四年のことである。

昨年は、草津へ湯治に出向いた道中を『上毛草津霊泉入湯記《じょうもうくさつれいせんにゅうとうき》』としてまとめるなど書き物に勤しみ、師走には、飢饉へのお救い米として私財から六十俵を御上に献上するなどして村のためにも尽くした。その行いが称えられ、郡代から賞詞と扇子も賜った。

この塩沢の地から出ることがかなわなくとも、世のためになることはできる。雪話が形にならずとも、世に奉仕することで己の存在を遺すこともできる。板行の話が潰えてからの儀三治は、絶えず働くことで、己にそう言い聞かせてきたのだ。

それであるのに、山東京伝が逝ったことは、底知れぬ落胆となって儀三治を打ちのめした。京伝を見返す機会もないままに、逃げられてしまった、と。

「にしゃなんだ、さっきから。猪口に顔突っ込むみてぇにして睨んどるだけでよ」

幸吉の声に、儀三治は籠もっていた思念から解かれて顔を上げる。

この日の夕刻、店を閉めたところへ幸吉が酒を持ってやって来たのである。自ら醸造に関わったという酒で、茂兮《もけい》に飲ませたらいい出来だと褒められた、にしも飲んでみろ、と彼は半ば強引に座敷へ上がり込み、宇多に猪口を所望したのだった。

仕方なく儀三治は酒を含み、「ああ、うめぇな」と、幸吉をおとなしくさせるためだけの感想を口にする。京伝のことが頭から離れず、酒を味わうどころではなかったのだ。

「まっと心を込めて言えや。まったくにしゃ、書物ばーっか読んでるすけ、現《うつつ》が抜けてぼーっとするようになるんじゃ。おらたの歳だと、耄碌《もうろく》してると思われるすけな、気をつけんばんねぇぞ」

不満をぶつけるときに、よくわからぬ論を持ち出すのは幸吉のいつもの癖だ。

「おれもな、最近『八犬伝』てのをちょっこり読んでみたがーて。江戸で評判の読本だとかで、行商に出した手代が写しを仕入れてきたすけな。だどもそれが面白いがかなんだか、ようわからん。なんとか馬琴てぇ珍妙な戯作者の作だっつお。ものを書く奴は、ようわからんことを考えとるすけ、当てにしちゃなんね」

『南総里見八犬伝』か。儀三治は未読だが、完結はだいぶ先になる長い話だと噂に聞いた。そういえば、かつて馬琴にも雪話板行のお願いで書状をしたためたな、と苦みが喉の奥に湧き、その折に「京伝にすでに頼んでいるのなら、己は懇意であるから容易に受けることはかなわぬ」と、返事がきたことも思い出す。

刹那、儀三治ははっと首を起こした。

京伝がこの世を去った今、もはや馬琴が京伝に遠慮をすることはなくなったのではないか。雪話の板行に携わることを避けずともよくなったのではないか。

総身の血が、沸々と煮えはじめる。

――今だら、稿を読んでもらえるがじゃねえろうか。

「おい、飲むんが飲まんがか。そうやって猪口をいじっとるだけじゃあ、酒の味なんわからねえっぺ」

急《せ》かす幸吉の声が、潮の引くように遠ざかり、やがて聞こえなくなった。

その晩のうちに、儀三治は曲亭馬琴に改めて掛け合ってみることを決めた。

山東京伝が逝ったのだから、馬琴にはなんの枷もなかろう。人の死に接して小賢しい算段をした己に嫌悪も抱いたが、再来年には齢五十を迎えることを思えば、のんびりと機を待つわけにもいかなかった。

とはいえ、時を経て似寄りな依頼をするでは、いかにも能がない。頭が燃えるほどに思案を巡らしたのち、晩秋のある日、儀三治は隣の大沢村へと足を向けたのである。

ここに黒田《くろだ》玄鶴《げんかく》なる学者がいる。若かりし頃に昌平黌《しょうへいこう》で儒学を学び、その後、京に上って医学も習得した人物で、今は故郷《くに》に戻って医者をしながら、時習堂なる塾も開いている。

「これを、曲亭馬琴に取り次いで欲しいということかな」

儀三治が持ち込んだ草稿から目を上げて、玄鶴は訊いた。鼻筋がすいと通った、いかにも俊士然とした風貌である。まだ四十かそこらのはずだが、特有の威風をまとっており、儀三治はひたすら腰を低くする。

「ええ。だいぶ前に馬琴先生には文《ふみ》をお送りいたしまして、おおまかなお話だけはお伝えしたがですが」

「あ、それ」

玄鶴は、儀三治が語るのを遮って、あたかも蜻蛉をとるように、こちらに向けた人差し指をくるくると回した。

「それは嫌がられますよ」

「え」

「馬琴先生とお呼びすることとです。馬琴というのは戯号ですからね、戯号に先生とつけるのはおかしなことだとおっしゃられるようです」

己の無知をさらけ出す格好になって、儀三治の顔にみるみる血が上る。京伝にも「先生」とつけて書状を出していたが、それで気分を害して板行に至らなかったのではないか、と今度は一気に血の気が引いた。

「なに、そんなことに目くじら立てるのは、曲亭子くらいですがね。他の戯作者は戯号に先生とつけて呼ばれるのに慣れておりますから、まったく気にしません」

「はちゃ、なんとお呼びすれば……。板元の方々はどう呼んでおられるがでしょう」

「まぁ、先生、とだけ呼びかけているのかもしれませんね」

玄鶴はそこで一旦口をつぐみ、斜め上に目を遣ってからつぶやいた。

「だいぶ偏屈だと、噂に聞きますよ」

馬琴への橋渡し役を担うことに、彼は明らかに気が進まぬようだった。

「板元とはつかず離れずでやっておるようですが、相手によってはだいぶ傲岸《ごうがん》だと耳にしたこともございます。家で手習いの塾を開いておったこともあるそうで、そのときも、物言いが辛辣だとかで評判はあまりよいものではございませんでした」

玄鶴も塾を開いているから他所の塾の様子も気になるのかもしれぬが、あれほどの大戯作者であれば、多少は不遜な態度になるのも仕方ないではないか、と儀三治は腹の中でささやかな反駁《はんばく》をする。

「江戸とは今も往き来はあるが、なにしろ多忙なお方なのでな。私が推挽《すいばん》したところで曲亭馬琴がまともに取り合うかどうか」

そんなことは重々承知だ。だが多忙だからこそ、儀三治がまたぞろ頼むより、地元の名士である学者が口を利いたほうが、馬琴も考え直す気になるのではないか――そこに一縷《いちる》の望みを託したのである。

「まぁ、さほどにお望みなら、推薦状をしたためるくらいのことはいたしましょう」

不承不承といった様子で、彼は後ろ向きな善意を差し出した。

「ありがとうございます」

「ただし、期待はなさらぬように」

玄鶴は頷いてのち、そう釘を刺した。

玄鶴がしたためた推薦状は、この塩沢から江戸日本橋は二見屋なる足袋《たび》屋に奉公に出ている忠兵衛《ちゅうべえ》という男に送った。儀三治の幼馴染である。馬琴の屋敷の処までは知らぬため、戯作を板行している板元に飛脚を出して取り次いでもらうことも考えたが、他の書状にまぎれて見落とされては元も子もない。ために、忠兵衛からじかに馬琴へ届けてもらうよう、頼むことにしたのである。

二見屋は幸い、馬琴の家の者がたびたび出入りしている店らしく、取り次ぎに出た女房に無事書状を手渡したと、しばらくのちに報せて寄越した。

〈本人にじかに手渡そうと試みたが、性狷介《けんかい》だと噂に聞くから、あまり粘ってこじれては厄介だと遠慮した〉

と、そこには書かれており、江戸に住んでいるとはいえ、出板にはなんら係り合いのない忠兵衛にまで、馬琴の気難しさは聞こえているのかと怖気を震う。

しかし人事は尽くしたのだ。あとは万事、なるようにしかならぬと、儀三治は腹を括って返事を待つ。

二

毎朝、豆腐売りの声が路地に立ちはじめる頃、馬琴はきまって寝床を出る。女房のお百が持ってきた盥《たらい》で、顔から首筋までを湿し、手拭いで力任せにこする。灰色の垢がぼろぼろ落ちて、畳を汚す。手拭いを盥で濯《すす》ぎ、その水を庭にまいてから、お百を呼んで、

「掃いておけ」

と、畳を指して命ずる。それから縁側に出て、庭を眺めながら身体を動かす。なにせ六尺の大男であるから、伸びをしたり腕を回したりするたび、ミシミシと不穏な音が足下から立ち上る。

「おい、近々大工に来てもらえ。木が腐りかけてるらしい」

奥に向かって声を張ったが、厨《くりや》に籠もっているのか、お百は応えない。ふんっ、と馬琴は鼻の頭に皺を寄せ、深く息を吸い込んでから、今度はゆっくり庭を愛でる。実を付けたのちの葡《ぶ》萄《どう》の葉は茶色く変じ、柿の木も葉を落としてしまったが、井戸の脇ではほととぎすが可憐な花を咲かせている。猫の額というのもおこがましいほどの前庭ながら、四季折々に目を楽しませてくれる。

――京伝の蛎殻《かきがら》屋敷の庭とは風情が違う。

小竹にのみ覆われた殺風景な庭を思い浮かべ、馬琴はせいせいと伸びをした。

一通り身体を動かしたのちに座敷に入ると、まだ朝餉の支度ができていない。お百の代わりに座敷を掃いている長男の宗伯を、「世継ぎがそんなことをせんでよろしい」とたしなめ、

「お百はどうした」

と、あたりを見渡した。毎日規則正しく、同じ刻に同じことをせぬと、どうにも気持ちが悪い。

「頭が痛むとかで、床に入られました」

「またか。最前まで起きておったではないか」

「はぁ。急に痛んできたようです」

お百はもとより癪気持《しゃっき》ちだ。加えて季節の変わり目や湿気の多い時季は頭痛が出やすく、頭の中をあまたの虫が這いずっているようだと言っては、夜具に潜り込んで、日がな一日うんうん唸っている。むろん家事一切ができなくなるから、下女が飯の支度を一手に担い、三女の鍬《くわ》が洗い物や掃除をし、時にはこうして宗伯までが箒《ほうき》を手にする羽目になる。長女の幸《さき》は行儀見習いのため奥勤めに出しており、次女の祐《ゆう》は今年二月に麴町《こうじまち》の伊勢屋に嫁に出した。家のことは女房に任せて書き物に専心したいのに、そんな当たり前のことすらままならない己の身の上を恨まずにはいられなかった。

「掃除は鍬にでも頼めばいい。おまえももう二十二だ。ひとりで立たねばならぬ歳だぞ」

青白い顔で、のろのろと箒を動かしている宗伯に言った。長男は医道に進ませようと、早いうちから医学を学ばせた。生真面目な性分で学問もよくし、十七のときに「宗伯」なる医者としての号も得た。が、母の気質を引き継いだのか、生まれついて病弱な上に癇癖《かんぺき》もあり、急に手が震え出して足腰が立たなくなる発作に長年苦しんでいる。ようよう癪気が癒えてきたのは今年に入ってからで、彼に診療所を開かせるため、そろそろ一軒持たせて自立させせんと馬琴は心積もりしている。いずれ嫁を取るにもそのほうがよかろう。それまでの身の回りの世話には、お百をつければいい。

——厄介なふたりを別の住まいに移してしまえば、日々心穏やかに机に向かえる。

正直に底意を口にすれば、「旦那様はご自身のことばかり」と、お百に恨み言を投げつけられるだろうから、それらしい理由を前もって支度しておかねばならぬ。ただ幸いなことに、お百は学もなければ賢くもない。言いくるめるのは、さして難儀なことではない。

「板元に聞いて、よさそうな空店《あきだな》を見繕っておこう。お百も鍬も連れて行くといい」

「それは、ありがたいことですが、お父《と》っつぁんはどうなさるんです」

お父っつぁんなどと、いつまでも幼い頃からの呼び方を使う。世継ぎとして一人前にして、いずれ士分であった滝沢家を復興させせんとの願意のもとに、宗伯のことは下にも置かぬ扱いをしてきたせいで、この歳になっても甘えが抜けないのだ。

「わしはここに残る。下女を置けば大事ない。そのほうがお百の病にもいいだろう」

適当な言でお茶を濁し、馬琴は厨に向かって、

「飯はまだか」

と、怒鳴った。はーい、ただいま、と下女の上ずった声が返ってくる。

今日は朝からつまずいた。いつもの刻にいつものことができておらぬ。このあと二階の書斎に入って、昨日のことを日記につけて、それから考証随筆『玄同放言《げんどうほうげん》』を書かねばならんのだ。先年、京伝が出した『骨董集』の好評なぞ蹴散らすような作にせねばならんのだ。そうと思えば、むやみと焦る。

「おいっ、飯はまだかっ」

馬琴は大きく身を揺すりながら、もう一度吼《ほ》えた。


平林庄五郎《ひらばやししょうごろう》が飯田町の屋敷を訪ねてきたのは、年が押し詰まった頃だった。歳末の挨拶回りで寄ったという。

彼は、『椿説弓張月《ちんせつゆみはりづき》』はじめ馬琴の読本を多く板行してきた、本所松坂町に店を構える平林《へいりん》堂《どう》の店主である。心許した数少ない仕事相手のひとりであるから、馬琴は久方ぶりにくつろいで四方山話《よもやまばなし》に興じた。

「そういえば、ご老中の御屋敷の奥向きに合巻を高く売りつけた者があったそうで」

平林は、苦り切った様子で報じる。

「だいぶ高値をふっかけたようでしてね、その上前をはねていたとか。御老中はひどくお怒りで、町年寄にお触れを出されたんですよ」

この一件は、馬琴の耳にも入っている。つまらん慰みものにかような高値をつけるとは不届き千万と老中は激高し、合巻や黄表紙の売り止めを地本問屋に命じたらしい。たかがひとりの狼藉《ろうぜき》で、ここまで事を大きくするとは。なにもすべての合巻が、高値で裏取引をされているわけではないのだ。

「板元は合巻を回収しておりまして、しばらくはおおっぴらに合巻の宣伝も打てぬだろうと話をしております。先生は『玄同放言』をお書きですから、ちょうどようございましたね。考証本でしたら、お咎めはございませんでしょう」

「うむ。教養をつけるための書だからな」

馬琴は思うさま顎を上げ、

「これまでにない考証本になりそうだよ。雪国の伝承なんぞも織り込んで、智を深めるのみならず幅も広げるつもりだ」

小声で告げた。誰に聞かれるわけでもないのに、まだ世に出ておらぬ稿について語るとき、馬琴は声を潜める癖がある。

「それは、それは。雪国の話とはずいぶん目先を変えられましたな。故事かなにかに当たられたのですか」

「なに、越後に伝《つて》もあってな。いろいろ話が聞ける」

「はぁ。ご親戚かなにかで」

「いや、実はな、本を出してくれと言うてきた者がある」

いっそう声を低くして打ち明けたとき、閉《た》ててあった襖《ふすま》が勢いよく滑って、お百が姿を現した。

「なんだ、声も掛けずにっ」

驚きながらも馬琴は怒鳴ったが、

「お茶をお持ちしました」

お百は鼻に掛かった声でのんびり返しただけで、申し訳なさそうな素振りは欠片《かけら》も見せない。盆には、彼女が客人用にと御簞笥町《おたんすまち》の骨董屋で購ってきた湯飲みが二客。ひとつ五十文もする高価な品と聞かされたとき、「贅沢をするな、潤筆料なぞいつ途絶えるかわからんのだぞ」と馬琴は口を極めて叱ったのだが、お百は大福なんぞを頬張りながら「旦那様は当代一ですもの。途絶えはしませんでしょう」と、横着に応えたのだった。

盆をぞんざいに畳に置いてお百が出て行ったのち、

「いい歳をして気が利かん奴だ」

と、馬琴は忌々しげに吐き捨てた。平林はこれに応じず、

「最前の、本を出してくれ、というのは、雪国のことをしたためた御本でございますか」

と、すみやかに話を戻した。

「ああ。だいぶ前に一度、申し込みがあったんだが、その折は見送ったのだ。山東京伝が係り合っていたというんでね」

「はあ。さいですか」

歯切れの悪い相槌を打って、平林はそっと畳に目を落とした。

馬琴と京伝の不仲は、板元たちの誰もが知るところとなっている。昨年の京伝の弔いに、馬琴が顔を出さなかったからだ。今では蔦重も鶴喜も、馬琴の前で京伝の話題は口にしない。

「越後の鈴木牧之《ぼくし》という男なんだが、北越の綺談を集めている。これがなかなか面白い」

「北越……そいつは何年か前に橘 崑崙《たちばなこんろん》が扱った材じゃあございませんか」

「その書はまだ読まぬが、板行するとなれば、似たような話にはせんよ。わしが著述を請け負うからな」

平林が目を瞠《みは》った。

「珍しいことですな。先生がどなたかの草稿をおまとめになるとは。どうした風の吹き回しで」

むろん第一には、今書いている考証本のいい資料になるからだ。牧之から聞いた話を織り込めば、江戸の読み手は物珍しさから手に取るだろう。

それとは別に、この雪話も、鈴木牧之の校合《きょうごう》でしかと形にするつもりだった。京伝はこれを板本にすると請け負ったものの、板行にかかる費用を牧之に求めたがため破談になったという。京伝著述、牧之校合であれば、なるほど板元は金を出さぬかもしれぬ。だが、馬琴著述となればどうか。いくつもの板元がきっと欲しがるはずだ。馬琴は、身をもってそいつを証してみたくなったのだ。

「依頼の書状とともに絵や草稿も送られてきたのだが、これがすこぶる興味深くてな。己の損得とは係りなしに、やってみる気になったのだ」

平林にはしかし、もっともらしい理由を作って告げる。

「ですが、『八犬伝』の第三輯もこれからお書きになるのでしょうから、お忙しくはございませんか」

「あれはまだ少し先でよかろう。まぁ、あんたのところで出せていれば、これ専一に書いたろうが」

恨みがましく言ってみると、

「なにしろ、あれほど長大なお作となると、完結までこの老いぼれの命が持つか、危ういところでございますから」

数年前に七十を越えたという平林は、いたずらに額をさすって恐縮した。

もともと平林堂は地本問屋《じほんどいや》でも書肆でもない。江戸に七百ほどひしめく貸本屋の世話役を生業としていた。店も、年嵩の手代をひとり置いたきりの小さな所帯である。ゆえに彼は、貸本流通を見定める確かな目を持っている。しかし、馬琴がもっとも感じ入ったのは、かほどに流《は》行《や》り廃《すた》りをつぶさに追っているにもかかわらず、彼が自らの純粋な目で本を読み込み、確かな評を口にすることだった。

馬琴の戯作についても、物語の起伏はむろん、言葉の選び方、比喩《ひゆ》の使い方、ちりばめた見識まで、ことさらこだわって書いた点を漏らさず見抜いた評を口にした。その言葉に、媚びやへつらいが混じっておらぬことは、日々命がけで稿を紡いでいる馬琴にははっきり感じ取れた。

あんたのところから本を出してくれないか——真っ直ぐに請うたとき、平林は「そいつぁ、貸本屋総出で売り出さんといかんですな」と笑ったのだ。おおかた、なにかの冗談だと思ったのだろう。が、馬琴が口を引き結んで、「そうしてもらえるか」と返すや、「手前の店で、ですか」と眉をひそめた。板本を出そうにも、平林堂は地本問屋、書物問屋とも仲間外で、板行の権利すら与えられていないからだ。

馬琴はしかし、是が非にも、と粘った。これに、平林は応えた。

地本問屋に端から当たり、平身低頭願い出て板行の権を得ると、すぐさま彫師《ほりし》と摺師《すりし》を手配したのである。問屋衆にはよほど訝しまれ、蔑《さげす》まれもしたのだろう、一通り手続きを終えた頃にはすっかり疲弊していたが、彼は馬琴にその苦労をひと言も漏らさなかった。ただ、「よい本にいたしましょう」と誠心で語りかけたのだ。

——これまでわしが戯作を綴ってきたのは、この男に出会うためだったかもしれぬ。

と、そのとき馬琴は確信したものだ。

次の稿は平林堂に渡すよ、と付き合いのある板元に告げると、潤筆料を支払うことで馬琴を半ば囲い込んでいた蔦重や鶴喜は声を失い、それから、

「また、お戯《たわむ》れを」

と、引きつった笑い声をあげた。馬琴ほどの大物であれば、大書林から板行するのが至当だと、彼らは信じ込んでいる。彫師も摺師も腕のいい者を揃えられるし、名うての絵師に声を掛けることも容易《たやす》い。それに十二分に宣伝を打てる。

「いや、戯れなんぞじゃないさ。次はこれまで以上に力を入れている読本だからね、信の置けるところから出したいんだよ」

言わでものことをつい言ってしまう。こういう意地の悪さを、馬琴自身も持て余していた。潤筆料を支払って、一家を食わせてくれている板元に、なにも後足で砂を掛けるような真似をすることもないのだ。「ちょいと気を変えて一作だけ試してみようと思ってな。たまにゃあ遊ぶのもいいだろう」——京伝ならきっと、そんなふうに言って、彼らの恨みを買わずして巧みに事を運ぶだろう。

蔦重も鶴喜も苦り切ったが、貸本屋世話役風情にまともな板本を作れるわけもないと踏んだ

のか、「さいですか。それは楽しみでございますね」と、お手並み拝見とばかりの笑みを浮かべた。

ところがおおかたの予見を裏切り、『石言遺響《せきげんいきょう》』に続いて、文化四年に馬琴著述、葛飾北斎画で平林堂から板行した『椿説弓張月　前篇』は大きな評判をとり、以降、「後篇」「続篇」「拾遺」「残篇」と続き物として世に出たのである。馬琴の文化年間は、この平林と共にあったと言っても過言ではない。当然、新作『南総里見八犬伝』も彼と組むつもりだったのだが、案外なことに平林がこれを承知しなかった。

「草稿を拝読しました限り、『八犬伝』は必ず後世に残るお作になるでしょう。お武家から町人まで多くの方に読んでいただきたい。となると、手前どもの板行では、宣伝も含めて力及ばぬのではないかと存じます」

「いや、構わん。あんたのところで出したいのだ」

馬琴は必死に頼み込んだ。ここまで頭を下げるのははじめてだったが、平林は頑として首を縦に振らなかった。もしや稿の出来に不足を覚えているというのが本音なのだろうかと勘繰ったが、彼が嘘をつく男でないことはよくよく解している。

「鶴喜や蔦重のところで出したほうがいいかね」

詮方《せんかた》無く折れると、平林はしばし考えるふうをしてから、言ったのだ。

「もしお気が進まぬのであれば、山青堂《さんせいどう》はいかがでしょう。とても心ある仕事をなさいますよ」

山青堂は山崎平八が店主を務める板元だ。細やかで丁寧な造本をすると評判もいい。平林が太鼓判を捺すのであれば、と馬琴は心傾いたが、用心のためにまずは一作組んでみた。それが『美濃旧衣八丈綺談《みのふるぎぬはちじょうきだん》』で、滞りなく運んだために、『八犬伝』を渡すに至ったのである。

鈴木牧之の持ち込んだ草稿も平林堂で出せれば世話ないが、彼は昨今、年齢を理由に一線から退いている。こうした図会物《ずえもの》の随筆を出すのによさそうな板元はあるだろうか、と問うと、

「探しておきましょう」と平林は請け合ったが、

「ただ、どうでしょう。昨今、図会物の人気は下火ですから」

と、悩ましげにつぶやいた。十年ほど前までは、それこそ芙蓉の作をはじめよく売れていたが、流行りは去ったようだ。図会物は読本に比して画も多くなるから費用も嵩む。やるならば、よほど工夫を凝らしたほうがよろしい、と平林は言い、これを進める上でのいくつかの留意点を授けてくれたのだ。

三

三月も十日が過ぎたというのに、まだ雪が二間も積もっている。今年はいつまでも胎内くぐりができそうだなぇ、と鈴木屋を訪れる行商人はいずれもうんざりした調子で挨拶を放ってくる。それでも儀三治は、満面の笑みで「そうだなぇ」と声を弾ませている。

曲亭馬琴から、返事が来たのだ。

〈京伝、玉山、芙蓉、とだんだん人は変われども竟《つい》に成就することなく、またその図説雛形等のまわりまわって当方へ来つること、これ天のしからしむるもの歟《か》。京伝子すでに黄泉《よみ》の客となられ候えば、誰に遠慮いたすべきよしもなし。かくまで因縁あることとなれば、今は辞退すべきにあらず、いかにも御頼みに任せ、ともかくもつかまつるべくと存じ候也〉

京伝の身罷った今、遠慮することもないから板行を請け負うと馬琴はその文《ふみ》で明言したので

ある。幾度も頓挫してきた件だけに、返事を待つ間、儀三治は期待をせぬよう必死に努めた。そうすることで、断られたときの落胆を少しでも和らげんと考えたのである。ために、馬琴からの文に承諾の意を見出したときには、奇跡は起こるのだと打ち震え、「天のしからしむるもの」という文の一節はまさに己の感慨だと、自室でひとり口走ったものだった。

依頼の書のみならず、草稿や絵を同封したことも功を奏したのだろう。文にはすでに、雪話を編む上での指示までしたためてあった。

図会物は近年人気が下火であること。板本にするのに元手がかなりかかること。ために板行するならば、せめて五、六巻で収まるようにまとめたほうがよろしい。また、あけてもくれても雪の画が続くのは物寂しいし、読み手も飽きるだろうから、間に他の逸話を差し挟んではどうか。板元の心当たりもあるからおいおい話をしてみるが、貴殿になにがしかの費用を求めることはけっしてないから安心するように――。

ここまで読み進めて、腹の底がようやく温まっていくのを感じた。これまでの、「いつか板本にしたい」「他にはないものになるだろう」などといった、薄ぼんやりした称揚とはまるで異なる細部にわたる指摘を、馬琴は初手からしてきたのだ。

儀三治はすぐさま謝意をしたためた返事を馬琴に送り、草稿の手直しをはじめた。

次に馬琴からの文が届いたのは、文化が文政に改元となってひと月後の五月である。そこには、内容に対する、より詳しい指示が書かれてあった。

地名は特殊な読み方が多いので、必ず仮名を振ってほしい。江戸に生まれ育った己が雪国のことを確からしく書くために、これから故事など読んで知識をつけるつもりだ。情景もしかと摑みたいから、急ぐことではないが越後の詳しい地図を写して送ってほしい。ただし、ここ三年ほどは今書いている考証本に没頭せねばならぬ。これが終われば、じっくり取り組めるだろう――。

ここへ来てさらに三年も待たねばならぬことににわかに気落ちしたが、その間に新たな綺談を掘り起こし、これまでの稿も念入りに推敲し、万全な書を仕上げればよかろうと容易く思い直せたのは、板行の話が着実に進んでいる実感を馬琴の文から得られるからだった。

絵師についても彼はすでに考えているらしい。葛飾北斎の名が挙がっているのを見たときには、大変なことになったと青くなったが、「江戸では北斎の他にこたびの図会を見事に描ける人物は思い当たらぬ」としながらも、「北斎は少々難しいところがあるので長らく疎遠にしており、もしかすると他の画工を探すのが得策かもしれぬ」と曖昧に濁していることから察するに、実際には他の絵師を挙げるつもりだろう。さすがに北斎とまでは欲張らぬが、馬琴の著作であるから相応に名高い絵師が担うことになろうと思えば、なおさら心浮かれた。

梅雨もそろそろ明けようかという夕べ、縁側で風に当たりながら先々への思いを巡らしていると、

「なじょしました。おひとりで笑みなぞ浮かべて。店の者も、このところの旦那様はどうもおかしいて申しておりますねぇ」

白湯《さゆ》を運んできた宇多が言った。儀三治はそれを聞き流し、黙して湯飲みを手にする。夕餉のあと、倉吉は帳場へ、くわは厨へと引き揚げていったから、あたりは妙に静かで気詰まりだ。うまくごまかそうと話題を探していると、

「書物の板行の件で、よいお話でもございましたかなぇ」

宇多がやにわに口にしたから、白湯に噎《む》せた。

「な……んの話だ」

咳の合間から返すも、宇多はいっそう冷ややかに、

「旦那様は、口に出さねば隠しおおせると思うておいでんがだな」

こちらを睨んで言うのだった。

「あっけ毎晩毎晩お部屋に籠もって、墨で黒なった手で翌朝、朝餉を召し上がってるご様子を見れば、どっけの童《わらべ》でも書き物をしとることくらい察しがつくこてね。それに江戸や大坂から来る文の差出人は文人だっぺね。商いに係りのないことだてがんな、嫁いで来た頃から気付いてたったども」

「そっけん前から……。にしゃ、それと知りながら黙ってたったがか。なんと意地の悪《わり》いこった」

恥ずかしさと後ろめたさとで頭に血が上り、つい当たってしまった儀三治にも、宇多は一切怯むことなく、「旦那様はええですなぁ」と、眉をうねらせたのだ。

「塩沢から動かんでも、ずっと外向いとる。おれは、ずっと家の中だけ見とる。大所帯の家でもねぇのに、山ほどやることがあって、一日中動き回ってようやく仕事が終わるんだすけ。おかしなこった」

母のトヨも、朝から晩まで忙《せわ》しなく動き回っていた。この宇多も、今は裏の仕事を担うようになったくわも、座る間もなく立ち働いている。家事なぞ、書き出してしまえばいくつもないようなことだから、儀三治にはそれほど刻を食う理由《わけ》はわからぬが、彼女らのお蔭で鈴木家が健やかに保たれていることは常々ありがたく思っている。

「暮らしを当たり前に営んでくだけで精一杯だてがんに、旦那様は書き物でも大成しようとしなさる。贅沢なこった」

「贅沢だっぺがなぁ」

雪話板行のために、これまで嘗《な》めてきた辛酸を思い、苦り切る。

「贅沢の他に言いようがねぇだ。己の好きなことをしてるがだすけ」

「だども、うまくいくときばかりでも、楽しいことばかりでもねぇがあぞ」

「好きでしてることなら、うまくいってもいかんでも、楽しいはずだなぇ」

いかにも世間知らずの安直な考えだ、と鼻白んだが、なるほど誰にやれと言われたわけでもなくやっているのだから、うまくいかずとも塞ぐのは心得違いだと、すとんと腑に落ちもした。商いとも家を守る役目とも違うのだ。ただ面白おかしく挑めばよいではないかと、不思議な力も湧いてくる。

「そういや、宇多。にしの親族に、なんという名だったか、このあたりの地図を集めるのを趣味にしとる者があると、前に言ってたったな」

急に話が変わったから、宇多は再び眉を上げ下げしていたが、やがて、

「ああ、藤右衛門《とうえもん》さんだなぇ」

と、頷いた。岡野町に住んでいるという。それなら話が早い。

「近く行ってくるすけ、詳しい処を教えれ」

「なじょしに行かれるんがだね」

「越後絵図を借りるがだ」

宇多は長嘆息をして、

「書き物に打ち込むのもええども、家の者に示しがつかんようなことはなりませんぞ」

と釘を刺し、それから藤右衛門の家の場所を図に起こした。思いのほか巧みな絵図で、家の

内しか見ておらぬようでも、ひとつことを究めれば見通せる事柄は存外深く大きくなるものじゃな、と儀三治は長年連れ添った女房を頼もしく見詰める。

馬琴からの文《ふみ》はこの後も途絶えることなく届き、板行をゆだねる板元や題簽《だいせん》に記す名についての提案がなされていった。ことに書名については、「越後国雪中奇観」はいかがか、いや、それよりも「北越雪話」がよかろうか、と逡巡のままに伝えてくる。あれほど多忙な戯作者がたゆまず気に掛けてくれていると思えば、草稿をまとめる筆にも力が入る。

――まっと綺談を集めんばな。

帳場にいながら、ついあれこれ考えを膨らませていたとき、

「旦那様、お客人がいらしとりますが」

多助が神妙な面持ちで報せてきた。生返事をして腰を浮かす。おおかた村内の行事のことで誰かしらが訪ねてきたのだろう。

「あの、江戸からと言うておられました」

土間に降り、草履をつっかけた儀三治は、その言葉で動きを止めた。

――まさか、二見屋の忠兵衛が馬琴からの文を運んできたがか。

色めき立って門口まで出ると、見知らぬ男が供連れで立っている。儀三治より年嵩だろう。鬢にだいぶ白いものが交じり、皺も深いが、こちらを見遣る三日月形の目は妙に人懐こく、菓子をねだる折の童のような純真さすらかもしている。

誰だかわからぬままに辞儀をすると、

「あんたが牧之さんかえ」

と、客人は顔の幅一杯に口を広げて笑みを作った。

「幾度も文をもらってすまねぇなぁ。こっちまで旅に来たもんだからね、一度ご尊顔を拝んでおこうと、気まぐれに立ち寄ったんですよ」

儀三治は「えっ」と、喉仏を転がした。

――曲亭馬琴か。

頭の中で描いていた風貌とまるで違う。文面から、もっと厳めしい様子の人物だと思い込んでいたが。

――それにしても、わざわざ訪ねてきてくだっしゃるとはなぁ。

その熱情に感銘を受け、儀三治は飛びつかんばかりにして、

「お越しいただき、ありがとうございます」

と、深々と頭を下げる。

「いやぁ、しかしいいところですなぁ。ここまで来るのに畦道《あぜみち》を通ってきたんですがね、稲穂が出はじめてきれいでしたよ。江戸じゃあお目にかかれん景色だ」

至極満足げな男を、どうぞ奥へと促して客間へ通し、宇多に「江戸の高名な戯作者が来らっしゃった」と、毬《まり》のごとく弾みそうになる声を懸命に抑えつつ耳打ちする。

「酒があったろう。幸吉の。あれを出せ」

こちらの昂揚と緊張が伝播したのか、宇多はかの文人が誰かも知らされぬままに、「あんな酒でええんかね」と、幸吉が聞いたら顔を真っ赤にして怒るだろうことを口走る。

「ええから、支度しろ」

そう言い置き、急ぎ客間にとって返した。

濯ぎ桶を使ってさっぱりしたのか、男はあぐらを組んですっかりくつろいでいる。

――こっけん砕けたお方とはなぁ。

儀三治は作り笑いを貼り付けたまま、内心首を傾《かし》げている。

「このあたりは、雪が積もれば、また風情があるのでしょうなぁ」

窓の外に目を遣って、彼は言った。供の者がその横で頷いている。

「風情というようなものでは……なにしろ一丈も積もりますで」

そう返すと、男は目を丸くした。

「一丈。そんなにですかえ。家の二階より高《たけ》えたぁ驚きだ」

え、と儀三治は喉を鳴らした。そのことは、先に送った草稿に書いてある。馬琴は読んでおらぬのだろうか。

「あたしもね、ほうぼう旅してますが、そこまでの雪は見たことがありませんよ」

「お忙しいのに、旅も繁《しげ》く行かれるのですな」

すると今度は男が、不審げに首を突き出した。

「あたしの本をよくお読みになっておると、文には書かれてありましたが……」

「……え」

「ん」

ふたりしてしばし睨み合った。間延びした烏《からす》の鳴き声ばかりが、水を打ったように静まった客間に漂っている。供の者はふたりを交互に見遣っていたが、ひとつ咳払いをすると、

「『東海道中膝栗毛《ひざくりげ》』をお書きになった先生が、旅をせぬわけにもいかんでしょうからな」

と、明るく取りなし、儀三治に向かって「これで誰かわかったろう」と言わんばかりの目配

せをした。

『東海道中膝栗毛』……十返舎一九《じっぺんしゃいっく》のか。となると、このお方は曲亭馬琴ではないのか。混乱する中で儀三治は、十返舎一九にも幾度となく文をしたためていたことを思い出す。もっともそれは雪話の売り込みではなく、単に彼の作を読んでの感想をしたためたものだったが——そこまで頭の中を整頓して、「え」と儀三治はもう一度喉を鳴らした。

「あ、十返舎一九先生でございましたか」

見事に声が裏返った。一九は目を瞠り、

「誰だと思ってたんだえ」

そう言ってから弾かれたように笑った。


一九は三日ばかり鈴木家に逗留し、儀三治の案内で塩沢村を見て回った。縮《ちぢみ》を織る作業場がことに気に入ったらしく、「こいつぁいいものを見せてもらった」と、感嘆の声をあげながら、帳面を取り出してなにやら綴っていく。

——なるほど、こうして道中聞いた話を記しておいて、『膝栗毛』のような本にまとめるがか。尽きぬ興味に背を押されるようにして、見聞きしたものすべてを吸いつくす一九の姿には学ぶところが大きかった。

自分も近く雪話を板行するのだと彼に打ち明けようかと惑ったが、すでに馬琴と進めていることを、同業の、しかも馬琴と同等に名のある書き手に語るのは憚《はばか》られた。代わりに、江戸の書肆や板元の様子をさりげなく訊くと、一九は構えることもなく、昨今の出板事情を語ってくれた。御老中の一声で合巻が出しにくくなったから板元は大変だ。戯作者も仕方ないから筆をのだった。

置いて、旅に出るなぞして見聞を広めている。いやはや、参ったよ、とうなじを叩き、こんなときでも真面目に机に向かっているのは馬琴くらいだろうね、と冗談めかしてその名を出した

「曲亭馬琴先生ですか」

嬉しくなって、つい戯号に「先生」をつけてしまい、身がすくんだが、当人が聞いているわけでもないのだとほっと息を吐く。

「うむ。今や戯作界の雄《ゆう》ってぇとこだろうからね、馬琴は。京伝が逝っちまったからなぁ。読本といやぁ馬琴だもの」

「京伝先生よりも優れておりますか」

きっとそうだ、そうであってくれ、と念じながら、返事を待つ。一九は「うーん」とうなって、しばし考えるふうをしていたが、「どっちがどう、ってんじゃなくて、質が違うわな」と、宙を見詰めてつぶやいた。

「京伝はあたしからすりゃ、天才だ。造作もなくつるつると戯作を綴れちまうんだもの。店もやって、親兄弟とも仲良くてさ。ついでに女にももてる。きれいどころを娶って、暮らしも存分に楽しんで、板元ともうまくやりながら言いなりにはならずに、好きに筆を揮っていた気がするねぇ。亡くなったのは惜しいことだったよ」

儀三治は少しばかり面白くない。天才ならば、雪話もたやすく板行できたはずなのに、と理不尽な思いにも見舞われる。

「馬琴はさ、それとは違うねぇ」

こちらの胸の内なぞ知らぬ一九は、のんびりと言葉を継ぐ。

「なんて言やぁいいかな。歯ぁ食いしばって書いてる感じがするのさ。こう、肩に力を込めてさ、髪振り乱してさ。世に出たのも早かぁなかったからね、焦りもあるんだろう。努めて努めて、戯作より他のすべてを犠牲にして、今の立ち位置になったたって言やぁいいかね」

一九はそこで、うんと伸びをして、

「まぁ、どっちがいい悪いってぇ話じゃぁないんだがね」

と、飄々《ひょうひょう》と繕って、笑顔を見せた。

——曲亭馬琴とは、いかな人物なんだっぺか。

今更ながら、その人となりに興味が湧いた。彼の読本はあらかた読んでいたし、文のやりとりもしている。しかし、彼がどのように執筆してきたのかも、戯作に向かう心意気も、まるで知らぬ。共に板本を作らんとしている、いわば同志でもあるのに、それではあまりに心許《こころもと》ない。

一九が塩沢を去ってのち、儀三治の中にこの懐疑はしつこく燻り続けた。

雪の積もらぬうちにと、九月に入ってすぐに、儀三治は宇多の描いた地図を手に岡野町に藤右衛門を訪ねた。彼が集めた越後絵図の中から、もっとも精巧に地理が著された「越後一ヶ国之絵図」一巻を借り受け、これを写す作業にその年の内は専心した。

明けて文政二年の正月、祝いの膳を前にして儀三治は、居住まいを正した。そうして、このときまで考えて考え抜いて決めたことを、集まった家族に告げたのである。

「しばらく旅に出ることにしたすけ」

「旅……どちらへ」

宇多にすら前もって相談しなかったから、彼女は屠蘇《とそ》を注ごうとした手を止めた。

「江戸よ。耳の療治にな。右だけじゃのうて、左も聞こえが悪《わ》りくなったすけ。この際、しかと療治をしようと思うてなぁ。そうさな、ふた月ほどは留守にするようになるかなぁ」

馬琴に会ってくる、ではあまりに身勝手が過ぎる気がして、このところますます聞こえの悪くなった耳の療治に出ることを建前にしたのだ。

百聞は一見にしかずである。馬琴について人づてに聞き、文のやりとりをする中で、その人となりを想像するのではなく、一九が旅をしながら紀行を書くように、その場に行き、実際にその人物と会うのが一番確かで手っ取り早かろう。雪話をよいものに仕上げるためにも、この段に馬琴とじかに話して、親交を深めるべきだと儀三治は考えたのである。

「ふた月も。そんげん掛かりますかいね」

倉吉もくわも色めき立った。儀三治は彼らと目を合わさぬよう膳に箸をのばし、海老の頭にかぶりつく。カシャカシャと手ごわい音が立つのに任せ、この話が早々に終いになってくれぬかと強く念じる。

「江戸に名医がおられるがですか。江戸のなんという町に行かれるがです」

しつこいのは宇多ではなく、案外にも、くわであった。

「まぁ、それはよかろう。ともかく、この耳をなんとかしねぇば、どもならん」

出任せを口にしてくわを黙らせたとき、宇多の刺すような目に突き当たった。おののいて口の中にあるものを飲み込んだ拍子に、海老の殻が喉を刺す。儀三治は大仰に噎《む》せ、倉吉が慌てて汲んできた水をひと息に飲み干した。

「喉が詰まって死ぬかと思っとぉ」

笑い飛ばして、さっさと海老の身にかぶりつく。倉吉もくわも不得要領な面持ちのままだったが、幸い、ここで話は終わった。宇多ばかりが、これ見よがしの溜息をついてから、大袈裟な音を立てて汁ものを啜《すす》っている。

四

カンッと物騒な音を立てて、相四郎の足下に投げつけられた土器《かわらけ》が割れた。背中に、くみの短い悲鳴を聞く。

「どけってんだよ。その女があたしの碗に毒を盛ろうとしてたのは、わかってんだから。騙そうったって、そうは問屋が卸さないよっ」

百合が髪を振り乱して叫ぶ。鬢からは後れ毛が飛び出し、顔は青白く、隈《くま》に縁取られた目がつり上がっている。肌も荒れ、ひどく痩せて、化粧も怠っているせいか、あれほど美しかった容姿はもはや見る影もなく、夜叉の如く変じてしまった。

相四郎はくみを庇《かば》って立ちながら、義姉を落ち着かせんと、なるたけ柔らかに言葉を差し出す。

「毒なぞ入れるはずがないでしょう。くみはただ、粥《かゆ》をよそっていただけで」

「馬鹿をお言いじゃないよ。あたしは見たんだ。その女が粥に細工してんのをさっ」

相四郎はくみに目を遣る。くみは小刻みにかぶりを振り、

「そんなことをするはずがございません。お塩で味を調《ととの》えていただけで」

と、今にも泣き出しそうな声で囁く。

「義姉《ねえ》さん、考えてもみてください。なんだって、くみが義姉さんに毒を盛らねばならんのです。兄さんが逝ってから、くみは義姉さんが寂しくないようにと心を砕いているんですよ」

実際くみは、京伝が亡くなってから飯も喉を通らなくなった百合を気遣い、なにくれとなく世話を焼いてきた。しかし百合はそのたび、「そうやって親切ごかして、腹の中じゃあたしのことを嗤ってんだろ」と、突っかかるのだ。

百合がくみに向ける敵意は、京伝が存命していた頃からだ。その理由を相四郎は計りかねていたが、夫を欠いてからというもの、さらに激しく、百合はくみへと怨嗟《えんさ》の火を噴くようになった。茶を淹れても飯を炊いても、「偉そうにすんじゃないよ」と怒鳴られ、支度した膳をひっくり返されることまである。くみが日々やつれていく姿を見るのは忍びなく、相四郎が代わりに蛎殻屋敷を見舞うようになったのだが、それでも百合の罵声はやまなかった。きっと伴侶を失った悲しみのあまり自失しているのだと当初は憐れんでいた相四郎も、百合が京伝と懇意だった板元に出向いては相四郎一家の悪口《あっこう》をばらまいていると知るに至って、途方に暮れた。でたらめな噂が飛び交い、これを収めるためにほうぼう出向いてまことの経緯《いきさつ》を伝えるのに身を砕かねばならなかったからだ。

「塩なんかじゃないよ。あたしは確かに見たんだよ、毒を盛ってるのをさっ」

百合は吼えて、手元にあった小皿をまた投げつけた。

「汚い女だよ、あんたの女房は。器量も悪い、皺だらけ、シミだらけの醜い顔さ。よくそんな顔をさらしてお天道様のもとを歩けるもんだよっ。いくら子を産んだってね、女としちゃろくでもないんだから」

あまりの口さがなさに、相四郎はくみに振り向き、屋敷を出るよう目で促す。くみは案じ顔をこちらに向けたが、「私は平気だから、行きなさい」と相四郎が短く命ずると、会釈してのち小走りに出て行った。

「逃げるのかいっ。この売女《ばいた》っ」

「義姉さん、口が過ぎます。くみがなにをしたってんです。私どもは義姉さんに健やかに過ごしていただきたいと……」

相四郎がなだめるや、百合の口角が歪《いびつ》につり上がったのだ。

「なにが健やかに、だ。あたしは全部わかってんだよ。あんたが、旦那様の遺した金を狙ってるってことは知ってんだからさ」

またか、と相四郎は肩を落とす。

京伝の遺財を相四郎にすべて取り上げられた、というのが板元に触れ回っている百合の言い分なのである。弔いを仕切り、墓所を造り、参列してもらった板元や識者に返礼をし、京伝店を続けるための整理をし、と細かな片付けを一手に担ってきたのは相四郎であり、その仕事のひとつに遺財の管理も含まれていただけのことだった。夫の急逝に茫然自失となった百合にそうした差配を負わせることは難しかったし、京伝店の運営についても、付き合いのある板元のことも、相四郎のほうが詳しかったから一切を段取りしてきただけなのだ。

思えば、この頃から百合の内で、ある種の妄念が膨らんでいたのかもしれない。つまり、主人亡き後、弟一家によって己が除け者《のけもの》にされているという思い込みだ。くみが寄り添い慰めても、筆吉が御用聞きのごとく米塩を届けても、百合は「そうやって憐れんでる振りして、旦那様の遺した金を巻き上げようってんだろ」と毒を吐く。相四郎は幾度となく、遺財については整えた上で義姉さんにすべてお渡しします、と言い聞かせてきたが、そのときはおとなしく頷いていても、翌朝にはまたぞろ暴れ出すという鼬《いたち》ごっこの様相なのだった。

いやはや、百合さんに泣きつかれましたよ——蔦重からも鶴喜からも再三そんなことを聞かされ、うんざりはしたが、そこまではまだ辛抱できた。彼ら板元は、京伝と懇意であったし、兄が逝ってからの内情も承知していたからだ。

ただ、曲亭馬琴が百合を訪ねたらしい、との話を蔦重から聞いた段には、もはや蛎殻屋敷に百合をひとりで置いておくわけにはいかぬと相四郎は腹を決めざるを得なかった。嫌がるくみをなんとか説いて、一家で京伝の屋敷に移り、百合との同居をはじめたのだ。

「曲亭子が御内儀をお訪ねになった経緯はわからんのですが、しこたま愚痴を聞かされたようでしてね。山東京山はどうも京伝先生の金をせしめている、とそんなことをおっしゃっていましたでしょうかねぇ」

ひどく言いにくそうに、蔦重は告げた。隣近所の噂話であれば受け流しても、馬琴が触れて回れば、中には信じる板元も出るだろうと彼は案じているのだ。

「そうなると、山東京山の名がよからぬものとして行き渡ってしまいますから」

相四郎は身を震わせた。

「なんだって馬琴が。あの男は弔いにも顔すら出さなかったんですよ。初七日にだって来なかった」

「私どもも、詳しいことは存じませんで……」

時期を訊けば、どうやら相四郎が、伊勢から京へと旅をしているさなかのことだったらしい。御上の御触れで合巻が回収になるなどして出板が不況であったから、開き直って旅に出たのである。兄を亡くした空虚を慰める目当てもあった。

「私がいない隙を狙ったのか」

相四郎が旅に出ている間、百合が一存で開いた京伝の一周忌法要の席で、彼女は旧知の友を招き、歌川豊国が描いた京伝の肖像の前でひとり歌い踊ったのち、大声で泣きながら相四郎一家への恨み辛みを並べ立てるという狂態を演じたのである。帰府してこれを聞いた相四郎が義姉を諫めるや、百合はいっそう荒れ狂い、その言動はさらに常軌を逸していったのだ。

「私は兄さんの金を欲してはおりません。これは兄さんが義姉さんのために遺したものにございます。ずっとつましい暮らしをしていたのも、義姉さんに十分な金を遺したいからだと、常々言っていましたから」

相四郎は沸々と腹の煮える音を聞かぬようにして、幾度となく百合に説いてきた言葉をまた口にする。

途端に土器《かわらけ》が飛んできて、割れたその破片が、相四郎の頰に当たった。鈍い痛みを覚えて手を添えると、指先に血が付いている。これを見た百合が、「ざまを見ろ」と男のような野太い声を出した。

「分不相応なことをしてるから罰が当たったのさ。旦那様の金も地位も奪おうなんざ、図々しいにも程があるんだよ」

「……地位ってのはなんです」

「あんたが名乗ってる戯作者ってことだよ。あんたはね、あの山東京伝の弟ってだけの男だよ。戯作者が聞いて呆れるよ。旦那様とあんたとじゃ、書くものに雲泥の差があるさ。それを、同じ土俵に乗ってるような顔してさ。山東京山でございい、か。聞いて呆れるよ。あんたの書くもんは、中身なんぞなにもない、箸にも棒にもかからない駄作さ。上っ面《うわつら》だけ体裁を整えた、子供騙しさ。旦那様の引き立てがあったからどうにか成り立ってんのに、それを忘れて偉そうに。板元だってね、わかってんだよ、あんたが無能なことくらい。けどさ、旦那様にこれまでの恩があるから、しょうがなくあんたも使ってやってんだよ。あんたは旦那様の持っていたものを、根こそぎ盗んだだけなんだ。てめぇで一から作り上げたものなんぞなにもない、ただの猿真似で世の中渡ってるだけなのさ。その程度の男が、あたしに指図するんじゃないよっ。旦那様はまことに偉大な戯作者だった。それに、いっつもあたしの好きにさせてくれた。あたしを第一に考えてくれた。あたしのことをわかっていてくれた。あたしを……あたしのことを……」

百合はそのまま土間にくずおれ、わーっと童のような声をあげて泣いた。

相四郎の煮えていた腹はいつしか鎮まり、代わりに冷や汗が背中を伝っていた。百合に言われたことを、今一度頭の中で反芻《はんすう》しようとする。すぐに震えが起こって、その行いを阻んだ。

相四郎はただひんやりと、拳を土間に叩き付けながら泣く百合を見下ろしていた。

百合はその日からほとんどなにも口にしなくなり、昨文化十五年の二月、床の中でひっそり冷たくなっていた。京伝の死から、一年半後のことである。狂死と言ってしまえば容易いが、そのおおもとに京伝への強い思慕があるのだと思えば、相四郎にはこの義姉を憎み切ることはできなかった。

亡骸《なきがら》は、京伝の墓所に合葬した。冬には鶴喜と和泉屋市兵衛の声がけで、百合を弔う大施餓鬼《おおせがき》が行われ、相四郎は大いに恐縮した。

葬儀の一切が片付いた後、

「私が至らなかったばかりに申し訳ありません」

と、くみが詫びてきたが、百合から逃げたのは相四郎のほうなのだ。

「私こそすまんな。おまえに頼むことではなかった。私がいいものを書くことで、こたびの騒動もきっと掃き清められるさ。兄さんの名を穢《けが》さぬようにせんとな」

そう答えた相四郎の脳裏に、「てめぇで一から作り上げたものなんぞなにもない、ただの猿真似で世の中渡ってるだけなのさ」という百合の罵声が渦巻いた。気にしないよう、あのとき封じたつもりだったのに、文机《ふづくえ》に向かうや口汚いこの言葉が、相四郎の腕を、首を、締め上げてくるのだ。

＊

およそ三十年ぶりに江戸に踏み入って、儀三治はえも言われぬ昂揚に包まれていた。両国橋西詰めに所狭しと並んだ見世物小屋では、派手な着物をまとった芸人たちが行き交い、川端では寿司だの蕎麦だのの屋台が盛んに呼び込みをしている。道行く町人たちは垢抜けて闊達としており、笑顔があちらこちらに咲いていた。

齢五十を過ぎて、もはやなにを見ても心は揺れぬと諦めていたが、江戸の景色は、すっかり固くなった儀三治の内面を見事に溶かしたらしかった。十九の折に訪れた江戸はただただ刺激ばかりが強すぎて近寄りがたく、故郷《くに》の居心地の良さに再々思いを馳せたものだが、このたびは、雪深く森閑とした村から放たれた喜びが勝っている。いや、なにも塩沢に飽いたわけではない。おそらくは、馬琴の読本に雪話板行予告と称して「鈴木牧之」の名が幾度か刻まれたがために、己は江戸町人にも引けを取らぬ立場になったとの自信が、儀三治を昂らせているのだろう。

――それにこたびは、縮商いで来たがじゃない。雪話の板行を詰めるために出てきたのだすけ。

なにをおいても曲亭馬琴に会う。膝突き合わせて、板行に向けての話し合いをするのだ。

塩沢を出る前に馬琴から届いた文《ふみ》には、雪話の正式な題名が、一際濃い墨字でしたためられてあった。

「越後雪譜」

長らく思い悩んだ甲斐あってよいものが浮かんだ、と満足そうな馬琴の筆に接して儀三治は、人気の戯作者に骨を折ってもらったことに恐縮しつつも、総身を欣喜が駆け巡るのを止めることができなかった。

雪譜という響きがいかにも気品高く麗しく、儀三治はもうそれだけでこの板本の成功が約束されたように思ったが、馬琴の文には、初編、後編各三巻ずつにし、一巻を七十丁ほどに収めて、そのうち挿画を十五丁ほど入れる、という仕様まで定められていたのだ。板元にも話をしているようだから、儀三治が思っているよりずっと事が進んでいるのかもしれぬ。そうとなれば、馬琴に頼まれていた越後地図も早晩入り用になるだろうと、岡野町の藤右衛門から借りた「越後一ヶ国之絵図」の写しを持って江戸に参じたのだった。

――いきなり訪ねたら、きっと腰を抜かすっぺなぁ。

馬琴には、江戸行きのことは前もって知らせていない。文をしたためる刻がなかったこともある。が、突然訪ねて驚かせたい、との子供じみた目論見も疼いていた。きっと馬琴は、思いがけない訪問を喜ぶはずだ。いい歳をしてはしゃいではならん、と幾度も自戒したが、あの曲亭馬琴と板行に向けての話ができると思えば、いかに抑え込んでも総身が浮き立ってしまうのだ。

江戸に入ったその日のうちに、日本橋の二見屋を訪れた。忠兵衛に、馬琴邸への行き方を訊くためである。

「いやぁ、久しいのう」

突然現れた昔馴染みに目を丸くし、忠兵衛は抱きつかんばかりにして儀三治の肩だの腕だのを叩いた。そうしながらも彼の口は休みなく回り続けたのだが、儀三治にはそのほとんどが聞き取れない。忠兵衛が早口のせいもあるが、周囲が賑やかだと、ただでさえ聞こえの悪い耳がいっそう仕事を怠るからである。どうしてまた急に江戸に出てきたのだ、村の誰それは達者か、といったことを訊いているのはぼんやり察せられるが、いずれの言葉も滝の裏側から響いてくるように輪郭を持つことなく、雑音として霧消してしまう。

儀三治は詮方無く、両手の平を前に出して忠兵衛を押しとどめ、

「耳の療治に来たがぞ」

と、家族をごまかしたのと同じ理由を告げた。その声が、よほど大きかったのだろう。忠兵衛は飛び下がり、まわりの御店者《おたなもの》や客たちの目が一斉に集まった。しばし、刻が止まったように儀三治より他のすべてが静止していたが、やがて忠兵衛は、

「左もいかんようになったか」

と、自らの左耳を指して訊き、儀三治が頷くのを見るや、瞠っていた目をしょぼつかせた。

日本橋で宿をとるつもりでいたが、ろくに聞こえぬでは不便だろうと、忠兵衛が長屋を一軒融通してくれた。一応おれの家なんだがね、と眉のあたりを掻きつつ彼は言う。番頭格に上がってからほとんど店に住み込みで、滅多に帰れておらぬという。大店の番頭の多くは、主人に忠義を示し、休みもろくにとらず所帯も持たずに店に尽くす。福を呼び込む存在ゆえ、「白鼠」とも称される。

しかし、こう耳が遠いでは、馬琴と話をするにも不便である。

念のため先に耳の療治をすることにして、名医と評判の医者を忠兵衛から聞き出し、片っ端からかかったのだが、結果は芳《かんば》しくなかった。ある医者は、長い楊枝で内耳の石を取り出そうと奮闘した挙げ句、「どうやら鼓膜に貼り付いてしまったようです」と、不可解な言い訳をして匙《さじ》を投げ、またある医者は「この膏薬をこめかみに貼れば少しは耳も通るでしょう」と、草をすりつぶしただけのものとしか見えぬ貼り薬を押しつけてきた。こんなものが効くはずもないと訝りつつも、藁にもすがる思いでこめかみに貼ってみたが、翌朝、燃えるような痒さで飛び起き、見ればこめかみから頰に掛けて真っ赤にかぶれていた。まさに、泣きっ面に蜂である。

大事な面会が控えているというのに、厄介なことになった。間の悪さに苛立ちも募る。幸い、顔の腫れは二日ほどで引いたが、儀三治はこれを機に医者にかかることを止めてしまった。無益な療治に刻を食うばかりか、さらなる痛手を負ったでは、馬琴に会うことが叶わなくなる。どうにか聞こえる左耳で、先に「越後雪譜」の話をしたほうがよいと判じたのだ。

「夏に入って、妙な病が流行ってってからな。江戸に来るにはようない時だったわ」

二見屋に出向いて療治の経緯を告げると、忠兵衛は同情を露わにした。

ひと月ほど前から疫病が市中に蔓延しているという。罹《かか》ると腹を下して、なにも喉を通らなくなり、死に至る者も出ているらしい。

眉根を寄せて忠兵衛はそう語ったが、すぐに愁眉《しゅうび》を開き、

「狩野探幽《かのうたんゆう》がな、疫病退散を願って描いた百鬼夜行の絵があってな、これを摺ったのをそこらの神社で配っとるらしい。みな、有り難がってもらっとる。にしも、土産に持って帰るといい。落し噺《ばなし》でも、これをネタにした新作が出回っとると。にしも聞きにいくとええぞ」

と、至って呑気なことを言った。災厄があっても消沈して籠もることなく、絵師や噺家が自らの術で救って、町人の日々を明るく照らす――儀三治は、この町に育まれた粋な心延《こころば》えを羨ましく思う。

「それでな、飯田町の屋敷までの行き方を訊きたくってな」

告げると忠兵衛は、しばし息を詰めてのち、

「曲亭馬琴か。その耳で大事ないか」

と、上目遣いに訊いた。

「ああ。江戸に着いた頃よりはいくらかようなったすけ。先生にも早く会《お》うてみたいしなぇ」

忠兵衛は、馬琴を気難しい御仁と思い込んでいるがゆえに案じたのだろうが、何通もの書状のやりとりから馬琴の誠実さや面倒見の良さを感じ取っている儀三治は、理由を話せばきっと解してくれるはずだと信じている。

忠兵衛にしたためてもらった地図を手に、儀三治は翌日の昼下がり、飯田町中坂までの道を辿った。気が逸《はや》っているせいか、つい早足になる。息がむやみとあがる。土産を包んだ風呂敷を提げ、背には馬琴に頼まれた越後地図の写しを括り付けている。この図を見せたらさぞや喜ぶだろうと思えば、足の運びもいっそう軽くなった。途中、二度ほど道を見失って人に訊き、うまく聞き取れぬところはその指し示す方向で見当を付けて歩を進めた。

日本橋からはだいぶ隔たりがあったが、ようよう飯田町に辿り着き、緩やかな坂を上ったところにそれらしき屋敷を見付ける。

――曲亭馬琴の家は小さな二階家だ。表店《おもてだな》はもう閉めてるんだが、履物屋の名残があるからすぐにわかるよ。

忠兵衛がそう説いた通りで、その二階家はちょうど表店に隠れるように建っていた。当代一の戯作者の住まいとなればよほど豪奢な建物だろうと思い描いていたが、案外にも粗末で、どこかうらぶれた風情である。それでも庭は丹念に手入れされており、菫《すみれ》や菖蒲が紫の美しさを競っていた。

門口に立って儀三治は、大きく鳴りはじめた心ノ臓を押さえるように胸に手を置いた。息を整え、奥へと声を掛ける。

やがて、カラカラと空疎な音を立てて戸が開き、女が現れた。そこそこの年増に見えたが、馬琴の女房としては若すぎる気もした。目も口も小さく、至って地味な顔立ちで、齢の見当が付きにくい。二十歳と言われればそうであろうし、四十と言われても別段不思議はない。身体つきがもっさりしているせいか、縞の着物も粋とは程遠い。きっと下女なのだろうと、儀三治は詳しく名乗らず、曲亭子に常より世話になっている者ですが、とだけ断って、馬琴との面会を請うた。

女は無愛想に顎を引くと奥に引っ込んだが、すぐに戻ってきて、

「お弟子さんは取らないとのことにございます」

と、なぜか居丈高に告げてきた。声を張ってくれたので、聞き返さずに済んだのは助かったが、

「……いや、弟子というわけでは」

儀三治は戸惑った。もはや五十の老人なのだ。この歳で弟子入りでもあるまい。見てわからんのだろうかと、女の紋切り型の応対に不快を覚えながらも改めて名乗りを上げる。

「越後の鈴木牧之が参った、とお伝え願えますでしょうか。ご依頼のものをお持ちいたしました、と」

女は、歪に光るその小さな目を儀三治の上から下まで這わせ、なにも言わずに辞儀だけして、

らしい。

また奥へと姿を消した。愛想はないが、所作だけは美しい。江戸は下女までも躾《しつけ》がなっている

ずいぶん待たされた。折悪しく執筆の最中だったかもしれんと恐れも湧いたが、いや、おおかた文通でしか知り得なかった相手が越後から出てきたことに面食らっているのだと、臍《へそ》から立ち上ってきた朗笑を噛み殺す。

人影が視界の端に現れたのは、そのときだった。最前、女が辿った廊下ではなく、玄関右の縁側伝いに、のっしのっしと大股で歩いてくる。気配に気付くことこそ遅れたが、儀三治の聞こえぬ耳にも響くほどの足音で、縁側の床が悲鳴をあげている。近づいてくる男のことよりも、今にも踏み抜かれそうな床を気にしていると、

「人の家を訪ねるときには、先に一筆寄越すものだっ」

大音声で怒鳴られた。総身が震えるのに任せ、男を見上げる。

——なんちゅう大男だ。

六尺はあろうかという偉丈夫《いじょうふ》が顔を真っ赤にして、こちらを睨み据えている。

「あの……私は先生に、馬琴先生にお目にかかりたい、と」

引きつりながら言いかけたところで、

「戯号に敬称をつけるでないっ」

と、再び怒声が降ってきた。

「そもそも、この時世に人の家を訪ねるとは不届き千万っ」

「じ……時世、にございますか」

「巷で疫病が流行っておろう。いつ、誰から伝染《うつ》るともわからんのに、一面識もない相手の家

に厚かましく顔を出すなぞっ」

それでこの剣幕か、と合点はいったが、一方で、己が鈴木牧之であることがこの者に伝わっておらぬのではないかと儀三治は案じた。そうでなければ、馬琴の客人に、ここまでぞんざいな物言いをするはずもない。

「あの、私は、先生と書状のやりとりをさせていただいておる者でして、『越後雪譜』のことをお話に参ったような次第でございます。あの、先生はご在宅で」

改めて訊くと、男はふんと鼻を鳴らし、

「鈴木牧之であろう。ずいぶんな爺さんだな」

冷ややかに返したのだった。


曲亭馬琴が、よもやこんな大男だとは思わなかった。戯作者とはいずれも、線が細く、色が白く、柔らかな物腰であると儀三治は思い込んでいたのだ。

出迎えた折の威勢はどこへやら、座敷に上がった馬琴は一転、急な眠気に襲われでもしたように虚ろな受け答えに終始した。目蓋まで半分閉じたようになり、こちらが懸命に話しかけても、頷くことすらしなかった。代わりに愚痴めいた言を垂れ流したのである。

弟子にとってくれと勝手に押しかけてくる連中が多くて困る。弟子入りを請う文《ふみ》も山のようにもらうが、一切返さないことにしている。そもそも、戯作と戯作者は切り離されてしかるべきものなのだ。それであるのに、戯作に感銘を受けたからといって、これを書いた者とまで通じ合えると考えるのは大間違いだ。戯作なぞ、わしの手を離れれば、読本であれ、黄表紙であれ、読者のものでしかないのに、そんな道理もわからん奴が多くてうんざりする——。

よく聞き取れなかったこともあるが、儀三治には馬琴の言うところの意味がほとんど汲めなかった。戯作と戯作者が別物だということも、作に親しんだからといって、その作者と通じ合えると思うのは筋違いだということも。戯作には、作者の考えたことが書かれているわけだから、別物と切り離すことはできぬだろう。少なくとも儀三治は「越後雪譜」を己の分身だと感じている。自らの生まれ育った土地の話であり、暮らす中で見聞きしたことを偽らずに描いているからだ。目の前の馬琴にそう訴えたかったが、口を挟むことはできなかった。なにしろ彼は、こちらと目を合わせることさえないのである。

ぷつっと馬琴の愚痴が途切れたところで、襖向こうから声が掛かって、最前の下女が茶を運んできた。三つ指突いて深々と頭を下げたが、無愛想であることに変わりはない。盆には茶だけで、茶請けのひと皿もなかった。

儀三治はそこではたと思い出し、故郷《くに》から持参した縮や酒といった土産を風呂敷から取り出してその場に並べた。馬琴はさして興味もなさそうに、「越後の米で作った酒でございます」「縮はなにせ塩沢のものの質が随一で」と儀三治が説くのを聞いていたが、品物を手に取ることもせず、傍らに控えていた下女に「おい」と顎をしゃくって、あっさり別室に引き揚げさせた。ありがとうのあの字も口にしなかった。

――塩沢では土産を渡しゃ、相手は形だけでも喜んで見せるが、これが江戸の流なんだろうか。

儀三治はますます戸惑うも気持ちを切り替え、「そうじゃ」と手を打つと、後生大事に背負ってきた「越後一ヶ国之絵図」の写しを取り出した。

「こちらは、以前先生から頼まれておりました、越後の地図にございます」

恭《うやうや》しく差し出すと、ようやっと馬琴は食指を動かした。儀三治の手元に目を落とし、見せてほしい、というようにひとつ頷いたのだ。

儀三治は嬉々として、畳の上に図を広げる。精巧に写した自信作である。

馬琴は熱心に地図に見入っている。目蓋もしっかり上がり、隅から隅まで舐めるように検《あらた》めている。ここまで詳しい越後の図はさすがに江戸にもなかろうと得々として、地図に覆い被さるようにしている馬琴の頭頂部に笑みを向けた。

と、そのとき、やにわに馬琴が顔をはね上げたのだ。

儀三治は慌てて笑みを仕舞い、殊勝な面持ちを作って、

「いかがでしょうか」

と訊いた。馬琴がチラとこちらを見遣る。また、目蓋が半分閉じた顔に戻っている。

「これを、わざわざお持ちいただいたんですかな」

馬琴の問い掛けに、儀三治は前のめりに頷く。

「ええ。私の知る限り、これがもっとも詳しい図にございます。精確に写し取りましたので、どうぞお収めください」

よほど感心しているのだろう。馬琴は図に目を落としたまま黙している。いや、受け取ることを遠慮しているのだろうか。ならば、気兼ねはいらぬと伝えたほうがよかろうか――慌ただしく考えを巡らせていると、馬琴が大きな咳をした。それから彼は背筋を伸ばした。やはり恐ろしく大きい。やがて鼻から長い息を吐き、おもむろに口を開いた。

「書状にも書いたと思うが、わしは今、新作に取りかかっておる。これが厄介な仕事でな、一段落つくまでにまだ三年はかかる」

儀三治はただ目をしばたたかせる。確かに以前の書状では三年ほどはそちらの執筆に専念す

ると書かれてあったが、あれからもう一年以上が経っている。それであるのに、年数が縮まらぬのはどういうわけか。

「そうしたわけで、今、地図をもらってもどうすることもできぬ。わしが持っていて汚してもいかんから、そちらで持っておればよい」

「え……これを持ち帰れ、と」

「ああ。今はいらんからな」

「しかし『越後雪譜』をまとめるに際して、いずれ必ず入り用になるものです。どうぞお持ちいただいて……」

「いらんと言うたらいらん」

馬琴は素っ気なく言うと、

「幸っ、幸」

と、奥に呼びかけ、やがて現れた下女らしき女に、

「お客様がお帰りだ」

あろうことか、そう告げたのである。儀三治は面食らい、

「あの。まだ『越後雪譜』の話がなにもできておりませんで」

遠慮がちに告げた。

「さっき申したように、わしは今、他の仕事にかかっておる。先の話をしたところで詮方無い。時機をお待ちいただきたい」

儀三治がすべて言い終わらぬうちに、馬琴は断ち切るように言い放ったのだ。

隣町から訪ねてきたわけではない。塩沢から幾日もかけて、旅をしてきた客である。しかも、

馬琴が所望した品を運んできたのだ。なにゆえこんな扱いを受けねばならんのかと、さすがに生腹立《なまはらだ》ったが、ここで不満をぶつけて険悪になるわけにはいかなかった。なにしろ、雪話の板行が控えているのだ。馬琴を逃せばもはや、新たに著述を引き受けてくれる戯作者を見出すことは叶わぬだろう。

見れば、下女が襖を開けて待っている。儀三治は、分厚い氷でも背負っているように重く冷たくなった身体に鞭打って立ち上がる。廊下へ出たところで、

「またお便りいたします」

と、かすれ声でかろうじて告げた。

そこからどうやって二見屋まで戻ったか、記憶にない。なにがいけなかったのか。口の利き方がよくなかったろうか。耳が詰まっているから、聞き逃したことがあったのかもしれぬ。馬琴は噛み合わぬと感じて、話を進めることを諦めたのではないか——。

儀三治はこの日から幾日もの、眠れぬ夜を過ごす羽目になった。目を瞑《つむ》ると、馬琴の半分閉じた目蓋と、その下から覗く虚ろな目が浮かんできて、儀三治をいっそう苦しめた。

＊

去年のうちに馬琴は、神田明神下の武家地に家屋を買い求め、宗伯に診療所を開かせた。身体の弱い長男のことゆえ近くで面倒を見てほしい、と女房のお百と三女の鍬も共に移した。お蔭で飯田町中坂の家は長女、幸とのふたり住まいとなり、部屋も広く使える上に至って静かで居心地がよろしい。幸は、奥勤めを経ているゆえ礼儀作法はしかと身についていたし、料理もお百よりはるかに得手だ。しかも内気な質《たち》でよけいなことは言わぬ。馬琴にはこの上なく都合

の良い同居人なのだった。

――しかし、いつまでも独りにしておくわけにもいかん。

年頃はとうに過ぎている。ぼんやり待っているだけで、もらい手が現れるとは思えない。ここは父親である己が動かずばなるまい、と折に触れて付き合いのある板元に声を掛けてきた。彼らは中坂の家に出入りするから、幸のことも見知っている。相応《ふさわ》しい相手を見付けやすかろうと踏んだのだった。それなのに、というべきか、それゆえに、ということなのか、縁談はいっかなやってこない。

幸のことを気に掛けつつも、『玄同放言』に区切りをつけたのち、馬琴はかねてより、書きたくてうずうずしていた一編の随筆に取りかかった。神無月を過ぎ、初霜が降りた日のことである。この書については、曲亭の戯号を刻まずに世に出すと決めている。

一旦取りかかると刻が経つのも忘れ、胸奥に蓄積した澱を吐き出すようにして筆を走らせた。かほどに筆が滑らかに動くのは久方ぶりで、それは陶酔に近い感覚を伴っていた。

二晩かけて一気に書き上げ、そこから細かな言い回しを直していく。もっと鋭く、もっと確かに、この人物を貶めるには、どんな文言を用いればよいかと吟味に吟味を重ねる。その間もずっと、血が沸き立つような不可思議な武者震いに、馬琴は襲われている。生きていることは、それ自体が偉大だ。生きて、生き延びて、書き続けることに、勝るものはない。

仕上がったところで、幸を書斎に呼んだ。

「平林を呼びにいってくれんか。見て欲しい稿がある、と言付けてくれ」

幸はこくりと頷いて腰を浮かしかけたが、

「あの、越後の方から文が届いておりますが、お持ちしましょうか」

と、遠慮がちに訊いてきた。馬琴が、鈴木牧之を疎《うと》んじはじめていることを、幸は機敏に気《け》取《ど》っているのだろう。

「あれにも困ったものだね」

ごつい顎をさすって、嘆息する。

牧之が訪ねてきた折、至極冷ややかに応対したことを、のちに馬琴はいささか自省したのだ。なにを思って急に江戸までやって来たかは知れぬが、それでもわざわざ遠方から訪ねてきてくれた。重かったろうに、貴重な土産も届けてくれた。これまでさんざん書状をやりとりしてきたのだから、欣喜雀躍《きんきじゃくやく》とはいかぬまでも、よう来て下さった、と労《ねぎら》いの言葉くらいはかけてもよかった。

ただ、どうにも温かく迎える気にならなかったのは、ひとえに頃合いが悪かったためだ。疫病の流行っている折に、のうのうとやって来た。しかも、ちょうど筆が走っていたさなかであった。その上、牧之の稿から思い描いていた賢良な風貌とはかけ離れた、風采の上がらぬ田舎者然とした爺さんであったことにも落胆した。だいたい、こちらの話を真剣に聞いているふうに見えて、わかっているのかいないのか、妙に反応が鈍い点も気になった。極めつきは、彼の持ち込んだ越後の図である。連なる山々とその間を縫って走る川。他にはろくに描かれていないのだ。かほどに簡易な地図を、馬琴は見たことがなかった。あの程度の内容であれば、越後図だろうが信州図だろうが、江戸でもたやすく手に入る。

塩沢は地元であろうに、こんな大雑把な図しかないのか――拍子抜けした途端、まともに口を利く気も失せてしまった。

牧之にとっては、さぞや不満足な面会であったろう。彼が部屋を出て行く折に見せた、小さく丸まった背中を思い浮かべては、馬琴には珍しく憐憫《れんびん》の情が湧き出すこともあった。

——あれで挫《くじ》けて、牧之から文を寄越すことはなくなるかもしれぬな。

漠然とそんなふうに感じていたのだが、牧之は飯田町を訪れてからひと月も経たぬうちに、訪問の礼をしたためた文と、新たな稿を送りつけてきたのだった。

このとき馬琴は、牧之が気分を損ねていなかったことに安堵するよりも、彼の、機微に疎いがゆえの厚かましさにおののいたのだ。

——あれほどぞんざいな扱いを受けながら、まだ平然と稿を送ってくるとは。

もっとも馬琴は、「越後雪譜」の板行を断ろうとまでは思っていなかったから一応は稿を受け取ったが、板行にかける牧之のなりふり構わぬ必死さに辟易せぬわけにはいかなかった。ために、どうも稿を読む気にもならず、書棚の隅にまとめて置いて、そのままにしている。

「その書状は、また分厚いものかね」

馬琴は、敷居の向こうで跪《ひざまず》いて答えを待っている幸に訊いた。

「ええ。だいぶ」

「そうか。そしたらその棚に、あとで載せておいてくれ」

承知しました、と頷いて、幸が出て行ってから、

「そうだ」

と、馬琴はひとりつぶやく。

——越後の名士で、誰ぞ独り身の者があったら、こちらに呼んで幸と娶《めあわ》せてもよいかもしれぬ。

江戸ではこれといった相手が見付からぬが、越後であれば、薹《とう》の立った幸でもありがたがって迎え入れる者があるかもしれぬ。牧之は塩沢では、かなり顔の広い人物らしいから、彼の伝《つて》

でふさわしい男が見付かるのではないか。うまく話がまとまれば、婿を江戸に呼び寄せて、幸と一家を構えさせ、己の手伝いをさせてもいい。半年も雪に閉ざされる越後から出たいと願っている若者もいるのではなかろうか。

馬琴は早速筆を執る。婿を紹介してくれ、と本題だけ書くでは浅ましいから、牧之の草稿にあった「牛の角突《つのつ》き」なる越後で人気を博している見世物について詳しく知りたい、との依頼をまずはしたためた。

「いい相手が見付かればよいが」

幸は四人の子の中で、馬琴がもっとも頼みにし、大事にしてきた娘だった。どうあっても、幸せになってもらわねば困るのだ。

五

「『伊波伝毛乃記《いわでものき》』……ですか」

相四郎は、永寿堂西村屋与八の言を繰り返した。文政二年の暮れも押し詰まった日のことである。寒くなってようよう疫病騒ぎも落ち着き、京伝の屋敷の手直しもおおかた済んで、なんとか無事に年を越せそうだ、と人心地ついたところであった。

「ええ。最近出回りはじめたばかりだとか。京伝先生の評伝だそうですが」

ひどく言いにくそうな与八の面持ちに、相四郎の内に不穏の雲が湧いた。

「どなたがお書きになったものですか」

「それが、江戸無名氏稿、としか銘が入っておりませんで」

与八は言い淀み、手を揉み、こくりと喉を鳴らしてから告げた。

「ただ、曲亭子の筆《がえ》かもしれませんねぇ」

そうだろうな、と肯んじ、相四郎は肩を落とす。

相四郎はこの年、永寿堂から『隅田春芸者容気《すだのはるげいしゃかたぎ》』を板行している。売れ行きこそ京伝に遠く及ばぬが、御家騒動の躍動をそのままに描いた、相四郎にとっては挑戦作で、与八からも出来を称揚されて密かに得々としていた。このたび与八が『伊波伝毛乃記』について報せてくれたのも、山東京山という戯作者を大事に扱わんとする意思の表れかもしれぬ。兄は、板元たちの言葉に逐一含みを読み取っていたようだが、相四郎は彼らと隔てを置く気にはならなかった。同じように戯作好きの仲間なのだ。書き物のことで、心を割って話せる貴重な相手なのである。

早速与八に頼んで、『伊波伝毛乃記』を一冊手に入れた。目を通すや、濁った溜息が出た。時が経つうち、深い落胆は、これまで抱いたことのないような激しい怒りに変じていった。

本には、兄、京伝の暮らしぶりが事細かに記されているのだ。ろくに着替えず、月代《さかやき》も剃らず、万事に横着で無精だったこと。若くして色に惑い吉原に入り浸っていたこと。その金を親しくしていた大尽が出していたとも書かれてある。のみならず、山東京山は兄の京伝亡き後に妻であった百合を虐《しいた》げ、物置に閉じ込めた上に、彼女が亡くなるや京伝の遺財を手中に収めたと、あることないことが雑言として羅列してあるのだ。ことに許せなかったのは、この書に登場する馬琴がしかと京伝の弔いに参列したことになっている点であった。実際の馬琴は、葬儀に一切顔を出さなかったにもかかわらず、だ。

馬琴とは、『胡蝶物語』の件で口論をして以来、まともに顔を合わせていない。京伝は、本を借りるなどやりとりしていたようだが、相四郎は頑なに馬琴を避けたのだ。選り好みせず誰とても広く付き合う質《たち》ではあるが、一旦嫌うと、なにがあっても心を開けない。おめぇさんのその頑固さはいずれ己を苦しめるぜ、と兄にも再々たしなめられてきたが、五十を過ぎてもこの癖だけは直りそうになかった。

書斎で苛立ちを堪えていると、筆吉が顔を出した。京伝亡き後、二代目として京屋伝蔵店を継いでからというもの、彼は懸命に店を切り盛りし、繁盛させている。しかしこれもまた、馬琴に言わせれば、京伝が手塩にかけて大きくした京伝店を相四郎一家が乗っ取った、ということになるのだろう。

「今、よろしいですか。新たに売り出す品のことでお話ししたいのですが」

相四郎は鷹揚に頷く。京伝が没してから滞っていた店独自の妙薬作りを、このところ筆吉は熱心に模索している。

「喉の薬はどうか、と考えまして、薬師《くすし》とも話し合いました。なかなかよいものができそうなのです」

「喉か。咳や痰《たん》で困《こう》じている者もあるからな。名案だ」

「ええ。童の百日咳にも効きます。それから声にも」

「声」

「声をよくする効能も加えられるとか。近くに長唄の師匠がいらして、よく喉を痛めてましてね、それで思いついたのです」

ほう、と相四郎の目は自ずと丸くなる。京伝店では主に化粧に使う品を扱ってきたが、筆吉はこの流れに囚われず、自在に案を出してくる。感心するとともに、真っ直ぐで一切の穢れが見えぬ息子の目を見るうちに、相四郎の中に巣くった黒雲までも幾分晴れていくようだった。

「それはよろしいな」

相四郎が応えると、筆吉は安堵したふうに息をついた。

「一包六十四銭ほどで出そうかと思うのですが、いかがでしょう」

「うむ。値付けはおまえに任せるよ。私なぞより、ずっと商いに通じているからね。しかしよくまぁいろいろ考えつくものだ」

「いえ。もっとどんどん編み出さないといけません。伯父上が居た頃より、店の品揃えが悪くなったと評判が立っては辛いですから」

筆吉は気恥ずかしげに付け足した。常よりおとなしい息子に、そんな勝ち気な一面があったのか、と相四郎は密かに嘆じ、京伝というのは誰しも挑みたくなる偉大な山なのかも知れぬ、と改めて思う。

京伝、と銘打つだけで店は評判となり、気楽に文机に向かっているようでいて当代一と評される戯作を次々と生み出した。いずれも、万人にできることではないが、間近に接していても、兄からは書くことにおける苦しみのようなものを見出すことはできなかった。常に鼻歌交じりに、この世を生きていたふうなのだ。

ふと、飯田町の馬琴の屋敷を思い浮かべる。どこか湿って鄙《ひな》びた風情の家だ。朝から晩まで文机に齧《かじ》り付いてお書きになっていますよ、と板元たちは馬琴について口を揃えて言う。

――飄々とした兄さんの佇まいが、馬琴は疎ましかったのだろうか。

筆吉がほくほくとした笑みを浮かべて退出したのち、相四郎は文机に頰杖をついて、兄の姿を思い浮かべる。苔生《こけむ》した月代に、無精髭を蓄えた口元を綻ばせ、「相四郎」と呼びかける兄だ。戯作者を名乗るようになってしばらくは、兄と同じ道に踏み入ったことにただただ心浮かれていた。五年、六年と時を重ねて、どうにか京山の名が通ってくるようになると、今度は兄の存在がとてつもなく大きな壁のように目の前に立ち塞がった。壁は、雲を突き破り、天に届かんとするほどに高い。見上げるだけで、首が後ろにへし折られそうになる。その才の凄みを身に染みて思う。どうあがいても、兄は越えられないのだと悟る。

けれど相四郎は、これに落胆や絶望を覚えなかった。むしろ、自分がどれほど必死に書いてもけっして越えられぬ作を兄があまた遺したことを誇りに思うのである。そうして自分なりの戯作を懸命に書き続ける中で、かつては高い壁と見えていた兄の存在は、いつしか崇高な峰へと姿を変えた。やはり越えられぬ高さを誇っていることに変わりはないのだが、平板で単色な壁と異なり、見る時々でその峰は多彩な景色を見せる。いずれも豊かで美しい景色だ。相四郎は、京伝の作を手に取り、うっとりと目を細める。そこに広がる景色を愛で、文机に向かう兄の姿をまぶたの裏に描く。百合から浴びせられた罵声は未だ胸の奥に薄汚い染みを作っていたが、それでも自分が必死で取り組んでいる分野に、かほどの戯作者が在ったという奇跡には、ただただありがたさを覚えるのだ。

──おめぇさんはもう、ひとりの立派な戯作者だ。わっちの陰に隠れてちゃあならねぇよ。

未だ京伝の陰に隠れているから、己は兄を妬《ねた》ましく思わぬのだろうかと相四郎は省みる。馬琴は兄と同じ土俵に乗っているがために、京伝を妬み、そねみ、それがいつしか憎悪に変じてしまったのだろうか。馬琴はけれど、京伝の作に魅入られ、京伝に憧れたからこそ、弟子入りを志願したのではなかったか。若かりし頃のこととはいえ、一度は師事した人物をここまで貶めることができるものだろうか。己の戯作に割く刻を削ってまで、死んだ者をあげつらう書をしたためねばならぬほどに。

*

〈牛の角突きについて詳しく知りたいから、絵にして送ってもらえぬだろうか〉

馬琴から丁重な書状が届いたのは、文政三年春のことである。江戸ではじめて相まみえてからこの一年ほど、書状を出せども出せども返事が来ず、きっと突然の訪問で気分を損ねてしまったのだとすっかり気落ちしていただけに、儀三治は喜び勇んで旅支度をはじめた。

「宇多っ。おーい、宇多」

呼ぶと厨の暖簾を分けて、女房が顔を覗かせた。

「少し旅に出るすけ、支度を頼む」

宇多は前掛けで手を拭きながら、眉をひそめた。声にこそしないが、「またか」という呆れが、その面《おもて》に浮かんでいる。

「今度はどちらまで」

声がいやに低い。地底から響いてくるようである。儀三治は身をすくめたが、なに、馬琴の命じなのだから、これは大事なお役目だと開き直り、

「古志《こし》郡まで行く」

胸を張って告げた。

「なんしに。こんげん雪も残ってるてがんに」

「やらんばならんことがあるすけ。図に描くには、まことのものを見なければよ」

「なにを見に行くがだて」

「まぁそう喧々《けんけん》言うな。ともかく支度を頼む」

しつこい宇多にうんざりし、逃げるように二階の自室に上がった。矢立《やたて》と帳面を袱紗《ふくさ》に包み、墨と硯《すずり》も箱にしまった。

きっとあの節は、気忙《きぜわ》しかっただけなのだろう。そもそも戯作者は、少々変わり者で気難しいものなのだ。そうでなければ、あれほど異彩を放つ戯作は書けぬ。

「そうだ、婿のことも訊いてみんとな」

馬琴の書状の終いに、長女の婿に良い相手はおらぬか、と付け足されてあったのだ。訪ねたときは下女が応対に出たから長女とやらに会ったことはないが、馬琴の義理の息子になれるとあれば、江戸では名乗りを上げる者が引きも切らぬだろう。それであるのに、わざわざこちらに訊いてくれたことに、馬琴が己を親類縁者のごとく信じてくれているのを感じて心が浮き立った。茂兮や幸吉に頼み、いい若者を探さねばならん。思い立つや、急な階段を駆け下りて藁靴に足を突っ込んだ。

「どこへ行がれます」

背後に宇多の声を聞いたが、応えず雪の中に踏み出す。

馬琴が執筆に専念すると語っていた三年が明けるまで、あと一年だ。来年になれば、板行に向けての作業がはじまる。それまでに馬琴の指示に従って、十分な支度を調えなければならぬ。ここまで待ったのだから、必ずいい板本に仕上げなければならぬ。

儀三治は一歩一歩、強く雪を踏みしめる。転ばぬように、足をすくわれぬように気をつけながら、目一杯大股で道を急ぐ。

第六章

一

古志郡二十村《にじゅうむら》の闘牛《うしあわせ》について調べに行ってから、早十年近くが経ってしまった。

儀三治《ぎそうじ》は明けて文政十二年には還暦を迎えるが、耳の聞こえがいっかな治らぬことのほかは、ここ数年は病に罹ることもなく、妙味に乏しい日を送っている。

宇多は、もういない。牛の角突きを調べに行った古志郡から戻って一年半ほど経った頃、腹が痛むと寝込んだと思ったら、五日もせぬうちに逝ってしまった。流行病《はやりやまい》をもらったわけでもなく、駆けつけた医者もなんの病か知れぬと首をひねっていた。儀三治は、狐に化かされているような覚束ない景色の中に、ただぼんやり佇むよりなくなった。

野辺送りが済んでひとりになると、筆を執るのも億劫になった。若い頃こそ嫁を迎えては離縁することを繰り返し、長らく落ち着かなかった儀三治だが、宇多とは二十三年、さしたる不満もなく添うた。多くを語らずとも互いの心裏がわかりすぎるほどわかって、彼女の掌で転がされているような安堵感に包まれていたのである。

宇多が亡くなるひと月ほど前に妹のふじも鬼籍に入ったこともあり、儀三治の心細さと虚しさは日を追うごとに身を蝕《むしば》み、それはやがて埋めようのないほど大きく暗い穴となった。

憔悴を極めた儀三治を娘夫婦は案じ、夕餉の席に幸吉を招くなどして気を遣ってくれた。幸吉もちょうど二年前に連れ合いを亡くしていたから、かような厄難に見舞われるのはなにも特異なことではない、自然の理《ことわり》なのだと、儀三治にそれとなく訴える目当てもあったのだろう。

「まぁ、おれも長《なご》う添うたすけ、未だに独り寝が寂しゅうてのう。年々身体も弱ってくる。茂兮《けい》もだるうて起きられんことがようあると言うとる。おらたはもう、人の手を借りんと立ちゆかん歳だすけ」

幸吉は、飯をゆるゆると食《は》む隙間から言った。このところ、食べたものがどうもうまく喉を通ってゆかぬと、彼はたびたびこぼしている。

「だすけ、新たに嫁をとれ」

幸吉の言葉に、儀三治は眉をひそめ、それから大きくかぶりを振った。宇多に代わる者はこの世にはいない。歳も歳だ。これから先は伴侶を得ず、宇多を偲んで生きていこうと思い決めていたのである。

「この歳だすけ、嫁をとるがだ。だいたい、にしゃ耳が悪い。夜中になんぞあっても、ひとりじゃ気付くこともできねぇっぺ」

「なんぞてば、なんだ」

「んー、そうだな。仮にだな、厨《くりや》から火が出て家の者が騒いでもにしゃ気付かんかもしんねぇし。盗賊に押し入られて、家の者が悲鳴をあげてもにしだけは高鼾《たかいびき》かもしれん」

幸吉の羅列していく災禍が、このとき儀三治の頭に妙に生々しく像を結んだ。火に包まれた家の中でひとり安穏と寝入っている己の様や、刃を振りかざす賊が踏み入った先で、やはりぐっすり眠り込んでいるだらしない寝姿が。

結局、儀三治は後妻を迎えた。宇多が逝って半年後のことだった。

しかしひとまわりも若い嫁女だったせいか、どうにも反りが合わず、半年も持たずに離縁となった。そののち迎えた嫁女も三月《みつき》で別れた。今は、長岡から迎えたおりたとどうにか夫婦の形を保っている。

落ち着くことなく移ろう暮らしに比して、「越後雪譜」は凪いだままだ。板行されることはおろか、恐ろしいことにこの十年、まったく話が進んでいないのだった。

曲亭馬琴から調べてほしいと頼まれた牛の角突きについては、古志郡から戻ってすぐ、詳細な筆記と綿密な絵に起こして、早々に江戸へ送った。馬琴からは通り一遍の礼状こそ届いたが、稿を読んだ上での感想が書かれているでもなく、はたまた次なる作業を示唆するでもなく、そのまま漫然と歳月が過ぎていったような具合なのだ。

これには、つくづく参った。

若い頃の十年ではない。同年代の者の弔いに赴くことも珍しくなくなった昨今、一年板行が延びるだけでもひやひやするのに、たいした音沙汰もなく十年も放置されているのである。

それでも馬琴は、自著に「越後雪譜」や「鈴木牧之《ぼくし》」の名を入れて、「近刻」とする宣伝だけは怠らぬ。合巻にも儀三治の句を引用し、また「越後の鈴木牧之」として作中に登場させることも頻々《ひんぴん》だった。馬琴の戯作は、この塩沢にまで回ってくるほど人気が高いため、村人たちにも、儀三治が江戸と交通し、なにやら書き物をしているらしいことがおのずと知れ渡る。そうなると、

「いつ本が出るんがだ」

「曲亭馬琴と知り合いんがか」

「なんの本を書いてるがだ」

と、近所の者が興味のままに訊いてくるようになる。これまで密かに進めてきたことが、周囲の知るところとなって、

——これで仮に板行の話が頓挫するようなことがあったら、どんげんするがだ。

と、儀三治は生きた心地がしなかった。

馬琴には、折々に書状を出してきた。あからさまな催促ととられぬよう、足りない稿はないか、もし入り用ならばもう少し絵を送るが、とお伺いを立てる形をとった。馬琴からも、毎回ではないが返信はある。しかしそこに書かれているのはたいがい、板本《はんぽん》を出すにあたっての心得であって、板元と板行に向けての細かな詰めをしている気配はいっかな感じられぬのだった。

〈作者の用心は第一に売れることを考え、また板元の元入《もといれ》がいかほどかかるか、何百部売れねば板代《はんだい》が返らぬと申すことを、前序より胸勘定して、その年の紙の相場までよくよく心得ねば、板元のためにも身のためにもなり申さず候。これを知らずただ作るものは素人作者なり〉

紙も無料《ただ》でなければ、板を彫るにも摺るにも手間賃がかかる。板本を作るに要した代金を上回る売れ行きがなければ、板元の損となる。ひいてはそれが、戯作者《げさくしゃ》としての道を阻むことにもなる。だから作者は、板元が損をせぬようよくよく考えねばならない——馬琴の言うことは、なるほど商いの点から見れば道理だろう。けれど儀三治には、本を書く上でなにをどうすれば売れるのかが判然としないのであって、質業や縮《ちぢみ》商いと異なり、努める方向がいまひとつわからないのだった。

〈雅俗の気に入り候様《そうろう》に軍配致し候ことなり〉

馬琴は、売れる戯作の秘訣をそうしたためている。雅とは教養豊かな世界、俗とは人を選ばぬ平易さ読みやすさ。双方がうまく交わってはじめて、巷《ちまた》に広く受け入れられるのだという。なにをおいても、「世上の人に合わせて書くことが一番大事なのだ」と。

「そう言われてもなぁ……」

馬琴の書状を打ち見つつ、儀三治は溜息をつく。

「合わせるべき世間様が、おれにはよう見えん」

江戸に住んでおれば、世間の声が如実に聞こえてくるのだろうか。雪に閉ざされた塩沢では、どのあたりが世間というものなのか、見当がつかない。そもそも、越後という一地域の話に、雅も俗もないのではないか――。

馬琴の論はきっと戯作者を続けていく上で肝要なものなのだろう。だが、一冊の板本すら出せていない儀三治には、どうにも実感が薄い教えだった。

京伝からはかつて、板行するために五十両ほど都合すべしと言われた。つまり儀三治の稿では元は取れぬと板元が判じたのだ。これを伝えた京伝の書状の字面が目に浮かび、苛立ちがぶり返す。

――それでも京伝は、世上の人に合わせろ、とは一度も言わんかったのう。

儀三治は、文机に頰杖を突く。京伝は、稿の中身について詳しく尋ねることこそあったが、一貫して「書き手が心から面白いと思えるものを作るのが一番だ」と言って憚《はばか》らなかった。当代一と称えられた人気の戯作者ゆえ、馬琴のように「世上の人に合わせて書く」心得を背負っていたのかもしれぬが、そんな様子はついぞ見えなかった。

考え詰めるうち、額が熱を持ってきた。障子を細く開けると、夏の暮れの、未練がましく熟んだ風が流れ込んできた。

＊

歯が見事に抜けた。すべての歯を、とうとう失ってしまった。今から五年前、文政六年のことだ。わけもなく歯が抜ける夢は再々見ていたが、よもや、まことに総入れ歯にする羽目になるとは、思いもよらなかった。

馬琴は家の者が寝静まった夜半、庭に出した縁台で涼みつつ、幾度となく、

――ろくなことがない。

と、胸の内で繰り返している。

元号が文政と変わってからというもの、難儀な事態がやたらと押し寄せてくるのだ。宗伯が大病を患い、それに引きずられるようにしてお百もまた病の床についた。両人とも元来身体が弱く、痼癖もあったから、これまでも穏やかならざる日々だったが、こうも立て続けに禍事《まがごと》が起こると因縁めいたものを覚えずにはおられなかった。考えてみれば、宗伯たちが住まう神田明神下の東隣が空いたというので、その家を買い取り、敷地を広げてからというもの不運が襲ってきたようでもある。

「東隣を買いとったろう。刀研師が住んでた家よ。あの土地か家相がよくなかったのじゃあなかろうか」

飯田町の家で同居していた長女の幸《さき》にこぼすと、彼女は訝しげな目を向けてきた。

「父上らしくもございませんね。たいてい目に見えるものしか信じませんのに」

なににつけても杓子定規に計る父親に、幸は常々「戯作者とは思えませぬ」と呆れ顔を向けてきたのだ。馬琴とて、風水だの迷信だのを信じているわけではない。しかしこたびばかりは、よからぬ力が働いているように感じられてならなかった。

「東隣を買いとるまで、宗伯は順調だったではないか。診療所の評判もよければ、松前藩江戸屋敷の出入り医にお取り上げになった。これで一安心じゃと思うたのだ」

長男が武家の出入り医になったことは、馬琴をことのほか喜ばせた。滝沢家はもともと武家である。馬琴はしかし、家のことは兄に預け、出奔《しゅっぽん》して今に至る。ところがその兄が夭逝し、跡継ぎのないまま御家お取りつぶしの憂き目に遭った。これが馬琴の心裏に大きな影を落としていたのだ。それでも宗伯が滝沢の名を継げば、御家の士分回復が叶う。これでご先祖にも顔向けができると肩の荷を降ろした矢先、宗伯が病みついたのである。

「私は、東隣の家のこととは係りがないように思いますが。宗伯が癇性なのは、この飯田町の家に住んでいた時分からのこと」

幸は他人事のような冷たさで、父の憂悶を一蹴した。

「いや、わしの歯が抜け落ちたのも、同じ時期よ。きっとあの家のせいじゃ」

後に引けなくなった馬琴は頑なに言い張り、呆れる幸を受け流して、早速板元連中に家相についての相談を持ちかけた。奴らにみすみす弱みを見せるのは業腹《ごうはら》だったが、心許せる友人を持たぬ馬琴には他に話を聞いてくれそうな相手もなかったのである。

「一度、風水師に視ていただきましょうか」

真っ先に案じ顔を向けたのは、『南総里見八犬伝』の板元、山青堂の山崎平八である。

「私に少々伝《つて》がございますから、話をしてみましょう」

『八犬伝』は評判も売れ行きもよく、こののちかなり先まで続く予定だったが、山青堂は商いを広げているさなかで物入りらしく、前年から続編の板行が滞っていた。その責任を感じてか、やたらと親身に手を尽くしてくれた。

「前に住んでいた刀研師のよからぬ念が残っておるようですな」

山青堂が連れてきた風水師は、屋敷を一巡りしたのち、そう判じた。

「確かに、夜な夜な博徒を集めて騒いでいたとかで、それも息子の悩みの種だったようです」

「ええ。邪念が渦巻いておりますよ。しかし傷んだところを修繕すれば大事ないでしょう。それから、未《ひつじ》の方角に板屋根の門をお造りになると、邪の道を閉ざすことができましょう。あとはお庭の南に池を掘られると、家名が栄えましょう」

馬琴は素直に風水師の言を取り入れ、その通りに改修を行った。そうこうするうち、宗伯、お百ともにわかに癒え、長年ほうぼうに働きかけながらも叶わなかった幸の縁談までまとまったのである。幸の相手については板元のみならず、越後の鈴木牧之にまで周旋を頼んだが、誰ひとりとして眼鏡にかなう者を挙げてこなかったのを馬琴は密かに恨みに思ってきた。ところがここへ来て、志摩屋という呉服屋の手代、新六《しんろく》と話がつき、これを婿に迎えることがとんとん拍子に決まったのだ。気が弱く、線も細く、実直なだけが取り柄のつまらん男だが、家の仕事は遠慮なく頼めそうだと馬琴は見込んだ。下女もなかなか居着かぬ家ゆえ、下男として役に立てば御の字だと割り切ったのだ。

幸が所帯を持ったのを機に、馬琴は飯田町の家を娘夫婦に譲り、神田明神下で宗伯らと同居をはじめた。

こののち三女の鍬も、二十七とだいぶ薹《とう》が立ってはいたが無事嫁ぎ先が決まり、昨年、文政十年には、宗伯も紀州藩の医者である土岐村元立《ときむらげんりゅう》の末娘・鉄《てつ》を娶《めと》った。鉄という名は頑固そうでよくないと、嫁いだ翌日には、路《みち》、と改めさせた。

「関帝籤《かんていせん》でも改名がよいと出たのでな」

戸惑うお路に言い訳がましく伝えると、

「また、そんなものをなすったんですか」

と、お百が非難がましい目を向けてきた。

風水師に家相を見てもらい、状況が好転してからというもの、なにかと籤や占いに頼ることが続いている。

「戯作というのは水ものじゃ。こうして日々真面目に努めておっても、必ず相応の見返りがあるというものでもあるまい」

馬琴が講釈をはじめると、お百は疎ましげに唇を突き出した。

「戯作者と聞けば、民はあたかも異能の者といった眼差しを向ける。時には、もてはやされることもあるだろう。しかし戯作が読まれるのは、世が太平なときに限ってのことなのじゃ。飢饉だの天災だの疫病だのがあれば、誰も戯作になぞ目もくれぬ。かような無用の長物に金や時を費やそうとはせぬ。有事の折には、真っ先に切り捨てられる余興でもあるからな」

診療所が休憩に入ったのだろう、宗伯が座敷に上がってきて、父の言葉に静かに耳を傾けている。茶を出す頃合いでも計っているのか、お路は腰を浮かして聞いている。お百はすっかり話に飽いた様子で、大あくびをしている。

「有事になれば消え失せる。また消え失せたところで、惜しむ者はいかほどもおらぬ。さように不確かな仕事であるのに、寝る間も惜しみ、己の養生さえ怠って努めるのが戯作者じゃ。なんとも虚しい所業よ。関帝籤に頼りたくなる心持ちもわかるじゃろう」

馬琴の筆は還暦を過ぎてもいっかな衰えることはなかったが、少々大袈裟に唱えたのは、お路が側で聞いているからだった。戯作者として一時代を築いた己の精進と苦労とを知らしめたい、という存念と、こちらの金は当てにせず、宗伯の稼ぎだけで生計を立てられるよう節約に努めよ、と暗に諭さんとする心積もりもあった。

「さようなお辛い勤めをなさって、私どもをこれまで養ってくださった。まことにありがたいことにございます。これからのちは、私がこの家をしかと守ってまいりますので、ご安じ召されたい」

宗伯が深く頭を下げた。彼は生来の癇癖ゆえに心身の均衡を欠くことが少なからずあり、時には激高に任せて土器《かわらけ》や調度品を叩き割ることまであるのだが、それでも彼が、馬琴にだけは一貫して従順なのは救いだった。

宗伯の言に、その意気じゃ。こののちはおまえが家を守《も》り立てていくのだぞ、と励ましで応えようとしたときだ。

「あら、雨雲が出てきましたよ」

と、お百の頓狂な声が投げ込まれたのだ。

「今日は明神様にお参りしたあと、紺屋町《こんやちょう》まで足を延ばそうと思ってたんですよ。そろそろ風鈴も買わなきゃいけないですしねぇ」

座は束の間しんと静まり、馬琴のこめかみはひくひくとうねった。お百はまわりに構うことなく、よっこらしょ、と腰を上げ、のそのそと座敷を出て行った。

お百に宗伯という癇癖を持ったふたりと同居となった神田明神下での暮らしは、お路を迎えたことで馬琴にとって思いのほか心易いものとなっている。厨仕事をはじめ、彼女が速やかに家の中を整え、家人の世話をするために、書き物に集中することが叶うのである。ただ、宗伯が去年からまた体調を崩し、寝込む日が増えていることは、憂鬱の種だった。

一仕事終えた晩方、縁台に腰掛けて夜風にあたっていた折、薄闇の庭でぽっかり口を開けている池が目に入り、馬琴はふと不吉を覚えた。

風水師に言われるがまま庭に掘らせた、長さ四間ほどの細長い池である。かたわらに築山《つきやま》と花壇を設え、宗伯の釣ってきた鯉を放し、またそれを濃漿《こくしょう》にして食すなどして楽しんでいたが、日照りが続くと数日で水が涸《か》れてしまうのだ。

宗伯の病と係りがあるようにも思い、一度池のことを調べたほうがよかろうと、馬琴は翌日早々、風水の本を買い込んで片っ端から当たっていったのだ。すると、

〈離山南向の居宅、南方陥りて止水あることは宅相によろしからず〉

との一文に突き当たったから震え上がった。宗伯の生まれ年から割り出した彼の本命卦《ほんめいか》は、巽《たつみ》である。巽の者にとって真南は、天医と称される、心を癒やすための肝要な方向なのに、水を涸らしがちな池があってはよかろうはずがない。

ために馬琴は、人が落ちるようなことがあっては危ないから、と家の者には適当な理由をこね、すぐさま職人を呼んで、慌ただしく池を埋め立ててしまった。

「お路」

万事滞りなく済んで、ようよう人心地ついたところで、南に面した座敷から庭へ目を遣ったまま奥へと声を掛けた。やがて、前掛けで手を拭いながらお路が座敷の入口に膝をつく。

「池を埋め立てたところを、畑にでもするか」

丁字花、さふらん、桔梗、糸薄《いとすすき》、とらの尾、秋海棠《しゅうかいどう》……庭には所狭しと目に楽しい草花が植わっている。薬草が多いのは、宗伯の仕事柄だ。

「よろしゅうございますね。梨や豊後梅と、実のなる木は多《おお》ございますから、野菜も採れれば、膳も賑わいましょう」

お路が厨を仕切るようになってから、朝晩の膳は豊かなものになった。一時は、余分な買い物をしているのではないか、と疑いもしたが、彼女は地のものをうまく使って、凝った支度をするのである。お蔭でお百に厨を任せていた頃よりも、月の出費はずっと少ない。

「池を埋めたから、これからはおまえたちもうまくいくだろうよ」

「……お義父様」

かほどに出来た嫁であるのに、宗伯との夫婦仲は険悪そのものなのだ。もっともお路はなにも悪くない。宗伯は、癇癖が出ると歯止めが利かなくなる。その矛先が、か弱いお路に向かうのだ。罵倒だけにとどまらず、ものを投げ、手を上げることも再々で、お路はすっかり参ってしまい、寝付くことも珍しくなくなった。まるで、お百や宗伯の癪気が伝染《うつ》りでもしたように、ひどい不調をきたすのである。

そんなときでも宗伯は、いっさい妻をいたわらない。それどころか、案じたお百がお路に薬を与えようとするや、声を荒らげて暴れ、妨げるのだ。

――離縁を請われても詮方無かろうな……。

馬琴はひやひやしながら見守っているが、お路は、時に憤懣やるかたなしといった表情を見せながらも黙って耐えている。この年生まれた第一子の太郎を抱えているゆえ、そうしてやり過ごすよりないのだろう。

「あれの性分は、生まれついてのものばかりでもないのじゃ。わしの育て方がよくなかったのかもしれぬ」

宗伯は幼い頃から病弱で、表で遊ぶことが極端に少ない子であった。当人が家の中にいるのを好んだこともあるが、馬琴としても大事な跡取り息子が、そこらの薄汚い童と一緒に泥まみれになって遊ぶのを好まなかったのだ。宗伯を世間様に恥ずかしくない立派な人物にしなければ、滝沢家を守り継ぐ者にせねば、との強い思いが、常に頭にこびりついていたせいだろう。

「娘たちに対するのと宗伯に対するのとでは、わしの躾もまるで異なるものだったからのう。宗伯には厳しく接した。なんとか医者になって、世間に誇れる跡取りにしたかった」

檻に閉じ込めるようにして、息子を育ててしまったのかもしれぬ、と己を責める声が内耳に響く。親の敷いた道を歩めば息子は必ず安泰なのだ、いずれも宗伯のためにしていることなのだ――馬琴はひたすらそう信じてきたのである。

宗伯は抗《あらが》わず、馬琴の願った通りの道を進んだ。しかしそれに呼応するように、年々癇癖は悪化し、興奮すると会話さえ成り立たぬこともたびたびになった。潔癖性にも拍車がかかり、三畳一間を掃き清めるのに二日も三日もかかる。見かねたお百が、「もうたいがいになさいな。十分にきれいですよ」と、たしなめるや暴れ出し、せっかく整頓した部屋をめちゃくちゃに散らかすことも幾度となくあった。

「もし、そうでしたら……」

お路がそっと口を開いた。灯明を吹き消すような心許ない息づかいだった。

「お義父様のために旦那様があのようになったのでしたら、太郎を育てる中で、きっと旦那様の心持ちも変わりましょう。親とは、子のためを一心に願うものでございます。それを身をもって知れば、当時のお義父様のお気持ちもまた、おわかりになるはずです」

彼女は、馬琴を慰めるつもりで言ったのだろう。しかし柔らかなその声を聞くうちに、馬琴は気付いてしまったのだ。

宗伯を一義に考えていたのではない。ただただ己のために、宗伯を思い通りに操ったのだ、ということに。自分の理想通りに育ってくれれば、滝沢家を再興してくれれば、それでよかった。宗伯の思いなど、二の次三の次だった。

「太郎はこの家の跡取りでございます。けれど、私はただ伸びやかに育ってくれればよいと、そう願っております。あの子らしい道を歩んでくれれば、と」

「あの子らしい道、か。それはどのように見付けてやればいいのかね」

年若いお路に諭されたような情けなさもあって、つい語気が荒くなった。お路は言い淀んでしばし目を伏せたのち、つと顔を上げた。

「見付けなくともよいのではないでしょうか」

わずかに声が震えている。舅《しゅうと》に思うところを告げるのを、恐れているようだった。

「親が見付けてやらずとも、子供がいろいろなことを経る中で、自ら見出していけばよいのではないでしょうか。親と子は、血のつながりこそございますが、同じ質ではございませんから」

一息に言って、彼女は畳に目を落とした。

──そんないい加減な話があるものか。

これから子を育てるというのに、まるで他人事のようなお路の言い条に腹が立った。が、省みれば馬琴自身もまた、親に背いて邪道に踏み入ったのである。

なにも応えぬ馬琴に、お路は舅が気分を害したと思ったのだろう。

「出過ぎたことを申しまして」

と、弱々しく頭《こうべ》を垂れた。

馬琴はそれにも応えない。ただ、池のあった場所の、未だまわりと馴染んでおらぬ土塊《つちくれ》をじっと睨んでいる。

二

文政十二年の春、江戸を焼いた火は、京伝が遺し、相四郎が改修して引き継いだ屋敷をも舐め尽くした。隣に建つ蔵だけは禍害を免れたが、家財のみならず貴重な書物や書きかけの稿まで失って、相四郎はすでに決まっていた板行予定を後ろに送るよりなくなった。

「どうやら筋違門《すじかいもん》外の材木置き場から出た火らしいですよ。日本橋や今川橋まで焼け落ちたってんですから、堪りませんよ」

かろうじて無事だった京伝店で、憤然と告げる男衆を、

「ここが残ったのは不幸中の幸いだろう。『八千代香』も『みすの風』も大事ないのだから、いっそう仕事に励むのが助かった者の務めだぞ」

と、筆吉《ふできち》がたしなめた。京伝店では先年から、「八千代香」や「みすの風」といった鬢付け油を売り出している。評判はなかなかで、店は変わらず繁盛している。いずれも店主となった筆吉が男衆らを巧みに盛り立てているお蔭だった。

「幸い、と言えば、母様《かかさま》たちが火事を見ずに済んだことも、ようございましたな」

筆吉の言葉に、相四郎は深く頷く。

女房のくみとふたりの娘は、昨年から長州藩主、毛利斉元侯《なりもと》に付き従って長州に下っていた。七年前、十六になったばかりの長女の増《ます》を長州藩桜田屋敷に奉公に出し、その後、次女の京《きょう》と三女の今《いま》も同じく毛利家のお側《そば》女中に上げた。江戸詰だった毛利斉元侯が帰国するにあたって京と今が従うことになり、ふたりを助けるためにくみも同道したのである。ためにここ一年ほど、相四郎は男所帯で暮らさねばならず、手伝いの婆を雇ったものの家の中はどこか殺伐として、すっきり片付いている日が一日たりともないようなありさまだった。こたびの火事も、そうしたすさんだ暮らしを拭い去るためのものだったのだと思えばいくらかは救われたが、女房がこの惨事を知ったときの落胆を想像するだに、おのずと溜息が漏れた。

くみたち三人が戻ったのは、この火事から三日ののちのことである。長州屋敷から帰府の報せを受け取るや、相四郎は取るものも取りあえず駆けつけ、くみと久方ぶりに相まみえた。旅の疲れは目尻や口元に残っていたが、女房の面輪《おもわ》は変わらず柔らかな温みを放っており、相四郎はなぜか、彼女の胸に顔を埋めて童のように思い切り泣きたいという衝動に駆られる。くみの不在と火事の一件とが、自分で思うより遥かに身にこたえていたのだろう。

「長州は、いかな地であった」

それでも一家の長として、相四郎は出来うる限りの余裕を見せる。

「遠いことには難渋致しましたが、なにしろ美しいところでございました。海に張り出すようにお城が造られていましてね、山を背負った町並みも整って、屋敷のまわりにめぐらされたお堀には魚が泳いでいたりもするのです。皆様にも親切にしていただき、まことに伸びやかに過ごすことが叶いました」

「そうか。それはよかった。私も一度行ってみたいものだ」

「ええ、きっと戯作のいい材となりましょう」

女房の鮮やかな笑顔を前に気が引けたが、相四郎はおそるおそる屋敷を失ったことを告げた。

くみは、長州藩江戸詰の者からすでに火事の子細は聞いていたのだろうし、変わり果てた日本橋あたりも目にしていたろうから、さほど驚きはしなかったが、

「あの屋敷に戻ることを、あちらでも支えにしておりましたのに」

と、睫毛《まつげ》を伏せた。けれどもすぐに明るい笑みをたたえ、

「それより、お伝えしなければならないことがございます」

と、身を乗り出したのだ。

「京が、懐妊いたしましたよ」

相四郎は息を呑む。

「それは……」

「ええ、殿様の」

くみはみなまで言わず、力強く顎を引いた。京が、毛利斉元のお手つきになったということだ。お子を身ごもったのだから、これは京にとっても藩にとっても喜ばしいことである。

「でかしたのう」

お側女中に出すときは、それが京の希望であったとはいえ不安で仕方なかったが、主人の寵愛を受けていると知って相四郎は胸を撫で下ろした。

「今も立派に奉公しておりますし、ふたりともお役目が楽しくて仕方ないと申しております。

これも、おまえ様が子供たちの好きにさせたからでございますよ。筆吉もしかと店を支えておりますし」

「いやぁ、私はなにもしていないさ。兄さんが逝ってから、いや、その前から、戯作を書くのに夢中で、子供らのことはおまえに任せきりだった。悪いことをしたと思っているよ」

「そのお蔭で、あの子たちは思う道を行くことが叶ったのです。口には出しませんが、心の内ではきっとありがたいと思っておりますよ」

「そうだろうか。家のことを顧みずに、戯作にだけ没頭している情けない父親だと思われてやしないだろうか」

くみは袂《たもと》で口元を覆い、小刻みに肩を揺らした。

「親が、日々の暮らしや仕事に夢中になり、楽しんでいる——子供たちが生きていく上で、これほど将来《さき》に希望を持てる見本はございません」

家が片付くまでの間、くみはそのまま長州屋敷に世話になることとなった。身重の京にとっても、実母が側にいればなにかと心強かろうと、毛利侯がはからってくれたのである。

相四郎は、焼け残った蔵で暮らしながら屋敷再築の算段を練っているが、ここまで広範に焼けると大工も手が足りないのだろう、普請の予定がなかなか立たぬ。見舞いに訪れる板元たちの差し入れをぽそぽそと食し、薄暗い蔵の中に籠もっていると、薦被《こもかぶ》りにでもなったようで気が塞いだ。板行時期を後ろにずらしたこともあって、筆を執る気力も出ない。詮方無く、蔵に仕舞い込んであった京伝の遺した書物をいたずらにめくるうち、「出火持ちのき」と表書きされた紙の束を見付ける。火事のときは必ず持ち出すように、という断り書きであるから大事なものだろうと開くと、見慣れた草稿が現れた。

「これは、あの越後の……」

鈴木牧之が送って来た越後の綺談である。このところ、馬琴の書にたびたび宣伝が載ってはいたから、京伝から馬琴へ鞍替えしたのかと、どことなく釈然としない心持ちでいたのだが、今はどうなっているのだろう。まだどこからも板行されていないはずだが。

相四郎は改めて、牧之の描いた越後の風物をひとつひとつ見澄ましていく。かんじきという大きな草鞋《わらじ》や、雪でできた洞の中へ人が入っていく様、毛むくじゃらの怪物や、総身を炎で覆われた狐。目を凝らしても、虚実の境がどこにあるのか見当すらつかぬ絵に魅入られる。

我が住む塩沢の巽三里余《よ》に清水村というあり。この村持ちの山に笈掛岩《おいかけいわ》というあり。高さ十丈あまり横二十五間あり。下に谷川あり、その形、屏風を開きてたてまわしたるがごとし。岩の頂き反り伏して川に覆いたる下は四、五十人坐して狭からぬほどにて屋根あるがごとし。岩の越後には名を呼ぶ奇岩多き中にこれもそのひとつなり。この笈掛岩の氷柱こそ我が国の人すら目を驚かすなれ。その氷柱、あまた垂れ下がりたる中には、長さは十丈ばかり、太さはふた抱えもあるべし。垂れたる形は蠟燭の流れたるようなれど、里地の氷柱と違《たが》いて屈曲種々のかたちをなして水晶にて工《たく》みに作りなしたるがごとく、玲瓏《れいろう》として透き通るが曒《あさひ》の輝きたるものに比《たぐ》うべきなしと、この清水村の里正《りせい》阿部翁のものがたりにてききぬ。右の氷柱さえ我をはじめ氷柱はめずらしからねば強いて見に行く人なし。この清水村の阿部翁はむかし世に聞こえたる阿部右衛門尉が子孫なり。世々清水越えの関守たり。ここに長尾伊賀守の城跡あり。

実直な筆である。余計な比喩も、大袈裟な脚色もなく、土地の姿を精妙に写したような言葉運びだ。大きな起伏もなければ、息を呑むような場面もない。随筆は戯作と異なるのだから、下手に盛り上げる必要はないのだが、にしても、奇想天外な内容に比して、その筆致が淡々としすぎていると評す向きもあるかもしれない。けれど、これは牧之、いや越後の者にとっての日常なのだ。当たり前の光景なのだ。江戸人には馴染みがないゆえ奇っ怪に感ずる風俗も、その土地の暮らしに欠かせぬものなのだ。牧之の冷静な筆運びは、そうした連綿と続いてきた営みの尊さを確かに伝えるものだった。

兄、京伝はこれをどう読んだのか。なかなか珍しいと思ってね、と軽く請け負ったようだが、詳細な感想までは聞かなかった。牧之の絵には至極感心していたが、文章についてはなにも語っていない。

——もしかすると兄さんには、わからなかったかもしれないな。

頭の中で変幻自在に物語を生み出し、まるでその目で見てきたような臨場感をもって活写してしまう京伝にはきっと、ひたすら物事を調べ、歩き回り、実物を前に目を凝らし、微に入り細を穿《うが》って書き留めることでようよう形を成す——そうした地道な努力に気付くことができなかったのかもしれない。

——馬琴は、板行作業を進めているのだろうか。

情とは無縁のあの馬琴が、自作の執筆だけでも多忙な中、細やかに目配りをして、牧之を導いているとはとても思えなかった。

——今一度、牧之に訊いてみるか。

そんな気持ちが湧いたのは、八月の頭、京が無事に姫君を産んだと報せが入り、火事の災禍を忘れるほど気持ちが晴れたせいもあろう。気力が横溢するに任せて、牧之への文をしたためたのである。

もし越後の話の板行が進んでおらぬようなら、こちらでその役目を担う用意があるという意向に加え、具体的な体裁についても案を出した。

題簽《だいせん》、「越後国雪物語」

鈴木牧之　作
山東京山　校合《きょうごう》
歌川国貞　画
とする。

京伝が請け負った折は、売れ行きのために「京伝著述、牧之校合」とすべしと板元から言われたようだが、牧之の稿をもとに編むのであれば、彼の著述とするのが至当だろう。絵師には、牧之から送られてくる絵に照らしつつ細かに描き込むことが得手な国貞がふさわしい。彼はこのところすっかり売れっ子で、依頼が相次いでいると聞くが、かほどに珍しい材であれば喜んで受けるに相違ない。

――こちらに任せてもらえれば、きっといい本になる。雪国の習いや暮らし、長く伝わる逸話は、必ず多くの者を惹き付けるだろう。

思い立ったが吉日と、相四郎は秋の終わりに企図をまとめた書状を塩沢に送った。

が、ほどなくして届いた返信には、丁重な断りの文言が書き連ねてあったのだった。

――やはり、馬琴の手で世に出したいか。

相四郎は肩を落とす。知名度を比べれば、むろんのこと馬琴に軍配が上がる。それに馬琴はこれまで、自身の著作で幾度となく「越後雪譜」の宣伝をしている。今さら他の者と組むのは不義理だと牧之が考えるのも詮方無い。

――馬琴もまた、この書をどうあっても手放す気はないのだろう。

そのわりに時ばかり食って、この本の板元がどこであるかさえも聞こえてこないのは奇妙なことだった。

＊

宗伯の校合は、まことに優れている。

馬琴は、この点においては息子に全幅の信頼を置いていた。そもそもが潔癖な性分ゆえ、誤字脱字を目を皿のようにして洗い出すこの作業は、彼の性に合っているようだった。

摺師に回す前に徹底して読み込んで校閲を行い、摺り見本があがるや、稿と照らして一字一句間違いがないか入念に校合を施す。この過程に馬琴はなにより重きを置いていた。

「板元は板本を作って売るのが商売ゆえ、多少の誤字があろうが、ともかく板行すればいいという肚《はら》よ。しかし、いい加減に校合のなされたものが世に出れば、たちまち学者の餌食になろう」

馬琴は宗伯に、事あるごとに言って聞かせてきた。

「学者連中は戯作者のことを見下しておるゆえな。こんな筆法は正しからず、もっと学んでから書くべしと、逐一居丈高に言うてくる。奴らをも黙らせるほどの校合をなさねば、世に広く認められるものにはならんのじゃ」

宗伯は、父の言葉を肝に銘じているのだろう。時を掛け、ひとつの粗《あら》も見落とさぬよう隅々にまで目を光らせる。馬琴もまた、己の書いたものを十回二十回と読み直し、おかしなところがないか精査していく。それが出来の良し悪しに繋がって、馬琴の考証随筆は高い評判を取っていた。黄表紙や合巻《ごうかん》と異なり、随筆はよくて三百部程度しか売れぬのだが、『玄同放言』は江戸で三百、京で二百も出た。『燕石襍志《えんせきざっし》』『烹雑《にまぜ》の記』では叶わなかった好評を得ている。

千部いかぬのが普通である読本においても、『八犬伝』はすでに九百以上出ており、洒落本に近い売り部数を誇っていた。京伝が生前書いた読本には百部程度のものもあったことを思えば、大勝利といったところだろう。もっとも合巻などの分野と比べればまだまだだが……と、そこまで考えて、馬琴はむっと鼻の頭に皺を刻んだ。

山東京山の合巻が、このところだいぶ売れているとつい先だって耳にしたからである。なんでも五千部に届いたものもあるらしく、板元たちが騒いでいたのだ。あんな粗末な代物がそれほど読まれているとは、まったく世も末だ。易きに流れた作が流布することで読み手の質が下がり、それがひいては骨のある読本や考証随筆の売れ行き減退にも繋がる。この道理が、板元連中にはわからんのだろうか。

「そういえば、父上」

文机に突っ伏さんばかりにして校合を行っていた宗伯が、つと顔を上げた。

「牛の角突きの図を使うことについては、念のため、越後に問い合わせたほうがよろしゅうございますか」

『南総里見八犬伝』七輯《しゅう》巻之五に、牧之の描いた牛の角突きの図を入れることにしたのである。十年ほど前に塩沢の牧之から「古志郡二十村闘牛之図《うしあわせのず》」をもらい受け、いずれなにかの戯作に活かそうと寝かしておいたのだが、『八犬伝』にこれを用いることにした。牧之の絵をもとに、渓斎英泉《けいさいえいせん》が立派な画に仕上げるところまで滞りなく運んでいたのだ。

ところが執筆途中の文政九年、『八犬伝』の板元だった山青堂が突如として破綻したのである。あれほど人に風水師を勧めながら、自身の将来は占わなかったとみえる。これはまったく青天の霹靂《へきれき》で、さしもの馬琴も声を失ったが、幸い涌泉堂《ゆうせんどう》の美濃屋《みのや》甚三郎《じんざぶろう》が素早く動き、それまで板行していた五輯分の板木を山青堂から引き取って、続きも涌泉堂から板行すると大々的に告知したため、『八犬伝』は頓挫をまぬがれたのだった。

板元変更による煩雑な手続きもあって七輯の板行も遅れ、闘牛のくだりは来年世に出る運びとなったゆえ、今一度校合の手間を掛けていた。

「牧之には、『八犬伝』で使う旨すでに申し届けをしてある。巻末に、出典として彼の名も入れておろう。向こうはそれで諒承しておるのだから、なにも改めて問い合わせることはない」

馬琴が答えると、宗伯は「さようにございますか」と、素直に受け入れた。しかし、程なくしてまた顔を上げると、

「『越後雪譜』には、いつ取りかかられるのです」

と、よけいなことを訊いてきた。

牧之から、稿を預かってすでに十年以上が経っている。折々に自著に宣伝こそ入れてきたが、これを本にする気力は、正直なところ馬琴にはもはや残っていなかった。歯がすべて抜け落ち、身体の衰えも甚だしい。六十三という齢を思えば、『八犬伝』を完結させることすらも叶うかどうか怪しい。それに加えて、多くの図版を要する「越後雪譜」を、塩沢と幾度も書翰《しょかん》でやりとりして確認しながら何巻も形にすることを思うと、それだけで気が遠くなる。

「ああいうものは、今の流行りではないからな。出してもどうだろうか」

適当な言でごまかした。しかし宗伯は、言葉の奥にあるものを察するような質《たち》ではない。

「ああいうもの、とはどういったものでございましょう」

四角四面に訊いてくる。

「いや、だから随筆のようなものだ」

「しかし随筆でも売れているものは多いと伺いますが」

「随筆といっても、牧之の書いたものは越後に限った話で、田舎の風物を扱ったものは売れぬのじゃ」

なにも宗伯は、「越後雪譜」を板行しないことを責めているわけでもないのだった。ただただ疑問に思ったことを口にしているだけなのだが、納得するまで延々質問を繰り返す執拗さに馬琴は辟易《へきえき》している。

「お言葉ですが、十返舎一九の『東海道中膝栗毛』は紀行ものながら、たいそうな評判でございますよ。診療所に来る患者にも、読んでいる者があるくらいで」

「あれは、雅俗の俗しかないような代物よ。あんなものと一緒くたにしては、さすがに牧之が憐れじゃろう」

憤然と言い返し、馬琴は話を仕舞った。宗伯は、腑に落ちなかったのだろう、落ち着きなく貧乏揺すりをはじめた。思い通りにならなかったときの癇癪《かんしゃく》が出ている。馬琴は焦り、とっさに、

「牧之の長大な稿を書き直して校合すれば、何年かかろうか。わしは幾度も稿に目を通して推敲をしていくゆえ、自作であっても板本になる頃には飽き飽きするほどじゃ。これが他人の書いたものならなおのこと。そこに労を費やすのであれば、この『八犬伝』をおまえと二人三脚で仕上げることのほうが、ずっと重んじるべきことじゃとは思わんか」

ゆっくり説いて聞かせると、ようよう宗伯の貧乏揺すりが収まった。馬琴はそっと息をついて、文机に向き直る。

――家族というものは、なにごとかを極める上では足手まといにしかならんな。

胸裡でうっそりとつぶやいた。

三

文政十三年となり、六十を過ぎた儀三治は、ここへきて己の身体が一気に老け込んだことを認めぬわけにはいかなかった。そのせいかも知れない。自室に籠もって文机に向かっていると、聞こえぬはずの右耳の奥から、「早く」「早く」と、急《せ》かす声が聞こえてくるのだ。それは時に、もう亡い宇多《うた》の声にも思えた。旦那様、死ぬまでに一作でも板本を出さんば成仏できねぇぜね、と。

――鈴木牧之と刻まれた板本を見せて、あれを驚かせてやりたかった。

夫婦になって七年が経ったおりたとは相応に馴染んではいるが、女房として思い浮かぶのは、なぜか宇多だけなのだった。

――あれはおれを解してくれた、この世で唯一の者だったかもしれん。

曲亭馬琴には、それとなく催促めいた文言を含ませた書状を送り続けている。しかし返信は年々減っており、板行の進捗も藪の中だった。これではいかに書状を送っても、飛脚賃がかかるばかりで埒《らち》が明かぬ。江戸で馬琴の屋敷を訪ねた折のぞんざいな応対も思い出され、儀三治はそのたび、文机脇の棚に置いてある山東京山からの書状にすがるような目を遣ってしまう。

「越後雪譜」は馬琴に委ねたものだし、過去に京伝とのやりとりがうまく運ばなかったこともあるから、その弟の京山と組む気にはなれずに一旦は断ったものの、思い切って京山に賭けてみるかと、今更ながら気に迷いが生じはじめている。

　京山から再び書状が届いたのは、まさにそんな折であったのだ。

〈越後国雪物語の事、さてさて残念に存じ奉《たてまつ》り候《そうろう》〉

　儀三治の返事を受けた文言からはじまっている文《ふみ》には、確かに今は曲亭馬琴著述として板行する流れになっているかもしれぬが、もとはといえば、兄の京伝が請け負った話である、しかも長きにわたり板行せぬままでいるのであれば、こちらで引き取っても道理を外れておらぬのではないか——と、昨年の書状より一段踏み込んだ文言が連なっている。

　ありがたく感ずるも、京山の入れ込み方は、板行を急《せ》いている儀三治にさえ、やや過剰に映るものだった。雪話のなにがそこまで彼を惹き付けるのか、と。確かに、これまで京伝も馬琴も相応に認めてはくれた。が、それはあくまでこちらの依頼に応えた形であって、稿を見出し、板行させてほしいと向こうから頼んできたのは京山だけである。彼はおそらく、かつて京伝に送った稿を目にしたのだろう。稿に接して感心したにしても、馬琴から引き取る手間を掛けてでも自らのもとで出したいという執念を、儀三治は怪しんだのだ。

　日を置かずに京山から届いた書翰には、「蛙《あ》鳴秘鈔《めいひしょう》」なる一書が差し挟まれていた。開き見れば、戯作者になる以前の馬琴の経歴がつらつらと書かれたもので、それ自体、儀三治を大いに驚かせたのだが、ことに京伝と馬琴との関わりについては、これまで漠と想像していた師弟の間柄とは異なる、至って冷ややかなものだったことに動じたのである。馬琴は弟子として京伝の屋敷に住み込み、戯作の手ほどきを受けたにもかかわらず、京伝の身《み》罷《まか》った折には葬儀にも顔を出さなかったという。

〈八日の葬礼の時、馬琴病ありとて、倅宗伯、名代とて寺に至る。初七日の日、招きしかども来たらず。宗伯、香典を持ち来たれり。墓参りにも来りたるや覚束なし〉

塩沢では、世話になった者の冠婚葬祭には這ってでも行く。儀三治もこれまで幾度となく臥《ふ》せってきたが、そのさなかに誰ぞの弔いがあれば顔だけでも出してきた。それが家長たる者の務めなのだ。

京伝が身罷った節は、馬琴と今ほど繁くやりとりをしていなかったゆえ知らぬだけかもしれぬが、恩師の葬儀にも行けぬほどひどい病に罹ったという話を、彼から聞かされたことはない。しかも馬琴はそののちも、線香の一本、あげに来ることはなかったらしい。

――こっけの不義理はなかなかできることっちゃねぇ。

儀三治は胸の内に不穏が渦巻くのを止められなかった。戯作者になるための足掛かりを作ってくれた師に対してここまでできるとなれば、「越後雪譜」板行の約束を反故《ほご》にすることくらい、なんでもないのではないか。いや、そんなことはない。自作にあれほど牧之の名を入れ、板行に先立って宣伝を繰り返しているのだから、いずれ取りかかる気でいるはずだ。しかし、その「いずれ」は、いつ来るのか。馬琴が板行を請け負ってから、気付けば早十二年が経っている。

村の俳句の集まりがあったのは京山からの書状が届いた三日後で、散会ののちに儀三治は、久方ぶりに茂兮《もけい》と幸吉を屋敷に招いて盃を傾けた。茂兮は庄屋の役を息子に任せて隠居し、幸吉は縮の行商からすっかり手を引いて、平野屋にて修業の日々を送っている。

「酒は奥が深いぞ。おれは雇われとるだけだすけ、みなに教わりながら励んでおると、毎日新たな驚きがあるんがそ。醸造は繰り返しの作業だすけ、目まぐるしくやることが変わるわけでもねぇのに、その作業のひとつひとつに今まで気付けなかったことが潜んでおるすけ不思議だな」

幸吉は盃を舐めながらしみじみと言う。彼は、醸造に携わるようになってから、その人となりに、深みのようなものが加わった。茂兮がすっかり呑気な老人になりつつある今、儀三治は相談事があれば幸吉を頼むまでになっている。

「毎日か。そんげん気付くことがあるかなぁ」

のんびり返した茂兮に、幸吉は前のめりで頷いた。

「そらそうよ。酒とひと口に言っても、銘柄によって味が違うっぺ。それに同じ銘柄のものでも、その年によってわずかに出来が違ってくる。陽気との兼ね合いで、作業も細かに加減せねばならん。冬の寒さ、夏の暑さがまったく同じ年はないすけ、毎年同じようにはならんがそ」

幸吉が得々として語るのを聞くうち、どういうものか、儀三治の胸に羨望が湧き出した。ひとつ事を究めるというのは、かほどに豊かなことか、人ひとりをここまで成長させるものなのかと、改めて感じ入ったからである。

むろん儀三治も、文筆をたゆまず続けてきた。しかし、幸吉の酒が世に出て余人を楽しませているのに比して、自分の書いたものは未だ日の目を見ることがない。誰の目にも触れず、馬琴の屋敷にひっそり眠っているのだ。

「にしゃいいなぁ。己を賭けるものが見付かったがだな」

思わず漏らすと、幸吉がこちらに向いて目をしばたたかせた。

「にしがそっげんことを言うなんて珍しいなぁ。おれのこたぁ叱ってばっかだったてがんに」

「いや、縮商いでは、にしゃどこかそっぽ向いとるとこがあったすけ。縮はおれのほうがようやったすけ」

己のことを褒めるやつがあるか、と茂兮が笑ったが、幸吉は真剣な面持ちで耳を傾けている。

「そうだすけ、にしゃ、これ、というものを見付《めっ》けたがっぺ。こっけな歳になっても、毎日が修業だと言って楽しんでられるもんを見付けたがぞ」

「まぁこの歳になってようやっとだすけ、褒められたものではねぇぞ」

照れ臭いのか、幸吉はいつもの調子で茶化しはしたが、酒をひと口含むと居住まいを正した。

「にしも日々励んでおるっぺな。おれより長《なご》う身を入れてやっとることがあるっぺな」

儀三治が物を書いていることは、馬琴が再々その板本で宣伝してきたゆえ、すでに村中に知れ渡っている。

「いつかにしの板本が出たら、その名の酒を造ってやるすけ。おれもそれまで修業に励む。にしも精進するこった」

あたかも元服前の若者が励まし合うような幸吉の口振りにこそばゆさを感じぬでもなかったが、儀三治は腹の奥底に温かなものが湧いてくるのを、ただただ味わうことにした。

六十を越えても、まだ先がある。生きている限り、精進することも、夢を見続けることもできるのだ。

夜更けまで飲んで、互いのこれからを語り合った。みなが帰ってから儀三治は、その昂揚のままに馬琴に書状をしたためた。山東京山が雪話を板行したいと再々言ってきている、これを断るためにも早めに上板できないか——今回ばかりは遠慮せず、はっきりと催促の弁を並べたのだった。

「これで、さしもの馬琴も動いてくれるはずだ」

目の前の紙面に言い聞かせるような、儀三治の太く強い声が、夜のしじまを震わせた。

*

二十村闘牛の話を組み入れた『南総里見八犬伝』の七輯巻之五は、この正月、涌泉堂から無事板行の運びとなった。

それまで『八犬伝』の板行を担っていた山青堂から、「商いの手を広げたお蔭で台所事情が厳しくなったため『八犬伝』を手放したい」と告げられたときには、驚きを通り越して怒りで総身が震えたものだった。かほどの名作をやすやすと手放すなど、板元として考えがなっておらんのではないか、と店主の山崎平八にだいぶ詰め寄りもした。しかし彼は、

「まったく、おっしゃる通りにございます」

と、死んだ魚の目をして受け流すばかりで、弁解もしなければ詫びることもなかった。

どうやら山青堂は曲亭馬琴との付き合いにほとほと疲れたらしくて、台所事情を言い訳に『八犬伝』を手放したようですよ、と口さがない板元連中の噂が風に乗って聞こえてきたのは、それから半年ほどが経った頃だ。嘘かまことか、確かめるのも馬鹿らしく馬琴はうっちゃっておいたが、どこでこれを耳に入れたのか、宗伯が、

「かほどに評判の本を書いても、板元が付き合いを断ってくるということがあるのでございますね」

と、当人は感じたことを率直に声にしただけだろうが、聞かせる側への配慮を欠いたことを言って、馬琴に痛手を負わせた。

このまま『八犬伝』を潰《つい》えさせれば、他の板元も退いていくのではないか。そんな恐怖が押し寄せたが、涌泉堂美濃屋甚三郎が引き受けることでどうにか落ち着いたのである。

山青堂から出した分の板木も涌泉堂が買い取り、巧みに宣伝も打ち、このたびの板行もつつがなく終えてホッとしていたところ、再び難題が持ち上がったのは皐月も終わりのことであった。

資金が足りぬ、と美濃屋甚三郎が言ってきたのだ。

「七輯は、他からの援助を受けてどうにか形にすることが叶ったのですが、この続きはどうにも板行が難しく……」

神田明神下までやって来た美濃屋は、もごもごとそんな言い訳をした。

「一輯しか出せぬほどしか蓄えがないのであれば、なぜ引き取ると手を挙げたっ」

苛立ちに任せて、馬琴は畳を手で打った。が、美濃屋は言を左右にして、のらりくらりと逃げた挙げ句、

「このたび板行にかかる分を肩代わりしてくださったのが、文溪堂《ぶんけいどう》にございますれば、いかがでしょう、このちはそちらから出されては。これまでの板木も買いとると申しておりますから」

のうのうと言い放ったのだ。

文溪堂は、大判の浮世絵を多く出している板元で、馬琴はさほど付き合いがない。しかし両板元の間ですでに話はついているらしく、文溪堂の丁字屋《ちょうじや》平兵衛《へいべえ》から改めてお話しさせていただくので、と美濃屋は一刻も早くこの屋敷を去りたいと言わんばかりに性急に話を運んだ。この男を問い詰めたところで埒が明かぬだろうと馬琴は見切り、丁字屋に早く訪ねてくるよう伝

えよ、とだけ言って美濃屋を解き放した。

気を取り直し、仙鶴堂で出している合巻『傾城水滸伝《けいせいすいこでん》』の続きを書くために文机に向かう。

しかし程なくして筆は止まり、ごろりと重い溜息が出た。

——寄って集《たか》って、わしを邪険にしおって。

美濃屋もおおかた、自分との付き合いが面倒になったのだろう。執拗に校合し、画についても細かな注文を出し、まるまる一冊、隅々までぬかりないものを仕上げようとするこだわりが、なるたけ手間暇かけずにさっさと板行して十二分な利益を上げればそれで良しという板元には鬱陶しく映るに相違ない。しかし、優れた板本を目指して労を掛けることの、なにがいけないのか。板本は一度摺られれば書き直しは利かぬ。そうして長く残るものになる。だからこそ一字一句、得心いくまで直し続け、妥協せず完璧なものに仕上げねばならない。そうしなければ、せっかく生まれた物語は成就することなく、その命を無駄に摩耗するだけになってしまう。戯作者たる者、自分が起こした作中に生ける者たちに対して、そんな無礼を働いてはならぬのだ。

「父上、今、よろしいですか」

襖の向こうから宗伯の声がして、馬琴は手の平にだらりと寝そべっていた筆を握り直した。返事をすると宗伯が、このところ前にも増して青白くなった顔を突き出し、文《ふみ》が届いておりますが、と遠慮がちに言う。

「丁字屋であろう。手回しのいいことだ。早速訪ねてくるとでも言うのだろう」

鼻であしらうと、いえ、と彼は首を横に振った。

「越後の方からにございます」

告げるや、分厚い紙の束を馬琴の文机に置いた。ただでさえ鬱していた気持ちが、ますます暗くなる。

「またか。よほど暇と見える」

馬琴は毒づき、その場で渋々文を開き見て、顔を険しくした。いつもと代わり映えせぬ板行催促だろうと読み進めるうち、見過ごせぬ名を見付けたからだった。

山東京山。

馬琴のもっとも忌み嫌う男である。

かつて山東京伝に抱いていた嫌悪は、ある種の屈託だと馬琴自身薄々感じている。しかし、京山へのそれは、混じりけのない純然たる嫌悪であった。さしたる才もないのに、兄の威光で板元と親しみ、単にその人の好さで重宝されているのだ。文筆で生きるのであれば書いたもので勝負すべきなのに、あの男は、ほうぼうにへつらっては箸にも棒にもかからぬ駄作を世に送り出し、いっぱしの戯作者を気取っている。あんな駄文を摺るくらいなら、その紙でケツでも拭いたほうがましだ。京山先生はお人柄がなにしろ宜しいですからね、と板元たちは口を揃えるが、そうせねば渡っていかれぬからだろう。そもそも、京伝ほどの才を間近に見ながら、よくあの程度の筆で世に出ようと思ったものだ。厚顔にも程がある。才のない者は才のないことにすら気付けぬというが、京山はまさにその類いである。

罵詈雑言を胸の内に並べ、馬琴は顳を揉んだ。

――しかし京山は、「越後雪譜」のなにを見込んだのか。

江戸では珍しい雪の話や越後の逸話に惹かれるのは、わからぬでもない。興味を持つ読み手も多々いると見立てたのだろう。しかし、曲亭馬琴がすでに手掛けていると牧之は告げたはずだし、馬琴の著作に再々宣伝を打っていることからも知らぬはずはない。それでもなお、手ずから板行したいと申し出るというのは、いかなることか。

馬琴はしばし考えにもぐり、やがてひとつの答えに行き着いた。

——おおかた、わしへの意趣返しのつもりだろう。

曲亭馬琴が為し得なかった板行を己が形にすれば、箔《はく》が付くとでも思っているのだ。もしくは『伊波伝毛乃記《いわでものき》』をしたためたのが馬琴だと察して、根に持っているのか。くだらぬ男だ、と鼻で嗤ったところで、馬琴自身もまた、京伝の名で板行できなかった「越後雪譜」を己の名で世に出せば、京伝を越えられると意気込んでいたことを思い出し、うそ寒い心持ちになった。

「お返事を出されたほうがよろしいか、と」

忌々しい思いで文を畳んだところで、不意に宗伯が口を開いた。

「越後の方は幾度となく文を寄越しております。おそらくは『越後雪譜』の板行を首を長くして待たれておるのではないか、と。あのような田舎で、他にすべきこともない中では、一日千秋の思いでございましょう」

牧之を気遣っての物言いだろうが、宗伯は江戸より他の土地を板本のひとつもない秘境とでも思っているのか、彼らがなにもせずに日がな一日過ごしているとの偏見を捨てようとはしない。これにはお路が再々、「江戸の外では多くの作物が作られております。それが江戸に廻り、この膳にも上るのでございます」と説いてきたが、宗伯はそのたびお路をひどく叱り、時には彼女を打擲《ちょうちゃく》してまで否やを唱えた。お路のなにがそんなに気に障るのか、馬琴には一向わからぬ。頭がよく、辛抱強く、万事によくできた嫁なのだ。

おととし、長男の太郎が無事生まれ、お路は今年、第二子となる長女つぎを産んだ。にもかかわらず夫婦仲は依然険悪なままだった。

「『越後雪譜』は……そうじゃのう。あの牧之という男は、名声を博したいだけじゃとわしには思える。書きたいものがあって、それに純真に向かっているのではのうて、江戸でなにかしら板行して、地元の名士として名を馳せたいという欲に囚われているだけではないかのう。その証に、十返舎一九に頼まれて、秋山とかいう余人の踏み入れぬ秘境まで行ったと、少し前に書いて寄越したのだ」

一九あたりと組むとはなんと浅はかな、と牧之からこれを聞かされたとき、馬琴はあいた口が塞がらなかった。あのようなふざけたものばかり書いている戯作者と組んで板本を出せば、鈴木牧之の名に愚物の烙印が押されてしまう。となれば、余人は「越後雪譜」まで安っぽい印象を抱くだろう。せっかくこれまで宣伝してきたことが無に帰す——馬琴はそうしたためた文を、そのとき牧之に送ったのだが、彼は一九著作『滑稽旅賀羅寿《こっけいたびがらす》』に熊狩りの案内人としてその名を刻んだのみならず、一九に頼まれた仕事を今なお進めているらしかった。

「一九の『方言修行金草鞋《むだしゅぎょうかねのわらじ》』を読んだかね。あれは諸国の道中記だそうだが、旅するふたりの名が、鼻毛延高《はなげののびたか》と千久良坊《ちくらぼう》というらしい。まったくくだらん。こんなふざけた書き手とでも平然と組む男だよ、牧之というのは」

語るうちに苛立ちの黒雲が濃くなる。馬琴が日々、血の滲むような思いで文机に向かう一方で、適当な戯れ言を連ねて板本の価値を貶《おとし》めているのが一九なのだ。しかも彼の作は、広く評判をとっているらしいから、いっそう腹立たしい。

「確かに主役のふたりの名はふざけてはおりますが」

宗伯が、常に青白い顔をこちらに真っ直ぐ向けた。

「紀行としてはまことに優れたものでございましたよ」

案外な言い様に、馬琴は眉根を寄せる。

「確か、一九自身がまことに越後を含めた諸国に赴き、しかと調べた上で書かれた道中記とのことで、読んでいて私もその地を歩いておるような、不思議な思いをいたしました。さすが、十返舎一九ほどになると、私が見たこともない土地を、あたかも自分が赴いている気になるがごとくに伝えることができるのか、と舌を巻いた次第で」

面白くなかった。あんなふざけた駄作を褒める者があること自体、許しがたいのに、よりによって常日頃校合者として馬琴の作に触れている身内が、手放しで一九の筆を褒めたのである。馬鹿者っ、と大声で怒鳴りつけてやりたい衝動を、しかし馬琴はすんでのところで飲み込んだ。

「そうか、わしは読んでおらんでな」

それだけ応え、

「おまえはそろそろ往診の刻であろう。さ、ここは気にせずに行くとよい」

なるたけ穏やかに告げた。宗伯は素直に頷いたが、

「では、越後の方への返信を、ゆめゆめお忘れなきよう」

と書斎を出しな、いらぬ念を押した。こめかみの血道が激しくうねり、頭痛までしてきたが、馬琴は黙して耐えた。障子窓を開け、皐月終わりの生ぬるい風が流れ込んでくるのに身を委ねていると、いくらか心が落ち着いたが、西隣の家が目に入るや再び気が鬱してきた。

隣家の、建て増しした箇所の垂木《たるき》が五寸ばかり塀を越えてこちらにはみ出している。ために雨水が、馬琴の屋敷の敷地へと流れ落ちてくるのである。

——なにゆえ、境界ぎりぎりのところまで増築したのか。

西隣には伊藤常貞なる老爺《ろうや》一家が住まっているのだが、揃って礼というものを知らぬ。物売

りからものを買っては、銭を投げ寄越すような低俗な輩《やから》である。関わるまいとしているが、向こうは向こうでこちらの庭木の枝がはみ出してきているだの、医者とはいえ人の出入りが多くて落ち着かぬだのと、お路あたりをつかまえて始終因縁をつけてきている。お義父様は名があるのですから悶着を起こしてはなりませぬ、とお路に止められ、苦情を言うのは今のところ我慢しているが、伊藤の家が目に入るだけで刺々《とげとげ》しい心持ちになるのだ。

せっかく風に当たって冷静を取り戻した頭が沸々と煮えはじめ、その勢いで、筆を執った。宗伯の望み通り、牧之に返信を書くのである。墨を磨り、紙を広げ、一気に筆を走らせる。

どこかで、それでよいのかと思わぬでもなかった。短慮ではないか、との声も聞こえた。しかし馬琴は、筆を運ぶうちに、なにか得体の知れぬ憑きものが落ちていくような、安堵と清々《すがすが》しさとに覆われていくのを感じてもいる。

＊

珍しく、さほど日を置かずに届いた馬琴からの返信を開き見て、儀三治は、これを持つ手指がかじかんでいくのに耐えねばならなかった。

山東京山が「越後雪譜」の板行を望んでいるのであれば、こちらは手を引くゆえ、遠慮なさらぬよう——書かれていたのは、あっさり関わりを絶ち切るような、ひどく冷ややかな文言だったのだ。引き留める言葉はひと言もなく、手放すにしても十二年待たせたことを詫びるでもなく、ただただ厄介払いができて安堵しているような文調に、儀三治は総身の骨を粉々に砕かれたような痛みを覚えた。

他に板行を望む戯作者がある、と書いたことが、彼の気分を害したのかもしれぬ。しかしこれはまるで、放り出すような仕業ではないか。

痛憤《つうふん》に見舞われながらも、これで我が身を雁字搦《がんじがら》めに縛っていた鎖が解かれるのだ、なにに気兼ねすることもなく、京山と本を作ることができるのだと、自らに懸命に言い聞かせる。彼はきっと誠心誠意、雪話に向き合ってくれるだろう。そう信ずるそばから、また待たされた挙げ句に頓挫するのではないかという、挫折を繰り返すうちにすっかり身にこびりついてしまった不安の念が顔を出す。今度話が立ち消えになれば、もう次はなかろう。そうと思えば居ても立ってもいられず、改めて馬琴に、では他へ移すよういたしますと宣した文《ふみ》をしたため、諒承の返事を受け取った上で京山に正式な依頼の書を送ったのである。

雪話の板行を貴殿に託したい、ということ。馬琴にはすでにその旨諒承を得ている、ということ。これまでの稿は馬琴のもとにすべて送っているので、引き取る算段を相談したい、ということ。心が波立たぬよう、平らかに保って、一息にしたためた。

しかしこれを飛脚に託してしまうと、安堵ではなく、途方もない虚しさが訪れたのだ。

——ここまで難航するがは、板行する価値は無《ね》ぇと天に見切られているがじゃねぇろっか。

実際のところ、何十年も雪話にかかわり、多彩な文人に売り込み続けた日々に、儀三治自身倦《う》んではいる。しかし、こうして文机に向かって書いている稿が、板木に摺られ板本となるのをこの目で見たいという欲はどうあっても捨てられぬのだった。

はじめは、この越後という国を江戸の者に知らしめたいという純真な願いであった。あの吹きっさらしの土地に住む者たちに「山の裏っ側にある国だろう」と軽んじられてはならじという、ある種の負けん気に突き動かされていた。が、それが次第次第に、鈴木牧之と名の刻まれた書を出したいという我欲に変じていったのかもしれぬ。

その夜更け、儀三治は自室に横たわり、細く開けた障子窓から巻機山《まきはたやま》を眺めていた。

――夜光玉《やこうのたま》が出そうな夜だなぇ。

生暖かい風が吹く日には、真っ青に光る玉が飛び交う光景がよく見られるのだ。夜光玉の正体は未だ謎である。火の玉ではないか、という者もあれば、獣の目が光って見えるのではないか、という者もある。

そこまで考えて、ふと気付いた。

かつてはよく見ていた不思議なものを、ここ数年、なにひとつ見ていない、ということに。猫又も、雪の日についてくる狼も。土地の気風が変わったということはなかろうから、己の目が曇ったのだろうか。ものを書いている限り、現《うつつ》と夢のあわいに佇むことができていたはずなのに。

儀三治は途方に暮れて、漆黒を見据えている。

＊

家族というものは、かように容易《たやす》く崩れるものなのか――相四郎は窓から小竹を眺めてぼんやりと思う。

昨年、長男の筆吉が嫁を取った。これで息子はいっそう商いに身を入れようと得々としていたのである。

ところが、その頃から筆吉は、どうしたわけか放蕩《ほうとう》に耽《ふけ》るようになってしまった。家に帰らぬこともしばしば、それどころか店の金を使い込んでいるようだと京伝店の男衆から報され、調べてみると、二百両もの金を懐に入れていたことが知れた。これまで頼みになる孝行息子だと信じていた彼の変貌に、齢《よわい》六十を過ぎて、あとは悠々老後を過ごすだけだと安穏と構えていた相四郎は肩を落とした。

筆吉はどこで足を踏み外したのか。なにが契機だったのか。もしや、京伝店を継がせたことが間違いだったのか。てっきり喜んで店を仕切っているものとばかり思っていたが、親に逆らえず渋々引き受けただけで、まことは他に叶えたい夢でもあったのだろうか。その抑圧の苦しみを放蕩で癒やしていたのか――。

筆吉と膝突き合わせて語らう機会も持ったが、彼が本音を漏らすことはついぞなかった。ただ、「あいすみません」と小声で詫びるその姿は、こちらに心を開いておらぬ証左のように相四郎には感じられた。

このまま店に置くでは筆吉にとっても店の者にとってもよくない、一度彼をこの役目から解いたほうがよかろうと、表向き勘当《かんどう》を言い渡して親戚預けとしてはどうかと、くみとも相談しているさなかのことだった。

越後からの書状が届いたのだ。

〈雪話の板行を貴殿にお任せしたい〉との文言が真っ先に目に入り、相四郎は書斎で「やっ」とひとり声をあげた。

これまで幾度となく書状のやり取りをして親交を深めながらも、雪話について牧之はいっかなこちらの意を容れなかっただけに、急な翻意を束の間訝《いぶか》しみもしたが、馬琴にもしかと了承をとってあるという。ならば牧之の気が変わらぬうちにと、相四郎は早速、長年の労をねぎらった返信を越後に送り、目星を付けておいた板元と早々に会う手はずを調えた。

これまで幾度か組んで仕事をしてきた歌川国直《くになお》が引き合わせてくれた、文溪堂の丁字屋平兵衛である。

寛政の頃に起こった地本問屋だが、平兵衛の代になってから渓斎英泉や歌川国貞といった人気絵師の挿絵を多用した合巻を出し、板元大手にのし上がった。これまで付き合いはなかったが、質の高い本を堅実に手掛けるその姿勢が、相四郎には好ましく映っていた。

「先行の作に、橘崑崙《たちばなこんろん》の『北越奇談』がありますが、あれもかなり前のことですし、内容も異なりますからね、読み手は越後の話をことに新鮮に感ずるのではないでしょうか」

かつて京伝に送られてきた牧之の草稿を見せると、平兵衛はてらてらした丸顔にいかにも人の好さそうな笑みを浮かべて言った。

「牧之さんは、これを企図してからかれこれ三十年も煩ってるのさ。一書を出すのにその年数を、私だったらとても待てないからね。齢も六十を越えているようだし、ここらで形にしてやりたいんだ」

「それは、それは。まことに、辛抱強いことですな」

平兵衛は半ば呆れ顔である。もしかするとそこには、この稿に固執する相四郎への呆れも含まれていたかもしれない。

なぜここまで雪話が気になるのか、相四郎自身も不思議なのだった。兄の京伝が約束を果たせぬまま逝ってしまったことへの申し訳なさも、いくらかはあるかもしれぬ。だがそれとは別に、相四郎は牧之に対して、なにか見過ごせぬものを感じてきた。むろん彼の描いた幾多の綺談や絵には惹かれる。しかし一方で、息を呑むほどの優れた作とまでは感じていない。彼の作はひと言で言えば、平凡ながら誠実に書かれたものである。書くべきことを、ただ真正面から真面目に紡いでいる。その一本道を、飽くことも腐ることもなく、脇目も振らずに歩いている。

京伝のように多彩な景色を見せる峰には、どうあがいてもなれぬだろう。けれど一本道を愚直に歩いて行った先には、きっと正しい景色が広がっていると相四郎はどこかで信じたいのだ。

――もし己が山東京伝の弟でなかったら、書けども書けども板行に至ることはなかったのではないか。

相四郎の内耳には、百合に言われたことが未だこびりついている。京伝の名の裏に隠れてはならぬ、と兄からあれほど言われたにもかかわらず、心をうまく操れずにいる。

「うちで請け負わせていただきとうございますが、いくつか気になることもございまして」

ぼんやり己を省みていると、平兵衛が遠慮がちに口を開いた。

「ひとつには、売れる見込みをよくよく算段した結果、ことによっては越後の方にいくらかご負担いただくようになるかもしれません」

思わず眉根が寄った。ここで牧之に入銀を頼んでは、兄の差配と同様になる。

「文溪堂で出している板本は、いずれも売れ行きがよいと聞くが」

蓄財も余力も多分にあるのだろうから、それを雪話に回してもよかろう、と暗に含ませたのを、平兵衛は素早く気取《けど》ったのだろう。

「確かに雪話がしくじったとて、店が傾くほどの損が出ることはございません。しかしまた、雪話の損を他の板本に負わせるわけにもいかぬのです。一冊一冊独自で益が出るよう計るのが、私どもの信条にございます。ことに山青堂のことがあってから、あまり調子に乗ってはならんと、気を引き締めておる次第でございまして」

山青堂は長らく隆盛を誇っていたが、資産が潤沢にあるのをよいことに、ろくろく通じておらぬ商いにも手を広げ、挙げ句多大な損を出して店を閉めた。その二の舞を演じまいとしているのだ、という平兵衛の言い分はしかし、半ば偽言であろうと相四郎は見ている。もともと文溪堂は手堅い商いをしてきた。摺りにも彫りにも紙にも金のかかる大判を出しながら、ゆうゆうと生き延びているのは、吝《しわ》さを極めた彼の算盤《そろばん》が功を奏しているのだ。

「そういや、涌泉堂から『八犬伝』を受け継ぐらしいね」

先般小耳に挟んだ話を思い出し、相四郎はそれとなく矛先を変えた。相四郎と馬琴の根深い確執を知っているからか、平兵衛は気まずそうに鬢を掻く。

「まぁ涌泉堂で六輯から引き受けるとなったときも、七輯は手前どもでいくらか出しておりますから」

「いくらか……金をかえ」

一冊一冊独自で益が出ることを信条としている割には、そういう出資はするのか、と相四郎は鼻白む。

「ええ。だいぶ摺るようでして、あちらに相応の蓄えがないとのことで手を貸しました。山青堂があういうことになって、まっ先に手を挙げた割には、涌泉堂は下地が整っていなかったのでしょうな」

「それで八輯から、あんたのとこで出すのかね」

ええ、まぁ、と言葉を濁したのち、平兵衛はひとつ咳払いをしてから言った。

「もうひとつの気になること、というのは、そのことにございます。雪話はもともと曲亭子が手掛けておられたとか。あちらとは、しかと話はついておるのでございましょうか」

「牧之さんはそう言って寄越したが」

その旨の書かれてある牧之の書状も念のために見せたが、平兵衛の面にはなお不安の影が差している。

――『八犬伝』は必ず売れるゆえ、馬琴の気を害したくないのはわからぬでもないが……。ずいぶんあからさまだな、と相四郎は少しばかり面白くなかった。京伝であればここで嫌みのひとつも放ったかもしれないが、相四郎はぐっと飲み込み、

「心配なら、どうだろう、馬琴のところに牧之さんの稿があるようだから、そいつを受け取りにいってもらっちゃあ」

と、利のある案を示した。牧之から頼まれたとでもいえば、文溪堂が責められることにはならぬ。また、仮にそこで馬琴が「そんな話は知らぬ」と言えば、仕切り直せばいいだけだ。この段に確かめずして進めてしまい、あとになって聞いておらぬと馬琴が言い出せば、厄介なことになる。

「さいですな。では一度こちらからお伺いを立ててみましょう」

「ああ。私が行けば角が立つが、あんたなら『八犬伝』の稿の受け渡しの折にでもさりげなく訊くこともできよう」

そこまで気を回すこともないが、と行き過ぎたお人好しである自身を恥じ入る。この人の好さが、戯作者として立つ上で足を引っ張ってもいるのだろう。

「では、まずは曲亭子に伺い、それから入銀のことなど試算いたしまして、またご報告にあがりましょう」

平兵衛は安堵した様子で帰っていったのだが、それから日を置かずして銀座の屋敷を訪ねてくると、

「いやぁ、参りました」

と、物憂げな顔を向けてきたのだった。

「馬琴か。雪話は手放さぬとでもいうのかね」

「いえ。先生から伺った通りで、越後のほうから、板行作業を京山先生に託したいとのこと、言ってきたそうにございます。曲亭子もこれを諒承したとかで」

「ならば、なんの障りもなかろう。あとは、こちらで進めればよいことよ」

「はぁ、その通りなのでございますが」

どうも奥歯に物が挟まったような物言いである。

「なんだね。はっきり言やぁいいだろう」

柔らかく促すと、平兵衛は音を立てて唾を飲み込んだのちに告げたのである。

「越後の方が曲亭子にお送りになったという稿のことなのでございますが、どうやら手元にないということでございまして」

相四郎は、くみの淹れた茶を啜る手を止めた。

「ないってぇと、もう越後に返したかえ」

だったら牧之から、そう言ってきてもよさそうなものだ。

「それが、どうも、すべて処分したようでございまして」

「……処分」

「ええ。曲亭子が関わらぬことになりましたから、いただいた稿は早々に処分したそうで。捨てたのか、燃やしたのか……ともかく手元にはないということにございます」

しどろもどろに言葉を連ねる平兵衛を前に、相四郎は蒼白になった。仮にも稿を、しかも人から預かった稿を、返しもせず勝手に捨てる者があることに驚愕したのである。しかもそれが、稿の扱いに人一倍気を使っているはずの戯作者の仕業なのである。

相四郎は湯飲みを手にしたまま、まばたきも忘れて平兵衛を見詰める。平兵衛はその視線に耐えかねたふうに、

「ごもっとも。驚かれるのはごもっともにございます」

と、彼自身はなにも悪くないのに頭を下げる。

「しかしまぁ、なんですか、それが曲亭子、とでも申しましょうか」

これから『八犬伝』を出す板元だ。その作者を悪く言えぬのはわかる。しかし、馬琴の行いはあまりにも酷い。稿の中には、図会《ずえ》も多くあったろう。牧之の絵の緻密さを知る相四郎は、これを描くのにどれほど手間がかかろうかと、かねてより嘆じていたのである。それも一切合切捨てたということか。常日頃、身を削る思いで言葉を紡いでいるはずの者が、なにゆえかほどに残酷なことができるのか――。

「鬼だな、馬琴は」

吐き捨てたが、平兵衛は曖昧な笑みを浮かべるばかりだ。

「ともかく一度、越後に事の次第を報せよう。控えをとっておればいいのだが」

「さいですな。どのくらいの分量があったのか、それもお話しいただけませんでしたが、十二年ほどやりとりがあったとすると、ずいぶん溜まっていたことでしょうな」

平兵衛も目をしょぼつかせる。十二年の間、本気で板元を探していた様子もなく、痺れを切らした牧之の催促に腹を立て、馬琴は牧之が心を傾けてきた稿を捨てたのだ。

これまで書き溜めた稿をこれから書き直すとなると、どれほど年月がかかろうか。ことに絵については、こちらの勝手な想見で進めることはかなわぬ。一丈ほども積もる雪や、越後で使

われている用具、塩沢村の町並みも、逐一確かめながら進めねばならぬとなると……。

「ともかく、越後に文《ふみ》を書かねばな」

己に言い聞かせるために、今一度声に出した。これで怖じ気づいて逃げ出しては、あまりに牧之が憐れだ。

江戸は神無月で、まだまだ過ごしやすい陽気が続いているが、越後はすでにだいぶ雪深いことだろう。凍てつくほどの寒さの中、牧之はどんな気持ちでこの報せを受け止めるだろうと思えば、胃の腑のあたりが鈍く疼《うず》いた。

わざわざ馬琴の屋敷に足を運んでもらった平兵衛をねぎらうことも忘れ、相四郎は開け放った戸口から見える小さな庭へと目を遣った。兄のいた頃から景色を作り、火事に見舞われても生き残った小竹が、ふらふらと頼りなく揺れている。

＊

稿を預けた相手が、こちらに許しを得ることなく一存でこれを破棄した——それがどれほど酷いことなのか、儀三治は未だ計りかねている。

京山から報せを受けたときはひどく驚き、奈落の底に突き落とされた心地であったが、江戸の書肆《しょし》界隈では、一旦手を離れた稿は預かり主の裁量に任されるといった定法があるのかもしれぬと思い直した。板本にならなかった稿を、逐一筆者に返すでは板元も手間であろうし、自分の書いたものを見てくれと著名な戯作者のもとには山のように草稿が持ち込まれることを思えば、逐一管理するのもままならないのだろう。

ただし、これを伝えた京山の文に過剰とも思える詫びの文言と、馬琴への辛辣な批難が並べられているのを見る限り、やはり馬琴のしたことは出板の常識にそぐわぬ、横暴な行いだったのかもしれぬ。

儀三治は馬琴に稿を送る際、出来うる限り控えはとっていた。また、念のために下書きもすべて保管してあるために、京山が案ずるほどの書き直しはせずとも済みそうだった。むろん控えのない稿もあって、その分は思い出しつつ一から書かねばならないが、綺談や風俗はいくら書いても書き飽きることがないため、さほど苦にはならぬ。

ただ、どこか陰気な気配をまとったあの馬琴の屋敷に留め置かれ、十二年もの間、陽の下に出ることなくそのまま葬られた草稿が不憫《ふびん》でならなかった。それは、店を仕舞ったのちに夜ごと文机に向かい、一心に文や絵をしたためてきた過去の己そのものが、他者の手でぞんざいに消し去られたような虚しさだった。

仕切り直しとなったのち、京山は儀三治の送った稿を丁寧に読み込み、細かに意見を伝えてくれる。時に厳しく感じられる指摘もあったが、馬琴に草稿を捨てられたあとだけに、越後の風習を正確にわかりやすく読み手に伝えられるものを作らんとする彼の熱意はひたすらありがたかった。

〈貴翁は御学才もあり、絵も見事にございます。ただ著述の文法手段には、いささか不慣れかとお見受けします。これでは、読み手を惹き付けることができかねるかと存じます。わかりにくい上に、越後のよさや土地の風情も伝わってきません。一読して独りよがりなものに感じられます〉

毎日越後の景色を目にしている儀三治がつい書き流してしまう箇所も、江戸の者には想像するよりない情景なのだから、細部まで書き込まねばならぬと京山は再々指摘してくる。

指摘を受けた当初は、見飽きるほどに見慣れた景色を微に入り細を穿って説くことを、荷厄《にやっ》介《かい》に感じた儀三治だったが、京山とやり取りを進める中で、江戸に住む者が、越後について、また雪について、どれほど不知であるかを改めて思い知ることとなった。

〈越後の風俗はいずれも興味深いものです。天水桶《てんすいおけ》を藁《わら》で覆った図も、江戸にはないもので新鮮でした。こうして水が凍るのを防ぐのも越後ならではの工夫で、読み手を十二分に惹き付けると思います〉

はて、天水桶など書いたろうか、と京山からの文を手に儀三治は首を傾げる。念のため写しにも目を通したが、やはり天水桶なぞどこにも描かれていない。越後では冬の間、桶に溜めた水を藁で覆ったところで表に置けば凍って使えぬし、そもそも雪に埋もれて藁の覆いを取ることすらかなわぬだろう。

妙なこった、と今一度、控えた絵に目を落として、はたと気付く。

——よもや京山は、大根立《でーこん》てを天水桶と見たがだろうか。

大根立ては、確かに天水桶に似た大きな桶を使う。が、用途はまるで異なり、冬の間、野菜を貯蔵しておくためのものだった。雪の降る前にこの桶に野菜を蓄え、藁で覆うと、冬の間は雪が作物を冷やすために保存が利くのだ。

京山は、あまりにも雪国を知らなかった。雪がどれほど暮らしと密接に関わっているか、秋から春にかけて雪に閉ざされる日々がどういうものか、実感として得られぬのだろう。これまで芙蓉や一九とすみやかに話が通じたのは、彼らが実際越後に足を運んでいたからだ。

——己の目と足で実際に確かめるのと、文字と絵だけで解しようとするのとでは、大きな隔たりがあるがだな。

その摂理を感じつつも、しかしまた、京山のように想像の上でしか越後を知らぬ書き手と組んだ方が、同じく越後に足を踏み入れたことのない読み手には、しかと伝わるものができるのではないかとも思う。考えが千々に乱れる中、再び京山から注文がつけられた。

〈本作は図会を多用する形になりますが、延々雪の話が続くと代わり映えせず、読み手も飽きてしまい、その上工費もかさみます。その点工夫願います〉

異を唱えてはならぬ。足かけ三十年も滞っていた書が、ようやく動き出したのだ。己をそう落ち着かせるそばから、これは雪の本ではないか、雪の描写が続いてなんの不便があろうか、と腑に落ちぬ思いを抱える。

京山の文は至って淡々としており、居丈高でもなければ、辛辣な物言いでもない。ただ、こうして江戸と塩沢で文を交わし合うだけの間柄ゆえ、その人となりまではわからぬ。ゆえに、どういうつもりでこのようなことを書くのか、稿自体に不満を感じての物言いではないのかと、ときに重苦しい勘繰りが湧き出すのだ。

〈この作は、越後の風俗を知っていただくのとともに、一年のほとんどを雪に覆われた越後での暮らしぶりを著すものにございます。私どもが、雪とどのように付き合っているか、代々伝わる知恵や逸話をもって知っていただくものゆえ、どうしても雪の話が続くのは避けられぬことと存じます。

三年ほど前から、葛飾北斎が富嶽《ふがく》三十六景を続けて板行しておりますが、あれはさまざまな土地から見える富士を描いていったものにございます。つまり、富士の画だけがずっと続きます。

この雪話も同様に、雪の逸話や絵が続きますが、同じく雪を材にとったものでも描き方によ

って多彩な表情が出せるかと存じます〉

儀三治は思い切って、そんな返信をしたためた。これを読んだ京山が気分を害さぬだろうか、手厳しい反論と読まれぬだろうか、と幾度も注意深く文言を吟味し、五日ほど寝かせて今一度読み直したのちに飛脚に託したのだ。それであるのに、三国街道を去っていく飛脚の後ろ姿を見送るうち、

――これでまた、頓挫するのではないか。

という激しい不安に苛まれた。

十返舎一九に頼まれて執筆していた『秋山記行《きこう》』が、頭をよぎる。三年近く前にようやく書き上げ、儀三治は、稿を送る前にまずは一九に文をしたためたのだ。絵と稿をまとめてお送りしたいが、その形でよろしいかとお伺いを立てるためだった。思いのほか早い仕上がりに、きっと一九は舌を巻くだろう、大いに褒めてくれるだろう、と心浮かれて返事を待ったのだが、だいぶ経って江戸から届いた文は一九の名義ではなかった。

〈十返舎一九は、先年身罷りましてございます〉

家族なのか、弟子なのか、まったく素っ気ない文面で、一九の死がしたためられてあったのである。にわかに信じがたかった。その驚きは、一九の死に対してではなく、同じ悲劇が幾度となく繰り返される儀三治自身の身の上についてのものだった。板行の話が決まるたび、組むはずの相手が亡くなるのだ。京伝も玉山も芙蓉も、そして一九までもが。

――京山でも、同じことが起こるのではないか。

これだけ再三再四同じ憂き目を味わっていれば、そんな疑心が湧くのも致し方のないことだった。

実際、京山からの文は、それからしばらく途絶えたのである。日に日に後悔と焦燥が募っていく。あんな反駁《はんばく》をせず、素直に京山に従っておればつつがなく運んだものを、と。一介の田舎の物書きが北斎など引き合いに出して、己のやり方を押し通そうとしたことに、京山はきっと腹を立てているのだ。

だが儀三治の悔悟に反して、ふた月後に届いた京山の文は、以前と変わらずさっぱりとしたもので、腹を立てている様子も、自らの考えに拘泥《こうでい》しているふうもなかった。それどころか、こちらの言い分を汲んだ上で、雪の話題が続いても飽きさせぬためには、視点に緩急をつけるとよいのではないか、と新たな提案を綴ってきたのである。

〈雪はよく見ると細かな粒から成っているようです。その一粒一粒、形が違うのではないでしょうか。もしそうならば、それを図にして一覧にするのも楽しいかもしれません。雪の逸話とはまた異なる味わいを表せるのではないでしょうか〉

これを読んで儀三治は、「そういえば」と、ひとりごちた。

――雪の殿様が、先年雪の粒ひとつひとつを描いたものを出されたと聞いたが。

「雪の殿様」とは下総古河《しもうさこが》藩主、土井利位《どいとしつら》の異名である。藩主としての治政については詳しくなかったが、験微鏡《むしめがね》とかいう、人の目では見えぬ小さなものまで大きくして見せる西洋道具をいち早く手に入れたとかで、これを用いて雪を見続け、雪の粒の標本図を作っているとの噂は以前より聞こえてきていた。確か『雪華図説《せっかずせつ》』という書名で、一冊にまとめたのではなかったか。

――さすがに験微鏡は手に入れられぬが、土井侯の書を基にして雪の正体を示す項を作っても面白いかもしれぬ。

早速『雪華図説』を手に入れんと考えたが、江戸の板元から出た書物でなし、どう購《あがな》えばよいものか。相談も兼ね、この案を京山へ書き送った。雪華図を口絵に入れれば、その美しさにきっと読み手は引き込まれる——京山の与えた暗示が、鮮やかに形になりそうで、儀三治の心は軽やかに弾んだ。

四

それは、天保四年の秋のことだった。

朝、目を覚ますと、見慣れたはずの部屋がいつもの景色ではなくなっていた。障子は外からの陽を受けてほんのり白さをたたえているのに、片側の壁は墨でも垂らしたように真っ暗で、柱も壁も恐ろしく歪んでいるのだ。

「お、お路っ」

馬琴は、まっ先に呼んだ。六十七となった馬琴は身体の衰えが甚だしく、少しでも執筆の刻を多くとらんがために寝所も書斎に移し、朝から晩まで籠もって文机に向かうようになっていた。

しばらく経って廊下に気配が立ち、「どうなさいました」と、細い声が襖の隙間から忍び入った。

「妙じゃ。どうもおかしい」

遠慮がちに入室したお路に、「部屋の様子がおかしいのじゃ」と改めて告げると、彼女は一巡り見渡したのち、「いつもと変わりませんが」と首を傾げた。そのまま馬琴の顔を見詰めて

いたが、怪訝そうに眉根を寄せ、

「お義父様、あの、お目を片方ずつ瞑《つむ》ってみていただけますか」

と、恐る恐るといった様子で告げるのである。なんだ、こんなときにふざけたことを言う、と苛立ちはしたが、ひとまず言われた通りに右目を瞑った。なにも変わったところはない。次に左目を瞑る。

刹那《せつな》、馬琴の口からうめきが漏れた。

「これは……どうしたことじゃ」

目の前が真っ暗に変じたのである。

「やはり……。右目だけ、動きがおかしいように思いましたもので」

この家に嫁ぎ、癇性な姑《しゅうとめ》と夫に仕える中で、お路はいつしか胆力がついたのだろう。滅多なことでは動じなくなった。が、かようなときまで落ち着き払って接せられると、かえってこちらの不安が煽られる。なにしろ、突然に右目がめしいたのである。

「すぐっ、すぐに医者を呼べっ」

「はい。まず旦那様に」

「いや、宗伯は眼病に詳しゅうない。宗伯に、眼病に通じた医者を呼ぶよう申し伝えるのじゃ」

このときとっさに息子に診てもらうことを避けたのは、どうした心の動きか。医者が来るのを黙然と待つ間、混乱の中で馬琴は思案に潜る。己が窮地に陥ったとき、まっ先に頼んだのは、血の繋がった息子ではなく、他家から嫁いできたお路だったことにも動じた。これでは宗伯を信用しておらぬようではないか。滝沢家を継ぐ役目だけ彼に負わせて、実際には息子を軽んじている薄情さを己の内に見出し、馬琴はそっと愁嘆する。

そんな父の本心なぞ知らぬ宗伯は四半刻《しはんとき》もかからずに、神田でも一、二を争う名医だという壮年の医者を連れて書斎を訪れ、まったく色を失った顔で、

「ともかく父を治してください」

と、深々と頭を下げたのである。

「では、これを目で追ってください」

医者はあくまで冷静に人差し指を立てると、馬琴の眼前にそれを近づけ、ゆっくり左右に動かしてみせた。しばし同じ動きを繰り返したのち、

「確かに右目はまったく光を失っておりますな」

と、わかりきったことを言い、

「こうなってしまっては、諦めるよりございません」

あっさり匙を投げたのである。

「諦めるだとっ。今朝方急に、めしいたばかりなのだ。手の施しようはいくらでもあるじゃろうっ」

馬琴が食ってかかっても、医者は恬《てん》として答える。

「いえ、今、申したように治せる類いのものではございません。そうですな、これを治せというのは、猪口になみなみと注いでこぼれた酒を、余さず猪口に戻せと言われているようなものでございます」

「なんじゃ、その下手な譬《たと》えはっ」

馬琴の怒声にも怯むことなく、

「お歳を召されたことによるものにございます。前兆として、これまで目がかすむようなこともあったかと拝察しますが、そこで執筆を休まず、無理をなすったのが原因ではないか、と」

馬琴の暮らしぶりを見ていたわけでもないのに、あたかも不養生のせいでこうなったのだ、と言わんばかりの説教臭い物言いがいっそう腹立たしい。

「ふんっ。とんだ役立たずだな。医者のくせに治せんとはのう」

頭に血が上り、鼻を鳴らしてやった。「父上」と、宗伯がかしこまった口調で諌めてきたが、構うものかと毒を吐く。

「医者というのは、どう治すか、どうしたら病人を救えるか、誠心誠意努めるものじゃ。本気で医者という役目に殉じておるのならば、そう容易く諦めることはできぬはずじゃ。どんな仕事も、それは同じよ。これまでできなかったことをしてみせる、新たな道を切り拓いてみせる、それこそが本気で己の役目を全うしている者が目指すところじゃ。どこのヤブだか知らんが、あんたは仕事に命を懸けたことがないのだろう。だからそんなに安穏と、そこらのご隠居でも言えるような見立てを得意になって唱えられるのよ」

お義父様、と今度は、馬琴の半身を支えるようにして傍らにいたお路が、険しい顔で首を横に振った。

「どのように思われてもよろしゅうございますが、しかし先に申した通り、私にはどうすることもできません」

悪びれることもなく、紋切り型に医者から返され、怒りが極に達した。

「治せぬのなら用はない。ここから出て行けっ」

怒声を放つと、医者はこれ見よがしの溜息をつき、さっさと道具をまとめて退室した。見送りに出た宗伯の、「申し訳ございません。わざわざお運びいただいたのに」と、ひたすら医者に詫びる涙声が廊下から忍び入ってくる。

「ヤブが帰ったら、玄関に塩をまいておけ」

爪を噛みながら大声で吼えると、

「旦那様にもお立場というものがございます。お医者としてやっていくには、仲間内での付き合いも欠かせぬと、よく言うておられますから」

と、お路がたしなめた。彼女の声は低く落ち着いており、そのせいか、こうして諭されると、自分がひどく悪いことをしているような気になる。馬琴は頭《こうべ》を垂れ、塞いだ喉で弱音を吐いた。

「わしは戯作者じゃ。目が見えぬでは書けぬ」

身体が言うことを聞かなくなり、歯がすべて抜けて、さらには右目まで見えなくなってしまった。歳を考えれば、もう店仕舞いをする頃合いなのかもしれぬ。人ひとりが人生で書いた量としては十二分すぎるほどの戯作を紡いだ。ここらで手を引き、のんびりと閑居するのもよいのではないか——そんな声が内耳に響いたが、そうなるといっそう、戯作への執着が強くなった。なにしろ『八犬伝』がまだ完結していないのだ。他にも書きたいことは次から次へと出てきて、潰える気配もない。もはや自分には戯作しかないのだと、馬琴は武者震いを堪えながら思う。戯作を取り上げられてしまえば、己はただ無用の長物たるおいぼれでしかなくなってしまう。

「お義父様には書き続けていただかなければなりません。私が板元の方々にも伺って、他のお医者を手配いたしましょう。どうか、お気を落とされませんよう。病には、気落ちが一番の大敵だと聞いたことがございます。さ、朝餉にいたしましょう。滋養のあるものをしっかり召し上がって、病に勝つことにございます」

このときほど、お路を頼もしいと思ったことはなかった。彼女を息子の嫁に迎えたことは、己の人生での一番の手柄ではないかと思いさえした。馬琴は、こくり、と童のように頷き、お路の手伝いで着替えをし、膳につく。

右半分は相変わらず暗いままだ。だがきっと、お路がいい医者を見付け出してくれる。きっと万事元通りになる――そう信じて、すっかり萎んだ胸の内に静かに息を送り込む。

第七章

一

牧之《ぼくし》さんがさほど気落ちされておらぬのは幸いでしたな、と丁字屋平兵衛が言った。相四郎はこれに頷き、

「馬琴が稿を捨てたことを伝えるのはだいぶ躊躇《ためろ》うてな。書状の文面を幾度も書き直したが。控えを少しはとってあったようなのも幸いしたわ」

そう応えると平兵衛も、「さいですな」と目をたわめた。

「それで今日はひとつ頼みがあるのだが。あんたのところに、『雪華図説』は回ってきておらんかな」

くみが運んできた茶を平兵衛がひと口啜ったところで、相四郎は切り出した。

「『雪華図説』……ああ、土井侯の」

「うむ。牧之さんが、雪華の図を入れてはどうか、と言うてきた」

「なるほど。それは、妙案でございますな。雪景色となるとどうしても画に余白が多くなりま

すから漫然としてしまいそうで、私も頭を悩ませておりました」

平兵衛は膝を打ち、どうにか手に入れてみましょう、と口元をほころばせた。

「それと、絵師のことだが」

まだ平兵衛の頰のあたりに笑みが残っているうちに、と相四郎は本題を切り出す。

「当初は国貞とも思ったが、あんたと引き合わせてくれた国直に頼みたいと考えておる。ただ、板下絵《はんしたえ》を仕上げてもらう前に、精緻な下絵があったほうがよかろう。牧之さんも詳細な図を送ってくれるが、これを下絵に起こすのに使いたい者があってな」

「はて、どなたでしょう」

まっすぐ訊かれ、喉がつかえた。相四郎は咳払いをしてから、そっとその名を差し出す。

「梅作《うめさく》だ。うちの梅作を使いたいのだが」

相四郎の次男である。歳をとってから出来た子で、当年まだ十八。還暦を越えた相四郎が連れ歩くと、必ず「お孫さんですか」と訊かれるのだが、長男の筆吉が放蕩の挙げ句、勘当に至った今となっては、唯一の家を継ぐ者であり、また相四郎のかけがえのない自慢でもあった。彼は、十二の頃から絵師、喜多武清《きたぶせい》の門下に入り、絵を描いている。親の贔屓目なしにも筋がよく、師の覚えもめでたい。ために、いずれこれを一人前の絵師にせんと、相四郎は目論んでいるのだ。

平兵衛を窺うと、彼は困《こう》じたように眉を下げている。

「ただ下絵を描かせるだけさ。文溪堂が人気の絵師に顔が利くのも、大判錦絵を出しては評判を取ってきたこれまでがあるからだ。それは十分承知している。下絵の絵師については、あんたに任せたほうがいいことも重々わかっているんだが、高名な絵師に牧之さんの絵を渡して、一から下絵を起こさせるのも気が咎めるだろう」

それらしい理由を並べてみせたが、きっと平兵衛は、雪話の下絵を経ることで自らの息子に絵師としての道筋をつけんとする親心なぞ、とうにお見通しであろう。

「そうですな……私はまだ、ご子息のお作を拝見していないので、なんとも」

案の定、平兵衛は言葉を濁した。これまで画については厳しく吟味してきた自負もあろうし、文溪堂の看板を保つためにも下手なことはできぬ、と用心するのは当然のことだった。

しかしまだ一冊の板本《はんぽん》も出ていない無名の作者の本ならば、新人の絵師に委ねることも叶うのではないか。むしろ、新しい者同士の組み合わせで、互いに刺激を得られるのではないか。ことに、越後の雪景色を間近に見た者は江戸にはほとんどいないのだ。すでに多く描かれている題材であれば、どうしても先達と比べられるが、希有《けう》な素材なら、牧之の助言を得ながら独自の作に仕上げられるのではないか――相四郎はそんなふうに算段したのである。

「なにも板本にするというんじゃない。下絵で試すだけさ」

相四郎は控えめに繰り返す。

「先生がそこまでおっしゃるのなら、まずは描いていただき、それからお話しさせていただくのはいかがでしょう。新たな形が生まれるかもしれませんからな」

平兵衛の面持ちはかすかに躊躇《ちゅうちょ》をはらんでいたが、それでも明るい口調で承知した。とはいえ、彼は情に流されて歩み寄るようなことはせぬから、梅作の絵がさほどでもないと見切れば容赦なく却下するだろう。しかと個々の才を見極め、板本を編んできた人物だからこそ、相四郎も信を置いているのだ。

「それはそうと」

平兵衛は、この話を手際よく打ち切って、

「曲亭子のことでございますが」

と、背筋を伸ばすや、

「どうでございましょう。先生から一度、雪話はこちらで板行《はんこう》する、とお伝えになられては」

不意にそんなことを言い出したのである。

「いや、あんたが先年、挨拶に行ったろう」

「ええ。名代として伺いましたな。その折、稿を捨てたと言われましてございます。曲亭子はやはりなにか、腑に落ちぬものを感じておられるのかもしれません。まぁ十二年も抱えておった材ですから」

「そうやって無駄に抱えておるだけだったから、牧之さんが痺れを切らしたんだろう」

いやはやまったくその通りで、と平兵衛はうなじをぺちりと叩く。

「先年、曲亭子は『八犬伝』の七輯に、牧之さんから送られた『闘牛之図《うしあわせのず》』をもとにした場面をお書きになりました。まだ涌泉堂が扱っていた頃でございますが」

その件についても相四郎は釈然としないものを感じている。牧之の草稿を本にする作業もせずに、彼の集めた逸話を拾っては、自分の戯作に取り入れているのだ。「闘牛之図」は、わざわざ牧之に頼んで取り寄せたものらしい。頼まれた牧之は、雪話の板行を進めるために必要なのだろうと信じて、せっせと描き送ったに違いない。仮にも戯作者が、盗用にも似たことを平然として恥ずかしくないのかと、思い出すたびに腹の奥が煮える。

「曲亭子としても、これまで宣伝してきた雪話をみすみす他の戯作者に渡すことに、忸怩《じくじ》たる思いがあるのやもしれません。稿を捨てた、と言うておるのも、自らの手で板行できないことの腹いせであったかもしれず」

「だったら、とっとと板行すればよかったのだ」

「おっしゃる通りにございますが、それが曲亭子と申しましょうか。平穏な日々の中でも無理矢理不満をほじくり出すお方ですから。こののち、板行に至るまでに厄介ごとが起こらぬよう、一度お会いになる機会を持った方が」

そこで平兵衛は言い淀み、「まぁ厄介な方ではございますから、お気が進まぬようなら、是が非でも、とまでは申しませんが」と付け加えた。

「ただ、横槍が入って板行が延びたり、売れ行きに障りが出るのは、誰にとってもよくないことで」

「……それもそうだな。臍《へそ》を曲げたままで、あることないこと書かれても迷惑だ。『伊波伝毛乃記』のごとくにやられては」

一応は首肯《しゅこう》したものの、馬琴と顔を合わせると考えただけでも、胃の腑のあたりが締め上げられたように痛む。

「ご面倒でしょうが、一度ご挨拶だけ済ませれば、まず大事にはならんようにも思うのです。板元の役目は、この先に起こりそうな厄介ごとを想定して、前もって潰しておくことにございます。杞憂に終われば、それに越したことはございませんし」

「確かに、板を摺るところまで運んで、その段に馬琴から『わしの板行物だ』なんぞと言われたら、目も当てられないからな」

相四郎はうんざりする気持ちを抑えて、物わかりよく返した。

——一時の辛抱だ。ともかくこちらが頭を下げれば、馬琴も溜飲が下がるだろう。

「こういうことを私が申し上げるのはなんですが、ご両人の間には、山東京伝先生を挟んだ、なんと申しますか、遺恨のようなものがございます。これをいつまでも引きずるのは、先生にとってもよくないことか、と。界隈で噂の種にもなりますしね。雪話を文溪堂で請け負い、そこで曲亭子が『八犬伝』を書いている、これもなにかの縁でございましょう。せっかくですから、このあたりで昔のことはきれいさっぱり水に流し、手打ちにするのがよろしいか、と」

平兵衛の言うことは、もっともだった。他者への遺恨を長く抱いていることは、苦しいばかりでなんの益にもならぬ。つまらぬ意地を張って、馬琴よろしく性根までねじ曲がっては災難だ。

それでも、馬琴のもとを訪ねると覚悟を決めるまでには、相応の時が要った。ようやっと腹が決まったのは、平兵衛と話してふた月後の、天保六年三月になってからのことである。

「梅作。明日、少々付き合ってほしいところがあるんだが」

書斎から声を掛けると、次男が顔を覗かせた。絵筆を執っていたのか、手の平や腕にところどころ墨がついている。

「へえ。どちらへでしょう」

「馬琴の屋敷さ。すまんが、ついてきてくれぬか」

梅作が傍らにおれば、馬琴に腹が立ったとしても抑えることができよう。それに梅作にとって、他の戯作者と接する機会を得ることは、今後の役にも立つはずだ。

「馬琴……曲亭馬琴でございますか」

たちまち梅作は目を輝かせた。人気の戯作者にじかに会えるとなれば、それが父の仇敵であったとしても心躍るのだろう。

「おまえも絵師を目指すのであれば、戯作者とはいかなるものか、見ておいたほうがいい。馬琴は、あの北斎とも絶交しているほど気難しい男だから、厄介な戯作者の見本として接しておけば、のちのちの心構えもできるだろう」

つい忌々しさのままに言うと、梅作は困じたふうに鬢《びん》を掻いた。我が子の中でもっとも相四郎に性分が似ているのが、梅作だった。他者に気を遣い、常に己のことは二の次なのだ。その優しさは長所ではあるが、このままでは生き馬の目を抜くような絵師の世界で生き残ることはできぬと、相四郎は案じてもいる。


翌日の昼八ツに、梅作を伴って神田明神下の屋敷に赴いた。取り次ぎに出たのは年若い女で、その粗末な身なりから下女だろうと相四郎は推し量ったが、「義父《ちち》でございますね」と応じたところを見ると、息子、宗伯の嫁女らしい。地味な面立ちで、どこか薄幸そうな気配が漂っているが、気立てはよさそうに見える。

しかし嫁女は、馬琴にお伺いを立てるため奥に入ったきり、なかなか戻ってはこなかった。梅作が不安げにこちらを見遣る。

――居留守を使われるやもしれんな。

覚悟する一方で、怒りも湧き出した。せっかくこちらが折れて、足を運んでやっているのに、と拳を握る。

奥から嫁女が再び姿を現したのはそのときで、

「どうぞ、おあがりになってくださいまし」

と、相四郎父子はようよう玄関脇の客間に通された。

「しばらくお待ちくださいまし」

嫁女が深々と頭を下げてのち客間を去るや、

「まことに来るのかねぇ」

と、相四郎は小声で呟いた。待たせるだけ待たせて、筆が乗っているなんぞとそれらしい言い訳をして、空手で帰すのではないか。そうした悪意に満ちた行いを、馬琴というのは平気でする男だ。

そこから四半刻ほども待たされた。

さすがに待たせすぎだ。ここまで馬鹿にされる謂《いわ》れはないと席を蹴ろうとしたとき、廊下に足音が立った。梅作が隣で居住まいを正す。どうせ、先程の嫁女が断りを入れに来たのだろう、と相四郎は想見したが、みしみしと歯がむず痒くなるような音とともに襖が開いて、現れたのは意外にも馬琴であった。

相四郎はひとまず安堵し、それから、馬琴の姿を改めて眺めて声を呑んだ。皺に覆われた顔はだるんと皮が垂れ下がり、顔色も土気色を通り越してどす黒い。歯が抜けたのか、口元には巾着のような皺が刻まれている。なにより頭を剃っていたことには唖然とした。その姿は、著名な戯作者というよりも、池から這い出てきた妖怪といったほうがふさわしく、相四郎はおのずと及び腰になる。

「久しいのう。息災にしておられるようですな」

馬琴は、これまでの確執なぞ忘れたふうに、柔らかに切り出した。

「ええ、お蔭様で。貴殿もお元気そうだ」

相四郎は驚きを抑え込み、そつない挨拶を返す。そうしながらも、馬琴の片目が白く濁って

いるようなのを見付ける。なにがあったのだと動じる内心がこぼれ出ぬよう、

「これは倅《せがれ》にございます。絵師見習いをしておりまして、ただいま喜多武清門下にて学んでおります」

紹介すると、梅作がすかさず、

「本日はお目に掛かれて嬉しゅうございます」

と、恭《うやうや》しく頭を下げた。馬琴はしかし、梅作を一瞥《いちべつ》したきりでこれに応えることなく、

「して、今日の御用向きは」

と、相四郎に向き直った。

息子をないがしろにされたことは不満であったが、もとより愛想のいい男ではないのだと苛立ちを収める。ともかく、早々に用件を済ませることだと、雪話を引き取ることを許してもらった礼と、挨拶が遅くなった詫びを述べ、さらに板元は文溪堂で進めていることを極力簡潔に説いた。

馬琴は、相四郎の弁に口を挟むことなくおとなしく聞いていたが、ひと通り話が済んだところで笑みを浮かべた。開いた口の奥に真っ黒な空洞が見え、いっそう妖気が増した。

「それはよいことをなさった。わしも越後から稿を預かりながら、已の執筆で忙しゅうて、なかなか手を付けられずにおったのよ。あんたが引き受けてくれるなら、願ったり叶ったりだ」

意外にも、一抹の未練も見せずに言い切ったのである。気味悪いほど穏やかな物腰に、果たして牧之から預かった稿を捨てたというのはまことだろうか、と疑念も湧いたが、ここで蒸し返して揉めるようなことになっても厄介だと出掛かった言葉を飲み込んだ。

「文溪堂なら確かであろう。屋台にゆとりがあるからのう。『越後雪譜』をしくじったところ

で傾くことはなかろうよ」

馬琴の嫌みに、相四郎の頬が大きく跳ねる。だがここでも、奥歯を噛んで耐えた。

「文溪堂とは懇意にしておるゆえ、わしからもひと言、よろしゅう頼むと申し伝えておこう」

「それはありがとうございます。心強い限りでございます」

すでに文溪堂とは話がついている。馬琴に口添え願うこともないのだが、相四郎は穏やかに応じた。越後の話はそれで片が付き、せっかくの機会であるから梅作にも少し話をさせようと水を向けたところで、やにわに馬琴が、

「おいっ、お路」

と、奥に呼び掛けたのだ。すぐに最前の嫁女が顔を出し、「ただいま、お茶を」と言いかけるや、

「お帰りだそうじゃ」

と、こちらがなにも言わぬのに、馬琴は言い捨てた。相四郎も面食らったが、梅作はいっそう動じた様子で、目の前の戯作者を凝視している。

「すまんな。稿を仕上げる期日が迫っておるゆえ。近く酒の席でも設けよう。積もる話もあるゆえな」

馬琴はそれだけ言い置いて、さっさと席を立ってしまった。

半《なか》ば、追い出される格好で神田明神下の家を辞す折、門口まで見送りにきた嫁女が、

「お茶もお出ししませんで申し訳ございません」

と、ひどく肩身が狭そうにうなだれた。

「いえ、お気になさらず。今日は涼しい。喉も渇いておりませんから」

この嫁女もあの家では苦労が絶えぬだろうと憐れが萌《きざ》し、相四郎が剽《ひょう》げてみせると、嫁女は慎ましやかな笑みを浮かべ、

「また、いらしてくださいまし」

と、深々と頭を下げた。

帰り道で梅作が、

「曲亭馬琴は、父上とさしてお歳が変わらぬと伺いましたが」

と、どこか腑に落ちない面持ちで切り出した。

「なにか、だいぶ様子が異なると申しますか……とにかく、お気の毒に見えました」

「気の毒、か」

「あれほど著名な戯作者を表すべき言葉ではございませんが」

梅作の言わんとしていることは、わからぬでもなかった。人としての当たり前の暮らしや礼儀、他者との交わりを犠牲にして、ただひたすら戯作に命を捧げた結果が、今の馬琴の姿なのだ。

「しかし、おまえも絵の道に生きるのであれば、あのようにすべてを捧げる覚悟を持たねばならんのだぞ」

告げると梅作は、苦い笑みを浮かべた。

梅作は、京伝を知らぬ。兄の没したのちに生まれたためである。もし京伝に接していれば、特別な才を得、戯作に命を捧げた生涯であっても、楽しげに健やかに日々を送れるのだと知ることもできたろうにと思えば、兄の不在をいっそうのこと無念に思わぬわけにはいかなかった。

二

宗伯が、死んでしまった。

士分としての滝沢家を継ぐ者であったのに、まだ三十九という若さで逝ってしまった。「御恩になりました」と馬琴の手を握って告げたのが、最期の言葉になった。

去年から腹痛を訴え、食欲も次第に失せ、たびたび吐瀉《としゃ》するようになり、床《とこ》に臥す日が増えていたのだ。医者に診せても、薬を飲んでもよくはならず、痩せ衰えていく息子を、馬琴はどうすることもできなかった。

癇癖《かんぺき》ゆえに穏やかな日は少なく、馬琴も宗伯の機嫌を損なわぬよう気を遣うことばかりで、振り返っても息子の思い出でよいものなど数えるほどしかない。それでも、この歳になって家を託す者を亡くしたことは、はかりしれない絶望となって馬琴の心身を蝕んだ。

宗伯の亡くなったその晩に、渡辺崋山《わたなべかざん》が弔問に訪れ、息子の死顔を描いてくれたことが唯一の慰めで、馬琴はこの礼として、息子のことを『後《のち》の為《ため》乃記』と題した一書にまとめて彼に贈った。

——ああ、わしはかような喪失の中にあっても、書くことしかできぬのか。

そうと思えば、虚しさがいや増した。

書いて書いて書き続けた人生だった。しかし、それによって何を得たのか。いくばくかの財産と多くの自作は確かに手にした。けれど己の書いたものは、板本になったそばから煙のように消えていった気もする。虚業、とはまさに戯作者のことだと自嘲が湧いた。

文溪堂丁字屋平兵衛が馬琴のもとを訪れたのは、宗伯の死から半月後のことだった。主立った板元はいずれも、弔いの手伝いを買って出てくれた。中でも平兵衛は、こちらの様子をいまだなにかと気に掛けてくれる。この日も、「いい瓜《うり》が手に入りましたので」と、すっかり食の細った馬琴を励ますように、重い瓜をいくつも手代に持たせて、やって来たのだ。

「いつもすまんな」

馬琴には珍しく、殊勝に礼を述べた。平兵衛は、馬琴の眼病を癒やすべく、ほうぼうの伝《つて》を辿って医者も手配してくれている。もっとも、名医と名高い者の治療でも、今のところ馬琴の右目が見えるようにはならぬのだが。

「稿も待たせたきりだな」

「ええ。けれどこういうときですから、まずはお身体の回復が第一か、と。私どもはのんびりお待ちしておりますゆえ」

文溪堂は馬琴の他にも多数、絵師や戯作者を抱えている。『八犬伝』の刊行が遅れたところで痛くも痒くもないのかもしれぬ。そう思うや、戯作の世界から取り残されていくようで焦燥が湧き、それとともになぜだか、あの忌々しい京山の顔が浮かんだ。奴は、牧之を踏み台にして一旗揚げようと目論んでいるのだ。

「そういや、『越後雪譜』は、その後どうだね」

黙っておられず、それとなく探りを入れる。

「京山先生と牧之さんとで進めていただいております。こまめに書状を交わして、細かなことまでやりとりされておりますよ。越後の風俗は江戸とはだいぶ隔たりがございますから、絵だけではわからぬものも多いようで」

確かに、古志郡の牛の角突きひとつとっても、思い描いていたものとはだいぶ異なる絵が送られてきた。だが、牧之の稿をよくよく読み込んだわけでもない馬琴には、越後の風俗の特異さを告げられても、うまく話に乗ることができない。

「越後雪譜」は、存外よく出来たものなのだろうか。板行されて反響を得れば、これを手掛けた京山の格も大いに上がるのではないか。となれば、奴の目論見通りではないか。そもそも儲けを確実に得ることを信条としている文溪堂が、「越後雪譜」を引き受けたとなれば、十分に売れる目算があるということだ。

「しかし山東京山も、不思議な男だのう」

馬琴は苛立ちまぎれに吐き捨てた。

「不思議……とおっしゃいますと」

「戯作者という仕事を選びながら、身内を頼みにしてばかりじゃろう。戯作とは、ひとりで向き合うものよ。ただまっすぐに文机に向かい、誰にも拠らず、己の内から湧いてくるものと対峙すべきものよ。それがどうじゃ。京山は兄を頼みにしてこの世界に足を踏み入れ、今度は息子を絵師に仕立てあげようとしておる。ここへも、わざわざ連れてきたぞ」

はぁ、と困じた顔で平兵衛は額の汗を拭く。

「身内と共に働きたいのであれば、京伝店の切り盛りにでも専念すればよいのだ。京伝に才があったとて、血が繋がっておるというだけで同じ道を辿れると勘違いするのも浅ましいことよ」

「しかしあの梅作さんというご子息は、なかなか筋がよろしいですよ。牧之さんから送られてくる絵を見事に写して、よりよいものに仕上げております」

こちらの舌鋒を収めるために平兵衛はそう繕ったのだろうが、聞き捨てならぬことを耳にした馬琴は眉根を寄せた。

「牧之の絵を描き直しているのか。あの息子が」

平兵衛は、しまった、というように顔を歪《ゆが》めてから、「ええ、まぁ」と答えを濁した。

「つまり『越後雪譜』板行の際の画は、あの息子が描くということか」

「いいえ。種本を作る折の下絵だけ任せております」

こちらは唯一の跡取り息子を亡くしている。それなのに京山は。馬琴の喉が勝手に震え出す。

「それにしたところで、絵師とも言えぬ未熟者に任すことでもなかろう。牧之も憐れよ。習作の材に使われるとはのう。わしならば北斎あたりを持ってきたが。しかもこれを編む京山にしたところで、たいした戯作は書いておらぬ。京山親子の名を並べて、売れる板本ができるかね」

薄笑いを浮かべて言ってやった。平兵衛はおそらく不安を覚えて、梅作に描かせることを考え直すに違いない。そう踏んだのだが、彼は意外にも胸を張ったのだ。

「よいものにいたしますよ。なにせ文溪堂で出すのですから」

日頃の低姿勢が崩れ、この男本来の姿であろう、どこか傲岸で強気な顔が覗いた。馬琴は、なにか容易には御せないものを感じて声を呑む。が、平兵衛の目が爛然《らんぜん》と照ったのは一瞬で、彼はすぐに背をこごめ、

「てなことを申しまして、手代たちの尻を叩いておるんですよ」

と、冗談めかして、先に発した言葉を拭い去った。そうしてそそくさとこの話題を切り上げるや、「おや、こんな刻だ。長居をいたしまして、申し訳ございません」と、早々に腰を上げ

た。その要領の良さが、馬琴にはひどく気に障った。

とはいえ、ここで文溪堂と諍いを起こしても詮無《せんな》い。『八犬伝』の預け先であるし、また、息子を亡くし、馬琴自身も身体のあちこちにガタが来ている中で、このの ち板行以外でも板元を頼みにすることもあろうと思えば、乱暴な態度をとるわけにもいかなかった。

必死に己をなだめるも、腹の虫は収まらぬ。

「お路っ」

平兵衛が辞してから、大声で呼んだ。すぐに現れた彼女に、

「書斎まで行く。手伝え」

と、命じる。片目しか見えぬと遠近の目測を誤り、柱にぶつかったり縁側を踏み外しそうになったりと、不便極まりないのである。お路に手を引いてもらい、文机の前に落ち着いた。

「文《ふみ》を書く。墨を磨ってくれ」

申しつけると彼女は素早く支度をはじめた。お路は筆や墨、硯の扱いに手慣れている上、丁寧だ。読本にも興味があるのか、よく開き見ている。馬琴の作についてはなにも言わぬが、この嫁女は辛抱強いだけでなく、聡明でもあると、近頃とみに感じることが多かった。

墨を磨り終えるとお路は、馬琴に命ぜられる前に紙と筆を揃えて置き、

「あまり根を詰めませんようお願い致します」

と、三つ指ついてから、部屋を出て行った。誰に文を書くのだ、といった余計な詮索をせぬところも、馬琴は気に入っている。

筆を執り、ふう、と大きく息を吐いてから、馬琴は勢いよく綴りはじめる。文字が真っ直ぐ連ならず、右に左に振れてしまうのは、やはり片目で見ているせいなのだろう。鬱陶しいこと

この上ない。また苛立ちが募っていく。

――わしは戯作者じゃ。誰ともつるむことなく、己の力で道を切り拓いたのじゃ。

筆を走らせながら、己の支柱を確かめる。

――これからも、闘っていかねばならぬ。他人の伝で板本をこしらえているような者たちと、同じところにあってはならんのだ。

手に力が入り、おのずと文字が太くなる。ところどころ墨が滲んで、まるで書きながら涙を流しでもしたように、歪《いびつ》な形を作る。

*

「旦那様、江戸から文《ふみ》が届いてますぜね」

鼻にかかった独特の声でおりたが言って、恭しく書状を儀三治《ぎそうじ》の文机に載せた。かねてより、書状の扱いにはくれぐれも気を配るように、と口うるさく説いてきた甲斐あって、かつては放るように渡していたのがいくらか正された。江戸からの書状はたいがい京山の書ゆえ、粗末に扱って失くされでもしたら、せっかく手元に引き寄せた板行がまた遠のいてしまう。

うむ、と顎を引き、おりたが部屋を出て行ったのち、嬉々として文を手に取った。と、そこで儀三治は、筆跡がいつもと違うことに気付く。嫌な予感がした。

――よもや、京山が身罷った、ということはねぇべな。

脂汗を額に浮かべながら、おそるおそる開き見て、そこに意外な名を見付け、今度は冷や汗が流れた。

曲亭馬琴からの書状である。

もしや、山東京山に板行を持ちかけたことへの抗議か。いや、しかし前もって馬琴の諒承を得てから京山に依頼したのだ。筋はしかと通している。

己の鼓動を聞きながら、文字を目で追っていく。

〈先頃、文溪堂丁字屋平兵衛、わが庵に来た折、かねて「越後雪譜」を文溪堂で引き受けることが決まったと告げられた。かつて私が文溪堂に話を持って行った折から平兵衛は板行に向けて支度を調え、ようよう決心が固まったのだという〉

そこまで読んで、儀三治はひとり首を傾げた。

──文溪堂には、馬琴が売り込んだということか。

京山からはそのような話は聞いていない。てっきり、京山の声掛けで板元が決まったものと思っていたが。

馬琴の文には続けて、そこに至る詳細な経緯《いきさつ》も書かれてあった。

馬琴自ら文溪堂に口を利き、丁字屋平兵衛には自分の戯作と同様に摺りにも彫りにも気を配って美本に仕上げてほしいとよくよく頼んでおいた。文溪堂は『八犬伝』の預け先ゆえに、こちらの願いをよく聞いてくれる。京山は貴殿にどう伝えているかは知れぬが、文溪堂は大きな板元で、抱えている戯作者も多く、京山のごとき三流どころの戯作者は、おいそれとは近づけぬ板元である。このたびの「越後雪譜」の板行は、京山にとっても、大手と繋がるよい機会になろう。ただ、私が口入れしたということは、京山には黙っておいていただきたい。彼は己の手柄として、これをまわりに広めんとしているだろうから、その意気を挫くようなことは本意ではないからだ──。

終いまで目を通して、

――つまり、馬琴が先に文溪堂に働きかけ、文溪堂がこれを承知した。その後、儀三治が馬琴から京山へと鞍替えした。そこで馬琴は、話の進んでいた文溪堂での作業を京山に引き継がせるべく計らったということだろっか。

頭の中で流れを整えてみたものの、どうにも腑に落ちない。儀三治が馬琴を諦め、京山に頼むと願い出た折、京山は折り返しの文で、すでに話をしている板元があるかどうかを確かめてきたのだ。そののちに、確か歌川国直の手引きで文溪堂と渡りをつけて、雪話の板行先と決まったのではなかったか。もし仮に馬琴が文溪堂に話をつけて、これを手掛けることが決まっていたのだとすれば、文溪堂の主人が馬琴に面会してはじめて、雪話の草稿が破棄されたことを知ったというのもおかしな話だ。

――どうも、妙なことになった。

儀三治は首をひねったが、しかし、種本作りがだいぶ進んだ今となっては、どちらが板元を手配したのかといったことは、さのみ大事とも思われなかった。すぐに馬琴へ礼状をしたためようともしたが、勝手なことをして板行に障りがあっては事だと慎重になり、ひとまず馬琴の文を京山に送ってみることにした。京山には黙っておくようにと断り書きがあるが、もし馬琴の言が確かであれば、彼の陰ながらの親切を京山が喜ばぬはずもなく、どこか険悪な両者の関わりが、これを機に改善するのではないかと期待もしたのである。

新たな稿もだいぶ溜まっているゆえ、それを送る折に同封すればよかろう――。

そう決めて、儀三治は馬琴の文を文机脇の棚にぽんと投げるように置いた。

襖の向こうから、おりたらしき声が呼んでいる。右耳に加え、左もすっかり聞こえが悪くなり、なにを言っているのか聞き取れぬ。孫たちが、「これを使えば音が大きく聞こえるようになりますてね」と渡してくれたホラ貝を左耳にあてる。

くおーと風に似た音の向こうから、「夕餉の支度ができましたぜね」という、おりたの鼻にかかった声がかすかに聞こえてきた。

＊

文溪堂に催促の使いを出すことが、このところ繁くなっている。

板元が戯作者を急《せ》かすことはままあるが、逆はそうそうあるものではない。ゆえに相四郎の苛立ちは否応なく募った。

雪話板行のための作業がいっかな進まぬのだ。

牧之の稿は初輯《しょしゅう》分、しかと揃っている。山東京水《きょうすい》と雅号を定めた梅作も、順調に下絵を描き進めている。そこから歌川国直が板本に載せる画を仕上げることになっているのだが、これがまったく上がってこないのだ。

牧之は画料として南鐐《なんりょう》一枚を前もって送ってくるという念の入れようで、平兵衛もこの熱意に応えて国直に梅作の下絵を随時渡している。そもそも雪話板行については、国直が文溪堂と繋いでくれたわけで、乗り気ではあることは間違いないのだ。これまで式亭三馬《しきていさんば》や為永春水《ためながしゅんすい》の人情本に画を寄せてきた彼は、歌舞伎絵や美人図の評判こそ高いが、雪国を材にした画は当然ながら未だない。ここで挑めば絵師として新たな扉を開く機になるだろうに、なかなか仕事に掛からぬのである。

これに加え、筆耕《ひっこう》を頼んでいる者が目を病んだとかでしばらく作業ができぬと伝えてきた。さらには彫師も多忙にて手が空かず、「いつ取りかかれるか、計りかねる次第でございます」

と平兵衛の寄越した手代が言うに至って、相四郎は「一度、平兵衛にここを訪ねてくるよう伝えよ」と、厳しく申しつけたのだった。

梅作が、「失礼致します」と相四郎の書斎の襖を開けたのは、そんな折だった。

「牧之さんから文が届いております」

彼は文机脇に膝を突き分厚い書状を差し出した。

「また不可思議な習俗を書き送ってきたかね、牧之さんは」

「まずは父上にと思いまして、中は検《あらた》めておりませんが、だいぶ厚いので、また絵を描いてきてくださったのではないか、と。牧之さんは越後の風物について細かく説いてくださいますし、絵も達者にございます。私も下絵を起こすのにだいぶ楽をさせていただいていますが、それでも人の背丈を越えて積もる雪や、村人たちが日々使っておる道具が、どうにも像を結びませぬ。この目で実物を見られれば容易《たやす》いのですが」

梅作に頷きつつ、相四郎は受け取った文を開き見る。封書は、いつにも増して重みがあった。もっとも、体に巣くった疲れが重みを感じさせるのかもしれない。

相四郎は、この正月で六十七になった。少し机に向かうだけで、目は霞み、手首が固まったように痛み出す。いかに物語が浮かんでも、それを紙に写すのに身体が思うに任せなくなっている。朝起きた刹那、頭の中に浮かんでいる文言を胸の内で読み上げ、これはよい作が生まれそうだと心躍っていたはずなのに、朝餉を済ませた頃にはなにを書きたかったのかすっかり失念していることもある。生きている限り自在に筆を揮えるものと、かつての相四郎は信じていた。身体を酷使する作業でなし、いかにこの身が弱ったとて筆さえ持つことができれば物語を紡ぐことはできる、と。しかし、浮かんだ情景や人々を描写することはすなわち、その場に佇み、その人物として生きることと同義で、ただ文机の前に座っているだけであっても、空想の中で身体を使えばまことに動いたのと同様の疲れが訪れるのである。

――もっと早くからはじめていれば。

近頃思うのは、そのことばかりだった。武家として勤めていた若い時分から、この道に分け入っていれば、もっとよいものをあまた書くことができたのに、と。

また悔悟に囚われそうになったから、相四郎は気を逸らすため牧之の文を開いた。封書の中には稿とともに、書翰が一通収められていた。筆跡が違うことに気付き、よくよく検めると馬琴が牧之に書き送ったものらしい。

かすかに不穏を覚える。馬琴にはすでに、相四郎が雪話板行を請け負うと断りを入れてある。今更どんな用向きがあって、牧之に文を送ったのか。

逸《はや》る気持ちを抑えて、癖のある馬琴の字を追った。だんだんと心の芯が冷えていき、次に身体のあちこちで熾火が爆《は》ぜるような音を聞いた。頭が熱を持って、視界が揺れる。

あの馬琴が、穏便に済ませるはずもなかったのだ。じかに会って話をして、互いの間にあったわだかまりは氷解したものと安堵していた己の甘さに歯噛みする。

「……父上、どうなすったんです」

よほどひどい顔をしていたらしい。梅作が恐る恐るといった様子で訊いてきた。相四郎は投げつけんばかりにして文を置き、

「この執着は、どこから来るものかのう」

震える声で吐き捨てた。梅作が、畳に放り出された文を取り上げて目を通し、「これは……」と、うめく。彼も相四郎とともに、馬琴の屋敷に赴いている。そこで馬琴が、自分は多忙で手

が付けられなかったため、「越後雪譜」は任せると相四郎に託したのも、その耳で聞いている。

——これが馬琴なのだ。彼の本性なのだ。

文に書かれていたのは、事実無根の述懐であった。

文溪堂丁字屋平兵衛には馬琴自ら口を利き、「越後雪譜」板行を請け負ってくれるよう頼んだ、ということ。京山は馬琴に比べれば遥かに劣った戯作者ゆえに板元も手を抜くかもしれぬ、そこで平兵衛には京山の本ではなく馬琴の本だと思って力を入れて板本を仕上げてくれと密かに頼んである、ということまで、ご丁寧にも書かれているのだ。

平兵衛からはむろん、そのような話は聞いておらぬ。仮にここに書かれたことがまことであれば、平兵衛は、雪話板行が進む前に馬琴にじかに会って断りを入れたほうがのちのち災いにならぬのではないか、といった助言はせぬだろう。そもそも、そこまで雪話に入れ込み、その板行を願っていたのであれば、なにゆえ馬琴は十二年にもわたり稿を放置したのか。自身の執筆に忙しかったのはその通りだとしても、ではなにゆえに、牧之が長い時をかけてコツコツと書き溜めた稿を捨てたのか。

「父上が手柄を独り占めせんとしている、というのはさすがにひどい」

梅作の声は驚きを通り越し、放心したように虚ろだ。

「書状を書く。牧之さんに書くゆえ」

相四郎は言い、すぐさま筆を執った。馬琴の言葉を片っ端から打ち消していく文章を連ねるうち、なにゆえこのように言い訳めいたことをせねばならぬのかと、怒りと悔しさと憎しみとがないまぜになった黒い水に飲み込まれる。京山の戯作は、なるほど馬琴ほどの評判は得ておらぬ。だが、それでも長きにわたり懸命に努めてきた。齢七十も近くなって、かように虚仮《こけ》にされる謂れはない。

――これは、まことに私への遺恨からくるものだろうか。

熱を持った頭の片隅、わずかに残った凪《な》いだところで疑心がまたたく。

――馬琴はここまで、私を意識しているのだろうか。

山東京伝亡きあと、当代一と評される戯作者となった馬琴にとって、己はまことに敵なのか。長らく放っておいた雪話を相四郎が板行することになったとしても、馬琴の地位が脅《おびや》かされるはずもないのだ。文溪堂に話を通したのは自分だと嘘をついてまで、牧之に訴える必要などないのではないか。江戸の出板事情に通じておらぬ牧之は、ここに書かれたことを容易く信じてしまうだろう。しかしそれによって、馬琴にどんな利があるのか。

――まことは私への遺恨ではなく、他に理由があるのではないか。

〈是則《これすなわち》偽言謀計の端をあらわせり〉

相四郎はさまざまに思い煩いながら、馬琴の所業をそうしたためる。

〈狐のみ人をばかすとおもいしに馬の狐にまさるにくさよ〉

怒りにまかせて、ひらめいた狂歌を文に書き付ける。

馬琴が憎かった。執拗に雪話板行を阻んでくる彼の狙いが摑めぬのももどかしかった。彼の執着が、誰に対するものなのか、判じ得ないのも落ち着かなかった。

「のう、梅作。一度越後へ赴くか」

憑かれたように筆を走らせながら、思わず口にした。

「越後へ……牧之さんを訪ねるのですか」

「そうだ。かの地を見なければ描けぬこともあるだろう」

「それはそうですが……しかし越後は遠《と》うございます。途中、険路《けんろ》もございましょう」

相四郎の齢に鑑みて、梅作は案じているのだろう。

「いや、行かねばなるまい」

と、相四郎は己に語りかけるようにして、強く唱える。

「やはり会って話さねばなるまい。牧之さんが越後の話を書こうと思った経緯を。なにゆえ何十年にもわたり、ひとつの事柄を紡ぎ続けたのか。牧之さんの心根を、しかとすくい取った上で形にせねばなるまい。それに、この目で越後の地を見なければならない。どうあっても、雪話は多くに読まれる板本にしなければ」

馬琴がいかな手を使って邪魔立てしようが、優れた作に仕上げてみせる――そう思い定めたそばから、「おまえにできるのかね」とばかりにこちらを見遣る馬琴の歪んだ顔つきが目の奥に浮かぶ。その像に、兄、京伝の屋敷に居候していた当初の、痩せて心許なげで、けれど目を輝かせて京伝の作を読んでいた、若かりし馬琴の姿が重なった。同じ人物とは思えなかった。馬琴に取り憑いた戯作という妖怪は、生《き》のままの健やかな彼を飲み込んでしまった。いや、あの頃すでに馬琴の奥底で燻《くすぶ》っていた本性を、引きずり出しただけなのか。

兄、京伝へ向ける馬琴の目が、鋭く歪《いびつ》になっていったのは、いつの頃からだったのだろう。雪話を邪魔立てするのも、相四郎を無闇と愚弄するのも、もとは京伝への遺恨からくるものなのか。兄が亡くなってだいぶ経つのに、馬琴はまだ、許せぬ思いを秘めているのだろうか。兄がぜんたい、なにをしたというのか。

「あの、父上。お気持ちはお察ししますが、しかし越後までの道程は、決して楽ではございませぬゆえ……」

梅作はなおも父の身体を気遣って、ためらいを並べている。相四郎は応えない。ただ乱暴に筆を運ぶ中で、馬琴の面倒を見ていた頃の、闊達として楽しげな、兄の横顔を思い出している。

＊

「おりたっ、おい、おりた」

儀三治は、江戸から届いた文を手に、妻を捜して廊下を巡る。厨《くりや》にも座敷にも彼女《かれ》の姿が見当たらぬ。たいていぼんやり厨に佇んでいるのに、こんなときに限ってどこかへ出掛けたものとみえる。

苛立ちつつも店に顔を出すと、倉吉がひとり帳場の机に向かっていた。これ幸いと彼を捕まえ、

「山東京山先生が、この塩沢においでになるというがぞ。あの京山がよ」

耳打ちしたつもりだったが、興奮を抑えかね、上ずった声が大きく響いてしまった。耳元で声を張られて倉吉は目を瞠《みは》り、店の男衆までも訝《いぶか》しげな面持ちでこちらに向いた。

「家内の話だすけ、仕事に戻れ」

厳めしい顔を作って命じ、儀三治は男衆らに背を向ける。途端に頬が弛んだ。

「どうだ、京山先生がわざわざここにおいでになるがーぞ。しかも、ご子息の京水先生もご一緒だ」

しつこく倉吉に告げるも、彼は小首を傾《かし》げ「……きょうざん」と繰り返すだけである。よもや山東京山を知らぬということはあるまいな、と恐れ、

「江戸の戯作者だ。何冊も板本を出されておるお方のがーぞ」

言い添えると、彼は「ああ」というふうに顎を引いた。

「お義父上《ちちうえ》、それは、山東京伝ではございませんかな」

こちらの言い間違いを正そうとでもいうような得意顔で言ったから、儀三治は眉根を寄せる。京伝の名は知っているのに、京山はその存在さえ知らぬということか。

「京伝の弟だで、京山先生は。合巻をあまた出されておる評判の戯作者だすけ」

「さようにございましたか。これは失礼致しました。戯作には疎いもので」

倉吉は恐縮し赤面したが、最前までの華やいでいた心はわずかに萎んだ。

京伝、馬琴という当代一の戯作者に比べれば、なるほど京山は誰もが知る名ではない。その戯作も、京伝に比べれば、儀三治から見ても平凡というのが正直なところだった。しかし、これまで雪話に関わった文人の誰よりも熱心で誠実なのが京山なのだ。稿を送ればすぐに目を通し、疑問や指摘を細かに書き送ってくれる。

——それに文溪堂に口を利いてくれたのも、京山先生だ。

先だって京山から送られてきた「一覧火中記」と題された書状の文面は、これまでのやりとりを通して儀三治の内で形作られてきた京山像を大きく覆すものだった。穏やかで、悠揚迫らぬ御仁を思い描いていたのだが、馬琴に対しては相応の屈託があるらしい。批難というより罵倒に近い文言で、馬琴の伝えた文溪堂とのやり取りを打ち消した筆致に、儀三治は読みながら身をすくめ、さらに「馬琴がめしいたのも、息子が死んだのも、多病にして窮迫に至ったのも、天罰が当たったのだ」との一文を見付けるに至っては、雪話とは関わりのないところで興ったらしい、馬琴への怨嗟《えんさ》のようなものを感じ取って怖気立ったのである。

——ぜんたい、京山先生はどっけのお方だっぺか。

想像するだに、一度は萎んだ気持ちが、また膨らみはじめた。板行の打ち合わせのために、江戸から戯作者が己を訪ねて来るなど夢のようではないか。齢六十を越えて、かような果報が待っていようとは思いもよらず、ただただありがたさがこみ上げてくる。

「旦那様、おれを捜しとると聞いたがですども」

今頃になって、おりたがひょっこり顔を出した。儀三治は、「裏の者《しょ》が店に出ちゃなんね」と妻を奥に押し戻し、「大事な話だすけ、よう聞けよ」と神妙な面持ちで前置きして告げる。

「近く、江戸から大事な客人がいらっしゃる。ここに長く逗留することになっておる。まず客間を整え、馳走を振る舞えるよう、計ろうてくれ。くれぐれも粗相のないよう存分にもてなすがだ」

おりたが不安げに眉をひそめる。

「もてなすてっても、どんげんしたらええがろうか」

「幸吉に頼んで、十分に酒を支度するがだ。それから塩沢の珍味をお出しするがだ。この越後の名物を存分に味わっていただくがだて」

京山は、「逗留させていただきたいが、けっして客人扱いはされませぬよう」とわざわざ書き送ってきていた。夜具も膳も特別な支度はしないでいただきたい、と。けれど江戸から遠路はるばるこの塩沢を訪ねてくるのである。まことであれば村を挙げて京山親子を迎え入れたいほどに、儀三治は浮き立っている。雪話に描いた土地や習俗も、彼らに余さず見てもらわねばなるまい。はて、どこから案内すればよかろうか。自室に戻って文机の前に座し、楽しく思い惑う。

＊

文溪堂丁字屋平兵衛が校合摺《きょうごう》りを手に相四郎のもとを訪ねてきたのは、越後行きの文《ふみ》を牧之にしたためて間もない日のことだ。

「お心掛かりはもっともにございます」

彼は、相四郎の書斎に座すなり、そう言って手を突いた。座布団は遠慮したのに、くみが淹れた茶は「これは重畳《ちょうじょう》」なんぞと言いつつ平然と啜る。皐月に入って熱《いき》れる日が続いているから喉も渇くのだろうが、馬琴が牧之に宛てた文の件もあって気が立っている相四郎は、

「ようよう校合摺りですか。だいぶ遅れておりますな。いつまでも板行を先延ばしにするわけにはいかんのだが、いかがかな、進み具合は」

直截《ちょくせつ》に訊いたのだった。平兵衛は飲みかけの茶碗を置いて、いくつか咳払いをしたのち上目遣いで返した。

「画のことはまことに……。国直も初手は面白がっておったのですが、忙しい、今は取りかかれぬの一点張りでして」

平兵衛は牛のように忙しなく頭を上下させてから、

「どうです、この際だ、雪話の画はすべて京水さんに描いていただくというのは」

と、恭しく告げたのである。

「梅作にか……」

ありがたい申し出だが、相四郎は腑に落ちない。梅作に下絵を描かせることにも二の足を踏んでいた平兵衛なのである。長年出板に携わってきた相四郎は、「京水さんの絵が思いのほか

よろしゅうございましたから」と平兵衛が説くままを素直に信じるほど純粋ではなくなってい
る。おおかた、国直が手を引こうとしている仕事に、他の絵師が飛びつくはずもないと判じて、
身近なところで手を打たんとしているのだ。そうした行き当たりばったりの妥協の産物は、相
四郎のもっとも厭《いと》うところである。これではなんのために、牧之と幾度も文をやり取りして内
容の精査を重ねてきたのか、わからぬ。
「正直に内情を申せば、雪ばかりでは描きようもないという懸念もあるようでして」
「国直がそう申しておるのか。雪景色なぞ、絵師であれば誰しも描いておる。北斎や広重なぞ、
雪の名画を遺しておろうが。国直ほどの絵師ならば、いかようにも描けるだろう」
「はあ。仰せの通りにございますが、これまでの雪景色は松や寺社の甍《いらか》に積もった、こう風情
のあるものが主でございまして、越後の話のように命を脅かすような雪というものは、うまく
表せぬと頭を抱えておるような次第でございまして」
確かに、梅作の下絵も一面真っ白なことが再々で、「家屋も木々も埋もれてしまいますから、
山くらいしか起伏が出せませせぬ」と懊悩を口にはしている。多色摺りの一枚画ならともかく、
板本の挿画となれば墨一色となる。となると、雪を表した空白が全体なんなのか、文章を読む
までわからぬのも難だった。
「梅作も雪を描くには難渋しておる。筆の穂先で点々を描いて雪と見せようとしておるが」
相四郎がつぶやくと、平兵衛は申し訳なさそうな面持ちで返した。
「拝見しましたが、点々で表すと雪ではなくて砂地のように見えますすな」
容赦ない言いようだが、当を得ているだけに頷くしかない。
「それで私も考えましして、雪を描いた部分には『雪』と文字を入れるのがよろしいか、と。い

や、それより他に手立てがないというほうが正しいのですが」

せっかくの画を文字で説くようなことをすれば、描き手の拙《つたな》さを喧伝するようなものではないかと相四郎は面白くない。息子のはじめての仕事なのだ。

「国直であれば、雪とわかるように描けたのではないか」

「どうですか。それができれば、早々に画をあげてくるでしょう。京水さんのお名はまだ通っておらぬかもしれませんが、しかしとても素直ないい画をお描きになる。牧之さんという、江戸の出板界隈から離れたところで純粋に言葉を紡いでおる書き手と、とても相性がよろしいように思いますが」

とってつけたようなことをもっともらしい口振りでのたまう平兵衛を睨み据えると、彼はこちらを押しとどめるように両手の平を上げ、

「なにしろ、この飢饉でございまして。板本の売れ行きが近年見ぬほどに優れぬのです」

声と肩を一緒に落とした。

確かに、天保と改元されて三年が経ったあたりから凶作が続いている。ことに北国では長雨により、大飢饉となった。農作物の収穫が叶わぬとなれば、江戸に入ってくる米もわずかとなる。これがもう三年近く続いている。囲い米も底をつき、物価は上がるばかりで、民は困窮の一途を辿っている。さような折に、戯作を楽しもうという向きが減るのは道理で、ここ数年、板本の売れ行きはかんばしくない。

「牧之さんははじめて板本をお出しになるわけで、読み手が多くついておるわけでもございません。そういった方の御本を、かように冷え込んだ時期に出すのは難しいということもございまして」

国直に支払う画料を惜しんでいるのか。梅作であれば、駆け出しゆえに安く使える。相四郎は鼻から溜息を抜く。板本というのは読み手に夢を見せるものなのに、創作の場はなんとも世知辛い。

「これで京水さんの画が評判をとれば、絵師としてこののち多くの活躍の場を得るやもしれませんから」

次から次へとお為ごかしを吐く平兵衛を打ち見、この男もまことに困《こう》じているのだろうと判じて、相四郎は渋々ながら承服した。一方で、画には人一倍気を使っていた平兵衛であるのに、と雪話それ自体がなおざりにされていることへの苛立ちも拭えずにいる。きっと馬琴の『八犬伝』には十二分な手間暇を掛けているはずなのだ。

「そういや、馬琴が考えた『越後雪譜』という書名だが」

せめてもの抗いというわけでもなかったが、前々から気に掛かっていたことを相四郎は切り出した。突如話題が変わったことに動じたのか、平兵衛が首を突き出す。

「これを使いとうはないと思っている。私が新たに考えたものがあるゆえ、そちらでいきたい」

「……はぁ、それは。どういった書名にございましょうか」

「『北越雪志』」

きっぱり言って、文机に置かれた奉書紙に大きく書名をしたためた。

馬琴の考えた「越後雪譜」をそのまま使って、のちのち災いの種になるのを恐れたこともある。が、それ以上に、馬琴とは今後いかな形であっても関わりたくはなかったのだ。あることないこと流布する男である。己の考えた書名が京山に盗用された、とでも言い触らされてはたまらない。仮に、牧之の板本の評判がよく、続きものにでもなれば、馬琴は書名の発案者であるのを笠に着て、続編を手掛けたい、と言い出さないとも限らない。となれば、『八犬伝』の板元である平兵衛は、一も二もなく雪話の板行を馬琴に任せるだろう。

板元は、売れる戯作者を第一にする。さまざまな道理が、売れ行きの前になぎ倒されていく。商売なのだから、それは詮方《せんかた》無い。今の京山と馬琴では、どうあっても馬琴に軍配が上がる。他の板元も、馬琴に加勢するのは目に見えている。けれど、雪話を世に出すのは己なのだ。長きにわたってこれを気に掛け、板行を任せてもらうため牧之に掛け合い、文溪堂に話を付けたのは己なのだ。

「ほくえつせっし、にございますか。なるほど」

平兵衛は文字を凝視する。面《おもて》からはしかし、笑みが消えている。しばし黙考しているふうだったが、やがて意を決したように顔を上げた。

「正真なところを申せば、私は『雪譜』としたほうが、多くの心を摑むように感じます。うちで出すからには、是非『雪譜』を残したいのですが」

最前までの平謝りの姿勢を仕舞って、彼はぐいと背筋を伸ばすと宣したのだ。それが相四郎には、京山より馬琴のほうが読み手の心を巧みに摑むのだ、と言われたように聞こえて気持ちがいっそうささくれ立った。

「ならば書名は、牧之さんに会ってから決めよう。どちらがよいか訊いてからだ」

相四郎がそう突っぱねると、平兵衛が目をしばたたかせた。

「牧之さんが江戸へいらっしゃるんですか」

「いや、私が越後へ行くのだ」

返すと彼は「えっ」と、頓狂な声をあげた。そのお歳で峠を越えてあのような遠くまで行くのか、と訝るような眼差しを向けてくる。

「どうあっても、評判の本にしたいのだ。世人があっと驚くような、また、しみじみと感じ入るような、これまでになかった本にしたいのだ。そのために、この目で越後を見ておこうと思うてな」

そうして、馬琴ではけっして作ることのできなかった板本に仕上げるのだ。

「そこまで、この本に……」

己の戯作でもないのに、どうしてそこまで肩入れするのか、と平兵衛は言いたいのだろう。文溪堂にしても、雪話を板行することを承知したものの、板元としてさして力を入れておらぬことは相四郎も感じている。

「私には戯作者としての抜きん出た才はないかもしれぬ。兄ほど評判の作も書けぬ。そういう者が秀でるにはいかにすればよいと思う」

率直に投げかけると、こちらの目付きにおののいたのだろう、平兵衛は喉を鳴らして居すくんだ。

「それは、ひたすら実直に書き続けることさ。手を抜かず、欲を張らず、多くを望まず、ただただ生一本《きいっぽん》に書いていくことだ。いくつになっても初心のままに、少しでもよい作を書かんと励むことだ。他にできることはなにもないゆえ」

いつでも楽しそうに、つるつると筆を滑らせていた兄を思う。端から見ていた時分は、戯作者とはなんと気楽で面白おかしい仕事だろうと、相四郎は憧憬を抱いていた。しかし、己が戯作を書きはじめてから、かつて見た兄の姿はまやかしだったのか、と疑うようになった。はじめた頃こそ戯作を書くのはただただ楽しかったが、年月を重ねるにつれ辛さが勝《まさ》っていったからだ。いかに書いても、兄のようなものは書けぬ。それでも兄に負けるのであれば、まだ承服できる。が、兄を仇敵のように憎み、兄亡き後、あらぬ噂を広め続けた馬琴の作に、どうあっても敵わぬことが苦しかった。

——あのようにわがままで、ほうぼうの板元と諍いを起こしては、『八犬伝』のごとき続き物ですら板元を次々に変えるような男であるのに。

いかに相四郎が板元に対して愛想良く、穏やかに接しても、板元は馬琴を第一に扱う。まぁ厄介なお方ですが、あそこまでのものをお書きになる方はなかなかおりませんのでね。煮え湯を飲まされた板元までが、馬琴の人となりには眉をひそめても、その作は手放しで称えるのだ。

理不尽に見舞われはしたが、これに不服を唱えるわけにはいかなかった。同じ書き手として、馬琴の才は認めざるを得ないからだ。だから余計に許せなかった。馬琴が、なのか、己が、なのか、相四郎自身、判じ得ない。

「私は行くよ。梅作と一緒だ。大事なかろう」

力強く告げると、平兵衛はなにかを言いかけたが、厄介な話に踏み込むのはよそう、とばかりにさりげなく話を変えた。

「そうそう、『雪華図説』のことにございますが、古河藩江戸詰の者とわたりがつきまして、手に入れられそうにございます」

最前投げかけた、「私には戯作者としての抜きん出た才はない」という言葉を、彼が速やかにやり過ごしたことが、相四郎を静かに傷つけた。

第八章

一

倉吉が血相変えて儀三治の部屋に飛び込んできたのは、皐月も末のことだった。

「旦那様、お客人が見えております。あの……あのお方ではございませんか」

平素であれば廊下から声を掛け、ひと呼吸置いてから襖を開ける倉吉であるのに、今日に限ってひどい慌てようである。興奮のせいか、顔も真っ赤に染まっている。

「なんだね。お天道様でも落ちてきたみてぇだな」

「いえ、あの、旦那様がおっしゃっとったお方がいらしたのではなかろっか、と。江戸の戯作者という。今、店にお着きになりまして」

とっさに儀三治は立ち上がった。昨今ではすっかり言うことを聞かなくなった足腰であるのに、このときばかりは野山を自在に駆け巡っていた若い頃と遜色ない機敏さで動いたのである。

一足飛びに階下に降り、店に続く暖簾を分ける。

上がり框《かまち》に、旅装の男がふたり、腰掛けているのを見付ける。

あがった息を整えてから慎重に彼らに近づき、

「山東京山先生にございますか」

と、そっと問う。緊張のせいか昂揚のせいか、声が歪に掠《かす》れてしまう。

ふたりが同時にこちらに振り返った。よく似ている、と嘆じ、京山と京水が親子であったことを思い出す。

年嵩の男がゆるりと会釈をした。

「越後はさすがに遠いですな。老体に鞭打って、どうにか辿り着きましたわ」

そう言って微笑んでから、

「牧之《ぼくし》さんの稿を拝読してはあれこれ頭の中で思い巡らしていた越後に、こうして佇んで牧之さんと話をしているというのは、なんとも夢のようですな」

京山は至ってしみじみとした調子で語り、目を細めた。

一方で儀三治は、意外の念に囚われていた。江戸の戯作者とあればきっと垢抜けて粋な風情であろうと思い描いていたのだが、目の前で笑みを浮かべる京山は、丸顔に丸い鼻、目尻にあまたの皺を刻んだ、こう言ってはなんだが、風采の上がらぬ田舎武士のような容貌なのである。京伝の戯作『江戸《えど》生艶気《うまれうわきの》樺焼《かばやき》』に描かれた、獅子鼻の艶二郎《えんじろう》によく似ている。遠い親戚と相まみえたような心易さがたちどころに湧いて、儀三治の身体を縛っていた緊張を溶かした。

「景色の至る所が珍しゅうございます。描き甲斐のある土地ですな」

桶で足を濯ぎながら、京水が父親とそっくりな丸顔に笑みを浮かべる。

「そう言っていただけて安堵いたしました。文《ふみ》のやりとりだけでは伝わらぬこともございます。だすけ、ご両人をどこに案内しようかと私もこのところずっと思い巡らしてございます」

「それはそれは。楽しみにございます」

京水は頭を下げ、京山と顔を合わせて、笑みを交わした。


その晩は、夜深まで酒を酌み交わした。

夕餉のあとにはじまった宴には幸吉も顔を出し、

「こっけ名高い戯作者を間近に見られるなぞ、この歳まで生きた甲斐がございました」

と、相変わらず調子のいいことを言って場を盛り上げた。おりたは、厨《くりや》と客間を忙しなく行ったり来たりしながら、

「長旅でお疲れではございませんか」

と京山親子をいたわる素振りで、早く休むよう暗に勧めている。おおかた、いつまでもだらだらと酒宴を続けられては給仕も終《しま》いにできぬと、うんざりしているのだろう。ために儀三治は、「きりのいいところでにしゃ休め。あとはくわにやらせるすけ」と告げて、早々に女房を放免したのだった。今宵無理を強《し》いたことでおりたが機嫌を損ね、明日から京山親子にぞんざいに接するようなことがあってはかえって難儀だ。常にこちらを包むように見守ってくれていた宇多とは違い、おりたは儀三治が日夜文机《ふづくえ》に向かってしていることにすら関心がない。江戸からわざわざ戯作者が訪ねてきたといっても、彼女にとっては迷惑な客人が増えたに過ぎないのだろう。

幸吉も、おりたが退いて間もなく帰り、甲斐甲斐しく酒や肴《さかな》の世話をし続けたくわも、

「娘さんもそろそろお休みなされよ。私どもはもう十分にいただいたゆえ」

という京山の気遣いに応えて客間を去った。

家の者が寝静まっても、儀三治たち三人は残った肴をつつき、冷酒をちびちび舐めながら、雪話のことや江戸の板元《はんもと》の事情、越後での暮らしぶりといった積もる話を飽かずに交わし合う。

「貴殿はしかしご立派ですな。ご商売もこれだけ大きくなさって、村のためにも骨を折っておられる。こたびの飢饉の折も多額の寄付をなさったとか。村の衆はそれでだいぶ助かったと、先程幸吉さんが話しておられましたよ」

京山が言った。そんな話をいつの間に幸吉はしたものかと、儀三治は恐縮して肩をすくめる。

「先生こそ、御店《おたな》を切り盛りしながら、あっけに多くの戯作をお書きになって。それに比べたら、私なんぞ足下にも及びません」

「いや、私は、牧之さんのように代々の家業をしているわけではございませんからな。兄が興した店を引き継いだだけにございます。そもそも戯作者は、潤筆料などいただけぬもの。私は今、いくらかいただいてはいますが、雀の涙にございます。ですからね、他に実入りの定まった仕事を持たぬと食い詰めます」

剽げた調子で彼は言ったが、ふと顔を暗くして続けた。

「潤筆料だけで悠々暮らしていけるのは、馬琴くらいかもしれませんな」

儀三治は、どう応えたものか惑って口をつぐむ。以前京山から送られてきた「一覧火中記」の、馬琴への憎しみが詰まった文言が頭の中を巡っている。

そのとき、京山が猪口を置き、にわかに居住まいを正したのだ。

「私はね、牧之さんに伺いたかったのですよ。なにゆえかほどの長きにわたり、雪話を書き続けられたのか。ただ好きというだけでは、四十年も諦めずにいることはかなわぬのではないか、と。その理由《わけ》を知りたいと常々思うておったのですよ」

理由——己が書き続けた理由か。儀三治は答えに窮した。はじめは、生まれ育った土地のことを書き、多くにこの塩沢を知ってほしい、といった軽い気持ちであったように思う。書いたものを読み返すうち、手前味噌ながら、これは相応によくできた作なのではないかとの感を得て、世に出したいと願った。書本《かきほん》にして江戸で配れればそれで十分だったのに、京伝に送ったことから話が大きくなり、板本《はんぽん》という、思ってもみなかった夢が手の届くところに立ち現れた。迷走は、おそらくそこからはじまった。

夢というのは一度見てしまうと、そこから逃れられぬものなのかもしれぬ。必ず板本にしなければならない。京伝も認めたのだから、その域に達した稿であるはずだ——妄念に取り憑かれて、ここまで来てしまったのだ。

いつしか、書く楽しさや良いものを書きたいという純粋な衝動から大きく逸れて、ただただ己の筆力を証したい、みなに認めさせたい、名を上げたい、という欲心で、ここまで走ってきたような気さえする。書くということに対してではなく、板行する、ということへの執着が、長らく己を駆り立ててきたのではないか——。

「理由、というても、たいしたものではございません」

己がひどく浅薄に思えて、悄然と答えた。きっと京山は、もっと高尚な志をもって戯作を書いているはずなのだ。

息子の京水が、射抜くような目でこちらを見詰めている。純粋に絵と向き合っている者の、爛々と希望をたたえた瞳が痛く、そっとうなだれたとき、京山が言った。

「私はね、兄に憧れて戯作の道に分け入ったのです。兄のようになりたいと、ずっと願っていた。兄はそれをよくは思わなかったようだがね。おまえはおまえなのだから、わっちの陰に隠れるなとよく言われましたよ」

そこで京山は干涸《ひか》らびた溜息を吐き出した。

「しかしね、こうして何十年も書き続けておると、なんのために書いておるのか、時折わからなくなるようでしてな。書けば書くほど下手になっていくようで、その上、戯作をはじめた頃のように書いているときの心浮き立つ昂揚も年々薄れていく。今では文机に向かうまでが一苦労でしてな。爪を切ったり、そこらを散歩したり、急ぐことでもないのにやることを見付けて先延ばしにして、ようやく机の前に座っても頬杖をついてうたた寝などして、なかなか筆を執れませぬ。お恥ずかしい限りだ。昔は下手なりに、次から次へとお話が浮かんできたものですが、私の内にある泉が涸れてしまったのか……。板元との約束があるから詮方無く話をひねり出しているような具合ですよ」

淀みなく語られた本音に儀三治も動じたが、京水はなおのこと驚いたのだろう。「父上」と、うめいて、眉を八の字にした。前途ある身ゆえ、絵師として目指すところもあるはずだ。それであるのに、もっとも身近な父が、書くことに倦《う》んでいるとなれば、将来《さき》への不安も頭をもたげるに相違ない。

京山はなにゆえ息子の前でこんな話をしたのか。

儀三治は不可解に思いつつ、次の言葉を待った。京山はしばらく黙って冷酒を啜《すす》っていた。時折、胸裡にあるものを覗き込むように己の懐《ふところ》のあたりに目を落としている。

「兄とな、よく話をするのです。今も、毎晩のように」

ようやっと聞こえてきた声に、息を呑んだ。死んだ京伝と対話をするということだろうか。

「書き物をしていて、ふと顔を上げると必ず兄が机の向こうから稿を覗き込んでいるのです。

髪は蓬髪《ほうはつ》で、月代《さかやき》も伸びておって、着古した羽織を肩にかけたいつもの兄さんよ。それがひどく険しい顔で、ジッと私の稿を覗き込んでいる」

「なにか、おっしゃるがでしょーか」

そんなことがあろうはずもない、と知りながらも、つい訊いた。

「いや、なにも。なにも言ってはくれぬ。ただのひと言も……。ただ、納得いかぬといった面持ちで稿を見ておるのよ。生きていた頃には、けっして見せなかった顔で。何作書いても、いつまで書いても、兄はけっして褒めてはくれぬ。笑んでくれることすらない」

なぜだか、儀三治の総身に痺れるような痛みが走った。

「これはいつまで続くのだろうか。私はもうすぐ七十になろうとしておるのに、未だ兄の亡霊に苦しんでおるのよ」

京山は吐き捨てるように言ってから、ハッと我に返ったふうに首を起こした。

「いや、すまぬ。こんなことを打ち明けるつもりはなかったのだが。これまで誰にも言うたことがない話なのにな。板元にも、もちろん梅作にも」

京山は、京水を案じるように目を遣った。京水は神妙な面持ちで畳の一点を見詰めている。

「江戸を離れて、さまざまなしがらみから解かれて、気持ちが軽くなったせいかもしれん。言わでものことを言うたようですな。いやはや酒を過ごしました」

朗らかに告げた京山に、「隣の座敷に夜具が延べてありますので」と儀三治は告げ、この日の宴を終《しま》った。

自室に引き揚げ、布団に入ってから、

——山東京伝は確かに偉大な戯作者だども、京山先生もあっけに長《なご》う書き続けておられるがだ。なにも兄上の影に怯えることもなさそうだども。

と、不思議に思う。戯作というのは、ものを書くということは、どこまでいっても終わりがないものなのだろうか――。

その晩、久方ぶりに夢を見た。妙にはっきりとした夢だった。

儀三治は、雪の中を歩いている。明るかった雪景色が次第に薄暮れになり、するとどこからともなく狐が現れて儀三治を導くように先を行くのだ。狐の総身は、蛍のような青白い光を放っている。これは明るくていい塩梅だ、と儀三治はありがたく付いていく。やがて道の先に、小さな洞が現れた。狐はその前まで来ると、不意に立ち止まる。

ここはおれの屋敷じゃねぇぞ。

儀三治は妙なところに連れてこられたことに腹を立てて、狐に言う。と、中から真っ白な装束をまとった、長い髪の女が現れたのだ。顔も手も、抜けるように白い。

雪女だ。

儀三治はおののき、慌てて踵《きびす》を返す。すると、女が言った。

終わりは必ずくる。人は必ず終わるのじゃ。

地吹雪のような声が響いた途端、儀三治の身体は動かなくなる。

誰にでも等しく、終わりはくるのじゃ。

雪女から逃れようと、懸命にもがく。早く逃げねば。これから雪話を板本にするのじゃ。それをこの目で見届けなければ。必死に手を伸ばそうとする。

そこで、目が覚めた。ほうっと長い息を吐く。総身にじっとり汗を搔いていたが、手指も足も雪中にいたように冷たい。

――妙な夢を見た。

雪女の言ったことが気に掛かったが、しかし寝しなに京山の戯作への終わりのない探究心に思いを馳せたがゆえに見た夢なのだろうと、儀三治は早々に片付けて、再び深い眠りへ落ちていった。

二

翌日から儀三治は、京山親子を連れて塩沢界隈の名所を巡った。

雲洞庵《うんとうあん》では、一日掛けてこの地に伝わる古文書を読み、苗場山《なえばさん》の真景図に触れた。京水は各所の景色を細やかな絵に起こしていたが、とりわけ熱心に写生したのは案外にも越後で用いている道具だった。かんじきや藁靴を珍しがり、自ら身につけて試しもする。これで雪の上をどう歩くのか、といった問い掛けも盛んに繰り出し、儀三治が説くことに熱心に耳を傾けるのだ。幾度となく書面を交わしながらも、うまく伝わらなかった大根立てを見せるや、親子は、

「これが、そうですか」

と、揃って目を瞠った。その様があまりに可笑しく、儀三治は声をあげて笑う。つられてふたりも、顔を見合わせて朗らかな笑い声を立てた。

これまでの日々が色褪せて見えるほど、京山親子と過ごす刻は起伏に富んで心躍るものだった。朝早くからさまざまな名所へ赴き、夜は酒を酌み交わしながら書くことについて語り合う。時に、他の戯作者の話も出る。馬琴の名が出ると京山の顔が決まって歪むのも、見慣れてくるとなにやら愉快だった。

こうして、まことの戯作者と同等の立場で語れるなぞ夢のようだと思い、ここまで諦めずにきたゆえに天から褒美を渡されたのだろうとありがたく感ずる。

ことし二月泊まり山ししとき、連れの者七人ここかしこにありて木を伐りていたりしに、山々に響くほどの大声して猫の鳴きしゆえ、人々おそれおののきみな小屋に集まり、手に手に斧を構え耳を澄まして聞けば、その声近くにありときけばまた遠くに鳴き、とおしときけばちかし。あまたの猫かとおもえば、その声は正しくひとつの猫なり。されど姿はさらに見せず、鳴きやみてのち七人のものおそるおそるちかくなきつるところにいたりて見るに、凍てたる雪に踏み入れたる猫の足跡あり。大きさ常の丸盆ほどありしと語りき。

京山は行李《こうり》の中から数枚の稿を取り出し、夕餉ののちに儀三治に示す。いずれも、以前に書き送った綺談を、京山が校合《きょうごう》がてら読みやすく書き直したものである。自分の草稿では聞き書きの羅列でしかなかったものが、表情を与えられ、湿り気や温みを宿す。恐ろしい話は、その顚末を知っている儀三治が読んでも鳥肌が立ち、怪しい話は思わず固唾を飲んでしまう。越後に伝わる綺談を誠実に著しているのに、文章の順や比喩を変えるだけでここまで気持ちが揺さぶられるものになるのかと、儀三治は京山の稿を、あたかも手妻《てづま》を眺めるような心持ちで見詰めている。

「この話は、農夫が薪を拾いに雪山に入った折の綺談でしたな。薪炭商《しんたん》はこのあたりにはさほどおらんのでしょうか」

京山は、綺談を校合していて生じた問いを、客間で差し向かい、ひとつひとつ訊いてくる。

「おらぬことはないのですが、たいがいは樵《きこり》からじかに買い付けます。ただ、冬場は樵も山を下りてしまいますので」

「それでこの七人の農夫は独自に薪を手に入れようと雪山に入った、と」

儀三治が頷くと、

「そのあたりのことを少し書き足したほうがよいかもしれません。江戸者が読んで、越後では薪が切れると逐一山に入るのかと勘違いされてはいけませんからな。それと、この大きな足跡を残した猫にございますが、正体は知れたのですか」

京山は帳面と矢立を懐から取り出して、質問を続けた。

「それが、未だに知れぬのです。鳴き声から猫であろうとは伝わっておるのですが。このあたりには猫にまつわる綺談が多うございましてな」

「化け猫の類いは江戸でもよく怪談噺で語られます。ただ、江戸では猫を飼《こ》うておる家も多いですからね、冬はたいてい火鉢のそばで丸くなっておるのを見ている。雪の中をさまようておるのがまことに猫の類いなのかと、そこにも不思議を覚えるのです」

「越後の綺談は、正体まで辿り着かぬものが多うございまして」

「ええ。それが面白くもあり、もどかしくもあり」

京山は目尻に皺を刻んでのち、ふと真顔になった。しばし視線を宙に彷徨《さまよ》わせ、それから胸に溜まっていたものを吐き出すように長い息をついた。

「昔、兄が語っていたことがございます。戯作においては、なんでもかんでもつまびらかにせずともいいのだ、と」

続けて京伝は、こんなふうに告げたらしい。

正体がわかれば胸のつかえは下りるだろうが、この世の中は正体の知れねぇものばかりなのだ。俺にしたっておまえにしたって、一見しただけじゃあわからねぇものを密かに抱えているだろう。いかに戯作といっても、なんでもかんでも白日のもとに晒すのは野暮でしかねぇのだ。わからねぇことはわからねぇまま、不可解なことは不可解なままに描くのが一番なのよ。わっちら戯作者は神じゃねぇんだからさ。神どころか、世の底の底を這いずってねぇと、ろくなものは書けねぇんだぜ――。

京伝の口振りを真似したのだろうか、常に丁寧な物言いをする京山には似つかわしくない乱暴な口調で京伝の言葉を伝えてから、彼はなにか思い出した様子で「くっ」と小さく笑った。

「世の底、か。それで兄さんは死ぬまで蛎殻《かきがら》屋敷に住んだのかもしれないな」

京山の述懐の意味を、儀三治は解すことができなかった。けれども、すべてを明らかにすることがけっしてよい戯作とは言えぬということは、そこはかとなくわかる。戯作に登場する者たちの行状を見詰め、なにゆえそのような行いをするのかと思い巡らせる。その答えは作中に明確に書かれているわけではない。だからこそ読み手は、あたかも知人に接するように、彼らの心根を想像し、対話することができるのだろう。

「光が差し込まぬところも、この世にはあまたございます。そうした暗がりになにがあるのだろうと、思いを巡らすのもまた、生きる上での楽しみですなんが」

儀三治が言うと、京山は少しばかり驚いたふうに目を瞠り、それから深く頷いた。その折に、「よかった」と吐息に交ぜて言ったように聞こえたのは、気のせいだったろうか。

「私の知人に信州産の者があるのですが、彼が千曲川《ちくまがわ》に夜釣りに行った折、夜闇にふたつの光玉が浮かんでおるのを見たそうにございます。いったいなんだ、と近づいて見ると、大きな蟇《ひき》蛙《がえる》で、その双眸《そうぼう》が光っておったらしく慌てて逃げ帰った、と。人の想像を超えるものが、闇には潜んでおるものにございますな」

「その話も、雪話に入れてはいかがかな。大猫の話と合わせて書くとよいかもしれん」

京山が筆の穂先を舐めて、早速帳面に今の話を書き付ける。ふたりして夢中になって話をしていると、京水が障子を開けて現れた。

「今、倉吉さんとお話をしておって、初鮭の漁が古志《こし》郡の長岡で行われると伺いました。牧之さんの草稿で拝読した漁にございます」

「ああ、魚沼の川口ですな」

「ええ。ぜひかの地を見たいのですが」

「あすこなら、さほど遠くはないすけに、明日にでも案内いたしましょう。ただ、今は初鮭の時季ではございませんが」

儀三治が答えると、京山も相好《そうごう》を崩した。

「江戸は初鰹を重宝して、上様に献上もいたしますが、このあたりでは初鮭を献上なさるというのは大変面白うございました。私もですが、江戸者のほとんどがこの風習を知らぬかと。あの話には是非画を入れたいと、京水とも話しておったのですよ」

京水が父の言に頷いて続ける。

「鮭漁の話は漁師に訊くとして、景色だけでも見ておけば、よい画が描けると思うのです。牧之さんの草稿を読み、絵を見ながら、あれこれと自分なりに景色を浮かべつつ描いてきましたが、いざ越後に入ると、頭の中でこねくり回していたことがいかに卑小であったか思い知りました。山も、川も、畑も、ひたすらのびやかだ」

のびやか、と儀三治は小さく繰り返す。臍の奥から、沸々と喜悦の泡が湧いてくるのを感じる。

「江戸の町は建て込んでおりますからな、高台に登れば富士も見えますが、路地を歩いている限り、目に入るのは町家の壁ばかり。ですからね、ここへ来て畦道に佇むだけで、心がほっと落ち着くような、安らかな心持ちになるのですよ」

京山の語った感慨は、江戸に対してどこか引け目を感じてきた儀三治の心を緩やかに救った。

「それから、夏になると地面からあがる火も見てみたい。これも草稿にございましたな」

「あれは臭水《くそうず》がなにかの拍子に燃えるのだろうと言われておりましてな。綺談にも、それらしい因果の垣間見えるものがございます」

「臭水……」

京山が繰り返した。

「ええ。地中から湧く黒くて異様なにおいのする水にございます。泥水のような粘りもございまして、手に付くとなかなかにおいがとれんのです」

「ほう、そいつはまた興味深い」

「そうしましたら、臭水の湧く地も案内いたしましょう。明日はまず、川口ですな。古志郡には親類もおるすけ、宿の心配もございません。心ゆくまで絵を描いていただけましょう」

儀三治は揚々と告げると、座を辞して慌ただしく厨に入った。仏頂面で酒の肴を拵えているおりたに耳打ちをした。

「明日の朝、握り飯を三人分、支度してくれ。朝餉とは別にだ。包んで行李に詰めて、おれが背負って出るすけ。朝早く、日の出ぬうちだぞ」

「またどこぞに行がれるがですろっか。毎日毎日越後の話で、よう飽きませんな」

おりたはこのところ、迷惑顔を隠そうともしない。

「それより、お客人はいつまでおられるがでしょうかなぇ」

京山親子が逗留して、もう半月が経っている。

「そっけ嫌そうに言っちゃやなんねぇ。大事な客人だすけ」

「旦那様にとっては、そっけに大事でも、おれにはただの他人だすけ。毎晩、いつ終わるかわからん宴が続いて、こっちは疲れるばっかりだ。飯をたかりにきとる薦被《こもかぶ》りの面倒を見とるようだすけ」

あまりに乱暴な言い草に頭に血が上ったが、ここで言い合いをすれば、京山親子に聞こえてしまうとすんでのところで堪えた。

「わかった。明日から用があればくわに頼むすけ。にしゃ客人のこたなんもしねぇでいい」

娘に雑用を頼むのは気が引けるが、致し方ない。倉吉にも「くわを借りる」とひと言断っておかねばならぬ。しかしあれも裏のことでいつも忙しくしているから、快く引き受けてくれようか。ふう、と小さく息を吐いたとき、頭の後ろに鋭い痛みを覚えた。

「つっ」

と、うめいて、儀三治は近くの柱に片手をつく。おりたはそれに気付かぬらしく、まだ不平を垂れ流している。

「だいたいお客人……江戸の……山を越えて……街道筋に甘いものが……倉吉さんがそれを」

なにを言っているのだ、おりたは。まるで意味が汲み取れぬ。確かに声は聞こえるのに、なぜか言葉が入ってこない。

――なんじゃ……これは。なじょしたがだ、おれは。

思った刹那、幕が下りてきたように、目の前の景色が上から暗くなっていった。

誰にでも等しく、終わりはくるのじゃ。

雪女の声が聞こえてくる。

こちらに背を向け、なにか話しながら煮炊きしているおりたに、「おい」と声を掛けたつもりだった。が、やがて、彼女の姿も見えなくなり、儀三治は暗闇の中に吸い込まれるようにして、落ちていった。


臥所《ふしど》の襖が開いて、宇多が入ってきた。ゆるゆると近づいてきて儀三治の枕元に座るや、

「やれやれ」

と、心底呆れたふうに彼女は溜息をついた。

「ご苦労なことにございますなぁ。いよいよ板本が出るとなると、決まって邪魔が入るのは、旦那様の運命《さだめ》かもしれませんな」

縁起でもないことを申すな――そう言い返そうとしたが呂律《ろれつ》が回らない。儀三治は奥歯を噛んで天井を睨む。

「なーしろ雪話に係り合った方《しょ》はいずれも、引き受けたどこでお亡くなりになられるすけ。妙なこったね。そっけ苦行に見舞われるぐれえだら板行せんほうがよかろうと、おれだら察して、とうの昔に手放しとります。だどもしつこくしがみついた挙げ句、終いには旦那様がお倒れになって。まぁまぁ、まことに難儀なこってすなー」

まるでからかっているような口振りだ。これは捨て置けぬ、と儀三治は身体を起こそうとす

るが、総身を鎖か何かで雁字搦《がんじがら》めにされたようで身動きがとれぬ。そうこうするうち、宇多がすいと腰を上げたから慌てた。

「おい、待て。起きるすけ手伝《てつど》うてくれ。にしと話したいこともあるがだすけ」

声を振り絞るが、彼女は小さく笑って言うのだ。

「もう少しの辛抱だすけ。浮世のことは。そうせば楽になるすけなぇ」

「浮世のこと」

聞き返すと、宇多は小さく笑った。

「おれが先に逝っててよかったなぇ。ちっと融通を利かせられたすけ」

そう言うや、彼女の姿はかき消えてしまった。

「おい。どこに隠れたっ。早《は》よ、起こすのを手伝《てつど》うてくれ」

叫んだとき、耳の側で声が立った。

「まだ起き上がるのは、無理だすけ。当面おとなしゅう寝ておるように、とお医者様が」

宇多の声ではない。薄目を開けると、おりたがこちらを覗き込んでいる。宇多は……宇多はどこへ行ったと訊きかけて、声を呑んだ。そうか、あれはもうずっと前に逝ったのだ。

「あと十日もすれば起きられると、お医者様も言ってたったすけ、今は大事になすってくんだっしょ」

おりたが諫めるのを聞くうち、己が倒れたことも思い出した。医者は、中風《ちゅうぶ》と見立てたらしい。一時はこのまま亡くなってもおかしくないと告げられ、一家は覚悟をしたそうだが、倒れて四日ののちに奇跡的に目を開けた。六日目には呂律が回らぬながらも話ができて、みな人心地ついたのだという。医者は、ようすんなり目が覚めたものじゃ、と嘆じ、「父様《とと》は、まだしんばんねぇことがあるすけ」と、くわが儀三治の手を握りながら涙を流した。

そこまで思い出して、はたと気付いた。

「京山先生たちは、なじょしとる」

せっかく板行作業のために遠路はるばる訪ねてきてくれたのに、その相手が中風で倒れたとあっては、無駄骨折りにほかならぬ。申し訳ないことをした。よりによってこんなときに発作を起こすこともなかろうに。己の運命がつくづく恨めしい。宇多の言う通り、何者かの邪魔立てをずっと受けているような道程ではないか。

「くわさんが、ほうぼう案内しとるすけ。ご案じになることはないがね」

「くわが」

おりたは頷き、付言した。

「旦那様が倒れてからな、お客人の勧めで旦那様の書かれたもんをくわさんはご覧になっての、こっけな草紙を書ける父様を持って誇らしいと言ってたったすけ。お客人に請われてなぇ、魚沼のほうへお連れしとります」

儀三治は声を失くした。雪話を板行するために、自分は鈴木屋の財産にも手を付けた。もっとも、商人としての務めが第一だとの揺るぎない構えがあるゆえ、店が傾くような散財はしておらぬ。が、雪話板行のことは、商いとは係りのない贅沢である。家人に秘したのは、この放蕩を負い目に思ってのことでもあった。

——それであるのに、くわはおれを誇りと思うてくれるがか。

顔をわずかに横向けて、開け放たれた障子の先にそびえる山々を眺める。

「越後は、美しいところよな。山々も、川も、縮《ちぢみ》を織る人々も、雪景色も。こっけ美しい土地は、他にはどこにもないすけ、他所の地に住まう者にも知ってほしいと願ったがぞ。越後という国を知ってもらうためなら、おれはどっけの苦労も厭《いと》うてはおられんと思うたがぞ」

口に出してみると、それこそが真実に思えてくる。己の名を知らしめんとする欲心は、もしかするとおまけのようなものだったのではないか、と。

頭の中はまだ霞が掛かっているようだったが、くわの言葉を聞いて儀三治は、これまで辿ってきた道がいくらか報われたのを感じている。

＊

牧之が突如倒れたとき、即座に動いたのは梅作だった。

立ちすくんでいるおりたをはね除《の》けんばかりにして、横たわる牧之の傍らにしゃがみ、その口に手を突っ込んだのだ。息のしやすいよう、舌を嚙まぬように、さような処置をしたらしい。慌てて駆けつけた娘のくわに、これは中風に違いないから下手に動かさずに医者を呼ぶように、と彼は素早く命じもしたのである。

相四郎は、迅速な息子の指示を、ただ驚き入って見守るだけだった。

四半刻もかからずやって来た医者が診て、中風ゆえにこののち二、三日が峠だと告げるや、おりたは取り乱し、「おれはまだ後家になる歳と違うがぞ。これから他に縁づくにせよ、また結納金が入り用になれば実家《さと》に迷惑が掛かる」と大騒ぎをはじめた。亭主が危篤《きとく》の折に、我が身を案じるばかりのおりたを見て、相四郎はぞっとしないでもなかったが、ここでも梅作とくわはおりたに構うことなく至って冷静で、医者の指示に従いつつ慎重に牧之を座敷に運んだのだった。できることはもはや気付け薬を飲ませることくらいで、あとは天運に任せるよりないとのことだったが、幸い牧之は四日ののちに目を開けた。

それでも動くことの叶わぬ彼に代わって、相四郎たちを連れ出してくれたのは、くわであった。

「せっかく越後までいらして、父の寝顔を見ておるだけというのは申し訳のうございます」

そう微笑んで、どこかご覧になりたいところがございましたらお連れ致します、と申し出てくれたのだ。父親が病に伏せっているさなかであるのに、家を空けるのは気が気でなかろうと相四郎はかえって恐縮したが、彼女は、

「家におりますほうが気が揉めます。なにか他のことをして気を紛らわせないと、こちらまで生きた心地がしねがですて」

と、本音を打ち明けた。梅作は、ここは妙に遠慮せぬほうがいい、と判じたのだろう。雪話に描かれていた魚沼の鮭漁の話を漁師に訊きたいし、三国嶺《みくにとうげ》も見ておきたいと注文を出した。

女の足弱で峠を案内させるのは酷であろう、と相四郎はこれを止めたが、くわはさすがにこの地に生まれ育った者だけあって、難なく山へと分け入った。相四郎のほうがついていくのがやっとというありさまで、老体に鞭打って、どうにか嶺を登ったのである。

「これは……」

山道に立って声を震わせたのは、梅作だ。

「ええ季節だすけねぇ。ここからの眺めは特にいいがですて」

くわがのんびり応えると、梅作はかぶりを振った。

「それもそうですが、私はここへ参って間違いに気付いたのです」

くわが首を傾げる。

「かつて牧之さんから三国嶺の話を書き送ってもらい、これに画を添える折、私は松の木で覆われた山を描いてしまった。ですが、どこにも松など見当たらぬ。いやはや、思い込みというのは恐ろしいものにございます」

梅作が恐縮して見せると、牧之が倒れてからというもの、ずっとこわばっていたくわの顔がいくらか和らいだ。

「おれも、江戸の話はよう聞いて頭の中にあれこれ描いていったども、まことに江戸に出た折は肝を潰しましたすけ、ようわかります。頭の中で思い描くことと、この目で見ることは、まるで違うがだな、と。行かんとわからんことも多いのがですなぇ」

さらりとそう返してきたから、相四郎は意外の念に打たれる。

「今年のことにございますか」

京山が江戸を出立する少し前、くわが土産を持って訪ねてきたのだ。もっとも留守にしていて、江戸で会うことはできなかったのだが。

「いえ。ちっと前も、父から使いを頼まれまして」

「その折は、江戸のどちらへ行かれましたか」

「曲亭馬琴先生を訪ねるつもりで。寒晒粉《かんざらしこ》をお届けするよう父から申し付けられましたので」

「馬琴に」

「へぇ。だども先生にお目にかかることも、お屋敷に伺うこともございませんでした。品物は書肆《しょし》に届けるのが定めになっているとかで、じかにお宅を訪ねてはならんようでございました。お蔭でおれは暇ができて、日本橋のあたりを見物できたのは、よい思い出にございます」

もしかすると娘にも稿を運ばせていたのではないか、と相四郎はしげしげとくわを見詰める。

稿を馬琴に取り次いだ者は、牧之の娘が塩沢から江戸に出てきている、と告げたであろう。その娘が持参した稿だということも述べたはずだった。馬琴はこれを聞いても、くわと会う気にもならなかったのだろうか。その上、彼女がわざわざ届けた稿を捨てたというのか。呆れて言葉を失ったとき、ふと疑念が湧いた。

——まことに、捨てたのだろうか。

相四郎が雪話を引き取ってからというもの、馬琴はなにかと邪魔立てしてくる。未だ雪話について、ほうぼうによからぬ噂を流しているとも聞く。馬琴は、どこかでこの書に未練を残しているのではないか。

——早く板行せねば。馬琴を黙らせるには、彼が兜《かぶと》を脱がざるを得ぬほど良いものに仕上げるよりないのだ。

そうと思えば、居ても立ってもいられぬほどの焦りに見舞われた。

相四郎親子は、この後ふた月もの長きにわたり越後に逗留した。牧之の具合が持ち直すのを見届けてから江戸に戻ったほうがよかろうと判じたこともあったし、そうそう来られる地ではないから出来うる限り景色を目に焼き付けたいと、梅作が各所を見て回るのに執心だったこともある。

幸い、牧之は目を覚ましたのち、薄紙を剝《は》ぐように快方へと向かっていった。半身を起こせるようになると、おりたを伴い湯治に出掛け、二十日後に戻ってきた折には血色もだいぶ戻っていた。

「せっかくいらしていただいたのにご迷惑をおかけして、まことに不甲斐ないことにございます」

彼はまだ覚束ない口振りで、しきりに詫びた。

「いやぁ、くわさんがほうぼう連れていってくれましたから、少しも退屈しませんでしたよ。破目山《われめきやま》も遠くから眺めることができましたし、織婦《はたおりおんな》の仕事にも触れることが叶いました」

相四郎が返すと、

「これでより、ふさわしい画が描けそうにございます」

梅作もにこやかに続いた。

出歩けぬ雨の日や夜半には、戯作の注文をこなすため、相四郎は欠かさず筆を執った。自邸の書斎で文机に向かっている折よりも、速やかに戯作の中へ入っていくことができ、滞りなく筆が進んだのは不思議であった。

――江戸が、幻のように思えるのう。

遠く離れた地にいるせいか、江戸で送っていた気忙《きぜわ》しい日々が、薄らいで感じられるのだ。板元との抜き差しならないやりとりも、一作ごとに聞こえてくる辛辣な評も、馬琴との陰鬱なやりとりも、取るに足らない瑣末なことに思えてくる。ただ、山東京山というひとりの戯作者として、筆が動くのに任せていられるのだ。

――もしかすると兄さんが楽しく見えたのは、周囲から聞こえてくるすべてを排して、一心に戯作に向かっていたからかもしれんな。

相四郎には未だ、戯作のなんであるかがわからぬ。なにを書けば正しいのか。どんなものが読み手に受けるのか、その線引きさえ曖昧なのだ。相撲のように正面切って戦う相手があって、土俵の上で明快に勝ち負けがつくような、誰の目から見ても得心のいく答えがこの先に待っているとも思えなかった。

「いつになったら、まことの戯作が書けるのかねぇ」

戯作なぞという虚業に没頭するうちに、いつの間にかこんな歳になってしまった。どうも、くだらぬことで己は血眼《ちまなこ》になっているようだ、と妙に可笑しくなる。まわりに誰もいないのをいいことに自嘲めいた笑いを漏らしたとき、廊下に声が立った。くくわのようである。

「起きておられるのなら、お茶でも差し上げましょうか」

襖を細く開けて訊いてきた。

「すまんことですな、物音で起こしてしまいましたかな」

ひとり笑っていたのが聞こえたろうか、と相四郎はうろたえつつも返す。

「いいえ。父が、起きて夜風に当たりたいと申しまして、ただいま身を起こすのを手伝《てつど》うてまいりました。そうしたら、こちらの灯りが見えましたもので、お声掛けをさせていただきました。お邪魔でしたら、申し訳ないことにございます」

かしこまるくわに、

「起きておいでか、牧之さんは」

相四郎は訊く。くわが頷くのを見て、言った。

「しからば、牧之さんのお部屋にお邪魔してもよろしいかな。少し話がしたい」

くわは、「へえ。父に訊いてまいります」と、辞儀もそこそこに廊下を遠ざかっていったが、やがて戻ってくると、

「どうぞ、父の部屋に案内いたします」

と、相四郎を廊下に誘《いざな》った。

牧之の臥所へ続く襖を開けると、彼はこちらにゆっくりと顔を向け、

「ご面倒をおかけして申し訳ございません。私のほうから伺わねばいかんのに」

と、うまく回らぬ口で詫びた。相四郎は牧之に、楽な姿勢をとるよう促し、傍らに座す。

「だいぶ顔色がようなりましたな。もう一安心だ。あとは雪話を板行するだけですな」

明るく告げると、

「私がもっと案内できればよかったがですが」

と、牧之は肩を落とした。

「鮭を獲る話も伺えましたし、地獄谷の火も見られた。それに、牧之さんの絵で私が勘違いをしておった大根立ても、この目で見られた」

相四郎がおどけると、牧之はようやっと笑みを浮かべた。

「私が校合をする上でも大変役に立ちました。やはり越後まで足を運んでよかった。これで雪話は、いっそう読み手に訴えるものになりますぞ。江戸に戻った頃にはだいぶ摺出《すりだ》しも上がってきておりましょう」

それから相四郎は、雪が高く積もる前に江戸に戻ろうと考えていることを告げた。

「雪の積もる様も見たかったが、雪話の板行も迫っておりますからな。それに、私どものように雪に慣れておらぬ者が、雪中を行くのは至難の業。江戸に帰り着くことができねば、板行も潰えてしまいますゆえ」

相四郎は冗談めかしてそう言ったのだが、牧之は途端に蒼白になった。幾度となく頓挫したこれまでを思い起こさせてしまった、と相四郎は慌て、

「ご案じ召されるな。この雪話は必ず板行いたしますから」

語気を強めて宣すると、牧之は引き結んでいた口元を和らげ、笑みを目尻に浮かべた。

「確かに、無理をして雪の中を行かれて、なにかあっては事にございます。寂しゅうなりますが……」

互いに歳だ。これが最初で最後の邂逅《かいこう》になるやもしれぬと思えば、胸奥に鈍い痛みが走った。

「江戸に戻ってのち、文溪堂とも細かに話をし、雪話は必ずよい本にいたします。なにしろ、牧之さんが四十年にもわたって板行を願った本にございますからな」

牧之は目を細め、己を包み込むように両腕を組み合わせて深く頷いた。

「雪中の洪水の話、熊捕《くまとり》の話、雪の中で飛ぶ虫の話、雪崩に巻き込まれた人の話……気付けば随分と多くの綺談を書いたものにございます。この地のことを書いておるとき、私は心くつろいでおりました。板行が決まるまでは、そのことすら忘れておったのですが」

「書くことで心くつろいだ……」

「ええ。私にとってものを書くというのは、もともとそうした営みにございました。ところが、板行の夢を見はじめた途端、引き受けてくれる板元があるのか、誰に校合を頼めば話題になるか、そもそもまことに板行できるのか――そんなことばかり思い煩い、江戸の板元や、力になってくれそうな戯作者を調べることに躍起になっておったのです。まったく浅ましいことにございますが、書くより他のことに多くの時を費やしておりまして、あるときからなにも見えなくなってしもうたのでございます」

「見えなくなった」とはきっと、雪話に描かれた、雪女や猫又や山を走り下る老爺といった不思議なものが現れなくなったということだろう。戯作の中から抜け出て、ただただ現《うつつ》の身過ぎとは身に覚えがある。

世過ぎをしているとき、相四郎自身、己が書いた人物たちがひどくよそよそしく感じられるこ

「だども、身体がかようにままならなくなると、ただ無心にものを書いていた頃が無性にまばゆく感じられるのでございます。世に出すことなぞ考えずに、素直に書きたいものを書いていた頃が。こたび中風を患ったことは災難にございますが、この気持ちを思い出せたことはよかったやもしれん、と」

この牧之の感慨は、今の相四郎には至極身近に感じられるものだった。江戸から離れて、ただただ楽しんで書いていた頃の己を思い出していたからである。これだけ歳を重ねて、まっさらな初心に戻れたとしたら、かほどに果報なことはない。そう悟った刹那、こみ上げてくるものがあったが、相四郎はとっさにそれを飲み下し、目一杯の笑みを作った。

「こうして命が繋がって、雪話板行も進んでおります。牧之さんのご苦労もようやっと報われましょう。来年には板行の運びになりますからな。きっと評判になりますぞ」

相四郎は声を励ました。

「ええ。まことにありがたいことにございます。だども、江戸の方々に手にとってもらえるだろうか」

つぶやいた牧之に、「無論にございます」と力強く返すうち、不思議と、それこそがこの先にある唯一の現だという確信が湧いた。

「必ず、多くに読まれる書になりましょう」

己の戯作を出す折にも、こうした確からしい思いを抱けたらどれほどよかろうと、相四郎はかすかに羨むような心持ちで「必ずや」と繰り返す。

ったた。


「それで、題簽《だいせん》にしたためる書名のことにございますが」

切り出すと、牧之がわずかに身を乗り出した。

相四郎が、長らく決めかねていたことだった。馬琴が定めた「越後雪譜」がどうにも疎ましく、他によい案はないかと、塩沢に来てからもずっと頭の隅で思案していたのである。牧之は「越後雪譜」を気に入っている。板元の丁字屋平兵衛もまた、これを使いたいという。「雪譜」という言葉の響きの美しさに、相四郎が編み出した「雪志」が敵わぬことは認めざるを得なかった。

「『北越雪譜』というのは、いかがかな。越後、とそのままの国名を持ってくるよりもずっと、景色が浮かぶ気がするのだが。北の雪国の話だと、静かに伝わってくるよい書名であるか、と」

江戸の者には想像もつかぬ土地の景色が、北、というひと文字を入れることで難なく浮かび上がるように相四郎は感じたのだ。

牧之は表情を変えず、その響きを咀嚼《そしゃく》するように瞑目《めいもく》してうつむいた。

沈黙が、相四郎の身を緊張で縛る。

やがて牧之は目を開き、真っ直ぐこちらを見た。心なし、目が潤んでいる。

「よい書名だ。まことに美しい書名にございます。私の、今までの苦労が、ようやっと実を結んだように思いまする」

声が震えている。本心からそう思ってくれたのだ、そう感じるとともに、相四郎の肩に載っていた重石がようやっと取り去られた気がした。

「先生は戯作者として名を成しておられる。だども、私は道楽にございます。こっけに長《なご》う雪話を書き続けても、やはり所詮は、己の楽しみでしていた道楽にございます。家中のことはいつも妻に任せきりで、娘にまで迷惑を掛け、まわりの犠牲の上にある道楽にございます」

「そのようなことはございません。これは、立派な書だ」

相四郎はそう繕ったが、一方では、戯作それ自体が仕事ではなく道楽なのだろうとも感じている。

「雪話は、『北越雪譜』ゆう堂々とした顔を持ったことで、ようやく報われまする。私の手を離れて、心置きなく世人に渡っていくことが叶いまする。先生のお蔭にございます」

感に堪えぬといった牧之の声を聞くうち、相四郎の胸奥まで湿った熱を持っていく。

「互いに、かように不可解なものに囚われながら、ようここまで生きてきましたな」

相四郎の言葉に、牧之は健やかな笑みを湛えた。

「ほんにその通りでございます。これがなければ、私の人生はもっと穏やかであったと思えば、ものを書くことに出会《でお》うたのを恨む心持ちにもなりまする」

「まことにのう」

そう応え、牧之と顔を見合わせて、声をあげて笑った。なにが可笑しいのか己でもわからぬままに、相四郎も牧之もなかなか笑みをおさめることができなかった。

面白いのう。生きるということは、まことに厄介で面白い。

そのとき、やわらかな風が牧之の臥所を吹き抜けた。窓も、廊下に続く襖も閉《た》ててあるのに異なことだ、と部屋を見回すと、どこから忍び込んだのか、猫が一匹、部屋の隅に座ってこちらを見ている。かなりの老猫だ。尾が二つに割れている。この家で猫を飼っているとは聞いておらぬが、と不可解に思ったとき、

「どうか、よろしゅうお願い申します。『北越雪譜』の板本を手に取る日を、心待ちにしております」

牧之が頭を下げた。

「ええ。江戸に戻りましたら、早々に板行の手はずを整えます。楽しみにお待ちくだされ」

相四郎は力強く返し、再び猫のいた部屋の隅に目を遣った。猫はしかし、影も形もなく、驚いて部屋を見回しても、その姿はもうどこにも見当たらなかった。

三

天保八年の秋、『北越雪譜』初編三巻が板行された。

はじめこそ、さして話題にもならなかったが、雪深い国の慣習や綺談は江戸の者に驚きをもって迎え入れられ、ふた月も経つと、摺るのが間に合わぬほどの評判となった。

「いやはや、私どももまさかここまで売れるとは思いませんで。今や、『北越雪譜』を置いておらん貸本屋は貸本屋ではないと言われるくらいで。まったくありがたいことでございます」

丁字屋平兵衛が嬉々として語るのを、曲亭馬琴は内心の苛立ちが面《おもて》に出ぬよう己を制しながら聞いている。そもそも平兵衛は、年明けに出る『南総里見八犬伝』九輯下帙《げちつ》中について話をしにきたのではないか。『北越雪譜』の動向を訊いたのはなるほど馬琴のほうだが、他人の作を戯作者の前で褒め称えるとは、長らく板元を続けてきたとも思えぬ不届き者だ。

「先生にもお許しいただき、手前どもが板行することが叶いまして、ありがたいことにございます。京山先生も実に丁寧に校合をしてくださり、より多くの者にとって読みやすいものとなりましてございます」

ほくほくとした笑顔を、彼は無遠慮に向ける。

「京山は、自作より売れてよかったのう。芽の出ぬ戯作者じゃが、校合は向いておるのかもしれん」

馬琴が辛辣に応じてようやく、己の失態に気付いたのだろう、平兵衛はそれまでの爛漫な笑みを仕舞った。

「それに息子の京水の画もなかなかよ。どの流派にもない画でのう。わしはてっきり唐画かなにかかと思うたわ。うまいのか下手なのかすらようわからん。そもそもなにも描かれておらぬ白いところに『雪』と文字を入れねばならぬような画というのは、なんとも斬新じゃな」

馬琴が重ねて皮肉るや、平兵衛は困《こう》じたふうに手を揉み合わせた。『北越雪譜』は続き物になるらしい。ここで横槍が入るのは勘弁とでも思ったのだろう。

「では、いただいた稿につきましては、早々に筆耕に回します。しかし『八犬伝』は九輯まで来ても、まったく売れ行きが落ちませんなぁ。このような戯作はこれまでなかったやに感じまする」

彼はあからさまな追従《ついしょう》を並べると、尻尾を巻いて帰って行った。

玄関まで平兵衛を見送りにいったお路が客間に戻り、膳に置かれた茶碗を片付けはじめる。

「わしが手掛けるはずの板本じゃった。まんまと京山の口車に乗せられて、手放してしもうたわ。あれは口だけで渡ってきた男ゆえのう」

馬琴の悪口を、お路は聞いているのか、いないのか、曖昧に頷くだけである。

「まともな戯作も書けぬのに、兄の威光にすがって厚かましくも戯作者の看板を掲げている男よ。京山なんぞを相手にする板元も板元じゃ。偽物でも売れるとなれば平気で使う。己が板行する書物に対する志が低いのよ」

「お義父様、今日はお医者様がいらっしゃる日にございますよ。お着替えをいたしましょうか」

お路は、それとなく話を逸らした。こうして誰も、真剣に己の話を聞いてはくれぬのだ。『北越雪譜』の好評を耳にしてからというもの、胸の内で燻っていた苛立ちが、哀しみを帯びた蒼い炎となって馬琴の臓腑を焼く。

「医者に会うのに身なりを整えることなぞないわっ」

言い捨てて、自室に戻るために立ち上がる。刹那よろけて、機敏に動いたお路に支えられた。

「危のうございます。お部屋を移るときは、必ず路にお申し付けくださいませ」

情けなかった。家の中を自在に動くこともできぬとは。大きく息をついたのを、お路は聞き咎めたのだろう。

「まだ越して間もない折、お身体がこの家に慣れておりませんでしょうから」

いたわるように彼女は繕った。

昨年馬琴は神田明神下の自邸を売り、四谷信濃坂《よつやしなのざか》に建つ鉄砲同心組屋敷に居を移していた。神田の家が四十二両二分で売れ、懐が温かかったのも束の間、越した組屋敷は長らく空き家だったせいか、ところどころ傷んでおり、修繕費が思いのほか掛かったのは誤算であった。荷造りの際にだいぶ書物も処分したのだが、その折、随分前に預かっていた牧之の稿が多数出てきて馬琴を悩ませた。

——これを、どうするか。

引っ越しに際して数日の間、思案した。京山は文溪堂のもとですでに摺出しを仕上げていると聞くが、続き物になるのであれば、二編からはこちらで手掛けて京山との差を見せつけることもできるのではないか。文溪堂は『八犬伝』の板元でもある。馬琴の望みを容易くはね付けることはできぬだろう。

あれこれと算段した挙げ句に馬琴は、これを捨てることなく、引っ越しの荷の中に収めたのだ。京山校合で下手を打った折には、やはり多くに売るには馬琴の名が入り用だったと文溪堂も平身低頭頼み込んでくるはずだ。そこで自ら手掛ければ、京山の無能をあからさまにすることもできる。

しかし蓋を開ければ、京山刪定《さんてい》で『北越雪譜』は大きな評判をとった。こうなっては、もはや関わってはならぬ。売れた板本の尻馬に乗ったと見られるだけだ。天下の馬琴が、他人の褌《ふんどし》で相撲をとりはじめた、あれもも終いだ、と嗤《わら》われるだけだ。

お路の手を借りて書斎に入るや、馬琴は言った。

「お路、そこの行李にひと束ある稿じゃが」

目が悪くなってからというもの、書斎の片付けはすべてお路に任せている。妻のお百は、もともとお路と折り合いが悪かったこともあり、宗伯が身罷《みまか》ったのを機に、お路と一つ屋根の下に住むのは耐えがたいとはっきり別離を申し出て、飯田町の屋敷に住む長女、幸《さき》のもとへ移ってしまった。本来であれば、宗伯という夫を亡くしたお路が馬琴のもとを去るのが筋かも知れぬ。が、身の回りの世話はお路のほうが要領よくこなしていたし、まだいくらか見える左目も日に日に拾う光が弱くなっている中で、学もあり、頭も回る彼女はなにかと頼りになるために手放すわけにはいかなかったのだ。

「行李の稿、というのは、越後の方から送られてきたという稿にございますか」

お路が訊く。馬琴は強く顎を引いた。

「あれをすべて、捨ててくれるか」

「よろしいんでございますか。こちらに越す折、あれだけは残しておくようにとのお申し付けでしたのに」

お路が驚くのも無理はない。この稿はいずれ使うゆえ、大事にとっておくように、と命じた舌の根も乾かぬうちに、捨てよ、というのだから。

「捨ててしまえば、元には戻りませぬが……」

わかりきったことをお路は言う。舅の気の迷いで取り返しのつかないことになって、のちのち叱られるのは自分だと、恐々としているのだろう。

「四の五の言わず、捨てよ。わしがそう申しておるのじゃ。その通りにするのじゃ」

お路はひとつ頷いて行李から稿を取り出し、不得要領な様子で部屋を出て行った。

――わしは、わしの戯作を書けばよいのだ。

馬琴は、文机に両掌を載せ、長い息を吐く。節くれ立った指や、染みだらけの手の甲を左目で見詰める。

――ずいぶんたくさんの物語を書いてきた。

この手は従順に、馬琴の意思に従ってたゆまず働いてくれた。それでも、己が大事を為した、という感慨は薄い。空疎な疲労だけが、身に巣くっている。

――それであるのに尚も、書きたいことが湧いてくるとは異なことよ。

日が薄いのは、雲が出てきたからか、己の目が光を逃しているからか。かさこそと、忍ぶような音が漂う。打ち見ると、まだほとんど手つかずの庭を、枯れ葉が転がっている。

『北越雪譜』の板本を文机に置き、儀三治は小揺るぎもせずに見詰めている。この時を長らく夢見てきたのに、夢が現になった途端に喜びよりもむしろ、次に向かう場所を失ったような戸惑いを覚えた。

*

京山は、『北越雪譜』が江戸でたいそうな評判をとっていること、また、できればすぐに二編の摺出しに取りかかりたいということ、文溪堂も大いに喜んでいることを書き送ってきた。

とはいえ、塩沢には江戸での評判は届いておらず、京山が気を遣って大袈裟に伝えてくれているのではないかと勘繰りもしたが、自ら買い取った初編を知人に配り終えた頃には、江戸で『北越雪譜』がだいぶ売れているという噂が、三国街道を伝わって確かに聞こえてきたのだった。

幸吉が板行祝いの酒を提げてきたのは、その年の冬のはじめで、板本を傍らに置いての酒宴となった。はじめこそ、おりたが客間と厨を忙しく往き来して肴を支度していたが、夜が更けると幸吉とふたりの宴となった。もう腹もくちく、酒もだいぶ回っていたが、話は尽きることがなかった。

「にしの書いたものが、こんげ立派な本になるとはなぁ」

本を渡したときから繰り返してきた感嘆を、幸吉はまた口にする。

「これで越後のことが江戸の者にも知れると思うと、なんとも不思議な気がするなぁ。もう江戸に行って雪の話をしても、法螺《ほら》吹き扱いされねえっぺなぁ」

冗談口を叩いて、喉の奥まで見せて笑う。それからしんみりとうなだれ、

「茂兮がおったら、涙を流して喜んだじゃろうな」

そう、つぶやいた。茂兮はこの春、逝ってしまった。竹馬《ちくば》の友はもう幸吉だけとなり、だから儀三治は彼と語る時が、いっそう希有なものに感じられるのだ。

〈鈴木牧之翁ハ北越塩沢ノ老農也　性文雅ヲ嗜ミ而シテ能節倹ヲ尚ビ驕惰《とうと》ヲ抑エ　誦読ヲ経営ノ中ニ於テ絶ヤサズ　而シテ鉛槧《えんざん》ヲ会計ノ余ニ於テ務ム　以テ遠近ノ墨客ニ交ル〉

京山が書いた『北越雪譜』の序文だ。書物に親しみ、書くことを楽しみながらも、倹約を心掛け、鈴木屋をしかと経営し、その余りの刻で文人たちと交わってきた──そう書かれている。

幸吉はこれを一読し、「まったくその通りど。にしのことがようわかってなさる」と、感心しており、儀三治もまた、商いをおろそかにしていたわけではない、と京山が太鼓判を捺してくれたことで救われもした。だが一方で、まことに己はしかと生きたろうか、と時に不安にも駆られる。

「おれはそ、幸吉、万事半端に為しておったのではないか、と今になって思うがそ。これを板行するまでは、商いも文筆も手を抜くことなく懸命に取り組んでおると信じておったが」

老いてから店はすっかり倉吉に任せ、京山のように毎年何冊も戯作を上板しているわけでもない。生涯でたったひとつの板行を叶えたに過ぎないのだ。

「なに言ってるだか。一冊でも板本が出るなぞ、おれからすりゃ夢のようだて。それに、これからまたどんどん書きゃあええっぺな」

「そう容易く言うな。再来年にゃおれは七十だて。もういくらも刻は残されてねぇ」

「阿呆。にしゃ今まで毎晩机に向かってきたっぺな。書き溜めたものも山とある。それをどん

どん板行していけばいいがだ。もはや江戸で評判の文人だすけ。それでなくとも、欠かさず机に向かうのはにしの習いだねか。今更これをやめるほうが骨だっぺ。お迎えがくるその日まで、変わらずに書き続けりゃあええこった」

幸吉の考え方は、歳をとっても単純だった。そして、この単純さに儀三治は長らく救われてきたのだ。

「二編には、削氷《けずりひ》の話や雪中で使う用具のことをいっぺこと書いた。斎の神勧進《かみかんじん》のこと、鳥追櫓《とりおいやぐら》のこと、浦佐普光寺の堂押しのこと、夜光玉の話も。きっと、江戸の者は目を瞠るっぺな」

語るうちに、最前まで自省に囚われていた心が幾分軽くなった。今まで通りに日々を紡いでいけばいいだけだ、と開き直ることもできた。次に向かう先は、これまでと地続きなのだ、と。

儀三治は盃を取り上げ、ひと口啜る。

「にしの酒はどんどん美味《うも》うなるなぁ」

言うと幸吉は、面《おもて》を華やがせた。

「そりゃそうだ。日々励んでおるすけなぁ。おれもお迎えが来るまで、同じ日々を送るつもりぞ」

互いに皺が寄り、髪も白くなった。そして互いにひとつことに夢中になって、これを長きにわたって続けている。飽きもせず、もっといいものができぬかと探求しながら。そうやって人生という時を送ってこられたことを、今はただただありがたく思えばいいのかもしれぬ。

傍らにある『北越雪譜』を取り上げる。

「いい本になった」

と、声に出してみる。幸吉は静かに頷き、柔らかな眼差しを本に向けた。

火鉢の上で、鉄瓶がちりちり音を立てている。細く開けてある障子窓の向こうが仄《ほの》かに明るくなり、見ると雪がちらついている。

「寒いと思うたら」

儀三治は立ち上がり、障子窓を閉《た》てようと手を掛ける。と、闇の中で仄蒼く光っているものを見付けた。光はふわふわと木のまわりをさまよっている。

狐火だ。

ひとつだった光はすぐに数を増し、まるであたりを広く照らすように高く上っていく。見守っていると、にわかに雪が止み、雲間から手が届きそうな大きな月が顔を出した。


儀三治はこの頃から少しずつ、身体が思うに任せなくなっていった。

常時、節々の痛みに襲われるようになり、起き上がるのも人の手を借りねばならなくなった。当然ながら出歩くことなぞできず、二階の自室に籠もりきりになった。部屋に膳を運んでもらい、三日に一度の風呂の他は階下に降りることもなくなって、ほとんどの刻を布団の中で過ごした。

そんな身体になっても、文机には毎日必ず向かった。短い刻でも筆を執った。江戸の京山からは、折々に摺出しが届く。それに目を通し、気になったところを直していく。節々は痛んだが、机に向かっているときはただただ楽しく、二編が出たらまた江戸の者は驚くだろうと思えば、目の前が明るくなるようだった。

――江戸にまた、行きたいもんだな。行って、この目で『北越雪譜』が読まれている様を見たいもんだ。

二十歳になる前、縮商いで赴いた江戸の景色を思う。書を習いに通った沢田東江の塾で、「雪が一丈積もる」と告げた折、「そんなことがあるはずはない」と嗤った塾生たちは、この書を読んでいるだろうか。それから、曲亭馬琴を訪ねて飯田町中坂の屋敷まで赴いたときの情景も浮かぶ。あの折の馬琴の冷ややかな面差しを思い出して身震いし、「雪譜」という馬琴が示した言葉を、書名にそのまま使ったことに腹を立ててはおらぬだろうかと案ずる。

山東京伝、岡田玉山、鈴木芙蓉、曲亭馬琴と、さまざまな文人がこの書に関わった。いずれも実を結ばなかったが、最後に京山が形にしてくれた。人生の最後の最後に。

——おれは果報者だな。

一生をかけて励んだものが実を結んだことではなく、一生をかけて夢中になれるものがあったことが、このとき儀三治は身に染みてありがたかった。

「まことに、旦那様は果報者だてね」

すぐ耳元で声がした。傍らに目を流すと、宇多が袂《たもと》で口元を覆い、笑っている。

「その分、家のことはみなおれに押しつけておいででしたすけね」

調子に乗って冗談口まで叩いている。

「おめのお蔭かもしれんなぁ。おれが心置きなく書き物ができたがは」

殊勝に返すと、宇多は目を丸くした。

「すっけんごと、旦那様が仰るとはなぁ」

剽《ひょう》げてから、染み渡るような笑みを浮かべた。

宇多とはさほど遠くない将来にまた出会うのだろう、という予感がした。宇多の気配がおぼろになっていく。霧のようなその人影に向かって、儀三治は言う。

「この次は、ふたりでゆるりと刻を過ごすすけ」

消えていく影が、かすかに頷いた気がした。

＊

『北越雪譜』二編は、天保十二年の霜月から翌年にかけて無事、上板となった。初編が出てのち四年の月日が経っていた。

奇しくも『北越雪譜』二編巻之四が出た天保十三年、曲亭馬琴の『南総里見八犬伝』が完結した。馬琴はこの前年より左目も衰え、完結間近に両目ともがめしいたと、相四郎は噂に聞いた。きっと、『八犬伝』完結までは、と馬琴は衰えた目で意地尽くで仕事を為し遂げたのだ。古女房のお百も、昨年二月に亡くなったと聞くし、さすがに両目が見えぬでは戯作者を続けることは叶わぬだろう。

「これからはもう養生に専念するのかね、馬琴は」

訊くと、丁字屋平兵衛はかぶりを振った。

「それが、今も、新しいお作を書いてございます」

「……めしいておるのに、か」

「ええ。まだまだ書きたいことがあるのだ、とおおせになりまして。なんでも、お路という嫁女に書き取りをさせているようでございます。曲亭子が口述し、それを嫁女が書き留めておるようで」

平兵衛が言うのを聞きながら、馬琴の屋敷を訪ねた折に応対に出た、落ち着いた雰囲気の嫁女を思い出した。おおかた利口者なのだろう。読本の筆記なぞ、なかなかできることではない。

相四郎はひとたび身震いし、それから深い溜息をついた。

「因果なことよのう」

物書きというのは、というひと言は飲み込んだにもかかわらず、平兵衛は相四郎の意を汲んだらしい。

「まことに。キリのないお務めでございます」

と、眉の端を下げた。

――私も、兄さんが微笑んでくれるものを書ける日がくるのだろうか。

京伝の亡霊は、未だ険しい顔でこちらを見詰める。いつか安堵した顔を向けてくれるときまで、己も書き続けるよりないのかもしれぬ。改めて重い荷を背負った心持ちで、相四郎はぐいと伸びをした。


『北越雪譜』二編は初編同様、大きな評判をとり、鈴木牧之の名は江戸のみならず広く知れ渡ることになった。塩沢の名士として村の者にも崇《あが》められ、わざわざ遠方から彼を訪ねてくる者まであると、牧之からの文に書かれてあった。牧之の幼馴染みが、いずれ『北越雪譜』に出てくる怪物の名を冠した酒を造りたい、塩沢の名物にするのだ、と張り切っている旨も書き添えられている。越後という土地が広まったことは、商いにもきっとよい効用をもたらすのだろう。

相四郎は、大役を果たせたことに安堵する。越後の綺談も耳目を集めたが、雪華図を入れた差配も本書の高い評価に繋がった。丁字屋平兵衛はすっかり満悦で、これは後世にまで読み継がれる書になりそうだ、と相四郎の書斎を訪ねるたびに称えるのだった。

鈴木牧之が息を引き取ったのは、この年のことだった。

皐月の、心地よい風が抜ける日の暮れ時に、彼は静かに人生を終《しま》った。

塩沢からの書状でそれを知った相四郎は、「よかった」とまず一声漏らした。これを傍らで聞いていた梅作が、訝しげな顔を向ける。

「いやなに、間に合ってよかったということじゃ。あと数年、板行が遅れておれば、牧之さんは『北越雪譜』の板本を見ることも、江戸での評判を聞くこともなく、あちらの世に渡ってしまったろうからな」

「なるほど、さようにございますな」

梅作は頷いてから、

「ためらっておってはいかんのですな」

と、小さく漏らした。

「ああ。人が生きる刻には限りがあるゆえな」

相四郎が応じる。あのとき越後まで足を運び、牧之に会えたことは幸いだった。彼の、地に足ついた佇まいを頭に浮かべながら刪定を進め、序文を書くことができた。梅作もまた、ふさわしい画を描くことが叶った。塩沢までの道程は難儀であったが、よい仕事になった、と相四郎はどこまでも伸びやかな越後の風景を思い浮かべて、静かに目を瞑る。

曲亭馬琴は、このときからさらに六年を生きた。嘉永元年の冬に胸痛を訴え、そのまま寝込んで再び癒えることはなかった。歿後《ぼつご》にも、生前の稿が板行されたため、二、三年は馬琴が生きているようで落ち着かなかったが、やがてそれも潰《つい》えた。

相四郎に与えられた刻は、なかなか終う気配を見せない。癸丑《きちゆう》の年に黒船が来てからの騒擾《そうじよう》も経て、安政五年を迎えたこの正月、齢《よわい》九十になった。老人になってからがいやに長い。若かった頃の覚えが霞むほど、遠くに来てしまった。

それでも未だに欠かさず、朝起きるとすぐに机に向かう。

「あまり無理をなさいますな。ゆるりと過ごされてはいかがじゃ」

幾度となく諫言する梅作を、

「机に向かうのは、わしの長年の習いよ。今更やめるわけにもいかん」

と、いなすのが慣習になっている。呆れ顔で梅作が書斎を出て行ったのち、

――まだなのじゃ。

相四郎はつぶやく。

――まだ、笑んでくれぬ。

九十になっても懊悩が尽きぬとは、思わなかった。己の戯作は、山東京伝のように多くを魅了することも、馬琴のように通人を唸らせることもなく、ただ淡々と板行されていく。稿を取りに来る板元も、長く付き合いのある戯作者ゆえ詮方無く板行するのだ、といった虚ろな態度しか示さぬ。称えるでも貶《けな》すでもなく、読んでいるのかどうかさえわからぬ薄い受け答えをするだけなのだ。

その年の夏の終わり、相四郎はコロリに罹って臥せった。異国船が持ち込んだ疫病だとのことで、容態が落ち着いてもなお、ひとり離れに寝かされている。下女も給仕を嫌がるから、朝晩の膳も閉ててある襖の向こうに置かれるのである。這い進んでこれを部屋に引き入れ、盆に載った粥を啜る。

ひとり布団に寝そべっていると、どういうものか、塩沢での日々が思い出された。ことに夜更けなど、鮮明にかの地の光景が浮かぶのだった。黄金の稲穂が風に揺れる様や、畦道を行く

ときに漂ってくる香ばしいにおい。三国嶺の険しい山道や鮭漁を教えてくれた漁師の顔や、もう二十年以上も前にほんの幾月か逗留した土地のことが、こうして懐かしく思い出されるのが相四郎には不思議だった。

——そうか。あれは江戸から離れて、束の間、さまざまな懊悩から解かれたときであったからかもしれぬ。

カタッと音が立った。どこから忍び込んだものか、部屋の隅の暗がりで猫の薄緑の目が光っている。野良か。こら、出て行け、というように相四郎は手の平を振る。けれど猫は出て行くどころか、目を逸らすことなく、こちらにゆっくり近づいてくるのだ。薄茶色の毛脚の長い猫だった。よく見ると、尾っぽが二叉に割れている。

——あの猫か。

不意に、牧之の屋敷で見た猫が、鮮烈に甦ってきた。

——わしのところにも来たのだな。

猫はまっすぐに相四郎へと向かってくる。

「わしは戯作に出会って、幸せだったのかのう」

誰に言うでもなく、闇に向かって独りごちる。その様を見詰めていた猫は、相四郎に添うように床の上に横になると、やがて甘えた鳴き声をあげてから目を閉じた。

猫に誘われたわけでもなかろうが、ひどい眠気が襲ってくる。

相四郎は、ようやっとすべての枷が解かれた軽い身体で、深い眠りへと落ちていく。

主要参考文献

『北越雪譜』鈴木牧之編撰　京山人百樹刪定　岡田武松校訂　岩波文庫　一九三六年
『鈴木牧之全集』（上・下）宮栄二・井上慶隆・高橋実編　中央公論社　一九八三年
『秋山記行・夜職草』鈴木牧之　宮栄二校注　東洋文庫　一九七一年
『北越雪譜の思想』高橋実　越書房　一九八一年
『北越雪譜と鈴木牧之』鈴木牧之顕彰会編　同会　一九六二年
『鈴木牧之の生涯』磯部定治　野島出版　一九九七年
『そっと置くものに音あり夜の雪　鈴木牧之』鈴木牧之記念館編　南魚沼市文化スポーツ振興公社　二〇〇九年
『山東京傳の研究』小池藤五郎　岩波書店　一九三五年
『山東京傳の黄表紙』水野稔　有光書房　一九七六年
『山東京山年譜稿』津田眞弓　ぺりかん社　二〇〇四年
『山東京傳全集』（全二十巻・別巻二）水野稔・鈴木重三・清水正男・本田康雄・延広真治・徳田武・棚橋正博編　ぺりかん社　一九九二年－二〇二四年
『山東京伝年譜稿』水野稔　ぺりかん社　一九九一年
『吾佛乃記　滝沢馬琴家記』木村三四吾他編校　八木書店　一九八七年
『滑稽洒落第一の作者　山東京伝』佐藤至子　ミネルヴァ書房　二〇〇九年
『曲亭馬琴日記』（全四巻・別巻一）柴田光彦新訂増補　中央公論新社　二〇〇九年－二〇一〇年
『曲亭書簡集』濱野知三郎・三村清三郎・池田四郎次郎編　日本藝林叢書第十二巻　六合館　一九二九年（国立国会図書館デジタルコレクション）
『馬琴書翰集成』（全六巻・別巻一）柴田光彦・神田正行編　八木書店　二〇〇二年－二〇〇四年
『随筆滝沢馬琴』真山青果　岩波文庫　二〇〇〇年
『滝沢馬琴　百年以後の知音を俟つ』高田衛　ミネルヴァ書房　二〇〇六年

『新潟方言と古語』野口幸雄編　野島出版　一九七九年
『語り継ぐ村のくらしと方言』（一・二）細矢菊治　魚沼文化の会　一九九八年・二〇〇〇年
『江戸の本屋』（上・下）鈴木敏夫　中公新書　一九八〇年
『新版　蔦屋重三郎』鈴木俊幸　平凡社ライブラリー　二〇一二年
『江戸の本屋さん』今田洋三　平凡社ライブラリー　二〇〇九年
『近世文学論叢』水野稔編　明治書院　一九九二年
『近世物之本江戸作者部類』曲亭馬琴　徳田武校注　岩波文庫　二〇一四年

一部協力　鈴木牧之記念館
萬松堂古町本店　中山英

本作品は歴史に材を取ったフィクションです。実在の人物、出来事を事実として描くものではありません。

また、本書には今日の意識に照らして不適切と思われる語句や表現がありますが、作品の舞台となった時代の背景を表すものとしてそのままとしました。差別や偏見を助長する意図に基づくものではないことをご理解下さい。

初出　「小説新潮」
二〇二〇年一〇月号〜二〇二一年一〇月号
二〇二一年一二月号〜二〇二二年一月号
書籍化に際し題名を「雪草紙　雲の脚」より変更、本文に加筆・修正を行いました。

木内 昇　きうち・のぼり

一九六七年生まれ。出版社勤務を経て独立し、インタビュー誌「Spotting」を創刊。編集者・ライターとして活躍する一方、二〇〇四年『新選組 幕末の青嵐』で小説家デビュー。〇八年に刊行した『茗荷谷の猫』が話題となり、早稲田大学坪内逍遙大賞奨励賞を受賞。一一年に『漂砂のうたう』で直木賞を受賞。一三年に刊行した『櫛挽道守』は中央公論文芸賞、柴田錬三郎賞、親鸞賞を受賞した。他の作品に『よこまち余話』『光炎の人』『球道恋々』『火影に咲く』『化物蠟燭』『万波を翔る』『占』『剛心』『かたばみ』『惣十郎浮世始末』など多数。

装画　鈴木牧之編撰・京山人百樹増修・京水百鶴画図『北越雪譜』図版より

雪夢往来【せつむおうらい】

二〇二四年一二月一五日発行
二〇二五年 三 月二〇日二刷

著　者　木内昇【きうち・のぼり】

発行者　佐藤隆信

発行所　株式会社新潮社
東京都新宿区矢来町七一
郵便番号一六二―八七一一
電話（編集部）〇三―三二六六―五四一一
（読者係）〇三―三二六六―五一一一
https://www.shinchosha.co.jp

装　幀　新潮社装幀室

印刷所　錦明印刷株式会社

製本所　大口製本印刷株式会社

価格はカバーに表示してあります。

乱丁・落丁本は、ご面倒ですが小社読者係宛お送り
下さい。送料小社負担にてお取替えいたします。

ISBN978-4-10-350957-8 C0093